Rivaux et amants

★

Une nuit avec un ennemi

KAREN BOOTH

Rivaux et amants

Traduction française de
MARIE MOREAU

HARLEQUIN

Titre original :
LITTLE SECRETS: HOLIDAY BABY BOMBSHELL

Ce roman a déjà été publié en 2019

HARPERCOLLINS FRANCE
83-85, boulevard Vincent-Auriol, 75646 PARIS CEDEX 13
Service Lectrices — Tél. : 01 45 82 47 47 - www.harlequin.fr
ISBN 978-2-2804-9448-9

Composé et édité par HarperCollins France.
Imprimé en août 2023 par CPI Black Print (Barcelone)
en utilisant 100% d'électricité renouvelable.
Dépôt légal : septembre 2023.

FSC
www.fsc.org
MIXTE
Papier issu de sources responsables
FSC® C159065

Pour limiter l'empreinte environnementale de ses livres, HarperCollins France s'engage à n'utiliser que du papier fabriqué à partir de bois provenant de forêts gérées durablement et de manière responsable.

1

Dans cette salle de bains, Charlotte Locke aurait dû se sentir à merveille. Il y avait tout ce qu'il fallait pour cela : une lumière chaude, un sol en marbre frais et apaisant, des savons au délicieux parfum de lavande. Mais le luxe de sa suite au Grand Legacy Hotel ne l'empêchait pas d'avoir une nausée épouvantable.

Elle ferma les yeux et puisa au fond d'elle la force de se lever pour attraper sa brosse à dents. À dix semaines de grossesse, elle ne supportait pas grand-chose au réveil sans avoir le cœur soulevé. Le goût de la menthe était l'un de ses rares alliés.

Elle fit sa toilette puis lissa le tissu de sa jupe et de sa veste du revers de la main. Allait-elle enfin se sentir mieux et pouvoir commencer sa journée ?

Tout en remettant ses mèches blondes en ordre, elle pensa au travail qui l'attendait et respira profondément avant de sortir de la salle de bains d'un pas décidé.

— Souhaite-moi bonne chance, dit-elle à sa tante Fran. Je vais voir Sawyer à son bureau.

Fran, qui vivait à Londres, était venue passer Noël à New York et partageait la suite de Charlotte pendant son séjour. Assise sur le canapé, elle avait Thor, le petit épagneul papillon de Charlotte, couché tout contre elle.

— Tu n'as pas besoin de chance, répondit Fran

en se resservant une tasse de thé. Tu as toutes les compétences requises pour vendre les appartements du Grand Legacy.

Charlotte soupira. D'accord, elle ne devait pas compter sur la chance. Mais elle avait bien besoin d'un peu de soutien. Combien de fois était-elle déjà allée voir un membre de sa famille pour demander une nouvelle chance ? Trop souvent.

— Je suis ravie que tu sois aussi confiante, dit-elle en mettant son manteau en laine bleu paon. Je me vois plutôt avec cinquante pour cent de chances de réussite.

— Tu es sûre de ne rien vouloir dire à Sawyer pour le bébé ? C'est ton frère. Je ne vois pas comment il pourrait te dire non en sachant que tu es enceinte.

Charlotte secoua la tête avec détermination.

— Je ne veux pas qu'il ait pitié de moi. Je vais lui demander de me confier la vente de biens qui valent des millions de dollars. Je ne veux surtout pas lui rappeler que sa petite sœur a une fâcheuse tendance à commettre des erreurs colossales.

— Rien n'arrive par hasard, assura Fran en caressant la tête de Thor. Crois-moi, il y a forcément une raison à tout cela. Et tu finiras par la découvrir.

— J'apprécie ton optimisme, mais tomber enceinte d'un homme qui ne l'aime pas, c'est typique de la Charlotte que Sawyer connaît. Celle que je voudrais lui faire oublier pour obtenir sa confiance.

Elle se pencha vers sa tante pour l'embrasser sur la joue, prit ses gants et son sac à main et sortit dans le couloir en refermant la porte derrière elle.

Chaque détail qui composait le décor parfait du Grand Legacy reliait Charlotte à son passé. L'épaisse moquette noire ornée de motifs bleu roi, les appliques rutilantes en verre et chrome, et même les élégants panneaux d'information. L'hôtel appartenait à sa famille depuis les années 1920, et aujourd'hui, son frère Sawyer en était l'unique propriétaire, au grand dam de leur père.

Tout en attendant l'ascenseur, elle se remémora ses souvenirs d'enfance et les heures passées à jouer dans tous les recoins de l'hôtel avec ses frères. Des aventures qui appartenaient à une autre vie. Dès la mort de leur mère, ils n'avaient plus eu le droit de jouer à cache-cache dans les couloirs. Leur père les avait bannis tous les trois de son palace.

Une fois au rez-de-chaussée, elle traversa le hall, ses talons claquant sur le marbre noir et blanc, et salua le réceptionniste. Puis elle sortit dans l'air glacé et sourit au portier qui se précipitait pour lui indiquer la voiture envoyée par Sawyer. Elle le remercia, lui donna un généreux pourboire et s'installa sur la banquette arrière.

Le chauffeur savait où il devait la conduire. Dans le quartier de Chelsea, au cœur de Manhattan, où se trouvait le bureau de Sawyer. Le discours de Charlotte était prêt, elle ne cessait de le répéter depuis hier. Bien sûr, elle n'avait aucune raison d'être intimidée par Sawyer. Mais elle appréhendait de lui demander encore un service, de voir une fois de plus sur son visage l'expression qui trahissait sa réticence à lui confier des responsabilités. Elle s'était si rarement montrée à la hauteur par le passé…

Mais elle refusait de se morfondre plus longtemps sur son sort. Il était temps de passer à l'action. De mettre son énergie au service de quelque chose de constructif.

Quand le chauffeur fut garé, elle descendit de voiture

et rassembla ses forces, bien décidée à relever le défi qu'elle s'était lancé.

— Votre frère vous attend, lui dit Lily, l'assistante de Sawyer, après l'avoir accueillie chaleureusement. Je vais prendre votre manteau. Revenez vers moi quand vous aurez fini et je ferai venir une autre voiture pour vous.

— Merci beaucoup, Lily.

Charlotte respira profondément pour essayer de retrouver son calme. C'était son frère. Sawyer. Tout allait bien se passer. Probablement.

Quand elle poussa la porte de son bureau, Sawyer l'accueillit avec un grand sourire.

— Ah, dit-il, te voilà.

Le seul fait de le voir lui permit de se détendre. Cesserait-elle un jour de paniquer pour un oui ou pour un non ? C'était épuisant à force.

— Salut, Sawyer. Merci de prendre le temps de me voir.

— C'est normal. Je suis ravi que tu sois là. Je t'ai à peine vue l'autre soir, lors de la fête pour la réouverture de l'hôtel.

— Oui, répondit-elle, il y avait beaucoup de monde.

Et surtout, ce début de grossesse l'épuisait. Mais il était trop tôt pour en parler à son frère.

— En tout cas, c'est bien que tu sois revenue. Cet événement ne pouvait pas se passer sans toi. D'ailleurs, ajouta-t-il en se calant au fond de son siège, je ne sais toujours pas ce qui t'a poussée à partir si précipitamment en Angleterre.

Même si elle s'était préparée à cette remarque, Charlotte se sentit blêmir. Qu'est-ce qui l'avait incitée à se réfugier chez tante Fran ? D'abord, sa rupture avec Michael Kelly, l'homme dont elle était tombée follement amoureuse et qui lui avait fait comprendre que ses sentiments ne seraient jamais réciproques. Et surtout la nouvelle de sa grossesse. Deux raisons qu'elle ne pouvait pas révéler à son frère, elle qui avait déjà connu tant de déboires sentimentaux et qui cherchait justement à le convaincre qu'elle avait changé.

— J'avais simplement besoin de prendre du recul, pour réfléchir sérieusement à mon avenir professionnel. Fran était la personne la mieux placée pour m'écouter et me donner de bons conseils. Et puis, ajouta-t-elle en s'éclaircissant la voix, je reconnais qu'il y avait autre chose. C'était éprouvant de voir notre père s'opposer constamment à toi à propos des rénovations du Grand Legacy. Je déteste les disputes familiales.

— Si j'avais pu partir avec toi en Angleterre, je ne m'en serais pas privé. Mais cela aurait voulu dire que les choses se seraient mal passées avec Kendall, donc en fin de compte, je suis content d'être resté et d'avoir affronté notre père.

Elle sourit. C'était un bonheur de voir Sawyer avec une femme aussi exceptionnelle que Kendall. Avec une histoire familiale aussi difficile, Charlotte avait craint que ses frères et elle ne soient jamais capables de construire une relation stable. Le fait que Sawyer y soit parvenu lui donnait de l'espoir pour leur frère Noah et pour elle-même.

Mais en ce qui la concernait, elle savait que ce ne serait pas pour tout de suite. Elle ne recherchait pas l'amour pour l'instant. Seulement la stabilité.

— Je suis vraiment heureuse pour Kendall et toi. Je suis impatiente d'assister à votre mariage. C'est merveilleux qu'il ait lieu à la période de Noël.

— Cela peut paraître précipité, mais nous ne voulions

pas attendre. Même si c'est vieux jeu, nous tenons à être mariés avant l'arrivée du bébé.

Elle ne put s'empêcher de sourire intérieurement en pensant à sa propre situation. C'était pour le moins ironique. Si Sawyer avait su…

— Alors, demanda-t-il, où t'ont menée ces réflexions au sujet de ton avenir professionnel ? Tu n'envisages pas d'arrêter l'immobilier, si ?

Il avait des raisons de lui poser cette question. Elle avait si souvent changé de métier ! Décoratrice d'intérieur, blogueuse de mode, organisatrice de fêtes… Elle avait même essayé de faire des cupcakes pour les vendre, une expérience qui avait tourné au désastre. Et pour cause. Elle était la pire cuisinière du monde, et elle avait pris sept kilos à force de goûter de la crème au beurre à longueur de journée.

— Non, répondit-elle. Je me sens toujours faite pour ce métier. Il me permet de garder un lien avec les activités de construction et d'hôtellerie de notre famille, et je peux mettre mon tempérament sociable au service de mon travail. Et puis, le fait que j'aie entamé plusieurs carrières m'a au moins servi à quelque chose : maintenant, j'ai un réseau considérable !

Avec tout cela, si elle ne l'avait pas convaincu…

— Je suis ravi d'apprendre que tu as trouvé ta voie. Cette stabilité va te faire le plus grand bien.

— Exactement, approuva-t-elle. De la stabilité. Et justement, c'est ce qui m'amène ici. Maintenant que les appartements du Grand Legacy sont prêts pour la vente, je suis venue te proposer mes services pour leur trouver des acheteurs.

Elle remarqua tout de suite l'air contrarié de son frère, mais elle tenait à défendre sa cause jusqu'au bout.

— Je connais l'hôtel mieux que n'importe quel agent immobilier, poursuivit-elle. Tu sais que je mettrai tout mon cœur dans cette mission, et de surcroît, cela nous donnera l'occasion de travailler ensemble, ce que j'ai toujours souhaité.

— Mais, Charlotte… Tu ne peux pas arriver ce matin comme une fleur et me demander de te confier le catalogue. Ça fait des mois que je travaille sur ce projet. C'est bien ton genre, tiens, de venir tout chambouler à la dernière minute.

Mais elle n'avait pas prévu de tomber enceinte !

— Je sais, reconnut-elle. Je suis désolée de réagir maintenant, mais personne ne savait que les travaux seraient terminés aussi tôt. Tu avais prévu la réouverture pour le réveillon du jour de l'an, ce qui veut dire que tu as plusieurs semaines d'avance.

Pinçant les lèvres, Sawyer parut en pleine réflexion.

— Je suis déjà en contact avec quelqu'un d'autre, dit-il finalement. Un excellent agent qui n'aura sans doute besoin que de quelques semaines pour vendre tous les appartements. J'ai rendez-vous avec lui dans quelques instants pour discuter de stratégie et régler les derniers détails du contrat.

— Mais…

Charlotte avait déjà épuisé tous ses arguments. Que pouvait-elle dire de plus pour convaincre son frère ? Elle n'avait aucune réussite passée à faire valoir sur ce terrain.

— Je suis de la famille, dit-elle. Cela compte forcément. Nous parlons du Grand Legacy. Pas d'un immeuble quelconque dans lequel vous auriez décidé d'investir, Noah et toi.

En voyant son regard s'adoucir, elle comprit qu'elle avait touché un point sensible.

— Je suis profondément attachée à cet hôtel. Le fait d'y être installée depuis quelques jours ne fait que renforcer ce sentiment. N'est-ce pas important d'engager un agent pour qui ce lieu a une vraie valeur sentimentale ?

— Rien ne te dit que ce n'est pas le cas pour l'agent que j'ai choisi. J'ai eu de nombreuses conversations avec Michael Kelly au cours des derniers mois, et je peux t'assurer que ce projet compte vraiment pour lui.

La révélation de son frère lui coupa le souffle. Michael Kelly. Ce nageur au corps de rêve, cet homme irrésistible qui l'avait envoûtée avant de lui briser le cœur. Jamais elle n'oublierait son regard bleu magnétique, ses épais cheveux bruns qu'elle avait si souvent caressés avec délices.

— Michael Kelly ? Tu es sérieux ?

— Tu le connais ? C'est un type formidable. Très franc et très honnête. J'ai confiance en lui.

Charlotte dut prendre sur elle pour ne pas s'emporter. Ce projet comptait vraiment pour Michael ? Non. Tout ce qui comptait pour lui, c'était lui-même, son argent et son travail. Les autres n'avaient qu'à se débrouiller pour s'en sortir.

Michael savait qu'il allait bientôt devoir sortir de l'eau. Mais il voulait faire encore quelques longueurs, pour profiter de ce moment au maximum.

Le rythme de la nage le détendait. Après des dizaines de milliers d'heures passées dans une piscine, il faisait ses mouvements de façon machinale, tout en laissant son esprit vagabonder. C'était le seul moment de la journée où il était injoignable, où son portable était éteint et rangé dans son casier de l'Empire State Athletic Club. Le reste du temps, il devait se rendre constamment disponible pour continuer à développer son agence immobilière, qui était déjà devenue en quelques années la plus importante de Manhattan.

Ayant fini ses longueurs de brasse coulée, il passa au crawl, la nage qui lui avait permis de remporter trois fois l'or olympique. C'était toujours ainsi qu'il achevait sa séance. Ce rituel lui rappelait les efforts qu'il avait déployés pour devenir le meilleur, et surtout combien il aimait le goût de la victoire. C'était ce besoin de gagner qui l'avait poussé, six ans plus tôt, à se lancer à corps perdu dans sa nouvelle carrière après avoir pris sa retraite de sportif professionnel. Dans l'immobilier comme dans la natation, il n'avait qu'un seul désir : parvenir au sommet pour regarder de haut ceux qui luttaient en vain pour arriver à son niveau. Seule la récompense avait changé. Les commissions de vente avaient remplacé les médailles et les acclamations du public.

Arrivé au bout de la piscine, il s'arrêta, sortit la tête de l'eau et enleva son bonnet qu'il jeta sur le rebord. Puis il se mouilla les cheveux et sortit pour attraper sa serviette. Tout en commençant à se sécher, il regarda l'autre nageur qui était encore dans la piscine. Gabe Underwood. Gabe avait commencé la natation un an plus tôt, lorsqu'il s'était mis en tête de détrôner Michael sur le plan professionnel. Évidemment, Gabe ne pensait pas pouvoir rivaliser sportivement avec un triple champion olympique. Mais il aimait rappeler à

Michael qu'il le suivait à la trace et se rapprochait un peu plus de lui chaque jour.

Même si cette manie agaçait Michael, il ne pouvait pas empêcher Gabe de faire ses longueurs en même temps que lui. Ils étaient tous les deux membres de ce club de sport, et avec tout l'argent du monde, Michael n'aurait pas pu faire construire une piscine olympique dans un appartement de Manhattan. Pour avoir sa piscine privée, il devrait attendre de prendre sa retraite dans les Hamptons ou le Connecticut.

Après avoir pris une douche rapide, il rejoignit le vestiaire où l'attendaient son costume repassé et ses chaussures cirées par le personnel du club. C'est alors qu'il entendit derrière lui la voix de Gabe.

— Tiens, Kelly. Figure-toi que j'ai battu mon record aujourd'hui. Je progresse vite.

— Ah bon ? Tant mieux pour toi.

Comme si cela pouvait l'intéresser.

Il continua de s'habiller, espérant que Gabe allait comprendre le message et le laisser enfin tranquille.

— Tout comme sur le terrain commercial, insista Gabe. Avec toutes les ventes que je prévois pour janvier et février, je pourrais bien prendre ta place de meilleur agent immobilier de la ville l'année prochaine. Ce sera une récompense délicieuse et bien méritée.

Michael refusait de mordre à l'hameçon. Son appétit pour la compétition était insatiable, mais il n'allait certainement pas s'abaisser à montrer de l'intérêt pour les résultats d'un concurrent. La meilleure façon pour lui de rester au sommet était de se concentrer sur ses propres objectifs.

Hélas, son absence de réaction n'eut pas l'effet

escompté. Sans y avoir été invité, Gabe s'assit à côté de lui, sur un banc.

— Sur quels projets travailles-tu en ce moment ? demanda-t-il à Michael. Tu as quelque chose de nouveau, d'excitant en vue ?

— Toujours, répondit-il laconiquement. Mais n'espère pas que je vais t'en dire plus.

— Il paraît que tu as décroché la vente des appartements du Grand Legacy.

Une fois de plus, Michael refusa de répondre. L'affaire était pratiquement conclue entre Sawyer Locke et lui, mais il n'allait pas perdre son temps à en parler, surtout pas avec Gabe. Il préférait laisser la nouvelle se propager par elle-même dans le milieu.

— Pas de commentaire ? demanda Gabe. Je vois. Michael Kelly préfère entretenir le mystère. Mais pour information, sache que j'ai travaillé sur plusieurs propriétés avec Noah Locke, le frère de Sawyer. Je suis même invité au mariage de Sawyer. Tu peux être sûr que ces deux-là ne tarderont pas à refaire appel à moi.

Michael posa sur lui un regard furtif.

— Je connais bien ton petit jeu, dit-il à Gabe. C'est moi qui l'ai inventé. Mais je te déconseille d'essayer de te mesurer à moi. Tu ne pourras que le regretter.

— Serait-ce une menace ?

— Je n'ai pas besoin de formuler des menaces, Gabe. Je laisse ça aux faibles.

Sur ces mots, il prit son manteau et referma son casier.

— Bonne journée, dit-il sans se retourner.

Puis il sortit du vestiaire pour rejoindre le parking souterrain et s'installer au volant de sa voiture.

Par chance, la circulation n'était pas trop dense et il ne lui fallut qu'une vingtaine de minutes pour arriver au bureau de Sawyer Locke. Une fois garé devant l'immeuble, il monta tranquillement par l'escalier et arriva tout de même avec cinq minutes d'avance.

— Je vous en prie, asseyez-vous, lui dit l'assistante de Sawyer après l'avoir accueilli. M. Locke n'en a plus que pour un instant, il est en rendez-vous avec sa sœur. Puis-je vous offrir un café en attendant ?

Sa sœur ? Charlotte était revenue d'Angleterre ?

— Non, merci, répondit-il en s'efforçant de rester impassible. J'en ai déjà pris deux ce matin.

Il n'avait jamais rien obtenu facilement jusqu'à présent. Cela ne risquait pas de commencer aujourd'hui. Et manifestement, cette fois-ci, l'obstacle à franchir n'était autre que Charlotte. Il avait eu tort de penser que le marché du Grand Legacy était presque conclu. Maintenant, il n'avait plus qu'à espérer que Sawyer n'avait pas dit à sa sœur avec qui il avait rendez-vous à 10 heures. Il n'avait aucune envie de la voir surgir pour le traiter de brute et d'égoïste comme elle l'avait fait le jour où elle l'avait quitté.

Évidemment, il avait tout fait pour que cela arrive. Il s'était donné du mal pour la pousser à rompre. Mais qu'aurait-il pu faire d'autre ? Il n'avait jamais eu l'intention de s'engager dans une relation à long terme, et après trois mois passés avec Charlotte, il avait senti qu'elle commençait à prendre leur histoire au sérieux. Or il n'était pas fait pour lui donner ce qu'elle attendait. Ce qui comptait pour lui, c'était le travail et la compétition.

Après tout ce qu'elle lui avait dit lors de leur séparation, il ne pouvait que redouter de la croiser à nouveau. Et pourtant, il savait qu'il ne pourrait s'empêcher de la dévorer des yeux s'il la voyait sortir de ce bureau.

— Oui, monsieur Locke ? dit l'assistante de Sawyer en décrochant son téléphone. Entendu, je vais faire entrer M. Kelly.

Elle raccrocha et se leva pour inviter Michael à avancer.

— M. Locke va vous recevoir, lui dit-elle.

— Je croyais qu'il était avec Charlotte.

— Ah, vous connaissez Mlle Locke ? C'est vrai que vous êtes confrères.

— Oui, nous avons eu l'occasion de faire connaissance, dit-il sans plus de précisions.

— Très bien, répondit Lily. M. Locke n'aura pas besoin de faire les présentations, dans ce cas.

Déconcerté, il la suivit jusqu'à la porte tout en cherchant un moyen d'éviter ce piège.

— Veuillez m'excuser, dit-il tandis qu'elle frappait, mais j'ai une affaire importante à traiter avec Sawyer. S'il est occupé, je ferais peut-être mieux de repasser plus tard.

Et de fuir avant que Charlotte me voie et me saute à la gorge.

Trop tard. Sawyer venait d'ouvrir la porte.

— Bonjour, Michael, dit-il en l'accueillant avec un grand sourire. Je crois que vous connaissez déjà ma sœur Charlotte ?

2

Michael n'aimait pas arriver à une réunion sans s'y être préparé. En revanche, rien ne lui plaisait plus qu'un défi à relever. Il vit d'abord le profil de Charlotte, ses longs cheveux blonds, ses lèvres sublimes et son menton adorable. Vêtue d'une jupe noire et d'une veste violine, elle se tenait droite sur son siège, assise en équilibre sur le bord. C'était bien Charlotte. Magnifique, mais toujours à la limite de l'effondrement.

Lorsqu'elle se tourna vers lui, il vit dans ses yeux bleus qu'elle était toujours en colère contre lui. Et le regard tranchant qu'elle lui lança la rendit encore plus sexy.

Le seul fait de la revoir lui rappela leur rencontre sept ou huit mois plus tôt. Ce jour-là, elle était venue passer un entretien pour travailler avec lui. Elle s'était montrée exemplaire et très professionnelle, mais ses qualités n'avaient pas suffi à compenser les faiblesses de son CV. Il était tombé sous le charme en discutant avec elle, tout en se rendant compte qu'en plus de son manque d'expérience, elle n'était pas assez dure pour intégrer son équipe. Elle souriait et riait avec un tel naturel… Elle lui était apparue comme une femme incroyablement séduisante, mais aussi incapable de mener une négociation difficile ou de satisfaire un client milliardaire aux exigences illimitées. Il le lui avait dit, et elle l'avait mal pris. Elle avait voulu se défendre, et c'est là qu'il avait vu pour la première fois ce feu dans son regard.

Finalement, elle n'avait pas obtenu le poste qu'elle était venue chercher, mais il lui avait tout de même téléphoné quelques semaines plus tard. Pour l'inviter à dîner. Tout en refusant, elle avait profité de son appel pour l'assaillir de questions au sujet de l'immobilier. Leur conversation avait peu à peu dévié vers des sujets plus personnels, et ils s'étaient retrouvés à discuter pendant plus d'une heure. Cela s'était reproduit trois ou quatre fois, et quand il l'avait de nouveau invitée à dîner, elle avait accepté.

— Bonjour, Michael, dit-elle d'une voix polie et froide à la fois.

Jamais elle ne lui avait parlé sur ce ton, pas même quand elle l'avait quitté. Ce jour-là, elle n'avait eu que des sanglots dans la voix, et il était resté muet et désemparé face à ses larmes.

— Bonjour, Charlotte. Je suis ravi de te revoir.

Il s'approcha d'elle et la vit hésiter avant de serrer la main qu'il lui tendait. Ce contact eut beau être bref, il suffit à lui rappeler la sensation exquise de sa peau contre la sienne et les étreintes passionnées qu'il avait connues avec elle pendant trois mois. Elle avait pu le rendre fou par moments, mais c'était aussi pour cette raison qu'il ne l'oublierait jamais.

Tandis que Sawyer allait s'asseoir derrière son bureau, Michael prit place sur le siège libre à côté de Charlotte et ne put s'empêcher de la regarder furtivement quand elle croisa les jambes avec grâce. Il savait pourtant que c'était à Sawyer qu'il devait accorder toute son attention.

— Michael, si j'ai demandé à Charlotte de rester

pour assister à notre rendez-vous, c'est parce que j'ai pris une décision concernant le Grand Legacy. Je vais confier à ma sœur la vente de la moitié des appartements.

Michael dut prendre sur lui pour garder son calme. Cette surprise de dernière minute ne lui plaisait pas du tout.

— Vous êtes sérieux ? demanda-t-il à Sawyer.

Il se rendit compte que sa voix trahissait sa colère. Mais il avait toutes les raisons d'être furieux !

En se tournant vers Charlotte, il vit qu'elle luttait pour se retenir de rire. Il connaissait ce regard. La façon qu'elle avait de contracter les coins de sa bouche.

— Je sais que vous ne vous attendiez pas à ça, reconnut Sawyer. Et croyez-moi, j'aurais préféré que cela se passe autrement. Mais vous deviez déjà être en route quand Charlotte et moi avons abordé le sujet ce matin.

— Vous êtes conscient que je suis capable de vendre ces appartements en dix fois moins de temps que votre sœur, n'est-ce pas ? répliqua Michael.

Charlotte se tourna brusquement vers lui, ses cheveux fouettant l'air. Toute trace d'ironie avait soudain disparu de son visage.

— Pardon ? riposta-t-elle avec un air scandalisé.

— C'est la vérité, affirma Michael en haussant les épaules.

Il se cala ensuite au fond de son siège, tout en se rappelant qu'il devait rester imperturbable.

— Je comprends ce que vous voulez dire, lui répondit Sawyer. Vous êtes la star des agents immobiliers. C'est indéniable. Cependant, ajouta-t-il après un bref silence, Charlotte est de ma famille. Et elle a mis en avant certains avantages auxquels je n'avais pas pensé, en toute honnêteté, et qu'elle est la seule à posséder.

— Puis-je savoir lesquels ?

Michael ne voyait pas quel talent il pouvait bien lui manquer. C'était lui, le meilleur. Tout le monde le savait. Parce qu'il se démenait chaque jour pour progresser plus vite que les autres.

Charlotte secoua la tête en soupirant.

— J'ai une histoire avec le Grand Legacy Hotel, lui rappela-t-elle. Je le connais presque aussi bien que Sawyer. Et je porte le nom de Locke. Cela compte aussi.

Il ne pouvait pas la contredire sur ce point.

— Si les clients veulent rencontrer un membre de la famille, répliqua-t-il, je pourrai toujours leur présenter Sawyer. Mais j'aurai gagné leur confiance bien avant ça. J'aurai déjà mis toute mon expérience à leur service. Combien de propriétés as-tu déjà vendues depuis que tu es agent immobilier ? demanda-t-il à Charlotte.

— Je ne suis pas là pour parler de mon CV. Ce n'est pas ce qui intéresse Sawyer.

— Je n'ai pas dit que ça ne m'intéressait pas, dit Sawyer. Je souhaite simplement regarder au-delà afin d'établir un compromis.

C'était donc ça. Un compromis. Exactement ce que Michael n'aimait pas.

— Sawyer, lui dit-il, j'ai déjà une liste d'acheteurs potentiels. Vous n'avez qu'à me donner le signal de départ et je pourrai lancer les visites dès aujourd'hui.

— Je connais une acheteuse prête à faire une offre écrite dès aujourd'hui pour l'un des appartements, répliqua Charlotte.

Mais Michael savait que c'était impossible. Personne n'avait encore visité les biens à vendre.

— C'est du bluff, dit-il à Sawyer.

— Absolument pas, se défendit Charlotte en lui lançant un regard furieux. Je n'ai pas besoin de ça.

— Alors où se trouve cette mystérieuse acheteuse ? demanda Michael.

— Tu l'as devant toi, répondit-elle en levant fièrement la tête.

Il ne put s'empêcher de rire.

— Tu es sûre de vouloir faire ça ? demanda-t-il. Tu risques de ne pas aimer ton premier voisin.

— Pourquoi dis-tu cela ?

— Michael m'a fait une offre il y a quelques semaines pour emménager lui-même dans l'un des appartements, précisa Sawyer.

— J'ai vraiment hâte de m'installer, dit Michael. Je serai beaucoup plus près de mon bureau. Les trajets me font perdre un temps fou.

— Tu es sérieux ? demanda Charlotte.

— C'est plutôt à toi que je voudrais poser cette question, dit Sawyer à sa sœur. Ta décision est-elle mûrement réfléchie ?

— Oui, répondit-elle en pinçant les lèvres. Absolument. Je cherche un endroit où m'installer. J'ai rendu mon appartement quand je suis partie en Angleterre. Je suis au Grand Legacy depuis mon retour et je m'y sens aussi bien pour vivre que pour travailler. Je pourrai proposer aux clients des visites à toute heure du jour ou de la nuit. Et je serai disponible pour me consacrer entièrement à ce projet, ce qui ne sera sûrement pas le cas d'un agent qui est occupé tous les jours à vendre des dizaines de propriétés.

— Charlotte n'a pas tort sur ce point, dit Sawyer en regardant Michael. Vous ne pouvez pas nier que c'est une bonne raison pour lui confier la moitié du catalogue.

Michael ne manquait pas d'arguments à lui opposer, mais il savait que c'était peine perdue. Charlotte était la sœur de Sawyer et il ne pouvait pas lutter contre cela. Il devait réfléchir à long terme, penser à toutes les collaborations futures qui s'offriraient à lui s'il entretenait une bonne relation avec les frères Locke. Ce serait la meilleure façon de conserver son avance sur Gabe Underwood.

— Je n'ai aucune intention de m'interposer entre vous et votre famille, dit-il à Sawyer. Je comprends que ce soit important pour vous de faire profiter de cette occasion à votre sœur.

— Merci, répondit Sawyer avec chaleur. Sincèrement. Je vous le revaudrai.

Michael sourit intérieurement.

— Je vous en prie, répondit-il, c'est tout naturel.

— Si cela vous convient, dit Sawyer en se levant, nous ferons rédiger les contrats dans la journée afin de lancer la vente au plus vite. Ce sera l'aboutissement de mon projet pour le Grand Legacy.

— Je suis vraiment heureuse que nous travaillions ensemble, dit Charlotte en enlaçant son frère. Merci de bien vouloir me faire confiance.

En les regardant, Michael fut conforté dans l'idée qu'il avait adopté la bonne stratégie. Rien n'était plus fort que les liens familiaux et il avait bien fait d'en tenir compte.

Comme Sawyer les raccompagnait tous les deux dans le hall, son assistante lui annonça qu'il avait un appel en attente et il se hâta de leur dire au revoir pour aller répondre dans son bureau.

En voyant Charlotte prendre son manteau, Michael s'approcha d'elle par habitude pour l'aider à le mettre.

— Non, merci, dit-elle en s'écartant brusquement. Je peux me débrouiller toute seule.

— Je vais descendre avec toi.

— Je prends l'escalier.

— Moi aussi.

— Comme tu veux.

Elle descendit en tenant les deux rampes qui bordaient les marches, empêchant ainsi Michael de venir à côté d'elle.

— Charlotte, dit-il quand ils furent arrivés en bas, attends une seconde.

Il la prit par le bras pour la retenir, mais la lâcha dès qu'il vit le regard de mépris qu'elle lui lançait.

— Tu as rendu ton appartement quand tu es partie en Angleterre ? demanda-t-il. Tu comptais rester là-bas ?

Il avait du mal à croire à une coïncidence. Elle l'avait quitté, avait rompu tout contact avec lui, puis une connaissance commune lui avait appris qu'elle s'était envolée pour l'Europe sans dire au revoir à personne.

— Je ne savais pas combien de temps j'allais y rester, répondit-elle. Mais comme j'étais arrivée à la fin de mon bail, j'ai mis mes affaires au garde-meuble et je suis partie.

— Ce doit être agréable de pouvoir partir du jour au lendemain, sans être retenue par des responsabilités.

— J'avais besoin de me ressaisir. Et ma tante me manquait.

Besoin de se ressaisir ? Il ignorait ce qu'elle entendait par là, mais il savait en revanche qu'elle avait tendance à fuir dès qu'un problème se présentait à elle.

— Tu sais, dit-il, la fuite n'est pas une solution quand

on traverse une mauvaise passe. Voilà une chose que mon père m'a apprise.

— Je t'arrête tout de suite. Tu ne sais même pas pourquoi je suis allée en Angleterre, alors ne commence pas à faire des suppositions, d'accord ?

— Tu n'as qu'à m'expliquer.

— Laisse-moi réfléchir… Non.

Ce qu'elle pouvait être têtue !

— Tout ce que je veux dire, précisa-t-il, c'est que quand les choses se compliquent, il faut continuer d'avancer. C'était un problème lorsque nous étions ensemble. Tu te laissais toujours perturber par des petites choses. Et tu venais sans cesse me parler de tes problèmes, en espérant que j'allais les résoudre.

Elle semblait avoir toutes les peines du monde à contenir sa colère.

— Premièrement, je ne crois pas t'avoir demandé ton avis plein de sagesse sur l'existence. Et deuxièmement, tu as beaucoup à apprendre sur les femmes. Je n'ai jamais voulu que tu résolves mes problèmes. Je souhaitais seulement que tu m'écoutes.

Il reconnut intérieurement qu'elle l'avait quelque peu décontenancé. Mais seulement l'espace d'une seconde.

— Très bien, dit-il. Je t'écoute. Dis-moi pourquoi tu es allée en Angleterre.

Elle lui lança un regard noir.

— C'est un peu tard pour te montrer attentif. Au revoir, Michael.

Sur ces mots, elle sortit de l'immeuble à la manière d'une tragédienne quittant la scène. Il la suivit jusqu'à la rue.

— Oh ! non, grommela-t-elle quand ils furent sur

le trottoir. J'ai oublié de demander à Lily d'appeler une voiture.

— Tu veux que je le fasse ? Ou que je téléphone à Lily ?

Elle posa son sac à main sur sa cuisse et se pencha pour fouiller à l'intérieur.

— Non, répondit-elle. Je vais prendre un taxi.

— Tu ne préférerais pas que je t'emmène ? J'ai ma voiture. Tu risques de geler avec ce froid.

Comme il faisait un pas vers elle, elle le fusilla à nouveau du regard. Ses joues avaient déjà rosi et de petites bouffées de vapeur s'échappaient de ses lèvres à chacune de ses respirations.

— J'aime le froid, affirma-t-elle.

— Non, je sais que tu détestes ça.

— Tu crois me connaître, Michael. Mais tu te trompes. Tu n'en as jamais pris le temps.

Puisqu'elle s'obstinait à le critiquer par ses allusions incessantes au lieu de lui parler normalement, il ne voyait pas l'intérêt d'insister. Il n'avait pas la patience de poursuivre cette conversation absurde avec elle.

— D'accord, répondit-il simplement. Dans ce cas, je te souhaite une bonne journée.

Il tourna les talons et se dirigea vers le parking.

— Moi, lança-t-elle, je te souhaite de passer la pire journée de ta vie !

Préférant l'ignorer, il poursuivit son chemin et récupéra sa voiture. Il démarra, quitta sa place de stationnement et regagna la rue. C'est alors qu'il vit que Charlotte était toujours sur le trottoir, à attendre un taxi. Il soupira. Le plus simple aurait été de passer sans s'arrêter en la laissant se débrouiller toute seule. Mais curieusement, une petite voix intérieure lui souffla qu'il avait sans doute certaines choses à se faire pardonner. Même s'il ne comprenait pas toujours le langage codé de Charlotte, de toute évidence, son attitude avec elle n'avait pas été exemplaire.

Il baissa sa vitre et un courant d'air glacial traversa sa voiture.

— Charlotte. Viens. Je vais t'emmener.

— Un taxi va sûrement passer d'une minute à l'autre, répondit-elle sans même le regarder.

La rue était déserte.

— J'allume le chauffage de ton siège, dit-il.

Comme il s'y attendait, elle ne résista pas à cette ultime tentation.

— D'accord, répondit-elle finalement.

La tête rentrée dans les épaules, elle avança d'un pas pressé jusqu'à la portière côté passager tandis qu'il remontait la vitre. Dès qu'elle fut à l'intérieur, son délicieux parfum vanillé emplit la voiture, rappelant à Michael les heures exquises qu'ils avaient passées ensemble. Si seulement il avait pu s'offrir un moment avec elle en toute intimité… Pour elle, il aurait été prêt à sacrifier une partie de sa journée de travail. Mais de toute évidence, elle ne partageait pas cette envie.

— Tu dois me promettre que tu vas conduire prudemment, dit-elle en approchant les mains du chauffage.

— Charlotte, tu me connais. La prudence ne fait pas partie de mon vocabulaire.

Charlotte sentait son cœur battre si fort qu'elle ne sursauta même pas quand Michael klaxonna en criant contre le conducteur qui roulait devant lui. Elle était encore en train de penser à la scène qui venait de se dérouler dans le bureau de Sawyer. Et dire qu'elle avait cru faire un effet triomphal en annonçant qu'elle voulait acheter l'un des appartements du Grand Legacy… Tout cela pour apprendre que Michael avait lui-même fait une offre depuis des semaines ! Elle n'en revenait pas qu'il ne l'ait tenue au courant de rien alors qu'ils étaient ensemble. S'ils avaient formé un couple normal, un *vrai* couple, elle aurait été la première à savoir que Michael faisait des affaires avec son frère et qu'il prévoyait de lui acheter un appartement.

Elle se sentait stupide, mais à présent, elle n'avait plus d'autre choix que d'honorer sa proposition. Sawyer avait d'elle l'image de quelqu'un qui lançait de grandes idées et finissait toujours par se rétracter. Elle ne pouvait pas se permettre de tomber une nouvelle fois dans ce travers. De surcroît, sa course avec Michael avait déjà commencé et elle refusait de le laisser prendre de l'avance.

— Bon sang, ce n'est pas possible ! s'exclama-t-il en klaxonnant de nouveau. Tu vas avancer, oui ?

— Tu vois ? C'est pour ça que je ne voulais pas monter dans ta voiture. J'aurais été beaucoup plus détendue avec un chauffeur professionnel.

— Tu es entre d'excellentes mains, assura-t-il tout en changeant de file sans regarder et sans mettre son clignotant.

Elle s'enfonça dans son siège en soupirant. Pourquoi ne pouvait-elle pas détester Michael, tout simplement ? Cela aurait été tellement plus simple ! Mais elle savait qu'une partie d'elle était heureuse de se trouver avec lui dans cette voiture, en dépit de sa conduite infernale.

Au cours de ses cinq semaines en Angleterre, elle avait passé presque tout son temps à parler avec sa tante de Michael et de ses relations compliquées avec les hommes en général. D'après Fran, c'était une bonne chose d'être optimiste, mais ce n'était pas une raison pour plonger la tête la première à chaque nouvelle histoire. Enfin, ce n'était pas tout à fait ce qu'elle lui avait dit. Ses mots exacts avaient été : « Charlotte, quand cesseras-tu de choisir les prénoms de tes enfants dès le premier rendez-vous ? » Charlotte savait bien qu'elle avait tendance à s'emballer, mais elle n'arrivait pas à changer.

Et pour cause. Elle était comme cela depuis toujours. Petite fille, déjà, elle avait dû subir les moqueries continuelles de ses frères à propos des garçons dont elle tombait amoureuse. C'était ainsi depuis Darren Willingham, le premier garçon qu'elle avait embrassé dans la cour de récréation à l'âge de quatre ans. D'après ce que racontait sa famille, elle avait annoncé ses fiançailles avec lui le soir même à table. Noah et Sawyer prétendaient même qu'elle avait commencé à dessiner l'église, les fleurs et sa robe de mariée, mais elle n'avait aucun moyen de savoir si c'était vrai. Seule leur mère s'était trouvée avec eux à ce moment-là, et elle était décédée avant que Charlotte puisse lui poser la question.

Quoi qu'il en soit, les railleries de ses frères ne l'avaient en rien fait renoncer à trouver l'amour. À seize ans, elle avait compris qu'il lui suffisait de sortir en cachette et d'aller en soirée pour trouver l'affection dont elle était privée chez elle. Quelques verres obtenus grâce à une fausse pièce d'identité, un beau jeune homme dansant avec elle et mourant d'envie de l'embrasser et de la ramener chez lui, voilà l'illusion dont elle s'était longtemps servie pour combler un manque. Jusqu'à sa rencontre avec Michael. Elle avait tellement cru en leur relation…

Jamais elle n'avait autant désiré l'amour d'un homme. Elle avait tout essayé pour lui plaire, pour devenir la petite amie parfaite. Elle s'était lancée dans la préparation de recettes qui prenaient des heures, précisément parce que tout le monde savait qu'elle était la pire cuisinière du monde. À chaque fois qu'elle l'avait vu préoccupé par son travail, elle avait voulu l'inciter à se confier. En vain. Il était resté insensible à tous ses efforts. Sans doute parce qu'il avait l'habitude que les femmes se mettent en quatre pour lui.

Son absence de réaction l'avait fait souffrir, mais elle ne s'était pas découragée pour autant. Au contraire, elle avait décidé de sortir le grand jeu et d'organiser une soirée romantique chez lui. Elle avait acheté une superbe chemise de nuit en soie et fait livrer par un traiteur le plat préféré de Michael. Tout s'était passé comme prévu au début. Ils avaient dîné, ils avaient fait l'amour. Elle avait attendu le bon moment pour lui avouer ses sentiments. Blottie dans ses bras, le visage tout près du sien, elle avait été sur le point de lui dire qu'elle l'aimait. Mais il avait pris la parole avant elle, pour lui dire qu'elle semblait attendre beaucoup plus de leur relation qu'il ne pouvait donner. Qu'il n'était pas disponible pour se consacrer à une vraie vie de couple. Que c'était impossible avec lui.

— Alors ? lui demanda-t-il soudain. Que comptes-tu faire ?

Posant instinctivement la main sur son ventre, elle songea au nombre de fois où elle s'était posé la même question ces derniers temps. Elle avait tant de choses à faire, à organiser… Tout la terrifiait, à commencer par la perspective d'annoncer la nouvelle à Michael. S'il avait réussi à anticiper sa déclaration d'amour, elle était sûre qu'il ne s'attendait absolument pas à devenir père.

Toutefois, la situation avait beau être compliquée, elle était au comble du bonheur à chaque fois qu'elle pensait au bébé qu'elle allait mettre au monde. Bien sûr, devenir mère allait être le plus grand défi de sa vie, et elle n'était pas du tout sûre d'être à la hauteur. Mais enfin, elle allait avoir quelqu'un à qui donner tout l'amour qu'elle avait en elle.

— Ce que je compte faire ?

— Oui, pour arriver à vendre la moitié des appartements du Grand Legacy.

C'était très simple. Elle allait prendre son carnet d'adresses et passer des coups de téléphone en commençant par ses contacts les plus fortunés.

— Je ne pense pas devoir te révéler ma stratégie, répondit-elle.

— Donc tu n'en as aucune.

Son arrogance lui donnait envie de hurler. Et de l'embrasser. C'était tellement déroutant…

— C'est faux. Simplement, ma technique est moins rigide que la tienne. Je sais être flexible, m'adapter à la situation. Tu devrais essayer un jour.

Il secoua la tête avec dédain.

— Être flexible, dit-il, ce n'est pas une stratégie. C'est de l'improvisation. Ce n'est pas comme ça qu'on décroche une vente. Il faut une méthode. Pour être un bon vendeur, il faut y réfléchir en permanence et chercher sans cesse à s'améliorer.

Il ne se rendait pas compte qu'en lui disant cela, il ne faisait que remuer le couteau dans la plaie. Elle n'avait pas besoin qu'il lui rappelle que sa carrière était tout pour lui. Elle en avait déjà subi les conséquences.

— Tu sais, poursuivit-il, si tu as besoin d'aide pour enrichir ton réseau, j'organise une soirée tous les ans le vingt-trois décembre. J'invite d'autres agents, des relations et des clients potentiels. Il y a toujours beaucoup de monde. Je crois que les gens sont contents d'avoir un prétexte pour échapper à leur famille pendant les fêtes.

— C'est ton cas ? lui demanda-t-elle. Tu évites ta famille à Noël ?

Tout ce qu'elle savait, c'était qu'il avait un frère et que leurs parents étaient apparemment de grands perfectionnistes. Elle avait bien essayé d'en apprendre plus sur lui, mais il n'avait jamais voulu s'étendre sur le sujet.

— On peut dire ça, répondit-il.

Elle n'avait pas envie d'accepter son aide, mais elle ne voulait pas non plus fermer la porte à une telle occasion.

— Merci pour ta proposition, dit-elle simplement. J'y réfléchirai.

Comme ils arrivaient devant le Grand Legacy, il ralentit pour se garer près de l'entrée.

— C'est un bâtiment vraiment magnifique, dit-il en se penchant au-dessus d'elle pour admirer la façade.

En voyant son visage si près d'elle, elle se remémora leurs baisers et frissonna d'émotion. Elle n'oublierait jamais le désir qu'elle avait vu briller dans ses yeux, l'intensité avec laquelle il lui avait fait l'amour. Lui, l'homme le plus séduisant et le plus courtisé qu'elle ait jamais rencontré. Dans ces moments-là, elle avait eu l'impression de vivre un rêve.

Hélas, le réveil avait été brutal, mais elle ne pouvait

plus se permettre de se lamenter sur son sort. Elle devait aller de l'avant, préparer son avenir et celui de son bébé. Car tous les deux, ils n'auraient personne d'autre sur qui compter.

— Oui, approuva-t-elle, il est superbe. Je l'adore. Et c'est pour ça que je vais vendre mes appartements plus vite que toi. Parce que cette mission me tient plus à cœur.

Elle saisit la poignée de sa portière.

— Ah, d'accord, dit-il avec un air amusé. Alors pour toi, nous faisons la course ?

— Non, répondit-elle, tout en sachant qu'elle jubilerait si elle parvenait à finir ses ventes avant lui. Il me semble que nous avons passé l'âge.

— Oui. En plus, ajouta-t-il d'une voix rauque, je ne vois pas quel pourrait être le prix pour le vainqueur.

Comment pouvait-elle encore être troublée par lui après tout ce qui s'était passé entre eux ? Pourquoi fallait-il qu'il soit aussi irrésistible ?

— Tu fais ce que tu as à faire, dit-elle. Moi de même.

— Rien ne m'empêche de me dire que c'est une course. Pour rester motivé.

— Quoi ? Tu ne peux pas faire ça. Je refuse de faire la course avec toi. Si tu veux jouer, tu devras trouver quelqu'un d'autre.

— Mais si, répliqua-t-il, je peux très bien faire ça si j'en ai envie.

— Tu es ridicule. Je m'en vais, dit-elle en voyant le portier venir vers elle pour l'accueillir.

— Ne me remercie pas pour le trajet, voisine.

C'était un plaisir. Et note bien que la course commence maintenant.

Parfait. Puisque la compétition était lancée, elle était bien décidée à tout faire pour la remporter.

3

Debout dans la porte de son nouvel appartement, Charlotte regardait avec fascination les biceps de l'homme à l'allure de surfeur qui se tenait devant elle.

— Madame, où voulez-vous que nous mettions ça ?

Chad, le chef de l'équipe de déménageurs qu'elle avait engagée, chassa d'un souffle la mèche blonde qui lui retombait sur le front. Son visage hâlé brillait de sueur. Ses muscles saillaient sous son T-shirt noir qui portait le nom de son entreprise : Beaux et Musclés.

Charlotte se sentait euphorique. Cela faisait des mois qu'elle ne s'était pas autant amusée.

— Dans la chambre, s'il vous plaît, répondit-elle d'une voix charmeuse. Merci, Chad. Et je vous en prie, appelez-moi Charlotte.

— Entendu, Charlotte, dit-il avec un clin d'œil.

Ces garçons étaient adorables. Aussi bien Chad que le grand Marco au sourire ravageur, Phil le mannequin déménageur avec ses lunettes de bon élève, ou James, plus sérieux et mystérieux, qui arborait un tatouage énigmatique sur le bras.

— Je n'en reviens pas que tu aies choisi ces déménageurs, chuchota Fran. Mais je dois dire que c'était une excellente idée.

— Nous avons bien le droit de nous amuser un peu. C'est tellement pénible, un déménagement…

Charlotte avait déménagé treize fois, soit plus d'une fois par an depuis son départ du foyer familial à l'âge de dix-huit ans. Ce jour-là, son père lui avait annoncé qu'il refusait de supporter ça plus longtemps. Elle, ses frasques incessantes, et en particulier ses escapades pour aller danser jusqu'au bout de la nuit. Son comportement en général qui faisait honte à la famille Locke.

Curieusement, les écarts de conduite de ses frères n'avaient dérangé personne. Ils n'étaient certes pas allés aussi loin qu'elle, mais ils n'avaient pas été irréprochables pour autant. Et pourtant, leur père ne leur avait jamais fait la moindre remarque. Cette injustice avait rendu Charlotte si furieuse qu'elle s'était finalement réjouie de partir pour vivre en toute indépendance. Dès le lendemain, elle avait commencé son activité d'organisatrice de fêtes, qu'elle avait poursuivie pendant deux ans en même temps que ses études. Puis, comme elle s'ennuyait de plus en plus, elle avait quitté l'université et changé de métier pour devenir décoratrice d'intérieur.

— Et ce sont d'excellents déménageurs, ajouta-t-elle.

— Ils sont tout de même arrivés un peu tard, souligna Fran en regardant sa montre. Tu n'étais pas censée libérer le monte-charge à 14 heures ? Il est presque 14 h 30.

La tante de Charlotte releva gracieusement les manches de son T-shirt à manches longues rose pâle. Même pour un déménagement, elle était très élégante avec son pantalon cigarette noir, ses ballerines et ses perles aux oreilles.

Charlotte, elle, avait opté pour une tenue plus sportive. Elle portait un legging et un débardeur moulant par-dessus lequel elle avait enfilé un T-shirt ample, et elle s'était attaché les cheveux en queue-de-cheval. Toutefois, en pensant qu'elle allait passer la moitié de la journée avec de beaux déménageurs, elle avait pris le temps de se maquiller légèrement. Elle tenait à soigner son apparence.

— Je crois qu'ils ont presque fini, répondit-elle à sa tante.

— Oui, madame, confirma Chad qui arrivait derrière elle. Plus qu'un ou deux voyages et vous serez débarrassées de nous. Les gars sont en train de monter les plus gros meubles.

Couché au fond de sa caisse, Thor poussa de petits cris plaintifs. Charlotte courut vers le coin tranquille où elle l'avait laissé et se baissa pour passer la main entre les barreaux.

— Désolée, mon chien, dit-elle tandis qu'il lui léchait les doigts en agitant la queue. Je pourrai bientôt te libérer. Mais pour l'instant, tu dois rester bien sage ici. Je ne peux pas te laisser sortir tant que la porte est grande ouverte. Je te connais, tu te sauverais aussitôt.

Elle se releva et se tourna vers Fran.

— Si nous commencions à déballer la vaisselle ? proposa-t-elle. Je mangerais bien quelque chose.

Sa tante l'accompagna dans la cuisine équipée. Charlotte avait conscience qu'elle n'utiliserait jamais ce matériel digne d'un restaurant, mais elle adorait cette pièce. Des placards blancs, des plans de travail en marbre, des appareils en chrome flambant neufs, un superbe îlot central... L'architecte de Sawyer avait pensé à tout pour que ce soit parfait. C'était pareil dans la salle de bains, qui comportait une grande baignoire dans laquelle elle avait hâte de se prélasser.

Ces appartements qui occupaient désormais les derniers étages de l'hôtel étaient une idée de Sawyer. Il avait tenu à remplacer une partie des chambres par des logements de luxe qui seraient occupés par des résidents à l'année, afin de donner encore un peu plus d'âme au Grand Legacy. Charlotte admirait l'énergie et l'audace de son frère, qui avait rénové l'hôtel familial sans avoir peur de faire des changements. Et elle ne pouvait que lui être reconnaissante pour cette innovation qui lui offrait une superbe occasion commerciale.

— J'ai ma première visite lundi matin, dit Charlotte à sa tante en ouvrant un carton de verres. Avec une cliente que j'ai connue à l'époque où j'organisais des soirées. Elle vient de toucher une grosse somme d'argent à la suite de son divorce. Elle vivait dans le New Jersey et souhaite s'installer en ville.

Fran s'approcha pour l'aider à déballer les verres.

— Ça a l'air prometteur, répondit-elle à Charlotte. Rappelle-moi combien d'appartements tu as à vendre ?

— Maintenant que j'en ai acheté un, il m'en reste sept. On ne dirait peut-être pas comme ça, mais c'est beaucoup. Il y a une telle concurrence sur le marché ! Et il faut trouver le bon acheteur.

— Celui qui a les moyens de s'offrir un bien comme celui-ci.

— Et qui aime l'idée d'habiter dans un hôtel. Sawyer a bien précisé que ce devait être des résidences principales. Il ne veut pas vendre les appartements à des gens qui ne seront jamais là. Donc il ne suffit pas de mettre la main sur une personne qui a un compte en banque bien rempli.

— En fait, tu pourrais presque présenter l'ensemble comme un petit immeuble. Avec seulement quatre étages, l'espace dédié aux appartements offrira une certaine intimité aux habitants. Cela devrait plaire aux acheteurs.

— Mais pour monter chez eux, ils devront tout de même partager les ascenseurs avec tous les clients de l'hôtel.

— Ça, inutile de le leur rappeler. Mieux vaut mettre l'accent sur le merveilleux restaurant installé au rez-de-chaussée et sur le fait qu'ils auront bientôt deux bars à leur disposition dans le bâtiment. Je ne connais pas beaucoup d'immeubles qui offrent de tels avantages.

— Tu as raison.

Chad fit alors son apparition dans l'encadrement de la porte.

— Je crois que nous avons un problème, dit-il en les regardant de ses grands yeux marron. Un autre résident emménage aujourd'hui. Il a besoin du monte-charge et se plaint que les horaires ne soient pas respectés. Il veut vous parler.

Un autre résident ? Cela ne pouvait être qu'une seule personne. Michael Kelly. Elle l'aurait su si un autre appartement avait déjà été vendu.

— Où est-il ? demanda-t-elle.

— Dans le couloir, en train de s'énerver contre mes gars.

Charlotte soupira et se tourna vers sa tante.

— Je reviens tout de suite, lui dit-elle.

Tout en se répétant qu'elle devait garder son calme, elle sortit, suivie de près par Chad, et ne tarda pas à entendre des voix d'hommes venant du palier où se trouvaient les ascenseurs. C'était celle de Michael qui résonnait le plus fort. Cette voix qu'elle avait tant aimée…

Comme le couloir formait un angle, elle dut marcher encore quelques mètres avant de le voir, debout au milieu des déménageurs, les yeux fixés sur la porte du monte-charge.

— Si vous ne tournez pas ce canapé sur le côté, dit-il, vous n'arriverez jamais à le faire sortir.

Quand il vit Charlotte arriver, il se contenta de secouer la tête avec dédain. Évidemment, il savait tout mieux que tout le monde.

— Il y a un problème ? demanda-t-elle avec un sourire forcé.

— Ces déménageurs sont incompétents, et ils refusent que je touche à ton canapé.

Elle se pencha pour regarder ce qui se passait à l'intérieur de l'ascenseur. Deux employés de Chad essayaient de faire pivoter le canapé, en vain. Il était coincé.

— Chad, demanda-t-elle, vous voulez bien vous en occuper ? Je pense que vous avez assez de force et de savoir-faire pour régler ça afin que nous puissions laisser l'ascenseur à M. Kelly.

— Bien sûr, Charlotte.

Il donna les instructions nécessaires pour que ses hommes puissent enfin sortir le canapé. Pendant ce temps, Michael faisait les cent pas dans le couloir, les bras croisés et l'air excédé. Il portait un jean et un T-shirt des Boston Celtics. Elle l'avait toujours trouvé encore plus sexy en jean qu'en costume, ce qui n'était pas peu dire. Peut-être que cette tenue décontractée lui plaisait parce qu'elle le rendait un peu plus accessible.

— Super, tes déménageurs, dit-il avec ironie. Beaux et Musclés ? Sérieusement ?

— Ne me dis pas que tu es jaloux. Je ne pensais pas que c'était possible.

Pourtant, elle voyait bien qu'il regardait de travers les beaux déménageurs qu'elle avait engagés. Tant mieux. Cela allait rééquilibrer le rapport de force entre eux. Car la veille, en descendant de sa voiture, elle avait eu la sensation qu'il avait pris le dessus sur elle.

— Non, Charlie. Je ne suis pas jaloux.

Elle sentit sa gorge se serrer. « Charlie ». Ce simple mot avait suffi à lui faire perdre ses moyens. Jamais personne avant lui ne lui avait donné ce surnom, et le fait de l'entendre à nouveau la bouleversait. C'était dans les moments d'intimité qu'il l'avait appelée comme cela. Hélas, elle avait commis l'erreur d'y voir une marque d'amour, ou au moins d'affection…

— Voyons, Michael, un peu d'humour. C'est une équipe formidable. Ils sont très professionnels.

— Je crois que j'ai compris le problème, dit soudain Chad.

— Oh ! formidable, railla Michael. Il croit qu'il a compris le problème. Tu les trouves peut-être professionnels, mais j'ai six déménageurs en bas qui attendent l'ascenseur que j'avais réservé pour 14 heures. Tu me fais perdre du temps.

— Je suis désolée. Je ne savais pas que tu étais aussi pressé.

— J'ai une visite ce soir. Ici.

— Ce soir ?

Et voilà. Il était de nouveau en avance.

— Oui, ce soir. Tu sais que je n'aime pas traîner.

Oui, elle le savait. Et c'était terrible de se sentir à ce point rabaissée par sa remarque.

— J'ai du travail. Je ne vais pas rester là toute la journée à attendre de pouvoir monter mes affaires dans mon appartement, ajouta-t-il en montrant du doigt le bout du couloir.

— Tu as pris l'appartement qui fait le coin, mais au dix-huitième étage, c'est bien ça ? On m'a dit que tu allais emménager tout en haut de l'immeuble. Pitié, dis-moi que tu n'es pas au quinzième.

Charlotte sentit son cœur cogner contre sa poitrine. Elle n'était même pas encore installée que, déjà, elle devait penser à déménager.

Michael allait devoir mentir à Charlotte. Il ne pouvait pas faire autrement.

— Depuis le début, dit-il, j'ai l'intention de m'installer au quinzième. Ce sera plus calme. Les appartements du haut sont trop proches de la terrasse commune. Il risque d'y avoir trop de fêtes à mon goût.

En réalité, il avait dit à Sawyer qu'il avait changé d'avis et qu'il préférait s'installer au même étage que Charlotte, au prétexte que les appartements du dernier étage étaient plus exceptionnels et donc plus faciles à vendre. Il avait même réussi à se convaincre que c'était la vraie raison. Mais à l'instant où il avait vu Charlotte aujourd'hui, l'évidence s'était imposée à lui. Il était toujours autant attiré par elle. Le sentiment qu'elle provoquait en lui lui semblait même encore plus intense maintenant. Était-ce à cause du mépris qu'elle affichait envers lui ? Cela la rendait-il encore plus sexy ?

Quoi qu'il en soit, rien n'avait changé entre eux. La

conversation qu'ils étaient en train d'avoir montrait une fois de plus qu'ils n'étaient pas faits pour s'entendre.

— Tu vas habiter au bout du couloir. Au même étage que moi, dit-elle avec une mine déconfite.

Était-ce donc si terrible que cela ?

— Je suis navré que cette idée te répugne, répondit-il, mais oui.

— Bon.

La moue qu'elle fit lui donna incroyablement envie de l'embrasser. La colère la rendait encore plus irrésistible.

— Ça y est ! dit l'un des déménageurs en sortant le bout du canapé de l'ascenseur.

— Très bien, dit Charlotte en effleurant le bras de Chad du bout des doigts. Voilà qui va permettre à M. Kelly de se détendre.

Pourquoi s'obstinait-elle à lui donner le mauvais rôle alors que c'était elle qui ne respectait pas les horaires ?

Les déménageurs portèrent le canapé turquoise jusqu'à Charlotte et Michael.

— On vous emmène ? demanda Chad à Charlotte.

— Je vous demande pardon ? demanda-t-elle en prenant une voix de princesse de dessin animé.

— Montez sur le canapé, répondit Chad, on vous portera jusqu'à votre appartement.

— Vous êtes sérieux ? répliqua-t-elle en gloussant.

— Mais oui. Je vous promets qu'on ne vous fera pas tomber. C'est amusant, vous verrez.

Michael fulminait intérieurement.

— Ah, d'accord, répondit Charlotte. Super.

Elle s'assit sur le canapé et les déménageurs la soulevèrent. Avec un air à la fois surpris et enchanté, elle s'agrippa d'une main puis fit signe à Michael tandis que Chad et ses collègues l'emmenaient.

Si seulement cette bande de bodybuildés avait pu disparaître ! C'était insupportable de voir Charlotte avec eux.

Excédé, Michael se tourna et prit son téléphone pour appeler ses déménageurs qui attendaient toujours au rez-de-chaussée. Contrairement à Charlotte, il avait choisi une entreprise on ne peut plus classique, Manhattan Moving, qui était aussi sobre qu'efficace. Après les avoir prévenus qu'ils pouvaient monter, il alla dans son appartement pour les y attendre en passant quelques coups de téléphone. Comme son bureau n'était pas encore installé, il dut se contenter d'une installation rudimentaire en posant son ordinateur portable sur le plan de travail de la cuisine. Abby, sa chienne labrador marron, semblait se sentir déjà chez elle. Elle était couchée de tout son long, dans la lumière du soleil qui éclairait le salon. Maintenant qu'il allait habiter plus près des bureaux de son entreprise, il espérait avoir plus de temps pour l'emmener courir au parc lui-même, au lieu de la confier systématiquement à un promeneur de chiens.

Il reprit contact avec trois clients qui recherchaient des propriétés, dont celui qui devait venir visiter un appartement le soir même au Grand Legacy. Les déménageurs apportaient leur premier chargement quand il reçut un appel de Chris, son petit frère. Ils se parlaient ou s'envoyaient des messages presque tous les jours.

— Les Islanders ont gagné hier soir, dit Chris.

— Parfois, je rêve que tu aies un vrai travail pour que tu arrêtes de m'appeler en pleine journée, répondit Michael en riant.

Chris habitait à Washington, à une vingtaine de minutes en voiture de chez leurs parents qui vivaient dans le Maryland. Il était lobbyiste. Comme Michael, son statut d'ancien champion olympique lui permettait d'obtenir facilement des rendez-vous, y compris avec des gens haut placés.

— Tu me dois cinq dollars.

Ils pariaient souvent sur les matchs. Cela les amusait d'entretenir leur rivalité, maintenant qu'ils ne nageaient plus l'un contre l'autre.

— Le but de la victoire n'était pas valable, répliqua Michael.

— Si, ils l'ont validé après assistance vidéo. Tu me dois cinq dollars.

— D'accord. Je te les donnerai quand tu viendras pour Noël.

Michael fit un pas de côté pour laisser passer un déménageur qui apportait des cartons dans la cuisine.

— Enfin, si tu veux toujours venir, ajouta-t-il à l'intention de son frère.

— Que voudrais-tu que je fasse d'autre ? Que j'aille rendre visite aux parents ? Je ne pense pas.

Cela faisait six ans que Chris et Michael passaient Noël ensemble mais sans leurs parents. Ils avaient toujours eu des rapports compliqués avec leur père. C'était un être glacial qui n'exprimait jamais son affection et n'aimait que la perfection. Certes, son exigence leur avait permis de devenir de grands champions. Mais elle avait été beaucoup plus difficile à accepter dans le contexte d'une rupture de fiançailles.

— D'accord, dit Michael. Je voulais juste que tu saches que je vais bien. Tu ne dois pas te sentir obligé de venir à New York tous les ans pour me réconforter.

— Détrompe-toi. Tu sais, d'une certaine façon, nous avons tous les deux perdu nos parents ce jour-là.

Michael fit son possible pour ignorer la pointe de culpabilité qu'il ressentait au fond de lui. Chris avait pris son parti quand leur père s'était emporté contre lui, lors de la tragique réception donnée pour ses fiançailles. Leur mère, elle, avait choisi le camp de leur père, ce qu'ils n'arrivaient toujours pas à comprendre étant donné que le couple formé par leurs parents était loin d'être harmonieux.

Du coin de l'œil, Michael vit un petit chien traverser l'entrée en trombe. Charlotte apparut une seconde plus tard, courant pour essayer de le rattraper.

— Thor ! Non ! cria-t-elle.

— Excuse-moi, Chris, dit Michael. Il faut que je te laisse. Je peux te rappeler plus tard ?

— Oui, bien sûr.

Michael raccrocha pour aller voir ce qui se passait. Le chien de Charlotte était maintenant dans le salon, en train de se frotter contre Abby qui le regardait avec stupeur.

— C'est donc lui, Thor ? demanda-t-il à Charlotte.

Elle prit son chien dans ses bras et lui fit la leçon.

— C'est une habitude chez lui ? Faire irruption chez les gens pour se précipiter sur la première chienne venue ?

— Je suis désolée, répondit Charlotte. Il a réussi à sortir de sa caisse et à foncer dans le couloir. J'ai à peine eu le temps de le voir se sauver.

Elle s'assit par terre en tailleur et caressa Abby tout en laissant les deux chiens se renifler mutuellement.

— Salut, Abby, dit-elle. Ça faisait longtemps, hein ?

C'était troublant de voir combien Charlotte pouvait être douce quand elle le voulait. Cela la rendait encore plus belle, si c'était possible.

— Je crois qu'ils vont bien s'entendre, dit-elle en

levant les yeux vers Michael. Je te promets que Thor se tient bien en temps normal. C'est le déménagement qui a dû le perturber. Il ne comprend pas ce qui se passe.

— C'est drôle, j'ai vu des tas de photos de lui mais tu ne l'as jamais amené chez moi. Cela paraît étonnant que je ne l'aie jamais rencontré.

Cette remarque lui valut un nouveau regard noir de la part de Charlotte. Manifestement, il avait dit ce qu'il ne fallait pas. Une fois de plus.

— Tu es sérieux, là ? demanda-t-elle. Ce n'est pas étonnant du tout. Nous allions toujours chez toi et mon chien n'était jamais invité. Voilà l'explication. Heureusement que j'avais une gentille retraitée comme voisine, c'est elle qui s'est occupée de lui pendant toute la durée de notre relation.

En toute sincérité, il n'y avait pas vraiment réfléchi. Cela lui avait simplement paru plus simple de lui donner rendez-vous chez lui.

— Je suis désolé que tu aies ressenti les choses de cette façon.

— Ce n'est pas un sentiment, répliqua-t-elle, c'est la réalité. Tu n'es jamais venu chez moi. Pas une seule fois.

Il avait du mal à la croire… Et pourtant, c'était sans doute la vérité. En trois mois, il n'avait pas pris la peine d'aller voir où elle vivait. Par chance, la sonnerie de son portable interrompit une conversation qui devenait gênante.

— C'est ton frère, dit-il en regardant l'écran. Désolé, il faut que je décroche.

— C'est Sawyer ? Pourquoi est-ce qu'il t'appelle ? demanda-t-elle avec agacement.

— Peut-être parce que nous travaillons ensemble ?

Il décrocha et salua Sawyer avant de lui demander en quoi il pouvait lui être utile.

— En fait, répondit le frère de Charlotte, j'ai une question pratique à vous poser. J'ai un courrier pour vous et je me demandais si je pouvais déjà l'envoyer au Grand Legacy ou si je devais utiliser l'adresse de votre bureau.

— C'est quel genre de courrier ? demanda Michael.

— Une invitation pour mon mariage.

— Oh ! merci. Je serai très heureux d'assister à votre mariage, dit-il pour que Charlotte l'entende.

Elle le regarda avec une mine épouvantée. Quant à lui, il regrettait simplement que cette invitation ne soit pas arrivée un peu plus tôt. Cela lui aurait permis de contrer les vantardises de Gabe Underwood.

— Il aura lieu dans une semaine, dit Sawyer. Je suis conscient de m'y prendre au dernier moment, mais après notre rendez-vous de l'autre jour, je me suis rendu compte que vous étiez la première personne ne faisant pas partie de ma famille qui allait emménager au Grand Legacy. Cela se fête. J'espère que vous serez libre et que nous pourrons vous compter parmi nous le jour J. La cérémonie et la réception auront lieu à l'hôtel, donc le trajet ne sera pas trop long pour vous. Et bien entendu, vous pouvez venir accompagné.

Michael n'avait fréquenté aucune femme depuis que Charlotte l'avait quitté. Plusieurs fois, il avait été sur le point de prendre son téléphone pour inviter l'une de ses connaissances à dîner, mais quelque chose l'en avait empêché. Il ne voyait pourtant pas ce qui le retenait.

— Parfait, répondit-il à Sawyer, dans ce cas vous pouvez me mettre sur la liste avec une personne en plus. Je viendrai avec quelqu'un.

Il guetta la réaction de Charlotte et la vit lever les yeux au ciel.

Après avoir échangé encore quelques mots avec Sawyer, il raccrocha au moment où les déménageurs revenaient avec d'autres cartons et quelques petits meubles.

— Alors comme ça, dit Charlotte, tu vas venir accompagné au mariage de mon frère ? À moins que tu aies dit ça seulement pour me provoquer ?

— Oui. Et non.

— Ce n'est pas ta revanche pour Beaux et Musclés ?

C'est vrai, cela l'avait agacé de la voir avec ces mannequins qui l'appelaient par son prénom et lui lançaient des regards séducteurs. Mais il n'allait certainement pas le lui dire.

— Je n'ai aucune revanche à prendre, répondit-il. Tu es libre de faire ce que tu veux. Dois-je te rappeler que tu as rompu avec moi ?

Il se rendit compte que le ton de sa propre voix trahissait son irritation. Il aurait dû être indifférent à tout cela, mais il gardait le sentiment que tout n'était pas résolu entre elle et lui. Loin de là. Le fait de la revoir réveillait en lui cette sensation d'inachevé.

— J'ai rompu avec toi parce que tu m'as poussée à le faire. C'est pourquoi je pense que nous devrions nous contenter d'une simple relation de voisinage et de concurrence professionnelle.

C'était le seul choix qu'elle lui laissait ?

— Les choses pourraient se passer différemment.

— C'est toi qui dis ça ? répliqua-t-elle. Alors que tu as insisté pour que cette vente d'appartements soit une course entre nous ?

— Cela n'empêche rien.

Elle ferma les yeux et soupira avec exaspération.

— Au revoir, Michael.

— Salut.

Il la regarda s'éloigner dans le couloir, fasciné par le sublime balancement de ses hanches. Son attirance pour elle ne faisait que confirmer ce qu'il pensait : il ne devait pas se rendre seul au mariage de Sawyer. Elle serait sûrement accompagnée, peut-être par le fameux Chad, et il ne supporterait pas de la regarder toute la soirée au bras d'un autre homme sans avoir lui-même une femme à ses côtés.

De surcroît, il était temps qu'il entame une nouvelle relation. C'était la seule façon pour lui de faire définitivement une croix sur elle.

4

Le nouvel appartement de Charlotte commençait à prendre forme, notamment la pièce dans laquelle elle avait installé son bureau. La ravissante table en bois grise qu'elle avait trouvée dans une boutique design de Soho était placée devant la baie vitrée, et une fois assise dans son fauteuil tapissé de lin, elle se sentait pleine d'énergie pour travailler et construire son avenir.

À 9 heures, vêtue d'une jupe ajustée bleu marine, d'un chemisier à carreaux noir et blanc et d'une paire d'escarpins noirs, elle s'assit à son bureau pour préparer sa journée. Elle avait presque l'impression d'être une femme d'affaires accomplie. Une seule chose la tracassait : le temps passait et d'ici une dizaine de jours, elle allait entamer son deuxième trimestre de grossesse.

Cette perspective l'emplissait d'excitation et d'angoisse mêlées. Elle n'avait plus le loisir de rester assise dans son bureau parfait à noter quelques remarques sur son agenda électronique. Bientôt, il faudrait penser à acheter un berceau, un fauteuil à bascule, une commode pour ranger les affaires de son bébé. Elle devrait ensuite suivre des cours de préparation à l'accouchement et s'habituer à vivre avec un gros ventre. Puis il y aurait la naissance, les nuits sans sommeil, et tout ce qu'elle allait découvrir au fil des jours.

Ce n'était pas tout. Fran lui avait fait remarquer qu'elle n'allait plus pouvoir porter très longtemps le genre de tenue qu'elle avait aujourd'hui. Sa silhouette allait changer et les gens allaient le remarquer. Elle devait donc annoncer la nouvelle sans tarder.

Aujourd'hui, c'était le 15 décembre. Ce qui voulait dire que dans dix jours, elle serait chez Sawyer en train de fêter Noël en famille juste avant que les jeunes mariés partent en voyage de noces. Si elle vendait tous ses appartements d'ici là, elle ferait son annonce. Le feu de cheminée, les paquets cadeaux et l'atmosphère de fête… Oui, ce serait le moment parfait pour dire à ses proches que Kendall, sa future belle-sœur, n'allait pas être la seule à donner la vie d'ici quelques mois. Elle imaginait déjà les étreintes et les vœux de bonheur qui allaient suivre. Selon elle, quelles que soient les circonstances, l'arrivée d'un bébé devait toujours être célébrée comme la plus merveilleuse des nouvelles.

C'était précisément pour cette raison qu'elle n'avait encore rien dit à Michael. Elle redoutait sa réaction. Allait-il s'emporter et lui faire des reproches ? Allait-il l'ignorer et lui dire qu'il avait rendez-vous avec un client ? Les mots qu'elle l'avait entendu prononcer quand ils étaient ensemble résonnaient encore dans sa mémoire. « Je n'ai pas l'intention d'avoir des enfants. Je ne veux pas ressembler à mes parents. »

Ses pensées furent interrompues par la sonnerie de son portable. C'était Sawyer qui l'appelait. Sans doute voulait-il vérifier qu'elle était au travail pour vendre ses appartements.

— Salut, Sawyer, dit-elle en décrochant. Comment vas-tu ?

— Quel plaisir d'entendre une voix aussi gaie dès le matin, répondit-il.

Charlotte avait toujours été du matin, même à l'époque où elle sortait tous les soirs. Le fait de rentrer à 4 heures du matin sur la pointe des pieds après une nuit passée à danser ne l'avait jamais incitée à dormir jusqu'à midi.

— J'ai toutes les raisons d'être de bonne humeur, dit-elle. J'ai du travail, des clients à contacter, des appartements de luxe situés dans le plus bel hôtel de Manhattan à faire visiter.

— Alors tout se passe bien ? demanda Sawyer en riant.

— À merveille. Mon bureau est prêt, je n'ai plus qu'à vendre.

Bien sûr, elle était consciente d'embellir quelque peu la situation. Elle avait encore toutes ses preuves à faire en tant qu'agent immobilier.

— Et avec Michael Kelly, ça va ? La situation avait l'air plutôt tendue entre vous. Y a-t-il quelque chose que je devrais savoir ?

Elle hésita avant de répondre. Elle n'allait certainement pas se lancer maintenant, au téléphone, dans le récit de son histoire avec Michael. Mieux valait se contenter de l'explication la plus simple. Cela lui épargnerait aussi de subir les reproches de son frère, qui ne manquerait pas de se moquer d'elle une fois de plus au sujet de sa vie sentimentale.

— J'ai passé un entretien avec lui il y a quelques mois, répondit-elle. Il a refusé de m'engager comme agent immobilier.

— Ah, d'accord. Je ne savais pas. Je suis désolé, tu as dû être très déçue.

Elle détestait entendre ce ton de pitié dans sa voix. Allait-elle enfin parvenir à gagner la considération de sa famille ?

— Oh ! ce n'est pas si grave, répondit-elle. Les affaires sont les affaires.

Si seulement elle avait pu croire à ce qu'elle disait… Mais le fait que Michael ait réussi à la séduire après avoir refusé de la prendre comme employée montrait bien qu'il finissait toujours par obtenir ce qu'il voulait. Il était conçu pour gagner.

— Tu as raison, dit Sawyer. Il ne faut pas donner à une décision professionnelle plus de sens qu'elle n'en a. Je voulais juste m'assurer qu'il n'y avait pas d'histoire d'amour derrière tout ça.

Charlotte se figea. Elle ne pouvait pas mentir à son frère. Il allait bientôt apprendre qu'elle était enceinte, et que le père du bébé n'était autre que Michael Kelly.

— Il y a bien eu une petite histoire, concéda-t-elle, mais c'est terminé.

— Comment ça, une petite histoire ?

— Une petite histoire, ça veut bien dire ce que ça veut dire. Mais je t'assure que c'est bel et bien fini.

Il soupira avec agacement.

— J'ai besoin d'être sûr qu'il ne se passe rien entre vous deux, insista-t-il. Ce ne serait pas bon pour les affaires.

— Tu te rends compte à quel point tu es hypocrite en disant cela ?

Le mélange entre travail et plaisir, c'était précisément le fondement de sa relation avec Kendall, sa future femme.

— Oui, je sais, admit-il. Mais justement. Notre histoire d'amour a porté préjudice à la carrière de Kendall. Elle a failli perdre son emploi. C'est une grande injustice, mais les femmes sont souvent jugées plus durement que les hommes dans ce genre d'histoires.

C'était vrai, hélas. Et pas seulement « dans ce genre d'histoires ».

— Il n'y a plus rien entre Michael Kelly et moi, dit-elle. Je te le promets. Tu n'as aucun souci à te faire.

— Bon. Tant mieux. Je veux que les gens parlent de l'hôtel pour ses qualités et non pour faire des commérages sur les agents qui vendent nos appartements. Je veux aussi pouvoir continuer à travailler avec Michael à l'avenir. Il ne faudrait pas qu'il pense du mal de l'un des membres de la famille.

Pour cela, malheureusement, c'était trop tard.

— C'est noté, répondit-elle. Tu peux compter sur moi.

— Sache que j'ai dit la même chose à Noah, cette remarque ne t'est pas réservée.

— Ah bon ?

— Il a un faible pour Lily, notre assistante. J'ai beau lui dire de garder ses distances, il a du mal à résister. Cela me dérange déjà qu'ils soient amis, alors si cela devait aller plus loin…

— Mais si elle est faite pour lui ?

— Pour Noah ? Tu le connais. Ce serait compliqué. Elle démissionnerait. Il y a trop de risques pour que les choses tournent mal. Nous avons fait un pari avec Kendall, et il se trouve que tout s'est bien terminé pour nous, mais c'est rarement le cas dans ce genre de situations.

Les réflexions de Sawyer ne firent que confirmer ce qu'elle savait déjà : mieux valait attendre d'avoir fait toutes ses ventes pour parler à sa famille. Elle devait prouver à son frère qu'il pouvait lui faire confiance avant de lui révéler qu'elle était enceinte de Michael. Ainsi, il n'aurait plus peur d'éventuels conflits d'intérêts.

— Sawyer, dit-elle, je t'assure qu'il n'y aura aucun problème. Michael et moi sommes des professionnels et nous saurons nous comporter en tant que tels. Je vendrai les appartements que tu m'as confiés. Ne t'inquiète pas.

— Tu es pleine de ressources et très déterminée. Je sais que je peux compter sur toi.

Si elle ne se montrait pas à la hauteur, elle se sentirait terriblement coupable. Voilà pourquoi elle n'avait pas droit à l'échec.

— Justement, dit-elle en regardant l'heure sur son ordinateur portable, j'ai une visite dans quelques minutes. Je dois descendre dans le hall pour accueillir ma cliente.

— Alors je te laisse, je ne voudrais surtout pas te mettre en retard.

— À plus tard, Sawyer. Je t'embrasse.

— Moi aussi.

Après avoir raccroché, elle alla dans la salle de bains pour se brosser les dents et vérifier que sa tenue et sa coiffure étaient toujours impeccables. Elle devait mettre toutes les chances de son côté pour convaincre la charmante divorcée du New Jersey de s'installer dans l'un des appartements du Grand Legacy.

Une fois en bas, elle se posta à côté du guichet de la réception en prenant soin de ne pas être dans le passage du personnel qui s'affairait pour satisfaire chaque client de l'hôtel. L'affluence était toujours très forte pendant les vacances de Noël. L'enchantement de New York attirait les touristes pendant les fêtes, et l'atmosphère était encore plus magique depuis que cette nuit, une fine couche de neige était venue recouvrir la ville. Les patinoires en plein air, les grands magasins, les décorations des rues… Tout était réuni pour passer un merveilleux séjour.

Et au Grand Legacy, on faisait en sorte d'offrir un décor et un service d'exception. Le hall était orné de branches de pin frais qui dégageaient une délicieuse senteur de forêt, et qu'on avait habillées de guirlandes de perles qui brillaient sous les lumières chaudes. Le sapin, haut de trois mètres cinquante et décoré avec des figurines en verre, trônait au pied du grand escalier qui menait au bar du premier étage.

Alors que Charlotte pensait avec émotion à ce Noël qui n'allait ressembler à aucun autre pour elle, elle vit entrer Marie Stapleton, la cliente qu'elle attendait. Elle était emmitouflée dans un manteau de laine noir et une écharpe Burberry. Dès qu'elle vit Charlotte, son visage s'illumina et elles allèrent à la rencontre l'une de l'autre.

— Marie, dit Charlotte en l'embrassant chaleureusement, quel plaisir de vous revoir. Je vais prendre votre manteau.

À l'époque où Marie avait été mariée à un personnage important de Wall Street, elle avait souvent fait appel à Charlotte pour organiser de grandes fêtes.

— Charlotte, vous êtes rayonnante. Auriez-vous un nouveau secret de maquillage ? Votre peau est sublime, dit Marie en ôtant son manteau et son écharpe pour les confier à Charlotte.

— Merci, répondit Charlotte. Non, je n'ai rien changé. Peut-être que je dors un peu plus qu'avant.

— Quoi qu'il en soit, vous êtes superbe.

Charlotte lui sourit et fit signe à l'un des grooms qui arriva aussitôt.

— Pourriez-vous mettre les affaires de Mme Stapleton au vestiaire, je vous prie ?

— Bien sûr, madame Locke, répondit-il.

Quand il se fut éloigné, Charlotte se tourna vers Marie.

— Alors, lui demanda-t-elle, vous êtes prête à découvrir votre nouvel appartement ?

Charlotte ne craignait pas d'avoir l'air trop sûr d'elle. Elle savait que c'était une bonne technique de vente. Michael lui-même aurait très bien pu prononcer cette phrase.

— J'ai hâte de le voir, répondit Marie tandis qu'elles se faufilaient dans l'ascenseur avant la fermeture de la porte. Je meurs d'envie de m'installer de nouveau en ville, et je serais enchantée de vous avoir comme voisine. Nous pourrions nous amuser, sortir ensemble en célibataires.

Charlotte acquiesça en souriant. Évidemment, Marie ne pouvait pas se douter que pour les mois à venir, elle prévoyait un tout autre genre de soirées.

Elles s'arrêtèrent au quinzième étage où se trouvait le premier appartement que Charlotte avait à lui proposer. À peine avaient-elles fait quelques pas dans l'entrée que Marie se tourna vers Charlotte avec un air radieux.

— Je l'adore déjà ! lui dit-elle.

— C'est vrai ? demanda Charlotte. J'en suis ravie. Mais attendez, vous n'avez pas encore vu les appartements du dernier étage.

Elle entra dans la salle à manger et alluma le grand lustre ainsi que les quatre appliques fixées aux murs pour révéler à sa cliente toute l'élégance de la pièce.

— C'est magnifique, dit Marie en promenant les yeux autour d'elle. Je me vois très bien ici en train d'organiser des dîners avec mes amies célibataires. Nous pourrions rire et boire du vin jusqu'à l'aube.

Charlotte se promit de retenir les propos de Marie. Cette image était très tentante. Sans le savoir, sa cliente venait de lui offrir un excellent argument de vente à présenter lors de ses prochaines visites.

— Montrez-moi les autres pièces, dit Marie. Et ensuite, je tiens absolument à visiter l'un de ces fameux appartements du dernier étage.

— Oui. Bien sûr. Mais ils sont plus chers, légèrement au-dessus du budget que vous m'avez donné.

Charlotte savait que la plupart des agents auraient attendu que l'acheteuse soit conquise par le bien avant de lui en annoncer le prix, mais elle refusait de travailler de cette façon. Surtout avec une cliente avec qui elle avait construit une vraie relation de confiance au fil du temps.

— Malheureusement, ajouta-t-elle, comme ce sont des appartements flambant neufs, il n'y a pas vraiment de place pour une négociation.

— Je suis sûre qu'ils valent leur prix, répondit Marie en se dirigeant vers la cuisine équipée.

En entrant, elle poussa un cri d'admiration puis se promena entre les meubles pour caresser les superbes plans de travail en marbre blanc.

Une heure plus tard, Charlotte lui avait fait visiter trois appartements différents. Elles étaient maintenant assises à une table du restaurant de l'hôtel, qui n'était ouvert que depuis quelques jours. Comme c'était le milieu de la matinée, Charlotte avait commandé une théière et un panier de viennoiseries faites maison. Elle avait une faim de loup.

— Alors ? demanda-t-elle à Marie en prenant un muffin au gingembre et à la myrtille. Qu'en pensez-vous ?

— Je crois que le plus difficile va être de faire un choix entre ces trois appartements. Chacun possède une particularité qui le rend unique. La terrasse du dernier étage est extraordinaire, dit Marie en buvant une gorgée de thé, mais j'adore la salle de bains du premier que nous avons visité.

Charlotte se sentait un peu nerveuse. Elle s'était lancée récemment dans cette activité d'agent immobilier et jusqu'à présent, elle n'avait conclu que très peu de ventes. Elle n'était pas encore experte dans l'art de cerner les désirs et les réelles intentions des acheteurs potentiels. Plusieurs fois, elle avait consacré des semaines à un client, certaine qu'il était sur le point de se décider, avant de se rendre compte qu'il n'avait pas vraiment l'intention d'acquérir un bien.

— Quel que soit votre choix, dit-elle à Marie, je pense que vous ne pourrez pas vous tromper. Vous serez bien dans l'un ou l'autre de ces appartements. Si je puis me permettre, ajouta-t-elle en posant la main sur celle de sa cliente, essayez simplement de vous imaginer à l'intérieur et de sentir dans lequel des trois vous avez le plus envie de commencer votre nouvelle vie.

Marie se tourna vers elle et Charlotte vit une larme couler sur sa joue.

— Vous savez, confia Marie, je ne pensais pas que j'en arriverais là. Je croyais sincèrement que mon mariage avec Bradley allait durer.

Charlotte s'inquiéta en la voyant si bouleversée tout à coup. Avait-elle dit ce qu'il ne fallait pas ?

— Bien sûr, répondit-elle avec compassion. Une femme aussi lumineuse et positive que vous croit en l'amour, et je suis sûre que vous le trouverez à nouveau. Mais il faudra pour cela que vous soyez prête à ouvrir un nouveau chapitre de votre vie.

— Vous croyez vraiment que j'y arriverai ?

— Je n'en doute pas une seconde, répondit Charlotte en toute sincérité. Vous êtes intelligente, généreuse, vous possédez une beauté intérieure et extérieure. Comment pourriez-vous ne pas trouver l'âme sœur ?

À vrai dire, Charlotte avait besoin de croire en l'avenir de Marie. C'était une façon pour elle de garder espoir. Si une femme aussi merveilleuse qu'elle ne trouvait pas l'homme de sa vie, comment continuer à croire en l'amour ?

— Vous m'avez convaincue, dit Marie après un silence. Je suis prête à faire une offre.

Elle prit un muffin, le coupa en deux et le tartina de beurre.

— Sur le premier appartement ? demanda Charlotte.

— Oh ! non, répondit Marie avec un sourire espiègle. Sur celui du dernier étage.

Charlotte échangea un regard complice avec elle tout en jubilant intérieurement. Sa course contre Michael commençait bien.

5

Michael n'était installé que depuis quelques jours dans son nouvel appartement, mais il se sentait déjà chez lui au Grand Legacy. L'aménagement encore incomplet de son logement ne l'empêchait pas d'apprécier le cadre. Il se demandait seulement si c'était une bonne idée d'habiter aussi près de chez Charlotte, alors qu'il essayait justement de ne plus penser à elle.

Ce soir, pour une fois, il avait l'ascenseur pour lui tout seul. Il en profita pour s'appuyer contre la paroi et fermer les yeux en attendant d'être arrivé à son étage. Sa journée avait été tellement chargée… Ce moment de calme et de délassement lui faisait le plus grand bien.

Lorsque l'ascenseur s'arrêta et que la porte s'ouvrit, il eut la surprise de voir Thor passer en trombe devant lui, suivi de Charlotte. Il avança dans le couloir et la regarda courir après son chien sur ses talons hauts. Ce que cette jupe lui allait bien…

— Salut, voisine. Alors, Tornade s'est encore sauvé ?

— Oh ! répondit-elle avec ironie, c'est vraiment très drôle de l'appeler Tornade.

— Ça lui va bien.

Elle parvint à rattraper Thor et se baissa pour le prendre dans ses bras.

— Tu ne dois pas faire ça, dit-elle à son chien en fronçant les sourcils, juste avant de lui caresser la tête.

Abby, la chienne de Michael, était peut-être trop gâtée, mais en comparaison de Thor, elle était extrêmement bien dressée.

— Je ne sais pas ce qu'il a, dit Charlotte. Il continue à se comporter comme un chiot. Il devrait s'être assagi pourtant.

— Peut-être qu'il n'aime pas être enfermé toute la journée et qu'il a besoin d'aller faire un tour. Je dois sortir Abby. Allons nous promener ensemble si tu veux.

Cette proposition n'était sans doute pas une bonne idée, étant donné qu'il s'était convaincu quelques jours plus tôt qu'il devait faire une croix sur sa relation avec Charlotte et passer à autre chose. Mais c'était trop tard pour revenir en arrière.

— Tu veux que nous sortions dans la rue ensemble ?

— Tu peux te déguiser si tu as peur que quelqu'un te voie avec moi. Pourquoi ne pas mettre une fausse moustache et des lunettes de soleil ?

Elle lui donna une tape sur le bras.

— Ce n'est pas ce que je voulais dire. Mais…, ajouta-t-elle en évitant son regard. Cela me paraît tellement civilisé. Presque comme si nous étions en bons termes.

— Ce n'est pas le cas ?

Il fit son possible pour ne pas avoir l'air vexé. Pour lui, les petites piques qu'ils se lançaient n'étaient qu'un jeu. Il n'avait pas cru qu'il existait une réelle rancœur entre eux.

— Pas vraiment, non.

— Ne sois pas ridicule. Quand nous nous disputons, nous le faisons avec affection. Même lorsque tu as rompu avec moi, j'ai senti un certain attachement dans ta colère.

Cela expliquait peut-être pourquoi il se sentait toujours autant attiré par elle. Tout en sachant qu'ils n'avaient pas du tout les mêmes aspirations.

— Cela me faisait seulement du bien de te dire tout ce que j'avais à te dire, rectifia-t-elle.

— Si je t'ai permis de te sentir bien pendant quelques instants, je m'en contenterai.

Sur ces mots, il releva la manche de son manteau en laine pour regarder sa montre. Il était presque 19 h 30.

— Alors ? demanda-t-il à Charlotte. Tu veux venir, oui ou non ?

— Qu'en dis-tu, Thor ? demanda-t-elle en regardant son chien. Tu veux te promener avec Abby ?

— Attention, il faudra qu'il se tienne bien cette fois-ci.

— Je dois me changer, dit-elle en regardant sa tenue.

Il ne put s'empêcher de remarquer son décolleté et se remémora aussitôt leurs étreintes passionnées. Il avait beau savoir que cela ne pouvait pas marcher entre eux, il brûlait de l'emmener dans sa chambre et de les débarrasser tous les deux de leurs vêtements pour retrouver la délicieuse sensation de son corps nu contre le sien.

Il respira profondément et s'éclaircit la voix.

— Rendez-vous ici dans cinq minutes ? proposa-t-il.

— Plutôt dix, répondit-elle avant de se tourner pour marcher nonchalamment vers son appartement.

Lorsqu'il entra chez lui, Abby l'attendait derrière la porte en agitant la queue.

— On va y aller, oui, dit-il en la caressant. Donne-moi seulement un petit instant.

Il ôta son manteau, posa sa sacoche d'ordinateur et

alla dans sa chambre pour échanger son costume contre un pantalon de sport et un sweat-shirt. Il enfila ensuite une polaire, un bonnet et des gants pour affronter le froid et la neige, puis mit sa laisse à Abby et sortit.

Ils retrouvèrent Charlotte et Thor devant l'ascenseur. Elle avait mis un jean et des bottes, ainsi que le manteau bleu dans lequel il l'avait vue l'autre jour, au bureau de Sawyer. Lorsqu'elle le portait, ses yeux semblaient encore plus bleus et lumineux.

— Ça sent la neige, dit-il quand ils furent dehors. Je pense qu'elle ne va pas tarder à tomber.

Ayant passé son enfance dans le Maryland, il connaissait bien les hivers rigoureux, et même les tempêtes de neige.

— Ce serait bien, répondit Charlotte en respirant profondément. J'adore la neige. Ce qui est étrange, étant donné que je déteste avoir froid. Ce doit être à cause de l'esprit de Noël.

— Sûrement. Cela te rappelle les fêtes en famille et les cadeaux sous le sapin ?

Elle rit doucement avant de lui répondre.

— Les cadeaux sous le sapin, peut-être. Pour ce qui est de mon ancienne vie de famille, j'essaie d'y penser le moins possible. Ce ne sont pas de très bons souvenirs.

Pour lui non plus, les souvenirs de famille n'étaient pas très agréables. Son frère était le seul rayon de soleil dans la plupart d'entre eux.

— Tu as l'air proche de Sawyer, dit-il. Il a pris un risque en te confiant la moitié de son catalogue d'appartements. J'aurais pu le prendre beaucoup plus mal.

— Tu l'as pris assez mal, déjà.

— Pourquoi ? Parce que j'ai voulu défendre mes intérêts en lui rappelant que nous nous étions mis d'accord ? C'était la moindre des choses. Me battre pour obtenir les meilleurs contrats, c'est ce que je fais tous les jours pour développer mon entreprise.

Il venait de passer une journée particulièrement difficile. Pourtant, il aimait diriger sa société. Cela lui permettait de retrouver, au moins en partie, l'adrénaline qu'il avait connue en compétition. Mais aujourd'hui, seule la perspective de sortir se promener avec Abby en rentrant lui avait permis de tenir jusqu'au soir.

— D'accord, monsieur le P-DG, plaisanta-t-elle en relevant le col de son manteau. J'ai compris. Quant à Sawyer, c'est vrai que nous sommes assez proches, lui et moi, mais pas autant que Noah et lui. Ils s'entendent très bien, tous les deux. À vrai dire, je n'ai pas vraiment eu la même enfance qu'eux. Mon père les vénérait. Jusqu'à ce que Sawyer hérite de l'hôtel et aille à l'encontre de son avis. À ce moment-là, Noah a pris le parti de Sawyer et il y a eu une sorte de scission entre eux et lui. Malheureusement, pour ma part, j'ai toujours eu une mauvaise relation avec mon père.

Le père de Michael était un homme brutal, absolument pas aimable. Il ne voyait pas l'intérêt de parler de lui. Pas même avec Charlotte. Michael refusait de lui donner plus d'importance et de pouvoir qu'il en avait. C'était assez pénible d'avoir dû vivre sous son emprise pendant si longtemps.

— C'est surprenant, dit-il. Tu es sa seule fille. On dit que les pères ont une affection particulière pour leur fille, non ?

— C'est possible, à condition qu'elle ne soit pas la honte de la famille. Pour lui, tout ce que je sais faire, c'est lui causer des problèmes. Peut-être qu'il changerait d'avis si je réussissais quelque chose professionnellement.

Il se rappelait l'envie qu'elle avait montrée le jour où elle était venue passer un entretien chez lui. Il avait l'habitude de voir des candidats motivés, mais jamais personne ne lui avait semblé à ce point prêt à tout pour se faire engager. Il avait souffert de devoir lui dire non. Mais leur échange l'avait convaincu qu'il aurait toutes les peines du monde à lui mettre la pression pour qu'elle atteigne ses objectifs de ventes. Pour une raison mystérieuse, elle éveillait en lui une sorte de bienveillance, voire de douceur, qu'il n'avait jamais ressentie auparavant. Il s'en était rendu compte dès leur première rencontre. C'était aussi pour cette raison qu'il l'avait amenée à le quitter plutôt que de mettre lui-même un terme à leur relation. Ainsi, il espérait lui avoir permis de partir la tête haute.

— Tu vas réussir, Charlie. Tu as juste besoin de te lancer.

— C'est toi qui dis ça, alors que depuis toujours, tu es le meilleur dans tout ce que tu entreprends.

Elle n'avait pas tort, mais ce n'était pas aussi facile qu'elle le laissait entendre. Il n'avait pas seulement travaillé dur, il avait aussi souffert physiquement et mentalement. C'était indispensable pour atteindre le plus haut niveau. Parfois, il se demandait même si ses succès valaient les efforts surhumains et les sacrifices qu'ils lui avaient coûtés.

— Et de ton côté, demanda-t-il, comment se passe notre petit concours amical ?

— Je t'ai dit que je ne faisais pas la course avec toi. Je n'aurais aucune chance.

— Ça, répliqua-t-il, ce n'est pas certain. Et quelque chose me dit que si tu finissais avant moi, tu me le rappellerais pour l'éternité.

— Soit, concéda-t-elle avec un petit sourire. C'est d'accord. Disons que nous faisons la course. Mais j'accepte seulement parce que j'ai vendu mon premier appartement aujourd'hui. Après une seule visite, figure-toi. C'est la première fois de ma vie que je suis aussi efficace. Mais je sais que la suite ne sera pas aussi simple.

— Qui sait ? Ces appartements sont superbes. Ils devraient se vendre tout seuls.

— J'aimerais croire que j'ai ma part de mérite.

— Je suis sûr que c'est le cas.

— Et toi ? demanda-t-elle. Tu as avancé ?

Cela ne lui ressemblait pas, mais il eut envie d'éluder sa question. Cela ne lui faisait pas plaisir d'avoir de l'avance sur elle.

— J'ai deux contacts pour l'instant, répondit-il. Je verrai s'ils mènent quelque part. Mais tu vois, rien n'est encore joué.

Elle s'arrêta et au bout de sa laisse, Thor la regarda en glapissant.

— Ça va ? demanda Michael.

Elle leva les yeux vers le ciel. Maintenant qu'ils étaient au bord du fleuve, à l'écart des immeubles, les lumières de la ville étaient moins denses et l'on distinguait quelques étoiles.

— Oui, répondit-elle. J'avais oublié que j'étais en compétition avec l'inimitable Michael Kelly. Ce n'est pas par hasard si mon frère a fait appel à toi pour vendre ses appartements.

— Cela ne doit absolument pas te décourager, dit-il en lui prenant le bras.

— Non, non. C'est juste…

Elle détourna de nouveau le regard, cette fois pour fixer la surface de l'eau. Elle était sublime avec ses joues rosies par le froid. Si gracieuse, si féminine. Si forte et si douce à la fois.

Comme il s'approchait d'elle, il vit un flocon de neige lui tomber sur le nez et fondre aussitôt au contact de sa peau. Il tendit alors la main vers elle.

— C'est juste quoi ? demanda-t-il en l'essuyant avec son gant.

La neige se mit à tomber plus fort. Un autre flocon arriva sur elle, mais cette fois, il atterrit sur son cil et resta intact, avant de s'envoler lorsqu'elle cligna des yeux.

— Je n'ai pas envie d'en parler, d'accord ? Je dois arrêter de considérer le moindre contretemps comme un échec. Ça ne sert à rien de dramatiser.

Elle était donc fâchée qu'il ait déjà un acheteur de plus qu'elle. Il n'allait pas s'excuser pour cela, mais au moins, il savait ce qu'elle ressentait. Au cours de leur relation, il avait souvent eu le plus grand mal à décrypter ce qu'elle disait ou ce qu'elle désirait. Il commençait seulement à comprendre que tout aurait pu être différent entre eux s'il s'était montré plus attentif.

— Tu as entièrement raison, répondit-il.

Elle se retourna vers lui et sourit.

— On rentre ? demanda-t-elle. J'aime la neige mais il fait vraiment froid. Et je suis sûre que tu as d'autres choses prévues ce soir.

Quoi qu'il ait à faire, il n'avait qu'une seule envie : rester avec elle. Il devenait fou à force de dévorer des yeux sa bouche sublime. Et puisqu'elle ne semblait pas furieuse contre lui pour l'instant, il avait tout intérêt à en profiter pour tenter sa chance.

Après avoir passé la boucle de la laisse d'Abby autour de son poignet, il prit le visage de Charlotte entre ses mains. Elle ouvrit grand les yeux et écarta légèrement les lèvres. Sans attendre une seconde de plus, il se pencha pour l'embrasser et se sentit aussitôt transporté dans un monde de rêve et de sensualité. L'agitation et les bruits de la ville n'existaient plus. Serrée contre lui, elle répondit à son baiser avec une fièvre qui le fit trembler de désir. L'espace de quelques secondes, ce fut comme s'ils ne s'étaient jamais séparés. Comme si l'alchimie était intacte.

Puis brusquement, le charme fut rompu.

Charlotte s'écarta brusquement de Michael et détourna le regard.

— Non, dit-elle, haletante. Ce n'est pas possible. Nous ne devons pas…

Elle était consciente de dire exactement le contraire de ce qu'elle désirait, mais elle devait garder la tête sur les épaules. Quelques semaines plus tôt, elle se serait abandonnée à ses émotions sans se soucier des conséquences. Mais maintenant qu'elle était enceinte, elle ne pouvait pas se permettre de compliquer sa relation avec Michael. La situation allait être suffisamment délicate une fois qu'elle lui aurait annoncé la nouvelle.

— Je suis désolé, dit-il d'une voix rauque.

Elle refusait de le regarder. Si elle posait les yeux sur lui, elle n'était pas sûre de pouvoir résister à la tentation de se jeter dans ses bras.

— Tu n'aurais pas dû faire ça, dit-elle. Nous ne sommes plus ensemble. Nous n'avons aucune raison de nous embrasser.

— Pourquoi ? Nous avons rompu, soit. Mais il arrive que les couples séparés se remettent ensemble.

C'était le moment de lui parler. De lui dire qu'il

allait devenir père. Mais elle n'y arrivait pas. Les mots ne lui venaient pas. Elle connaissait Michael. Pour lui, même un dîner romantique plaçait la barre trop haut. Il n'y avait aucune chance pour qu'un bébé le rende heureux, et elle n'était pas prête à affronter une réaction négative de sa part.

— Ce n'était pas un baiser pour faire renaître notre relation, répliqua-t-elle. C'était un baiser pour m'attirer dans ton lit. Tu peux me dire à quoi tu pensais ?

— Je pensais que tu étais belle et que j'avais envie de t'embrasser.

Il était doué pour dire ce qu'il fallait au bon moment. Mais elle n'allait certainement pas tomber dans le piège. L'ancienne Charlotte se serait laissé ensorceler par ses paroles romantiques et son regard irrésistible. Mais c'était fini. Elle savait que ces moments magiques ne duraient pas avec lui. S'il recevait un appel professionnel maintenant, il décrocherait et oublierait instantanément ce dont ils venaient de parler.

— Eh bien, n'y pense plus. Tu sais que nous ne sommes pas faits l'un pour l'autre. Nous voulons des choses différentes. Tu as oublié peut-être ?

— Non, tu as raison, reconnut-il en crispant la mâchoire. Nous ne voulons pas la même chose. Je suis désolé de t'avoir embrassée.

Voilà. Maintenant, elle se sentait mieux. Plus ou moins.

— Merci, dit-elle. Pour tes excuses.

— Promis, madame, je ne le ferai plus. Je serai sage à partir de maintenant.

Si seulement elle n'avait pas été obligée de le repousser…

— Je crois qu'il est vraiment temps de rentrer, dit-elle. Je suis en train de geler.

Elle avait pourtant senti un feu s'allumer en elle quelques instants plus tôt.

— Oui, approuva-t-il. Et ma journée n'est pas finie, j'ai encore du travail.

Il respira profondément et mit les mains dans ses poches. Alors qu'ils marchaient en silence en direction du Grand Legacy, elle regarda les voitures garées et les trottoirs que la neige recouvrait peu à peu de son manteau blanc. L'atmosphère magique de Noël était partout et Charlotte ne s'était jamais sentie aussi seule. Si elle n'avait pas été enceinte, elle aurait pu continuer à embrasser Michael sans se soucier du lendemain. Elle aurait pu s'accorder ce plaisir aussi intense que furtif. Mais elle aurait été privée du bonheur immense d'attendre le plus beau cadeau du monde. Celui qui allait emplir son avenir et qui lui donnait la force d'avancer. Son bébé.

— Tu sais, dit Michael, tu ne m'as toujours pas dit pourquoi tu étais allée en Angleterre.

Elle leva les yeux vers lui. Ils n'étaient plus qu'à quelques pas de l'hôtel, or elle aurait eu besoin d'une longue promenade pour lui expliquer les raisons qui l'avaient poussée à partir.

— J'avais besoin de réfléchir, répondit-elle en fixant le trottoir devant elle. De me ressaisir. Pour être honnête, je me suis sentie un peu perdue après notre rupture.

— Ah.

— Ah ? répéta-t-elle. Qu'est-ce que ça veut dire ?

Il laissa passer un bref silence avant de lui répondre.

— Pardon, dit-il, je pensais à quelque chose. En fait, rien ne nous obligeait à rompre. Nous n'avions aucune raison de nous précipiter dans quelque chose de sérieux. Cela ne faisait que trois mois que nous étions ensemble. C'est toi qui as provoqué notre séparation.

Elle laissa échapper un rire amer. Oui, évidemment, tout aurait été beaucoup plus simple si elle n'avait pas été aussi amoureuse de lui.

— Je n'ai aucune envie d'entrer dans ce débat, répliqua-t-elle. Et de toute façon, ce n'est pas la seule raison pour laquelle je suis partie. J'avais aussi besoin de prendre des décisions concernant mon avenir professionnel. Ce n'est pas facile de se faire un nom dans un secteur aussi concurrentiel, qui plus est dominé par un ex-petit ami.

Michael s'arrêta devant la porte automatique de l'hôtel.

— Tu es parfaitement capable de t'en sortir.

— Maintenant, je le sais, répondit-elle. Mais avant, je n'en étais pas sûre.

Comme elle entrait devant lui, elle fut enveloppée par la chaleur réconfortante du hall. Dans l'ascenseur, elle regarda les chiens qui se comportaient déjà comme des amis de toujours. Si seulement les choses avaient été aussi simples entre Michael et elle…

— Merci pour la promenade, dit-elle quand ils furent arrivés au quinzième étage. J'imagine qu'on se recroisera bientôt.

— Il y a le mariage de ton frère ce week-end.

Elle acquiesça tout en s'efforçant de masquer son angoisse. Elle tremblait à l'idée de le voir avec une autre femme à son bras.

— Oui, répondit-elle. Tu as raison. Alors à samedi.

6

À 17 h 15, Charlotte entra dans le bar du premier étage où elle avait rendez-vous pour prendre un cocktail avec ses frères avant le mariage. Le sien serait sans alcool, mais avec un peu de chance, personne n'y prêterait attention. C'était Sawyer qui avait eu l'idée de fermer le bar au public et d'y réunir ses invités en introduction à la cérémonie. Tante Fran était restée dans le hall pour attendre son cavalier, un homme qu'elle avait connu autrefois et qu'elle avait croisé par hasard devant l'hôtel quelques jours plus tôt.

— Ah, voilà le beau marié, dit Charlotte en rejoignant Sawyer qui était debout près du comptoir avec Noah. Comment tu te sens ? C'est un grand jour.

Il l'embrassa et la serra dans ses bras. Puis il se redressa en rajustant nerveusement le col de sa chemise blanche et les manches de son smoking.

— Je suis tétanisé, confia-t-il.

— Mais heureux, ajouta Noah. J'ai dit à Sawyer de ne pas s'inquiéter. Des agents de sécurité sont postés à toutes les sorties, au cas où Kendall voudrait se sauver.

Comme d'habitude, Noah avait trouvé les mots pour faire rire tout le monde. Il avait toujours eu ce talent. Petit déjà, il n'avait pas manqué de faire des plaisanteries à table, même dans la grande salle à manger de la propriété familiale. C'était dans cette pièce majestueuse que leur père avait tenu à prendre tous les repas après la mort de leur mère. Une nouvelle habitude qui avait semblé à Charlotte aussi insensée que prétentieuse.

— Charlotte, dit Sawyer en la regardant avec attention, tu es absolument magnifique. Aurais-tu changé de coiffure ?

Sawyer était particulièrement observateur. S'il n'avait pas deviné ce qu'il y avait de nouveau chez elle, elle pouvait être tranquille. Personne ne verrait rien.

— Merci, répondit-elle en souriant. Je me suis juste fait un peu friser les cheveux. C'est gentil de l'avoir remarqué.

Il se tourna alors vers l'entrée du bar.

— Tiens, dit-il, voilà Michael Kelly.

Bien malgré elle, Charlotte n'eut qu'à entendre les mots de son frère pour frissonner d'émotion. Mais son excitation ne dura pas. Si elle n'avait eu aucune raison sensée de se réjouir de l'arrivée de Michael, elle en avait encore moins à présent. Car, comme il l'avait dit à Sawyer, il était venu accompagné.

Il les vit tous les trois, leur fit signe et vint vers eux avec sa cavalière. C'était une femme à la peau parfaite, sans un gramme de trop, avec des lèvres rouges et sensuelles, des jambes interminables et des cheveux de jais aussi lisses et brillants que de la soie.

Michael les salua tous les trois. Il serra la main de Sawyer et de Noah, mais Charlotte, elle, n'eut droit qu'à un signe de tête poli. Elle ne pouvait s'en prendre qu'à elle-même. En lui interdisant de l'embrasser à nouveau, elle avait omis de préciser qu'un baiser affectueux sur la joue en présence d'un top model aurait été tout à fait bienvenu.

— Je vous présente Louise, dit Michael.

Charlotte n'eut d'autre choix que de lui serrer la main, non sans remarquer ses formes à la fois discrètes et parfaites.

— Vous avez une très belle robe, dit-elle à Louise.

— Oh ! merci, répondit la jeune femme avec un sourire indifférent.

Elle était sans doute lasse de recevoir des compliments à longueur de journée.

Quant à Michael, il était si beau dans son smoking qu'elle se sentit à la limite du vertige en le regardant. Sa veste noire sur mesure mettait encore plus en valeur sa carrure de nageur, et ses cheveux à la fois bien coiffés et légèrement désordonnés lui donnaient un charme fou.

Un serveur portant un plateau de flûtes de champagne s'approcha d'eux. Michael en prit deux, et en le voyant en offrir une galamment à Louise, Charlotte ne put s'empêcher de fulminer intérieurement. Elle avait beau savoir que sa colère n'avait aucun sens, c'était plus fort qu'elle.

— Non, merci, dit-elle au serveur qui lui proposait un verre, tout en se promettant de boire une bouteille de champagne entière une fois que son bébé serait né et qu'elle aurait fini de l'allaiter. Je vais prendre quelque chose au bar.

Noah ne prit rien non plus.

— Sawyer, dit-il, je crois qu'il est temps pour nous de descendre dans la salle de réception.

Sawyer eut de nouveau l'air nerveux. Lui qui était toujours si imperturbable… C'était touchant de le voir aussi ému aujourd'hui.

— Noah a raison, dit Charlotte en embrassant

Sawyer sur la joue, il ne faudrait pas que tu sois en retard. Je suis sûre que tu vas être formidable.

— Merci, répondit Sawyer en la serrant contre lui.

Puis il s'éloigna avec Noah.

Charlotte était maintenant seule avec l'homme qui ignorait qu'elle était enceinte de lui et la femme sublime qu'il allait probablement inviter ce soir dans son appartement, à quelques pas de chez elle. Cette nuit s'annonçait pour le moins étrange.

— C'est un grand jour pour ton frère, dit Michael.

— Oui, répondit Charlotte.

Elle chercha quelque chose à dire pour poursuivre la conversation, mais rien ne lui vint. Elle avait soudain perdu toute capacité à se montrer polie et avenante.

— Vous avez une peau absolument superbe, dit Louise. On dirait que vous rayonnez.

Stupéfiée par sa remarque, Charlotte resta un instant sans voix. Louise lui avait sans doute fait ce compliment par gentillesse, mais il était pour le moins déconcertant.

— Merci, répondit-elle.

— Michael, insista Louise en le tirant par la manche, tu as vu ça ? Charlotte rayonne vraiment !

Quand Michael se tourna vers Charlotte, leurs yeux se rencontrèrent et elle ressentit comme une étincelle.

— Charlotte est magnifique, dit-il. Elle est toujours magnifique.

Elle sentit son cœur cogner contre sa poitrine. Elle avait du mal à respirer tout à coup. Elle adorait autant qu'elle détestait ces moments avec Michael, surtout depuis qu'ils étaient voisins. Serait-elle un jour capable de rester indifférente en le voyant ? Mieux valait ne pas y penser. Le seul fait d'imaginer l'évolution de sa relation avec lui l'angoissait, tant elle redoutait sa réaction à l'annonce de sa grossesse.

Louise sourit à Charlotte, puis elle prit la main de Michael et appuya la tête contre son épaule. Il eut l'air légèrement mal à l'aise mais ne la repoussa pas pour autant. Au contraire, il prit sa cavalière par la taille.

Il n'en fallut pas davantage pour que Charlotte se sente à bout de patience. Les deux minutes de supplice qu'elle venait d'endurer lui suffisaient, elle n'allait pas laisser Michael lui gâcher le mariage de son frère.

— Veuillez m'excuser, dit-elle, je vous laisse. Je vais prendre quelque chose au bar.

Sur ces mots, elle s'éloigna sans attendre leur réponse et alla commander une eau de Seltz au citron vert. Une fois servie, alors qu'elle se retournait pour s'écarter du bar, elle faillit percuter un homme qui arrivait derrière elle.

— Oh ! pardon, dit-elle. Je suis désolée.

Il la regarda en inclinant la tête.

— Vous êtes Charlotte Locke, n'est-ce pas ?

C'était un jeune homme plutôt séduisant, brun, avec des yeux gris-bleu.

— Je plaide coupable, répondit-elle en souriant.

— Enchanté, dit-il en lui tendant la main.

Elle lui offrit la sienne, mais au lieu de la serrer, il la porta galamment à ses lèvres.

— Gabe Underwood, dit-il pour se présenter. Je travaille dans l'immobilier, moi aussi.

Elle était si surprise qu'il l'ait reconnue qu'elle ne sut quoi dire. Avait-elle déjà une réputation dans le métier ? Cela lui paraissait incroyable.

— Très heureuse de vous rencontrer, répondit-elle. Vous êtes un ami de Sawyer ?

— Vos frères ont fait appel à moi pour l'un de leurs projets. C'était une très belle expérience, j'espère que d'autres collaborations se présenteront à l'avenir.

— Eh bien, je leur dirai que nous avons fait connaissance.

— J'ai appris que vous aviez privé Michael Kelly de la moitié du catalogue des appartements de l'hôtel ? Vous n'imaginez pas à quel point cela me fait plaisir.

Charlotte n'en revenait pas de découvrir que les autres agents immobiliers parlaient d'elle. C'était délicieusement excitant.

— Le fait que mon frère soit le propriétaire m'a légèrement aidée, reconnut-elle.

— Cela ne change rien. Ce qui compte, c'est que vous soyez là pour défier Michael Kelly.

Elle se tourna vers Michael et rencontra son regard. Les yeux fixés sur elle, il secoua lentement la tête en faisant « non » avec les lèvres. Manifestement, cela ne lui plaisait pas qu'elle parle avec Gabe.

— Vous alliez commander un verre au bar ? demanda-t-elle en le prenant par le bras.

— Oui, répondit Gabe. Je peux vous offrir quelque chose ?

Charlotte rejeta la tête en arrière en riant. Elle s'en voulait de vouloir rendre Michael jaloux, mais elle ne pouvait pas s'en empêcher.

— Non, merci. J'ai ce qu'il me faut.

Il ne s'absenta que quelques secondes avant de revenir auprès d'elle avec un verre d'alcool à la main.

— Vous savez, dit-il, je connais au moins un acheteur qui pourrait être intéressé par l'un des appartements de l'hôtel.

— C'est vrai ?

Elle venait de rencontrer Gabe mais commençait déjà à l'apprécier.

— Ce serait pour un jeune couple, expliqua-t-il, marié depuis trois ans. Mon client travaille dans la publicité et sa femme est dans la mode. Ils ont un fils de deux ans. Pour l'instant, ils vivent dans le Connecticut, mais ils souhaitent tous les deux se rapprocher du centre de leur activité.

— Ils seraient sans doute très bien au Grand Legacy. D'autant que Sawyer tient à ce que les acheteurs soient des résidents à l'année.

— Vous croyez que nous pourrions organiser une visite en début de semaine prochaine ? Si vous êtes disponible, bien entendu.

— Quand vous voulez. Je ferai en sorte de me libérer. Si cela arrange vos clients, la visite peut avoir lieu le soir.

— Parfait. Il faudra juste que vous me laissiez votre numéro, car je ne crois pas l'avoir.

Non sans plaisir, elle sentit le regard de Michael sur elle tandis qu'elle sortait sa carte de visite de son sac à main pour la tendre à Gabe. De toute évidence, les deux hommes n'étaient pas en bons termes. Cela l'amusa au début, mais à mesure qu'elle poursuivait sa conversation avec Gabe, il fit plusieurs allusions à son inimitié envers Michael et, curieusement, cela la dérangea. Elle n'aimait pas entendre quelqu'un dire du mal de lui.

Une serveuse se mit devant le comptoir et fit tinter plusieurs fois de suite une cuillère contre une flûte à champagne. Le silence se fit dans le bar.

— Si vous voulez bien vous diriger vers le rez-de-chaussée,

annonça-t-elle, la salle de réception est ouverte. La cérémonie commencera dans une demi-heure.

Alors que les invités posaient leur verre et s'éloignaient par petits groupes, Charlotte songea qu'elle n'avait aucune envie de se retrouver seule maintenant.

— Voudriez-vous vous joindre à moi ? demanda-t-elle à Gabe. Je serai devant avec la famille.

— Oh ! merci beaucoup, répondit-il, manifestement surpris par sa proposition. Ce sera avec grand plaisir.

Une fois dans la salle de réception, ils remontèrent l'allée centrale et prirent place au premier rang, du côté réservé aux invités de Sawyer. Éclairée par des lumières tamisées et des bougies, la salle était superbe. Il y avait une petite centaine de sièges, et tout autour, des tables étaient disposées pour le dîner qui allait suivre, ornées d'argenterie et de bouquets de fleurs blanches.

Les parents de Charlotte s'étaient mariés dans cette salle. D'après les récits qu'elle avait pu entendre, la célébration s'était faite en encore plus petit comité, car comme Kendall, sa mère était enceinte de son premier enfant, Sawyer. Comment avait-elle vécu cette journée ? Charlotte l'ignorait. Elle n'avait aucun souvenir du couple qu'avaient formé ses parents. Elle ne se rappelait pas les avoir vus échanger le moindre geste d'affection. Quand elle pensait à sa mère, il ne lui restait que des images brumeuses, une impression de tendresse et de douceur dont elle n'avait hélas pu profiter que les sept premières années de sa vie.

Le portable de Gabe sonna brièvement.

— Pardon, dit-il en regardant le texto qu'il venait de recevoir. J'avais oublié de le mettre en mode silencieux.

— Je vous en prie. Vous avez encore le temps de répondre si c'est important.

— J'en ai pour une seconde.

Il se leva pour s'éloigner de quelques pas.

Fran arriva avec son cavalier, un homme élégant aux épais cheveux gris.

— Charlotte, dit sa tante, je te présente Phil. Phil, voici Charlotte, ma nièce adorée.

Il lui serra la main chaleureusement en affichant un beau sourire. Elle comprenait pourquoi Fran était tombée sous le charme.

— Si cela ne vous ennuie pas, dit Charlotte, je garde une place pour mon ami Gabe.

Elle fit un signe dans sa direction et Fran se pencha pour lui parler tout bas.

— On peut savoir qui c'est ? chuchota-t-elle avec un sourire complice.

— Un confrère, répondit Charlotte. Nous avons fait connaissance au cocktail.

Fran acquiesça avant de se retourner vers l'entrée de la salle.

— Oh ! non, dit-elle en secouant la tête. Ton père est venu.

— Quoi ? répliqua Charlotte en se retournant brusquement.

En effet, son père était bien là avec Catherine, sa nouvelle épouse. Il paradait au milieu d'un groupe d'amis de la famille.

— Je crois que je ne devrais pas rester, dit Fran. Ou du moins, je devrais reculer de quelques rangs.

À chaque fois que son père arrivait quelque part, cela provoquait un drame. C'était insupportable.

— Tu ne crois quand même pas qu'il ferait une scène ici, au mariage de Sawyer ? demanda Charlotte. Si ?

— Tu connais les sentiments de ton père à mon égard.

Charlotte ignorait pourquoi son père entretenait une telle hostilité envers sa tante. Sans doute parce qu'elle s'était opposée ouvertement à ce qu'il épouse sa sœur. Après le décès de la mère de Charlotte, leurs rapports s'étaient encore détériorés. On disait même qu'ils s'étaient disputés pendant ses funérailles. Le jour où Charlotte avait essayé d'en savoir plus, Fran avait refusé de répondre à ses questions, assurant qu'il ne valait mieux pas en parler.

— Ce n'est pas une raison, dit Charlotte. Tu sais combien tu comptes pour nous trois. Sawyer tient à ce que tu sois ici. Il n'est pas question que tu te déplaces.

Fran n'insista pas. Elle était assez forte pour affronter n'importe qui.

— Tu as raison, répondit-elle. Si ton père décide de faire un esclandre, je n'aurai d'autre choix que de le remettre à sa place.

Justement, à cet instant, le père de Charlotte arriva avec sa femme. Catherine salua Charlotte et prit place à sa droite, quant à lui, il se pencha vers Charlotte en lui souriant avec ironie.

— C'est gentil d'avoir pris la peine de revenir pour le mariage de ton frère, lui dit-il.

Voilà qu'il osait lui reprocher son absence ! C'était un comble !

— Ça fait longtemps que je suis rentrée, papa, répliqua-t-elle. Tu devrais savoir que je n'aurais manqué cet événement pour rien au monde.

— Ah, c'est vrai, soupira-t-il en s'asseyant à côté de Catherine. J'oubliais que vous étiez toujours prêts à vous serrer les coudes, tes frères et toi.

Heureusement qu'ils pouvaient compter les uns sur les autres tous les trois. Sans cette solidarité, ils n'auraient peut-être pas surmonté l'épreuve qu'avait été leur enfance. Mais ce n'était ni le lieu ni le moment de faire la leçon à son père. Avec un peu de chance, si elle se taisait, il ne chercherait pas à poursuivre la conversation.

Elle respira avec soulagement en voyant Sawyer, Noah et le célébrant prendre place devant eux. La musique résonna dans la salle et tout le monde se leva. Gabe revint discrètement se placer à gauche de Charlotte.

— Je suis désolé, dit-il.

— Je vous en prie.

Tout le monde se tourna alors vers l'allée centrale pour admirer l'entrée de Kendall. Comme son père n'avait jamais fait partie de sa vie et qu'elle avait perdu sa mère quelques années plus tôt, elle avait décidé de marcher seule vers son futur époux. Elle avança lentement, donnant l'impression qu'elle voulait savourer chaque seconde de ce moment. Et comment ne pas la comprendre ? Charlotte comptait bien en faire autant si elle finissait un jour par trouver l'amour et par vivre le même bonheur que Kendall. Hélas, cela ne risquait pas d'arriver de sitôt. Elle ne verrait sans doute pas beaucoup d'hommes s'intéresser à elle tant qu'elle serait enceinte, puis jeune mère.

Kendall était sublime dans sa robe asymétrique en satin. À plus de quatre mois de grossesse, elle arborait fièrement ses formes et sa manière d'assumer aussi bien sa situation la rendait encore plus belle. Sawyer la dévorait du regard. Lorsqu'elle arriva près de lui, il lui offrit un sourire qui exprimait tout son amour pour elle et leur futur bébé. Puis il lui prit la main, et en voyant le bonheur illuminer son visage, Charlotte ne put retenir une larme d'émotion.

La cérémonie fut simple et belle. Les mariés prononcèrent leur serment en se regardant dans les yeux. Les mains croisées sur les genoux, Charlotte s'efforçait de rester concentrée sans penser au fait que Michael était là, à quelques mètres d'elle, avec une autre femme à ses côtés. Elle refusait de le laisser lui gâcher la fête.

Finalement, Kendall et Sawyer échangèrent leurs alliances et s'embrassèrent sous les applaudissements chaleureux des invités. En se levant avec le reste de l'assistance, Charlotte se mit à pleurer sans pouvoir se contrôler et sans comprendre pourquoi. Elle n'avait pas l'habitude de pleurer dans les moments heureux. Peut-être cédait-elle à la tension qu'elle ressentait depuis quelque temps. Elle était en proie à tant d'émotions contradictoires en ce moment ! À la fois folle de joie à l'idée d'avoir un bébé, inquiète de savoir comment allait réagir sa famille, heureuse de lancer vraiment sa carrière d'agent immobilier, elle était surtout terrifiée à chaque fois qu'elle essayait d'imaginer la réaction de Michael quand elle lui annoncerait la nouvelle.

Comme elle se tournait vers Gabe, il ouvrit les bras en lui adressant un sourire compatissant.

— Besoin d'un peu de réconfort ?

Elle ne refusa pas. Elle avait bien besoin d'un geste d'affection.

— Merci, dit-elle en acceptant son accolade.

Puis ce fut Fran qui la serra dans ses bras, plus longuement que Gabe. Manifestement, elle avait autant pleuré que Charlotte.

— C'est une belle journée, n'est-ce pas ? dit-elle à sa tante.

— Une magnifique journée, approuva Fran. Tiens,

ajouta-t-elle en regardant vers la sortie, on dirait que ton père s'en va.

— Quelle grossièreté…, marmonna Charlotte.

— Son comportement ne doit pas te surprendre, si ?

— Pas vraiment. Mais j'espérais qu'il ferait un effort, pour une fois.

Tandis qu'elles rejoignaient la file d'attente pour féliciter les jeunes mariés, le personnel de l'hôtel ôta les chaises alignées afin de laisser place à la fête. Puis les serveurs offrirent du champagne aux invités avant qu'ils aillent consulter le plan de table pour le dîner.

Charlotte croisa de nouveau le regard de Michael. Il semblait la guetter des yeux, tandis que la pauvre Louise tentait d'attirer son attention. Elle finit par lui taper sur le torse pour qu'il la regarde.

Soudain, Louise se retourna et montra Charlotte du doigt. Elle agita la main devant le visage de Michael, puis poussa un soupir rageur et sortit d'un pas énervé. Michael leva les yeux au ciel avant de la suivre en direction du hall. Charlotte jubila intérieurement. Mais malgré son triomphe, elle se sentait mal pour Michael. Elle avait beau essayer chaque jour de se convaincre qu'elle n'avait plus besoin de lui, elle ne pouvait nier l'évidence. Son attirance pour Michael Kelly n'était pas encore éteinte.

7

Le dîner de mariage de Sawyer avait été une véritable épreuve pour Michael. Après s'être laissé convaincre de revenir pour la réception, Louise n'avait cessé de se plaindre de la nourriture pourtant excellente, comme si le simple fait de manger lui avait donné mauvaise conscience. Et comme si cela ne suffisait pas, Michael avait dû subir le spectacle donné par Charlotte et Gabe qui s'étaient trouvés dans sa ligne de mire. Les sourires, les frôlements d'épaules, les regards complices… Si Charlotte avait agi ainsi pour le faire enrager, elle avait remporté son pari. Elle méritait même un prix d'interprétation pour sa performance de ce soir. Car elle semblait réellement sous le charme de Gabe.

À présent, le repas était terminé et tous les discours avaient été prononcés. La piste de danse commençait à s'animer. Mais Michael n'avait aucune envie de prolonger la soirée. Et dire qu'il avait été irrité de voir Charlotte avec son beau déménageur… Ce qu'il voyait maintenant était mille fois pire !

Voilà que Charlotte flirtait maintenant ouvertement avec Gabe. Elle riait, rejetait la tête en arrière et touchait le revers de sa veste. Alors que Michael sentait la colère bouillir en lui, il croisa le regard de Charlotte et son expression lui fit l'effet d'un coup de poing. Elle ne semblait absolument pas gênée qu'il assiste à son numéro. Au contraire, cela avait l'air de l'amuser.

Brusquement, Louise l'attrapa par le menton pour le forcer à tourner la tête vers elle.

— Ne me dis pas que tu vas recommencer à regarder Charlotte Locke, dit-elle. Je te préviens, je vais vraiment m'en aller cette fois. J'ai déjà dû subir ça pendant le cocktail et le dîner, il n'est pas question que j'en supporte davantage.

Il avait beau essayer de porter son attention sur Louise, Charlotte attirait son regard comme un aimant. Mais quelle excuse pouvait-il bien donner à Louise ?

— Je ne la regarde pas, répondit-il. Je suis désolé si tu as eu cette impression.

— Je suis sérieuse, Michael. Je serais bien mieux chez moi en legging avec un verre de vin qu'ici dans cette robe qui me laisse à peine respirer. À moins que tu préfères m'inviter chez toi pour me l'enlever toi-même, ajouta-t-elle en chuchotant tout contre son oreille.

En temps normal, il n'aurait pas hésité une seule seconde. Il serait aussitôt monté dans son appartement avec Louise. Mais il avait mauvaise conscience à l'idée de laisser Charlotte entre les griffes de Gabe. De toute évidence, elle ne voyait pas la vraie nature de l'homme à qui elle avait affaire, et Michael avait le devoir de la sauver de ce mauvais pas. Quitte à ce qu'elle lui en veuille à mort.

Louise le regarda avec stupeur.

— Je n'en reviens pas, dit-elle. Tu oses me repousser.

Cette situation devenait gênante. Il était temps qu'il y mette un terme.

— Je suis désolé, répondit-il. Je te remercie de m'avoir

accompagné à ce mariage, mais je ne pense pas que ça puisse marcher entre nous. Je t'offre le taxi si tu veux.

Elle tendit la main sans hésitation et il sortit un billet de sa poche.

— Tu me dois bien ça, dit-elle en le prenant avec rage. Espèce de goujat.

Ce n'était pas la première fois qu'une femme lui disait tout le mal qu'elle pensait de lui.

— Je suis vraiment désolé, répéta-t-il. Je te souhaite une bonne fin de soirée.

Elle tourna les talons et partit d'un pas furieux.

Maintenant, il devait s'occuper de Gabe.

Il s'approcha de Charlotte et posa la main dans le bas de son dos.

— Bonsoir, Charlotte. Voudrais-tu m'accorder cette danse ?

— Attends un peu, Kelly, dit Gabe en s'interposant entre eux deux. Je suis avec Charlotte, au cas où tu ne l'aurais pas remarqué.

— Qu'est-ce que tu fais, Michael ? demanda Charlotte. Nous passions un bon moment, Gabe et moi.

— Exactement, marmonna Gabe.

— Ah, tu passes un bon moment ? répliqua Michael. Avec un serpent comme lui ? Sans vouloir t'offenser, ajouta-t-il à l'intention de Gabe.

— Sans vouloir m'offenser ? Parce que c'était un compliment, peut-être ?

— J'appelle les choses par leur nom, c'est tout. Tu rampes sournoisement pour mieux parvenir à tes fins. Quelque chose me dit que Noah Locke ne serait pas très heureux d'apprendre que tu es venu au mariage de son frère pour séduire sa sœur.

— Nous parlions travail ! s'exclama Charlotte.

— Tu vois ? dit Gabe. Tu peux ficher le camp, Kelly.

— Pas tant que Charlotte ne m'aura pas dit si elle veut ou non danser avec moi. Si vous ne faisiez que parler travail, elle peut bien danser avec qui elle veut, non ?

— Peut-être qu'elle veut simplement que tu la laisses tranquille.

Charlotte lança à Gabe un regard noir que Michael ne connaissait que trop bien. Ce regard faisait si mal qu'il aurait presque pu compatir avec Gabe.

— C'est bon, dit-elle d'un ton ferme. Michael m'invite à danser et j'accepte. Nous pourrons toujours reprendre notre conversation après.

Cela, songea Michael, il n'en était pas question. Sous aucun prétexte il ne laisserait Charlotte retourner auprès de Gabe ce soir.

— Je voulais juste être galant, dit Gabe en faisant un pas de côté.

Si seulement il avait pu quitter cette salle…

— C'est gentil, répondit-elle, mais ce n'était pas utile. Je sais me débrouiller toute seule.

Michael savoura ce renversement de situation. Dix minutes plus tôt, il avait été coincé à table à côté d'une femme qui ne l'intéressait pas mais qui avait eu le mérite de flatter son ego. Et voilà que Charlotte repoussait Gabe pour le suivre.

— Je crois que je ne t'ai jamais trouvée aussi attirante, dit-il en l'entraînant vers la piste de danse.

— Moi qui croyais que tu voulais juste compenser la perte de ta cavalière…

— Il valait mieux qu'elle parte. C'est une femme très bien, mais elle n'est pas faite pour moi.

— Parce que tu crois qu'elle existe ? demanda

Charlotte en le regardant dans les yeux. Cette femme faite pour toi ?

Il soupira et l'attira contre lui. Il n'avait pas la force de soutenir l'intensité de son regard.

— Parmi toutes celles que j'ai connues, reconnut-il, c'est toi qui y ressemblais le plus.

Cette confession le surprit lui-même, mais il n'avait dit que la vérité. Si sa relation avec Charlotte n'avait pas pu durer, c'était seulement parce qu'il ne voulait pas s'engager pour la vie. Il ne comprenait toujours pas pourquoi elle n'avait pas pu se contenter de ce qu'ils avaient.

— Je suppose que je devrais me sentir flattée ? Je suis celle qui a failli percer le mystère de Michael Kelly ?

— Je ne suis pas si mystérieux que ça, Charlotte. Vraiment pas.

— Tu as raison. Une impasse est vite explorée. Au moins, on ne tarde pas à savoir où l'on se trouve.

— Que veux-tu que je te dise ? Que je regrette notre rupture ? Oui, c'est le cas.

Comme la fin de la chanson arrivait, Michael attira Charlotte contre lui pour enchaîner une deuxième danse avec elle. Il redoutait qu'elle s'échappe de ses bras.

— Si tu la regrettes, répliqua-t-elle, pourquoi n'as-tu pas essayé de me faire revenir ?

— Tu viens de dire à Gabe que tu savais te débrouiller toute seule.

— C'est vrai. Mais ça ne veut pas dire que je n'aurais pas apprécié le geste.

Sa réponse le fit rire.

— En fait, dit-il, j'y ai pensé, mais le temps que je réagisse, tu étais déjà à Londres. J'en ai conclu que tu n'avais pas très envie que je vienne te chercher. Je n'allais pas te courir après jusqu'en Angleterre.

— J'ai toujours eu l'intention de revenir.

— C'est pour ça que tu es partie sans dire au revoir ?

— Je ne pensais même pas que tu t'en apercevrais.

Ce qui l'avait amusé quelques secondes plus tôt le faisait réfléchir à présent. Aurait-il dû se battre pour la récupérer ? Mais il n'avait jamais fait cela de sa vie, et puis... Quel sens cela aurait-il eu ? La supplier de revenir sans avoir davantage l'intention de s'engager à long terme ? Il avait trop peu confiance en l'amour pour faire des promesses.

— Tu as beau croire que tu ne comptais pas pour moi, dit-il, c'est faux. Je tenais à toi.

Pouvait-il lui dire ce qu'il gardait pour lui depuis tout ce temps ? Avait-il vraiment l'intention de retenter quelque chose avec elle ? Elle avait été claire lors de leur promenade l'autre soir. Il n'avait plus le droit de l'embrasser. Et s'il essayait malgré tout de revenir vers elle, il la connaissait assez bien pour savoir qu'elle ne ferait rien pour lui faciliter les choses. Au contraire.

— Et pour ce que cela vaut, poursuivit-il, je suis conscient d'avoir commis une erreur en te laissant partir. Tu dois me croire, je suis très sincère.

À la fois sidérée et ravie par ce qu'elle venait d'entendre, Charlotte leva les yeux vers Michael.

— Une erreur ?

— Je ne suis pas idiot. Quand je me trompe, je sais le reconnaître. Tu as peut-être brûlé les étapes quand nous étions ensemble, mais j'en ai fait autant, à ma façon. Nous devrions peut-être adopter une allure plus tranquille et voir où cela nous mène, suggéra-t-il en plongeant les yeux dans les siens.

Sa voix rauque et son regard brillant la firent frissonner. Elle entrouvrit les lèvres. Toute la volonté et le courage qu'elle avait trouvés l'autre soir pour le repousser l'avaient quittée.

— Tu as une idée ? demanda-t-elle dans un souffle. De là où cela pourrait nous mener ?

Elle avait peut-être tort de s'engager sur cette voie, mais les mots de Michael remettaient en question tout ce qu'elle avait cru depuis leur séparation.

— J'ai beaucoup d'idées, Charlie, susurra-t-il avec un sourire irrésistible. Mais elles sont beaucoup trop indécentes pour que je te les décrive maintenant.

— Donc nous devrions nous retirer dans un endroit plus intime ? demanda-t-elle en se passant la langue sur les lèvres.

— Tu me rends fous quand tu fais ça avec ta bouche.

— Ah oui ?

— Oui. Complètement fou. Et oui, je crois vraiment que nous devrions nous retirer dans un endroit plus intime.

Le corps brûlant de désir, elle se tourna brièvement vers Sawyer. Il était si obnubilé par Kendall qu'il ne risquait même pas de remarquer leur départ.

— Oui, dit-elle. Tout de suite.

Ils quittèrent discrètement la salle de réception et traversèrent le hall pour prendre l'ascenseur. Comme des clients de l'hôtel montaient avec eux, ils durent attendre le douzième étage pour être enfin seuls. Ivre d'excitation, elle se hissa sur la pointe des pieds pour plaquer la bouche contre celle de Michael. Elle en rêvait tant depuis leur baiser de l'autre soir…

— Chez moi ? demanda-t-il quand la porte s'ouvrit au quinzième étage.

C'était un sujet qui avait posé problème durant leur relation, mais elle n'avait aucune envie d'entamer ce débat maintenant. Elle se laissa guider jusqu'au bout du couloir. Tout ce qu'elle voulait, c'était sentir son corps contre le sien. Ses bras autour d'elle. Avait-elle tort de céder à la tentation ? En dansant avec lui, elle avait senti un désir irrépressible prendre possession de son être, et lorsqu'il lui avait dit qu'il regrettait de l'avoir laissée partir… Toutes ses certitudes avaient été remises en question.

— Tu veux boire quelque chose ? proposa-t-il quand ils furent dans son appartement.

Elle marcha jusqu'à la baie vitrée pour s'accorder quelques secondes de réflexion. Si elle ne voulait pas aller au bout, elle pouvait encore partir.

— Juste un verre d'eau, s'il te plaît, répondit-elle. J'ai assez bu pour ce soir.

Elle avait laissé croire à tout le monde que son eau de Seltz était un gin tonic, et au moment de porter un toast en l'honneur des mariés, elle s'était fait servir une flûte de soda au gingembre.

— Tant mieux.

Elle entendit sa voix juste derrière lui et sentit aussitôt ses mains puissantes sur ses épaules. C'était si bon de le retrouver…

— Moi non plus, ajouta-t-il en la massant doucement, je ne veux rien boire.

Les doutes qu'elle avait pu avoir s'envolèrent d'un seul coup. Oui, elle voulait faire l'amour avec lui. Il lui avait tellement manqué !

Dans le reflet flou de la vitre ruisselante, elle le vit

baisser la tête pour l'embrasser dans le cou. Ses cheveux bruns lui retombaient sur le front. Envoûtée par les mouvements de sa langue, elle eut soudain la sensation merveilleuse d'être tout ce qu'il avait toujours désiré, comme elle l'avait si souvent rêvé.

Il passa les doigts dans les bretelles de sa robe et les fit glisser de ses épaules. Puis, prenant ses longs cheveux dans une main, il les releva pour descendre avec sa bouche le long de sa colonne vertébrale. Ses baisers se firent de plus en plus pressants, de plus en plus brûlants. Jusqu'au moment où il se serra contre elle, lui faisant sentir son désir viril. Elle rejeta la tête en arrière, sur son épaule.

— J'ai envie de toi, murmura-t-elle.

Il ne se doutait sans doute pas qu'en disant cela, elle ne parlait pas seulement de ce soir. Qu'elle rêvait de pouvoir se coucher tous les soirs dans ses bras.

— Charlie, susurra-t-il d'une voix rauque, quelle merveilleuse nouvelle. Je n'aurais pas survécu si cela n'avait pas été le cas.

Si seulement…

Avec délices, elle sentit qu'il ouvrait sa fermeture Éclair. Un instant plus tard, sa robe glissait le long de son corps et tombait sur le sol. Elle se retourna pour être face à lui. Elle s'attendait à ce qu'il la prenne dans ses bras, mais au lieu de cela, il fit un pas en arrière pour la regarder. Elle savait qu'il avait un faible pour la lingerie fine. À en croire son regard brûlant de désir, elle avait parfaitement choisi son ensemble noir en dentelle.

— Tu es tellement sexy…, dit-il en la dévorant des yeux.

D'un geste brusque, il desserra sa cravate et la jeta

par terre. Elle s'approcha alors de lui et lui ôta sa veste avant de défaire les boutons de sa chemise. Elle aurait voulu faire vite, mais il ne lui facilitait pas la tâche avec ses caresses et ses baisers. Il semblait apprécier tout particulièrement ses formes de femme enceinte.

Comment avait-elle pu le repousser l'autre soir ? Oui, il risquait de la faire souffrir une fois de plus ; mais une nuit avec Michael Kelly valait toutes les peines de cœur du monde.

Debout face à lui dans la lumière du clair de lune, elle posa les mains sur son torse et sentit ses muscles se contracter sous ses caresses. Puis, lentement, elle descendit jusqu'à sa ceinture tandis qu'il soupirait d'excitation en l'embrassant encore et encore.

Lorsqu'il fut enfin nu, elle décida à son tour de le torturer en s'éloignant pour l'admirer.

— Reviens par là.

— Je profite de la vue, répliqua-t-elle en souriant.

— Pitié, Charlie, reviens. Je veux sentir tes mains sur moi.

Elle prit tout son temps avant de le satisfaire. Elle avait passé trop de nuits à pleurer en pensant à lui. Si elle devait faire l'erreur de coucher avec lui, elle voulait au moins que cela se fasse selon ses propres règles.

Quand elle fut de nouveau près de lui, elle se pressa contre son corps et prit délicatement dans sa main son sexe durci par l'excitation.

— Comme ça ?

— Oui, répondit-il en fermant les yeux.

Comme elle continuait à le caresser, il prit son visage entre ses mains et l'embrassa. Sa langue vint à la rencontre de celle de Charlotte, il enfouit les doigts dans ses cheveux et leur baiser se fit de plus en plus passionné, jusqu'au moment où il glissa les doigts dans sa petite culotte pour la lui enlever.

— Je vais chercher un préservatif, dit-il en se redressant. Ne bouge pas.

Il s'enfuit dans sa chambre. Quelques secondes plus tard, il revint près d'elle et la fit reculer jusqu'au mur, à côté de la fenêtre. Là, il l'enlaça, se plaça entre ses cuisses et mit les mains sous ses fesses pour la soulever et entrer en elle.

Avec un soupir de plaisir, elle referma les jambes autour de lui et s'agrippa à ses épaules en l'embrassant. Tout en la portant d'une main, il délaça d'un geste habile le bustier qu'elle avait toujours sur elle. Dès qu'il eut libéré ses seins, il les caressa l'un après l'autre avant de baisser la tête pour passer la langue sur ses mamelons tendus par le plaisir.

Elle s'entendit soupirer de plus en plus fort. Alors que les sensations les plus exquises envahissaient son corps, il repassa les deux bras autour d'elle pour la porter jusqu'au canapé. Il s'assit en la prenant sur ses genoux. Maintenant qu'il avait les deux mains libres, il put finir de défaire son bustier pour la déshabiller complètement. Il prit alors ses seins dans ses mains et les caressa tout en soulevant les hanches pour bouger en elle. Suivant son rythme, elle ondula avec lui tandis qu'un plaisir de plus en plus intense l'envahissait tout entière. Il fixa alors les yeux sur les siens et mit la main contre son sexe pour la caresser tout en maintenant les mouvements de son bassin. Elle se cambra et poussa un cri d'extase. Il se laissa aller juste après elle, laissant échapper un long soupir rauque.

Comme elle s'effondrait contre lui et enfouissait le visage dans son cou, il noua les bras autour d'elle et lui caressa le dos en pressant les lèvres sur sa joue en feu. Avait-elle espéré qu'en refaisant l'amour avec Michael, elle assouvirait son désir une fois pour toutes ? Si oui, elle s'était trompée. Une fois ne suffirait pas.

8

Réveillée par la douce lumière du matin, Charlotte ouvrit les yeux et mit quelques secondes avant de se rappeler où elle était. Elle se figea en reconnaissant le lit et la chambre de Michael.

Qu'avait-elle fait ?

L'une après l'autre, les images de la veille lui revinrent en mémoire. Le mariage, le baiser dans l'ascenseur, le mur, le canapé…

Que devait-elle penser à présent ? Avait-il suffi que Michael la voie avec Gabe pour qu'il se rende compte qu'il voulait de nouveau être avec elle ? Si oui, c'était un rêve qui devenait réalité. Rien ne pourrait la rendre plus heureuse que d'élever son enfant avec le père de celui-ci. Toutes ses angoisses s'envoleraient d'un seul coup.

Mais cela semblait trop beau pour être vrai. D'autant plus que rien ne lui disait que Michael avait changé. Ils avaient de forts risques de rencontrer les mêmes problèmes que la première fois. Se mettrait-il soudain à prendre soin d'elle, comme par magie ? À se montrer attentif ? Tomberait-il amoureux d'elle ? Elle n'avait aucune raison concrète de le croire. Bien sûr, il lui avait dit de belles paroles hier en dansant avec elle, mais cela ne prouvait rien. Les mots ne suffisaient pas. Seuls les faits comptaient. Fran n'avait cessé de le lui répéter, et désormais, Charlotte était bien décidée à suivre ses précieux conseils.

Elle devait juger Michael en fonction de ses actes, et cela commençait dès ce matin. Allait-il lui apporter un café au lit ? Être tendre et gentil ? La prendre dans ses bras pour refaire l'amour ?

Pleine d'espoir, elle se retourna pour le réveiller avec un baiser…

Et s'aperçut qu'il n'était plus là. Elle était seule dans son lit.

— Michael ? appela-t-elle en se redressant brusquement pour s'asseoir.

Pas de réponse. Elle toucha le matelas à côté d'elle ; il était aussi froid que si personne n'y avait dormi.

Rejetant la couette, elle se leva et alla ouvrir la commode pour prendre le premier T-shirt qu'elle trouvait et l'enfiler à la hâte. Il la couvrait jusqu'à mi-cuisses.

— Michael ? Tu es là ?

Toujours rien.

Peut-être était-il simplement descendu chercher du café et des viennoiseries. Il y avait une excellente boulangerie-pâtisserie à quelques pas de l'hôtel. Oui, c'était sûrement cela. Une délicate attention de sa part.

Elle fit un tour dans la salle de bains, puis se promena dans l'appartement dans l'espoir de trouver un mot qu'il lui aurait laissé. Mais elle ne trouva que sa robe et ses sous-vêtements de la veille soigneusement pliés sur le canapé. Il s'était levé assez tôt pour prendre le temps de faire ça avant de sortir ? Et quoi d'autre encore ? Où était-il passé ?

Abby non plus n'était pas là. Soit, il l'avait peut-être emmenée pour lui faire faire quelques pas dehors.

Mais il aurait quand même pu laisser un mot pour la prévenir, non ?

Elle prit son téléphone portable pour lui envoyer un texto.

Salut. Où es-tu ?

Elle attendit. Aucune réponse ne vint. Faisant les cent pas dans le salon, elle regarda les minutes s'écouler, jusqu'au moment où elle comprit qu'elle lui cherchait des excuses sans raison. Si les rôles avaient été inversés, elle lui aurait laissé un mot avant de sortir. Après avoir passé la nuit avec un homme, elle ne l'aurait pas abandonné chez elle sans rien dire. Et s'il lui avait envoyé un texto, elle lui aurait répondu.

Hélas, Michael n'avait pas changé. Il savait la combler physiquement, mais pour tout le reste, elle ne pouvait pas compter sur lui.

Il était temps qu'elle se ressaisisse. Qu'elle s'inspire un peu plus de lui en agissant avec froideur et calcul, au lieu de se laisser porter par ses émotions comme elle le faisait depuis toujours.

Ramassant ses habits et son sac à main, elle ne prit même pas la peine de se changer. Michael et elle étant pour l'instant les seuls résidents de l'étage, elle ne risquait pas de croiser quelqu'un. Surtout un dimanche matin à 7 heures.

Elle ouvrit la porte et jeta juste un œil dans le couloir avant de sortir pour rejoindre son appartement. Elle n'avait que quelques mètres à parcourir, et pourtant, elle eut le temps pendant ce court chemin de ressentir une immense mélancolie. Cet instant lui rappelait le soir où elle avait rompu avec Michael. Elle se sentait aussi vide, et c'était encore plus douloureux maintenant qu'elle savait qu'elle était enceinte de lui.

Juste au moment où elle passait à moitié nue devant l'ascenseur, elle entendit la porte tinter et courut instinctivement en direction de chez elle, jusqu'à l'angle du couloir. Là, une fois à l'abri des regards, elle avança la tête en se demandant qui allait sortir de l'ascenseur. Michael apparut avec Abby. Ils étaient accompagnés d'une très belle femme brune que Charlotte voyait pour la première fois.

— Puis-je vous demander de m'attendre ici un instant ? lui demanda Michael. Je vais ramener ma chienne dans mon appartement, et ensuite, nous pourrons faire quelques visites.

— Bien sûr, répondit sa cliente. Je vous attends.

Des visites ? À cette heure-ci ? Il était vraiment incorrigible. Avec une reine de beauté, de surcroît ! Même s'il n'y avait apparemment aucune attitude de séduction entre Michael et cette acheteuse potentielle, Charlotte en avait assez vu.

Elle rentra chez elle et fut accueillie par Thor. Heureusement, elle avait eu la présence d'esprit hier soir d'envoyer un message à Fran pour lui demander de le sortir. Elle le prit aussitôt dans ses bras pour avoir un peu de réconfort.

Plus elle pensait au comportement de Michael, plus elle était en colère. Un rendez-vous pour une visite ! Cela expliquait pourquoi il ne lui avait pas laissé de mot ! Il n'avait pas voulu qu'elle sache ce qu'il faisait. C'était tout lui. Le travail, les ventes, la compétition. Voilà ce qui comptait pour lui. Comment avait-elle pu croire qu'il avait changé en quelques semaines ? C'était sa nature, tout simplement.

Elle sursauta en entendant qu'elle venait de recevoir un texto. Prenant nerveusement son portable dans son sac, elle regarda l'écran. C'était un message de Noah.

On se retrouve dans le hall dans un quart d'heure ?

Oh ! non. Elle avait complètement oublié qu'elle avait rendez-vous avec sa famille pour le petit déjeuner. Kendall et Sawyer avaient tenu à organiser cette réunion avant de s'envoler pour une lune de miel de quelques jours à Miami. Ils reviendraient ensuite pour Noël et repartiraient pour un plus long voyage au mois de janvier. Pour Sawyer, c'était important que la famille reste unie. Il refusait de laisser leur père briser les liens qui existaient entre eux. Et Charlotte ne pouvait qu'approuver.

Mais elle ne serait jamais prête en si peu de temps.

Plutôt une demi-heure ?

Après avoir envoyé sa réponse à Noah, elle éprouva le besoin irrépressible d'écrire à Michael ce qu'elle avait sur le cœur.

Merci de m'avoir prévenue que tu avais quelque chose de prévu ce matin. C'est très agréable de se réveiller dans un lit vide.

Puisqu'il aimait les sarcasmes, elle n'avait aucune raison de s'en priver.

Ce fut Noah qui lui répondit le premier.

Le réveil est difficile ce matin ?

Elle aurait sans doute moins souffert si elle s'était réveillée avec une migraine due aux excès de la veille…

J'ai juste besoin de me pomponner. Tu me connais.

D'accord. Je préviens les autres que tu seras en retard.

C'est alors qu'elle reçut un message de Michael.

Où es-tu passée ?

Elle eut un moment d'hésitation. Elle mourait d'envie de lui envoyer une repartie bien sentie, si possible en faisant allusion à Gabe pour le faire enrager. Mais comme elle n'avait pas le temps d'y réfléchir, elle décida de le laisser mariner avant de lui répondre.

Elle se doucha, s'habilla et se maquilla aussi vite qu'elle put. Puis elle mit sa laisse à Thor et descendit pour le promener quelques instants, après quoi elle le confia à un groom à qui elle offrit un bon pourboire pour le remercier de bien vouloir le ramener chez elle.

En entrant dans le restaurant de l'hôtel, elle repéra tout de suite la table du fond autour de laquelle sa famille avait pris place. Fran était là avec ses frères et Kendall.

— Mille excuses pour mon retard, dit-elle en les rejoignant.

En parfaits gentlemen, Noah et Sawyer se levèrent pour l'embrasser.

— Nous avons l'habitude, dit Sawyer avec un sourire affectueux.

Après s'être assise entre lui et Fran, Charlotte commanda une infusion et un roulé à la cannelle. Puis elle regarda les jeunes mariés et vit avec émotion Kendall prendre la main de Sawyer. Ils étaient si amoureux, si à l'aise l'un avec l'autre… Tout semblait évident entre eux. Cela ne voulait pas dire que leur relation était parfaite. Comme tous les couples, ils devaient connaître des désaccords. Mais on voyait qu'ils étaient faits l'un pour l'autre.

Malgré elle, Charlotte ressentait une pointe de jalousie en les observant. Si seulement elle avait pu, comme Kendall, tomber enceinte de l'homme qui était fait pour elle...

— Pourquoi as-tu disparu hier, Charlotte ? demanda Noah. Tu nous as manqué à la fin de la soirée.

Fran adressa à Charlotte un regard entendu par-dessus sa tasse de café.

— J'étais fatiguée, répondit-elle. J'aurais eu honte de m'endormir sur la table au milieu de la fête.

— Tu n'avais pourtant pas l'air fatiguée quand tu dansais avec Michael Kelly, répliqua Sawyer. Cela a duré un bon moment.

— Quand il commence à parler d'immobilier, il est intarissable. J'aurais pu lui demander de se taire, mais il ne disait pas que des choses inintéressantes.

— Vous formiez un couple charmant en dansant, dit Kendall. C'est un très bel homme.

— Nous sommes mariés depuis moins de vingt-quatre heures et tu commences déjà à regarder les autres hommes ? plaisanta Sawyer.

— Je parlais du point de vue de ta sœur, se défendit Kendall en riant. Je suis sûre que Charlotte serait heureuse de rencontrer quelqu'un de bien.

Charlotte se contenta d'acquiescer en souriant. Kendall n'imaginait pas à quel point elle disait vrai.

— Tiens, dit Fran en souriant, quand on parle du loup... Regardez donc qui arrive.

Elle donna un petit coup de pied à Charlotte sous la table, sans doute de peur qu'elle soit prise de court.

Incroyablement sexy dans son jean et son pull noir, Michael s'approcha de leur table et salua tout le monde.

— Je suis vraiment désolé d'interrompre votre petit

déjeuner en famille, dit-il, mais j'espérais pouvoir vous enlever Charlotte un petit instant.

— Est-ce que cela peut attendre ? répliqua-t-elle en espérant lui faire comprendre qu'elle ne voulait pas lui parler maintenant.

— Je n'en ai que pour une minute. Tu n'as pas répondu à mes messages.

En croisant le regard interrogateur de Sawyer, elle fut prise de panique. Après sa mise en garde de l'autre jour, elle ne voulait surtout pas lui donner l'impression qu'il se passait quelque chose entre Michael et elle.

— Excusez-moi, dit-elle en se levant. Je reviens tout de suite.

Elle se leva et le suivit à l'extérieur du restaurant.

— Que s'est-il passé ce matin ? demanda-t-il quand ils furent dans le hall. Je suis sorti vingt minutes et quand je suis revenu, tu avais disparu. Cette nuit ne t'a pas plu ?

— Je ne sais pas combien de temps tu t'es absenté, rétorqua-t-elle, mais je suis sûre que cela a duré bien plus de vingt minutes. Quoi qu'il en soit, je me suis réveillée, tu n'étais plus là et tu ne m'avais pas laissé le moindre mot d'explication. En revanche, tu avais bien pris soin de plier mes vêtements. Je t'ai envoyé un texto et tu ne m'as pas répondu. J'ai eu l'impression de revivre ce que j'avais déjà vécu avec toi. Et ça, Michael, il n'en est pas question.

Il fronça les sourcils.

— Dès que j'ai vu ton message, assura-t-il, je t'en ai envoyé un. Auquel tu n'as pas répondu. Je ne voulais pas te réveiller, c'est tout. Je n'imaginais pas que tu te lèverais aussi tôt.

— Je me lève toujours tôt, Michael. Tu ne t'en souviens même pas ?

— Si, je le sais très bien. Mais tu avais l'air tellement épuisée hier soir…

— Et pour cause. Et donc, ajouta-t-elle, tu avais une visite ce matin ? Mais peut-être que tu aurais préféré me le cacher ?

— Je n'ai pas pour habitude de faire des cachotteries. J'ai emmené Abby se promener, et dans le hall, j'ai croisé cette femme qui a voulu la caresser. Nous avons échangé quelques mots, et une poignée de minutes plus tard, je lui avais vendu un appartement.

C'était incroyable. Les succès de Michael semblaient tomber du ciel.

— Ravie d'apprendre que ta matinée a été productive. Écoute, c'était super hier soir, mais toi et moi, nous ne sommes vraiment pas sur la même longueur d'onde. Mieux vaut en rester là.

— J'ai trouvé au contraire que nous étions précisément sur la même longueur d'onde cette nuit.

Hélas, cela ne suffisait pas à la rendre heureuse. Il ne savait lui offrir que des ivresses aussi intenses que passagères.

— De ce côté-là, admit-elle, c'est sûr que tout va bien. C'est le reste qui ne marche pas. Ce qui s'est passé ce matin en est l'illustration parfaite.

— Je suis désolé de ne pas t'avoir laissé de mot.

— Ce n'est pas le problème. Je dis juste que nous ne sommes pas compatibles. De toute évidence, j'ai besoin de choses que tu ne peux pas me donner. C'est déjà pour cela que nous avons rompu la première fois. Bon, conclut-elle en lui tapotant l'épaule, ma famille m'attend. À un de ces jours, d'accord ?

— À un de ces jours ? Qu'est-ce que ça veut dire ?

— Que nous nous croiserons sûrement dans le couloir, dans l'ascenseur ou dans le hall. Rien de plus. Ce sera le meilleur moyen d'éviter les problèmes.

9

Debout devant l'ascenseur avec Abby, Michael regarda Charlotte avancer vers lui sur ses talons hauts. Elle était sublime dans son tailleur de femme d'affaires. Il n'avait qu'une seule envie : défaire son chignon pour enfouir les mains dans ses cheveux blonds.

— Bonjour, Michael, dit-elle en regardant fixement la porte de l'ascenseur.

— Salut, Charlie.

La porte s'ouvrit et il s'effaça pour la laisser entrer devant lui. Une fois à l'intérieur de la cabine, ils gardèrent leurs distances et évitèrent de se regarder.

— Matinée chargée ? demanda-t-il.

— J'ai une visite à 10 heures. Le 18B.

— Ça alors. Je fais visiter le 18C à 10 heures moi aussi. Je descends justement pour accueillir mon client.

— Avec Abby ?

— Il adore les chiens. Je me suis dit qu'elle pourrait m'aider à conclure la vente. Et toi ?

— J'ai rendez-vous avec les Taylor. John, Jane et leur petit garçon. Ce sont des clients de Gabe Underwood, et il les accompagne pour la visite.

Il n'en fallait pas plus pour gâcher la journée de Michael.

— Alors tu as profité du mariage pour récupérer des contacts ?

— Oui.

Sa froideur le mettait mal à l'aise.

— Je regrette que nos rapports soient devenus aussi distants, confia-t-il. C'était mieux quand on ne se détestait qu'un petit peu.

— Je ne te déteste pas, Michael. J'essaie seulement de me protéger et de me concentrer sur ma carrière. Si quelqu'un peut comprendre ça, c'est bien toi, non ? Comme je te l'ai dit, rien n'a changé.

À cet instant, l'ascenseur s'arrêta et la porte s'ouvrit sur le hall. Charlotte sortit sans l'attendre.

Elle avait raison, rien n'avait changé. Sauf elle. Elle semblait avoir chaque jour un peu plus confiance en elle. Jamais il n'avait regretté d'avoir mis un terme à une relation auparavant. Mais plus il la regardait vivre sans lui, parfaitement à l'aise dans son rôle de femme d'affaires célibataire, plus il se demandait comment il avait pu la laisser partir.

S'efforçant de se concentrer sur son travail, il alla se poster à l'entrée du hall et ne tarda pas à accueillir son client. Samuel Baker était un marchand d'art qui revenait s'installer à New York après avoir vécu quelques années à Los Angeles. Michael lui avait vendu son dernier appartement new-yorkais.

— J'espère que vous avez trouvé facilement, lui dit-il après l'avoir salué.

— Oui, très. C'est la même chienne que vous aviez avant ? demanda-t-il en la regardant.

— Oui, répondit Michael, c'est toujours elle. Abby.

— Bonjour, ma belle, dit Samuel en lui caressant la tête.

— Vous êtes prêt pour la visite ? demanda Michael.

Il ne supporterait pas de rester une minute de plus dans ce hall avec Gabe Underwood. C'était trop pénible de le voir à quelques mètres, riant bêtement à toutes les plaisanteries de Charlotte. Sa façon de flirter avec elle rendait Michael fou de rage. Ne voyait-elle pas qu'il essayait de se rapprocher d'elle dans le seul but de refaire des affaires avec Sawyer et Noah ? Mais après tout, peut-être qu'elle se servait aussi de lui pour trouver des acheteurs.

Michael emmena son client au dix-huitième étage, mais comme Samuel prenait tout son temps, ils furent rattrapés par le deuxième groupe de visiteurs avant même d'être entrés dans l'appartement. Le fils des Taylor, qui marchait tout juste, remarqua aussitôt Abby.

— Un chien ! s'écria-t-il avec enthousiasme.

— Oui, c'est un chien, répondit son père en le retenant par la main.

Sur ce, Michael ouvrit la porte du 18C et commença sa visite. Il avait du mal à se concentrer en entendant le rire de Charlotte de l'autre côté du couloir, mais par chance, Samuel fut séduit par l'appartement. La vente se fit presque toute seule. Une fois son client parti, Michael referma l'appartement à clé et sortit dans le couloir. Il entendit en passant que la visite de Charlotte n'était pas encore finie. Marchant jusqu'au palier, il allait appeler l'ascenseur quand il entendit un cri derrière lui. Il se retourna et vit le fils des Taylor qui courait droit sur lui.

— Non ! hurla le petit garçon. Pas de nouvelle maison !

Malgré son manque d'aisance avec les enfants,

Michael eut le réflexe de se mettre à genoux et de tendre le bras pour l'empêcher d'aller plus loin.

— Qu'est-ce qui se passe, mon petit bonhomme ? lui demanda-t-il.

Les yeux rouges et gonflés, l'enfant le regarda avec étonnement. Puis il vit Abby.

— Le chien !

Contrairement à Michael, sa chienne était parfaite avec les enfants. Elle semblait les adorer. Baissant les oreilles, elle se laissa caresser docilement malgré les gestes maladroits du petit garçon.

— Regarde, dit Michael en lui montrant le bon mouvement, il faut aller doucement. Comme ça.

Mme Taylor apparut alors à l'angle du couloir.

— Je suis désolée, dit-elle à Michael.

Elle prit la main de son fils et se tourna vers Charlotte qui arrivait.

— C'est notre troisième visite aujourd'hui, expliqua Mme Taylor. Je crois qu'il en a assez. Mon mari et moi, nous croyons vraiment que c'est cet appartement qu'il nous faut, mais nous devrions peut-être revenir un autre jour, quand notre petit garçon sera moins fatigué.

Charlotte acquiesça, mais Michael vit tout de suite combien elle était déçue.

— Bien sûr, dit-elle poliment. Faites ce qui vous semble le mieux.

— Si vous voulez, dit Michael, je peux le garder ici avec moi le temps que vous finissiez.

Il se demanda aussitôt ce qui avait bien pu lui passer par la tête pour qu'il leur fasse une telle proposition. Cela ne lui ressemblait pas du tout, et de surcroît, il avait une montagne de travail qui l'attendait.

Mme Taylor le regarda avec hésitation.

— Vous êtes sûr ? demanda-t-elle.

— Oui. Il adore ma chienne, et apparemment, c'est réciproque. Nous pouvons jouer ensemble pendant quelques minutes.

— C'est vrai ? Merci infiniment. Cela veut dire que nous pouvons acheter notre appartement dès aujourd'hui, ajouta-t-elle en souriant à Charlotte.

Juste avant de s'éloigner avec sa cliente, Charlotte se retourna discrètement vers lui en lui adressant un regard plein de gratitude.

— Merci, chuchota-t-elle. Je te revaudrai ça.

Michael s'assit en s'adossant contre le mur et surveilla le petit garçon pendant qu'il s'amusait avec Abby. Un quart d'heure plus tard, les Taylor ressortirent de l'appartement et vinrent récupérer leur fils.

— Merci encore, dit le père à Michael.

— Je vous en prie, répondit-il en époussetant son pantalon du revers de la main.

Charlotte et Gabe les rejoignirent. Quand les Taylor furent montés dans l'ascenseur, Gabe se tourna vers Michael.

— Kelly, si tu avais vu Charlotte ! s'exclama-t-il. Elle a été fantastique. Je préfère te prévenir, tu as une sérieuse concurrente ici. L'alliance parfaite entre expertise et charme. Mes clients ont été séduits par elle bien avant d'être séduits par l'appartement. Qu'ils ont acheté, bien évidemment.

Charlotte lui donna une petite tape sur le bras.

— Arrête, Gabe, dit-elle en rougissant. Je suis gênée.

Finalement, songea Michael, il s'était peut-être trompé sur elle. Son manque de dureté ne l'empêchait apparemment pas d'être une bonne vendeuse. Il aurait dû se rendre compte que s'il était lui-même incapable de lui résister, ce devait être la même chose pour les acheteurs potentiels.

— Bien, dit Gabe en regardant sa montre, je dois y aller. Les Taylor m'attendent en bas. Tu es sûre que tu ne veux pas te joindre à nous pour le déjeuner ? demanda-t-il à Charlotte. Les Taylor seraient ravis.

— J'aurais beaucoup aimé, répondit-elle, mais c'est impossible. Je suis désolée. J'ai deux autres visites cet après-midi et pas mal de travail à faire entre-temps.

Elle était radieuse. C'était émouvant de la voir aussi fière de ce qu'elle avait accompli.

— D'accord, dit Gabe. Je n'insiste pas.

Il la prit par le bras et se pencha pour l'embrasser sur la joue.

— Nous pourrions peut-être déjeuner tous les deux un de ces jours ? ajouta-t-il. Pour fêter la vente.

Michael sentit son poing se serrer sur la laisse d'Abby. Si Gabe ne partait pas tout de suite, il ne garantissait pas de pouvoir garder son calme.

— Ce serait avec plaisir, répondit Charlotte. J'ai pour règle de ne pas confondre les relations professionnelles et les relations privées, mais rien ne nous empêche de faire une sortie entre confrères.

Le soulagement de Michael fut aussi grand que la déception bien visible de Gabe.

— Euh, oui, balbutia Gabe. D'accord, très bien. Bonne journée.

Elle le salua et il monta dans l'ascenseur.

— Tu rentres chez toi ? demanda Michael quand il fut seul avec elle.

— Oui. Je dois rappeler Noah, il voudrait mon avis à propos d'un projet immobilier qu'il est en train d'étudier avec Sawyer.

— Des habitations ?

— Oui, en centre-ville. J'espère que c'est bon signe pour moi. Maintenant que j'ai lancé mes ventes pour le Grand Legacy, j'ai besoin d'envisager la suite. Tu sais ce que c'est.

— Oui.

Elle avait besoin de faire de nouveaux projets professionnels, mais qu'en était-il de sa vie privée ? Comment imaginait-elle son avenir ? Elle ne semblait avoir aucun mal à accepter leurs nouveaux rapports et à se projeter sans lui, alors qu'il était incapable de la croiser sans avoir envie de l'embrasser et de l'entraîner dans sa chambre.

— Encore merci pour ton aide de tout à l'heure, avec le fils des Taylor.

— Je suis content d'avoir pu te rendre service. Tu sais que d'habitude, je suis nul avec les enfants. Mais ce petit garçon était plutôt mignon.

Elle lui lança un regard étrange, puis soupira.

— En tout cas merci, répéta-t-elle.

— Donc cela fait une vente de plus pour toi. Il te reste combien d'appartements ?

— Trois. Et toi ? demanda-t-elle.

— Deux.

Cette fois, elle ne parut pas du tout découragée par l'avance qu'il avait sur elle.

— La course est serrée, dit-elle. Je parie sur une photo-finish.

Quand ils furent descendus à leur étage, Michael se rendit compte qu'il n'avait aucune envie de la quitter. Il mourait d'envie de l'embrasser. Elle était si rayonnante en ce moment, si pleine de vie. La réussite lui allait bien.

— Tu te souviens que j'organise une soirée le 23 ? lui dit-il.

— Oui, c'est vrai. Pour ceux qui veulent éviter leur famille, c'est ça ?

— Et ceux qui veulent étendre leur réseau. Ne l'oublie pas. Elle aura lieu dans le bar du sous-sol. Tu penses venir ? Tu ne m'as pas vraiment répondu quand je t'en ai parlé la première fois.

— Tu ne me demandes pas d'être ta cavalière, au moins ?

Il eut soudain l'impression désagréable d'être à la place de Gabe quelques instants plus tôt.

— Je serai heureux de t'offrir un verre, si c'est ta question. Et même de prendre l'ascenseur avec toi.

Elle réfléchit avant de lui répondre.

— D'accord, dit-elle finalement. Merci. Ce sera avec plaisir. Tant que nous y allons en tant que confrères et rien d'autre.

— Rien d'autre. Je te le promets.

10

Charlotte devait aller à la soirée de Michael. Cela aurait été stupide de ne pas s'y rendre. Complètement ridicule. C'était l'occasion de rencontrer des gens de l'immobilier dans un contexte informel ; que pouvait-elle rêver de mieux ? Et elle qui aimait tant les fêtes, elle aurait tort de ne pas en profiter !

Le seul problème, c'était lui. Michael Kelly. L'homme qui avait le pouvoir de lui faire faire des choses insensées.

Elle sortit de la douche, enroula ses cheveux dans une serviette et s'approcha du miroir de la salle de bains pour se maquiller les yeux. Mais elle tremblait tellement qu'elle se fit une grosse tache noire sur la paupière.

Essayant de calmer sa nervosité, elle posa son eye-liner sur la commode et respira profondément. Elle n'avait pas du tout l'allure d'une femme d'affaires responsable ce soir. Tout ce qu'elle voyait dans la glace, c'était la même Charlotte qu'elle connaissait depuis toujours. L'adolescente en manque d'affection et de reconnaissance.

Elle devait se ressaisir. Se prouver qu'elle était capable de garder ses distances avec Michael. Sans penser à ce qu'il avait fait pour elle le jour de la visite des Taylor. Elle avait besoin d'être sûre que Michael et elle pouvaient entretenir une relation amicale. Platonique. Et pour cela, mieux valait oublier le ton séducteur sur lequel il lui avait parlé l'autre soir, en renouvelant son invitation à cette soirée. Car à chaque fois qu'elle avait entendu cette voix-là par le passé, elle s'était retrouvée dans son lit.

Elle souffrirait trop si elle passait de nouveau une nuit avec lui. Elle ne pouvait plus se permettre ce genre de folies. Pour le bien du bébé, elle devait se contrôler et garder la tête sur les épaules. Les mots qu'il avait prononcés quelques semaines plus tôt résonnaient encore dans sa mémoire. « J'ai l'impression que tu attends beaucoup plus de cette relation que je ne peux donner. » Et ils lui faisaient toujours l'effet d'un coup de poignard en plein cœur. Après cela, malgré la force des sentiments qu'elle avait pu avoir pour lui, comment pouvait-elle envisager un quelconque avenir pour leur couple ?

Évidemment, il ne se doutait pas de ce qui se passait. Il croyait pouvoir continuer à jouer ce jeu de séduction avec elle, puisqu'il n'avait pas conscience de la réalité. Bientôt, il saurait la vérité. Mais pas avant qu'elle soit arrivée au bout de ses ventes. Après cela, elle pourrait annoncer la nouvelle à sa famille, et à Michael. Elle ne voulait pas qu'il renonce à leur compétition sous prétexte qu'elle était enceinte de lui. Elle avait besoin de faire ses preuves. De gagner cette course loyalement, ne serait-ce que pour se prouver à elle-même qu'elle était capable de s'en sortir toute seule.

Mais pour l'instant, elle avait une autre priorité. Trouver dans son armoire une robe dans laquelle elle rentrait encore. Son regard se posa aussitôt sur la robe rouge pour laquelle elle avait eu un coup de cœur un an plus tôt. Par chance, elle l'avait achetée légèrement trop grande, à une période où elle avait un peu maigri. Elle l'avait prise en se disant qu'elle ne tarderait pas à lui aller et ne l'avait jamais réessayée depuis. Maintenant qu'elle avait quelques kilos de plus, ce devait être le choix idéal.

Elle l'enfila et se regarda dans le miroir en pied de sa chambre. C'était une robe sobre, sans fioritures ni décolleté plongeant, mais à épaules dénudées et qui épousait parfaitement sa silhouette. Elle posa instinctivement les mains sur son ventre, qui commençait tout juste à s'arrondir. Elle avait encore du mal à croire qu'elle allait avoir un bébé.

Voyant qu'il était déjà 20 heures passées, elle mit des boucles d'oreilles, se remaquilla correctement et sortit les seules chaussures rouges qu'elle possédait : des sandales à talons aiguilles. D'ici un mois, elle ne pourrait sans doute même plus les enfiler. Elle avait tout intérêt à en profiter ce soir.

À 20 h 20, elle entra dans le bar. Il y avait déjà du monde et une musique joyeuse accompagnait les conversations. Elle chercha Michael des yeux. Ce nouvel espace était un autre grand succès de Sawyer, qui œuvrait sans relâche pour que le Grand Legacy retrouve sa splendeur d'autrefois. Le plafond voûté était recouvert d'une mosaïque nacrée, ornée d'étroites bandes de verre noir. Les lustres d'origine en fer forgé avaient été restaurés et, à l'occasion des fêtes, ils étaient décorés de pommes de pin et de houx.

Tout au fond, près du bar, Michael était en pleine discussion avec un jeune homme qui avait à peu près la même stature que lui. C'était en soi assez remarquable pour éveiller la curiosité de Charlotte. Tout en se frayant un chemin à travers la foule, elle salua plusieurs personnes qu'elle connaissait tout en se réjouissant à l'idée de leur parler un peu plus tard. Elle préférait éviter de passer la soirée avec Michael, et il avait sans doute aussi beaucoup de gens à voir.

— Le voilà, dit-elle en arrivant auprès de lui. Notre hôte intrépide.

Il l'accueillit avec un immense sourire.

— Bonsoir, Charlotte. Quel plaisir de te voir.

Il l'enlaça affectueusement et en profita pour lui parler à l'oreille.

— Surtout dans cette robe, chuchota-t-il. Sublime.

— Merci de m'avoir invitée, répondit-elle, tout en sentant le feu lui monter aux joues.

Elle n'arrivait jamais à rester insensible à un compliment de Michael.

— C'était la moindre des choses. Je te présente Chris, mon frère.

Bien sûr. Elle aurait pu s'en douter.

— Ah, vous êtes le frère de Michael ! Cela explique ce physique d'exception.

Ils s'esclaffèrent à l'unisson, et elle se rendit compte qu'ils avaient aussi le même rire.

— Enchanté, dit Chris en lui serrant la main. Michael m'a beaucoup parlé de vous.

— Quoi qu'il vous ait dit, plaisanta-t-elle, ce sont des mensonges.

— En fait, dit Chris, il ne m'a dit que du bien de vous.

Michael fit signe à un invité qui venait d'arriver.

— Excusez-moi, dit-il, je dois vous laisser. C'est un client potentiel. Je vais lui offrir un verre pour voir si j'ai une chance de trouver son bonheur sur le marché immobilier de New York.

Quand Michael se fut éloigné, Chris s'appuya contre le bar et regarda Charlotte en souriant.

— Vous savez, dit-il, mon frère a vraiment chanté vos louanges. Ce qui est assez surprenant. D'habitude, il parle très peu de sa vie sentimentale.

— Mais vous devez savoir que nous ne sommes plus ensemble.

Elle fit signe au barman et commanda sa boisson du moment : une eau de Seltz avec une rondelle de citron vert.

— Oui, oui, répondit Chris. Je suis au courant. Il m'a même appelé le jour où vous l'avez quitté. C'était la première fois qu'il faisait ça.

— Ce n'est pas tout à fait juste de dire que je l'ai quitté. Nous nous sommes plutôt séparés d'un commun accord. Seulement, il s'est arrangé pour que la décision vienne de moi.

— Intéressant. C'est vrai qu'une histoire peut toujours être considérée de différents points de vue.

— Mais c'est le mien qui est juste.

Charlotte se sentait déjà à l'aise avec Chris. Elle voyait que Michael et lui étaient proches.

— Alors, demanda-t-elle, qu'est-ce qui vous amène à New York ? Il me semble que vous vivez à Washington, je me trompe ?

— Non, vous avez raison. Mais je viens ici tous les ans à cette période. Je veux être là pour offrir un soutien moral à Michael, même s'il prétend qu'il n'en a pas besoin.

— Un soutien moral ? s'étonna-t-elle. À cause de Noël ?

— Non, à cause de...

Il s'interrompit brusquement. Puis il la fixa avec un air sidéré.

— Vous voulez dire que vous n'êtes pas au courant ? demanda-t-il après un silence.

Le ton dramatique de sa voix la fit frémir.

— Je ne sais absolument pas à quoi vous faites allusion. Michael ne parle jamais de lui. C'est déjà un miracle que j'aie su qu'il avait un frère. Sans vouloir vous vexer, il ne mentionne que très rarement sa famille, et en général, c'est uniquement pour évoquer son ancienne vie de nageur avec vous.

Chris regarda en direction de Michael.

— Je ne sais pas si je dois vous raconter, dit-il. S'il ne vous a rien dit, il doit y avoir une raison. Et je sais qu'il ne s'en est pas vraiment remis. Mon père et lui ne se parlent même plus depuis que c'est arrivé.

— Vous allez devoir m'en dire plus, répliqua-t-elle en lui saisissant nerveusement le bras. S'il a tué quelqu'un, je préfère le savoir.

— Non, répondit-il en riant. Je vous rassure, Michael n'a commis aucun crime. C'est juste l'histoire d'une fête de fiançailles qui a viré au drame et de deux parents qui voulaient avoir un fils parfait.

— Je vous écoute. Racontez-moi.

À mesure que Chris lui faisait le récit de la tragédie familiale, elle l'assaillit de questions et comprit bientôt que, contrairement à l'apparence qu'il voulait se donner, Michael connaissait le goût amer de la défaite. Il savait ce que signifiait souffrir. Le jour où il avait décidé d'arrêter la natation, ses parents avaient été profondément déçus. Ils avaient voulu le voir remporter d'autres titres, mais il avait refusé de poursuivre la compétition. Comme il fréquentait à l'époque la fille d'un sénateur, ses parents y avaient vu une façon pour lui de sauver son avenir. Ils lui avaient enjoint de la demander en mariage. Il avait cédé à la pression. Il leur avait obéi, alors qu'il n'avait pas de réels sentiments pour sa petite amie. Ses parents avaient organisé une somptueuse fête de fiançailles, mais Michael s'était brusquement rendu compte qu'il commettait une erreur. Qu'une fois de plus, il s'était laissé tyranniser, et que cela devait cesser. Il avait rompu ses fiançailles au milieu de la soirée.

Devant deux cents invités dont Michael se moquait éperdument, son père était devenu fou de rage. Il avait fait la liste de toutes les fautes de Michael, de ses échecs et de ses faux pas. Puis il avait essayé de le frapper. Michael avait esquivé le coup, puis répliqué. Son poing était arrivé dans la mâchoire de son père. Après cela, la situation n'avait fait que dégénérer. Aucune réconciliation n'avait été possible. Aucun des deux hommes n'avait pu pardonner à l'autre. Ses parents ne voyaient plus en lui qu'un ingrat qui les avait déçus et qui n'était plus le bienvenu chez eux.

À la fin de son récit, Chris eut l'air infiniment triste. Il était pris depuis toutes ces années entre son frère et ses parents. Charlotte avait cru avoir une enfance difficile, mais l'histoire qu'elle venait d'entendre la forçait à relativiser. Et à voir Michael sous un jour totalement nouveau.

Tout en discutant avec Alan Hayes, une star des nouvelles technologies à qui il espérait vendre bientôt un appartement, Michael ne pouvait s'empêcher de regarder de temps en temps en direction du bar où Charlotte et Chris étaient toujours en pleine conversation. Elle était d'une beauté à couper le souffle dans cette robe. À l'instant où il l'avait vue arriver, il avait senti son cœur battre plus vite.

Cela lui faisait plaisir de voir qu'elle s'entendait bien avec son frère. Mais il ne voulait pas les laisser seuls ensemble trop longtemps. Contrairement à lui, Chris était bavard et il craignait qu'il fasse un peu trop de confidences à Charlotte.

— Alan, dit-il, que diriez-vous de vous rapprocher du bar pour que je vous offre un autre scotch ? J'en profiterai pour vous présenter mon frère et l'une de mes bonnes amies.

— Volontiers, je vous suis.

En avançant vers Charlotte et Chris, Michael sentit que leur discussion était intense. Chris parlait, Charlotte buvait ses paroles et semblait passer par toutes les émotions. Qu'était-il donc en train de lui raconter ?

— Salut, tous les deux, leur dit-il. J'espère que vous ne parlez pas de choses déprimantes.

Charlotte leva vers lui un regard plein de douceur et d'indulgence qui le surprit et le ravit à la fois.

— Nous ? Pas du tout, répondit-elle avec une gaieté excessive. Tu nous présentes ton ami ?

Tout en leur présentant Alan, il continua à se demander ce qui s'était passé ici pendant son absence. Mais peut-être était-il paranoïaque. Il n'avait pas l'habitude de mélanger sa famille et ses amis, voilà tout.

Alan se prit tout de suite de sympathie pour Charlotte. Sa robe y était-elle pour quelque chose ? Michael n'aurait pas juré le contraire, mais il devait reconnaître qu'elle était particulièrement irrésistible en ce moment. Charmante, amusante, bien dans sa peau.

— Dites donc, Michael, dit-il soudain, pourquoi

devrais-je vous engager vous plutôt que Charlotte ? Si je veux emménager dans un hôtel historique, autant m'adresser directement à un membre de la famille qui le possède, non ?

— Hélas, répondit Michael, je ne peux pas vous contredire sur ce point. Vous avez entièrement raison.

Sa réaction le surprit lui-même. En temps normal, il aurait tout de suite trouvé une repartie pour prouver sa supériorité.

Charlotte le regarda avec circonspection.

— Excusez-moi, mesdames et messieurs, dit-elle en plaisantant. Je pense que Michael Kelly est très malade. Ou peut-être soûl.

Comme elle lui touchait le front du revers de la main, il rencontra son regard et frissonna de désir. Jamais aucune femme n'avait eu autant d'effet sur lui, et il était de plus en plus convaincu que cela ne changerait jamais.

— Non, dit-elle, pas de fièvre. Monsieur Kelly, vous êtes donc privé d'alcool jusqu'à ce que vous ayez retrouvé votre esprit compétiteur.

— Vous savez quoi ? dit Chris. À mon avis, vous devriez travailler ensemble, tous les deux. Vous formeriez un couple imbattable. Rien ne vous arrêterait.

— Cela n'a pas vraiment marché la première fois, répliqua-t-elle.

Oui, ils avaient eu du mal à se comprendre. Mais il mourait d'envie de la séduire à nouveau. Surtout ce soir.

— Je crois que Charlotte et moi, dit-il, nous mettrions le feu à Manhattan si nous travaillions ensemble.

— Pour ma part, rétorqua Chris, je suis convaincu que vous feriez des merveilles.

Michael se tourna vers elle et attendit sa réaction,

mais elle ne dit rien. Assise sur un tabouret de bar, elle remuait les glaçons dans son verre, l'air songeur.

La fête se poursuivit, jusqu'au moment où les invités commencèrent à partir. Alan salua Michael en lui promettant de l'appeler bientôt, quant à Chris, il était fatigué et monta se coucher dans la chambre d'amis.

Michael s'approcha de Charlotte.

— Bon, dit-il, je crois que tout s'est bien passé. Merci beaucoup d'être venue. La fête n'aurait pas été aussi belle sans toi. Vraiment pas. Et je suis heureux que tu aies rencontré Chris, on dirait que vous vous êtes bien entendus.

En la voyant se lever de son tabouret, il crut qu'elle allait partir. Mais au lieu de cela, elle lui prit la main.

— Nous avons eu une longue conversation, répondit-elle. Il m'a appris beaucoup de choses. Sans doute des choses que tu ne voulais pas que je sache. Il m'a dit pour tes parents. Les fiançailles. Il m'a tout raconté.

Michael avait donc eu raison de se méfier. Mais il était intervenu trop tard.

— Je vois, dit-il en se préparant à recevoir ses critiques.

Elle devait être scandalisée qu'il ait frappé son propre père en plein milieu d'une fête. Il eut besoin de tout son courage pour la regarder dans les yeux.

— Je regrette que tu ne m'aies parlé de rien, lui dit-elle. Quand nous étions ensemble. Cela aurait pu tout changer entre nous.

Son regard et la douceur de sa voix le bouleversèrent. Comment avait-il pu être aussi stupide ? Aussi cruel ? Il l'avait repoussée parce qu'il s'était persuadé qu'un événement traumatisant allait régir le reste de sa vie.

— C'est vrai, répondit-il. Tu as raison. Mais j'ai du mal à en parler. Encore maintenant.

— J'ai l'impression de te voir sous un nouveau jour à présent.

— Et ?

Pour la première fois, il acceptait d'être dans le doute. Avec elle, il n'avait plus l'impression que c'était une marque de faiblesse.

— Et cela me donne envie de te soulager de ta peine, répondit-elle.

Alors la vérité ne la faisait pas fuir, songea-t-il avec un soulagement indescriptible.

— Je ne suis pas du tout opposé à cette idée, murmura-t-il en souriant.

Comme elle nouait les mains autour de son cou, il se pencha pour déposer un baiser sur ses lèvres.

— C'est tout ? demanda-t-elle en faisant la moue.

— Mieux vaut que je sois seul avec toi pour faire ce à quoi je pense.

— D'accord, répondit-elle en rougissant adorablement. Bonne réponse.

Elle prit son sac à main puis se retourna vers lui.

— Pitié, dit-elle, dis-moi que tu n'as pas de formalités à régler avec le bar.

— Non, c'est déjà fait. Mais je viens de me souvenir que mon frère était en train de dormir dans mon appartement.

— Alors tu devras te satisfaire du mien, répondit-elle en lui caressant le torse à travers sa chemise.

— Tu crois que Thor me laissera entrer ?

— Mon chien t'adore. Il ne le sait pas encore, c'est tout.

Il la prit par la main et l'entraîna vers la sortie. Il

se moquait d'être vu ou de ce que les gens pouvaient penser. C'était nouveau pour lui. Ses parents lui avaient toujours appris à se soucier des apparences. Mais ce soir, tout ce qui comptait à ses yeux, c'était d'être avec Charlotte.

Comme ils avaient l'ascenseur pour eux tout seuls, il en profita pour la prendre dans ses bras et l'embrasser comme il en rêvait depuis le début de la soirée. Il voulait lui montrer combien il avait envie d'elle. Il voulait tant avoir une deuxième chance avec elle…

Ils sursautèrent quand l'ascenseur s'arrêta au quinzième étage. Main dans la main, ils coururent dans le couloir jusqu'à la porte de chez elle. Thor les accueillit par un aboiement quand ils entrèrent, mais Charlotte le fit taire aussitôt et bientôt, ils furent dans les bras l'un de l'autre contre le mur de l'entrée.

— Cette fois, dit-il en la dévorant de baisers, je veux te faire l'amour. Vraiment. Dans un lit.

Elle l'amena dans sa chambre, ôta ses chaussures et l'attira sur son lit. Là, elle se mit à genoux pour lui enlever sa chemise, puis elle s'allongea sur le dos pour qu'il vienne sur elle. Comme il l'embrassait encore et encore, envahi par des sensations nouvelles maintenant qu'il acceptait de baisser sa garde, il frissonna d'excitation en la sentant glisser la jambe entre ses cuisses, contre son érection.

Il roula sur le dos pour qu'elle soit au-dessus de lui. Sa robe remonta quand elle mit les genoux de chaque côté de sa taille, et il se redressa pour faire glisser sa fermeture Éclair le long de son dos. Puis il s'étendit de nouveau et la contempla avec délices. Ce qu'il ressentait était différent de tout ce qu'il avait connu auparavant. Était-ce de l'amour ? Il y croyait de plus en plus. Cela aurait été impensable six mois plus tôt, mais petit à petit, elle l'avait attiré vers elle, même quand elle avait cru le rejeter.

Elle enleva lentement sa robe, dévoilant sa culotte et son soutien-gorge sans bretelles en dentelle rouge.

— Charlotte, murmura-t-il, tu es tellement belle... Comment ai-je pu te laisser partir ?

— Je crois que nous en avons déjà parlé, mais... Merci. Tu n'es pas mal non plus, tu sais.

Sur ces mots, elle saisit la taille de son pantalon et de son boxer pour les lui enlever d'un seul mouvement. Puis, posant les mains sur ses chevilles, elle lui caressa les jambes en remontant lentement vers ses genoux, puis le long de ses cuisses. Elle prenait tout son temps, lui faisait vivre la plus délicieuse des tortures. Enfin, elle prit son sexe durci par le plaisir et le caressa de ses longs doigts fins en se mettant à cheval sur lui. Il laissa échapper un long soupir, puis s'assit pour passer les mains dans son dos et dégrafer son soutien-gorge. Il trembla de désir en voyant ses seins et l'attira dans ses bras pour les sentir contre son torse. Puis, la maintenant contre lui, il se retourna pour l'allonger sur le dos et la caresser à son tour. Encouragé par ses murmures d'excitation, il glissa la main sous l'élastique de sa petite culotte et mit les doigts contre son sexe pour lui donner du plaisir.

— Il va nous falloir un préservatif, dit-il.

— Dans le tiroir de la table de nuit.

Il prit juste le temps de se protéger avant de reprendre ce qu'il avait commencé. Puis il intensifia son geste, jusqu'au moment où elle se mit à soupirer plus fort. Il la mena jusqu'à l'orgasme juste avant de changer de position pour qu'elle soit de nouveau à cheval sur lui.

Refermant alors les mains sur ses hanches, il la guida et entra en elle et elle se mit à bouger lentement. Ils ondulèrent ensemble au rythme de leur plaisir, comme si leurs corps étaient faits l'un pour l'autre. Peu à peu, il bougea plus vite, plus fort, et sentit qu'elle se resserrait autour de lui. Dès qu'il l'eut entendue crier d'extase, il se laissa aller à son tour et fut emporté dans un tourbillon de sensations magiques.

Un instant plus tard, elle s'effondra sur lui et il la serra dans ses bras en l'embrassant. Désormais, il ne voulait plus jamais la laisser s'éloigner de lui.

11

En se réveillant dans la lumière du matin avec Michael nu dans son lit, Charlotte savoura cet instant de délices. Elle le regarda et se blottit contre lui pour sentir la chaleur de son corps. Qu'aurait-elle pu rêver de mieux ?

Si seulement elle n'avait pas eu à s'inquiéter de la conversation qui s'annonçait… Mais elle s'était promis hier de lui révéler aujourd'hui qu'elle était enceinte de lui, et elle était bien décidée à s'y tenir. Plus elle attendrait, plus ce serait difficile. Cela allait être un choc pour lui, mais elle n'avait plus le droit de lui cacher la vérité. Surtout maintenant qu'elle croyait de nouveau en l'avenir de leur couple.

En entendant Thor aboyer derrière la porte de sa chambre, elle comprit que leur discussion allait devoir attendre quelques minutes de plus.

Michael ouvrit un œil et l'enlaça tendrement.

— Il faut que je le sorte, lui dit-elle. J'en ai pour quelques minutes.

— Tu n'es pas obligée d'être à la disposition de ton chien, plaisanta-t-il en l'embrassant sur le front.

— Tu es mal placé pour dire ça. Si ton frère n'était pas chez toi en ce moment, tu serais déjà parti pour t'occuper d'Abby.

— C'est vrai, reconnut-il. Tu sais quoi ? Je vais préparer du café pendant que tu le promènes. Je serai là à ton retour.

— Tu n'auras pas besoin de me laisser un mot alors ?

— Non, répondit-il avec un sourire irrésistible.

Elle n'avait qu'à le regarder pour sentir combien elle l'aimait. Éprouverait-il un jour la même chose pour elle ? Elle ne pouvait s'empêcher de l'espérer en le découvrant si naturel et détendu ce matin. Elle ne l'avait jamais vu comme cela. Son secret avait dû lui peser terriblement. Mais maintenant que cette barrière était tombée, tout pouvait être différent. Ils pouvaient être heureux ensemble. Elle avait tellement envie d'y croire !

Elle l'embrassa sur la bouche.

— Parfait, dit-elle avant de se lever pour s'habiller.

Après avoir enfilé un jean, un pull, un bonnet, un manteau et des gants, elle mit sa laisse à Thor et sortit. Elle marcha avec lui jusqu'au bout de la rue, puis fit demi-tour pour retourner à l'hôtel. La ville lui paraissait particulièrement belle aujourd'hui. Les décorations semblaient briller d'un nouvel éclat.

Demain, ce serait Noël. Elle irait retrouver sa famille pendant que Michael resterait avec son frère. Elle avait appris qu'ils passaient cette journée ensemble tous les ans depuis qu'ils étaient fâchés avec leurs parents. Michael voudrait-il modifier ses projets une fois qu'il saurait ce qu'elle était sur le point de lui apprendre ? Il pourrait venir chez Sawyer avec Chris. Ce serait le début de leur nouvelle vie de famille.

En arrivant au quinzième étage, elle sentit tout de suite la délicieuse odeur du café. Elle avait hâte d'être avec Michael pour lui parler et profiter de cette journée avec lui, en espérant qu'il prenne bien la nouvelle.

Elle respira profondément et poussa la porte de son appartement. Une fois à l'intérieur, elle détacha la laisse de Thor et alla dans la cuisine. Michael n'y était pas mais il y avait une cafetière pleine sur l'îlot central. Apparemment, il l'avait attendue pour se servir une tasse.

— Michael ?

— Oui. Je suis là.

Sa voix venait du salon. Il avait répondu sur un ton étrange, presque dur.

Elle le rejoignit et le trouva assis sur le canapé, les coudes sur les genoux. Devant lui, sur la table, il y avait une boîte de vitamines prénatales. Elle les avait laissées sur la commode de la salle de bains. Bien en évidence.

— Je t'en prie, dit-il en tournant la tête vers elle, dis-moi qu'elles ne sont pas à toi.

Elle resta figée et se sentit blêmir. Elle ne pouvait pas mentir. Elle lui avait déjà caché la vérité trop longtemps.

— Si, elles sont à moi. Je suis enceinte.

Michael avait cru sentir que Charlotte lui cachait quelque chose, mais il avait pensé qu'elle était seulement préoccupée par son travail ou par un problème familial.

À aucun moment il n'avait imaginé cela.

Un bébé ? Comment avait-elle pu lui cacher quelque chose d'aussi important ?

Et dire qu'il avait été sur le point de lui avouer qu'il l'aimait… Mais tout était différent maintenant. Elle lui avait menti.

— Comment est-ce arrivé ? demanda-t-il. Quand ?

Il se sentit stupide en posant ces questions. Elle avait eu quelqu'un d'autre après leur séparation, c'était certain.

— Je suis enceinte de douze semaines, répondit-elle. J'ai appris la nouvelle environ deux semaines après notre rupture.

— Eh bien ! s'exclama-t-il. Tu n'as pas perdu de temps ! Tu veux bien me dire qui est ce type ? Où est-il passé ?

— Michael, tu ne sais plus compter ? Ou tu ne m'as pas écoutée ? Je t'ai dit que j'avais appris la nouvelle deux semaines après notre rupture. À ce moment-là, j'étais enceinte de trois semaines.

— Tu... Tu veux dire que c'est moi ?

— Oui, c'est toi. Évidemment que c'est toi. Je n'ai eu personne d'autre depuis.

Il eut l'impression qu'un tremblement de terre secouait tout son être. Les émotions qui l'envahissaient l'empêchaient de réfléchir, de bouger, de parler.

— Mais..., demanda-t-il après un silence, pourquoi tu ne m'as pas appelé ? C'est le premier réflexe que tu aurais dû avoir après l'avoir découvert.

— Je sais, reconnut-elle.

Il s'attendit à la voir fuir, comme elle le faisait quand les choses ne se passaient pas comme elle le voulait. Mais elle ne bougea pas d'un pouce.

— Mais tu veux savoir pourquoi je ne l'ai pas fait ? poursuivit-elle. Parce que tu m'avais dit que j'en attendais trop de toi. Si tu ne voulais pas être disponible pour moi, je n'avais aucune raison de penser que tu le serais pour un bébé.

— Attends. Je sais que je n'étais pas parfait, mais tu as l'air de dire que j'étais le pire petit ami du monde.

— Tu veux vraiment qu'on reparle de tout ça ?

répliqua-t-elle avec un regard aussi tranchant qu'une lame de rasoir.

— Je sais, je sais. Nous allions toujours chez moi et j'aurais dû être plus attentif avec toi. Tu me l'as déjà dit.

— Ça suffit, Michael. Ne fais pas comme si c'étaient des détails sans importance. Ton travail passait toujours en premier. Moi en deuxième. Peut-être même en troisième, après Abby.

— Tu es injuste. Ma carrière compte beaucoup pour moi. Et j'ai Abby depuis neuf ans, c'est normal que je sois attaché à elle et que je m'en occupe.

— Je comprends tout ça. Seulement, ce n'est pas très agréable de passer systématiquement après tout le reste.

Il avait du mal à reparler du passé alors que l'essentiel était le présent. Charlotte était enceinte de lui et le lui avait caché.

— Alors c'est pour ça que tu es partie en Angleterre ? demanda-t-il. Je me doutais bien que tu ne me disais pas tout.

— Oui, mais ce n'était pas une fuite comme tu sembles le croire. J'avais besoin de soutien. J'avais besoin de ma mère, mais comme elle n'est plus là, je suis allée voir Fran qui m'a accueillie à bras ouverts.

L'imaginer seule face à cette nouvelle le faisait souffrir, mais comment aurait-il pu deviner qu'elle avait besoin de lui ?

— Si tu m'avais prévenu, dit-il, j'aurais pu être là pour te soutenir. Je ne comprends pas comment tu as pu garder ça pour toi.

— J'étais bouleversée. Je n'ai pas eu la force de t'en parler car je savais ce que tu allais me dire.

— Quoi ? Comment aurais-tu pu le savoir ?

Il se leva et fit les cent pas dans le salon en espérant

qu'un peu de mouvement l'aiderait à se calmer et à s'éclaircir les idées.

— Je n'en reviens pas, ajouta-t-il, rongé par la colère.

— Tu es obligé d'être autant sur la défensive ?

— Pardon ? Tu m'as caché que tu étais enceinte de moi. Je suis censé le prendre comment ? Je crois qu'il va me falloir un peu plus de deux minutes pour digérer ça, tu vois. Avec tout le temps que nous avons passé ensemble ces dernières semaines, tu n'aurais pas pu trouver un moment pour m'en parler ?

Il se passa la main dans les cheveux. Il avait soudain l'impression que sa tête était prise dans un étau.

— J'aurais dû, c'est vrai, admit-elle en soupirant. Je suis désolée de ne pas l'avoir fait, mais j'avais mes raisons. Je préférais attendre que nous en ayons fini avec ces ventes d'appartements. Et pour être honnête, je crois que j'avais aussi besoin de me protéger de toi, Michael.

Ces mots lui firent l'effet d'un coup de poignard. À aucun moment il n'avait voulu lui faire de mal en lui disant qu'il ne pouvait pas lui donner ce qu'elle attendait de lui. Au contraire. Il avait éprouvé le besoin d'être sincère avec elle.

— Je ne sais pas quoi répondre à ça, dit-il. Je ne te ferais souffrir pour rien au monde.

— Mais tu l'as fait, même sans le vouloir. Et cette conversation est en train de confirmer mes craintes les plus profondes.

— Tu veux dire que je réagis exactement comme tu l'avais imaginé ? Je suis si prévisible que ça ? À moins que tu possèdes un don divinatoire ?

Elle s'appuya contre le mur et regarda par la fenêtre. Elle avait l'air complètement désemparée.

— Franchement ? dit-elle. C'est pire que ce que j'avais imaginé.

— Pourquoi ?

— Parce que tu ne parles que du fait que je t'aie caché la vérité. Tu n'as pas dit un seul mot sur l'élément essentiel de cette situation. J'ai eu tort, c'est vrai. J'ai fait une grave erreur et j'en suis sincèrement désolée. Mais tu n'as pas mentionné le bébé une seule fois.

Un silence pesant envahit la pièce. Il refusait de lui donner raison.

— Que veux-tu que je te dise ?

— Ce que tu ressens. À l'idée de devenir père.

Ce mot lui inspirait les pensées les plus complexes et les plus contradictoires. Il ne pouvait pas considérer son propre père comme un exemple à suivre. Et pourtant, c'était à lui qu'il devait sa détermination et ses plus grands succès. Cet homme avait voulu faire de ses fils des champions, et il avait tout mis en œuvre pour y parvenir. C'était lui qui leur avait appris à atteindre leurs objectifs.

Si seulement il avait su leur donner un peu d'amour et d'affection tout en les poussant à donner le meilleur d'eux-mêmes… Hélas, ces notions lui étaient étrangères, et sa dureté avait atteint son sommet le jour des fiançailles de Michael. C'était là, à l'âge de vingt-trois ans, qu'il avait compris que son père n'attendait pas seulement la perfection dans le sport. Quand Michael avait osé écouter son cœur et renoncer à ses fiançailles le jour de la fête, son père lui avait montré tout son mépris. Michael n'oublierait jamais le dégoût qu'il avait vu dans son regard. Après avoir obéi à son père toute sa vie, il s'était rendu compte que ce n'était pas suffisant à ses yeux. Que rien de ce qu'il ferait ne satisferait jamais son père. Et les rares fois où ils s'étaient revus depuis ce jour, il avait ressenti le même dédain de sa part.

Il se laissa tomber sur le canapé.

— Je n'ai jamais imaginé que je deviendrais père un jour. Je ne suis pas sûr d'en être capable. Quand je t'ai dit que je n'étais pas prêt à te donner ce que tu attendais, Charlie, ce n'était pas pour te blesser. C'était pour te donner une porte de sortie, afin de t'épargner de souffrir plus tard.

Il la regarda et vit qu'elle était plus pâle que jamais.

— Mais maintenant, dit-elle, je suis enceinte de toi. Alors que faisons-nous ?

— J'ai besoin de temps. Il faut que j'encaisse le choc. Ensuite, nous pourrons en reparler calmement.

Il avait besoin de temps ? Charlotte se demanda si elle avait bien entendu la réponse de Michael.

— Bien sûr, répondit-elle, trop lasse et trop triste pour lui en demander davantage. Prends tout le temps qu'il te faudra.

Elle lui tourna le dos et alla dans sa chambre.

— Écoute, dit-il en se levant pour la suivre, il faut que je rentre chez moi. Ce ne serait pas correct de laisser mon frère tout seul.

Parce que c'était ce qui le préoccupait à cet instant ? Rester correct ? Décidément, ils ne se comprendraient jamais.

— D'accord, répondit-elle. Au revoir. Excuse-moi mais je ne vais pas te raccompagner à la porte.

— Ça tombe bien, je ne te le demande pas.

Envahie par le chagrin et le remords, elle le vit enfiler sa chemise avec des gestes brusques. Il lui lança un regard plein de colère. Au moins, pour une fois, il lui montrait ses émotions.

Il ne prit même pas la peine de mettre ses chaussures. Il les ramassa, prit sa veste sur le dossier de la chaise où il l'avait posée et remit son portefeuille dans la poche de son pantalon. Puis, sans un mot, il sortit de la chambre et se dirigea tout droit vers la porte d'entrée.

— Alors c'est tout ? lança-t-elle.

Ses propres mots lui écorchèrent les oreilles. Ils lui rappelaient leur première rupture. Elle pouvait néanmoins se féliciter de ne pas être en larmes cette fois-ci.

— Pour l'instant, oui.

Il ne la regarda même pas. Il ouvrit la porte et sortit en la laissant claquer derrière lui.

Charlotte resta debout au milieu de son appartement, immobile, les yeux fixés sur la porte fermée. Elle s'était tellement réjouie à l'idée de vivre dans l'hôtel de son enfance, d'élever son enfant ici... Mais comment pouvait-elle encore l'envisager ? La perspective de croiser Michael dans le hall, dans le couloir ou dans l'ascenseur lui paraissait insurmontable. Comment supporter de voir son visage, de sentir son parfum, de rencontrer son regard à tout moment ? Elle ne guérirait jamais. Pour son équilibre et celui de son bébé, elle ne pouvait pas rester si près de lui.

Elle courut dans le couloir pour le rattraper. Bien sûr, Thor en profita pour la suivre.

— Michael ! appela-t-elle alors qu'il était à quelques pas de chez lui. Attends.

Il se retourna brusquement.

— Qu'est-ce qu'il y a ? demanda-t-il d'une voix irritée.

— Je ne peux plus habiter à côté de chez toi. Si c'est fini entre nous, ce sera au-dessus de mes forces.

— Alors non seulement je suis le pire des hommes, mais en plus tu ne supportes plus de poser les yeux sur moi ?

— C'est trop douloureux. Je n'y arriverai pas. Celui de nous deux qui aura vendu tous ses appartements en premier aura gagné le droit de rester. Le perdant devra déménager.

Cette idée était sans doute un peu folle, mais elle aurait très bien pu venir de Michael.

— Tu ne devrais pas me proposer ça. Tu adores le Grand Legacy. Si nous concluons cet accord, c'est toi qui devras partir. Je n'ai plus qu'un appartement à vendre et j'ai déjà un client intéressé. Dans un jour ou deux, j'aurai gagné.

Elle n'était pas étonnée par sa réponse.

— Si cela doit se passer ainsi, dit-elle, je l'accepterai. Nous ne pouvons pas rester comme ça, de toute façon.

— C'est Noël demain. Tu veux que je chasse une femme enceinte de chez elle le jour de Noël ? Cela te permettrait sûrement de prouver au monde que je ne vaux rien, mais désolé, je ne le ferai pas.

— Arrête de partir du principe que tu vas gagner. Je n'ai plus que deux appartements à vendre. J'ai encore une chance de te battre. Et je ne vois pas comment je pourrais m'en servir contre toi puisque c'est mon idée.

Cela lui faisait du bien de fixer les règles du jeu pour une fois. C'était un progrès notable.

Il la regarda en secouant lentement la tête.

— Bien, Charlotte, nous ferons comme tu voudras. Mais je te demande encore une fois de me laisser au moins un peu de temps pour réfléchir. N'appelle pas tout de suite Chad et son équipe de Beaux et Musclés.

— Je ne te promets rien. Il n'est pas question que j'attende éternellement sans réagir.

Sur ce, elle appela Thor et retourna chez elle la tête haute, en faisant son possible pour adopter une allure victorieuse. Mais alors qu'elle poussait la porte de son appartement, elle se rendit compte que dans cette situation impossible, il ne pouvait pas y avoir de victoire. Soit Michael l'aimait et voulait être un père pour son enfant, soit non. Il ne savait pas. Il avait besoin de temps. C'était peut-être cruel, mais au fond, elle considérait que c'était déjà une réponse en soi.

À ses yeux, l'amour n'était pas une question. C'était une réponse. Elle avait toujours ressenti les choses de cette façon. C'était un besoin si fort pour elle qu'elle avait cru nécessaire de lutter pour devenir capable de s'en passer. Mais quand elle imaginait son avenir privé de l'amour inconditionnel dont elle rêvait depuis toujours, il lui paraissait terne et triste. Elle ne voulait pas de cette vie-là. Elle préférait s'accepter comme elle était. Elle voulait aimer et être aimée.

Grâce à son enfant, elle savait maintenant qu'elle aurait une existence remplie d'amour. Toute l'affection qu'elle avait en elle allait enfin pouvoir se libérer et s'exprimer sans limite.

Michael, lui, vivrait quelque part dans la même ville qu'elle, sans elle et sans l'enfant qu'ils avaient conçu ensemble. Il n'aurait pas conscience d'avoir emporté avec lui un morceau de son cœur. Il se lèverait chaque jour, poursuivrait sa vie sans se douter du terrible sacrifice qu'il s'imposait à lui-même en se privant de ce qu'il y avait de plus beau au monde.

12

Le matin de Noël, Michael se réveilla à 7 h 30 avec une migraine épouvantable. Chris et lui avaient passé la soirée à jouer aux cartes en buvant des verres. Ce n'était sans doute pas très intelligent, mais sur le moment, Michael en avait eu besoin pour oublier sa peine.

Il chercha à tâtons son téléphone portable et finit par le trouver sous l'oreiller, de l'autre côté du lit. Il regarda l'écran avec appréhension. Non, Charlotte n'avait répondu à aucun de ses textos.

On peut parler ?

C'était le premier qu'il lui avait envoyé. Après avoir attendu sa réponse pendant plus d'une heure, il en avait écrit un deuxième.

Tu es là ? J'aimerais que nous parlions de tout ça.

Après celui-ci, il avait patienté deux heures. Finalement, comme il n'avait toujours aucune nouvelle, il était allé sonner chez elle. Il avait eu beau insister, elle n'était pas venue lui ouvrir. Il était donc retourné dans son appartement pour retenter sa chance par téléphone.

Tu as entièrement le droit d'être en colère, mais s'il te plaît, réponds-moi.

Sa supplique était restée sans effet. Il savait qu'elle

avait toujours son téléphone avec elle. Quand elle ne répondait pas, ce n'était pas par accident. C'était pour exprimer son mécontentement. Exactement comme l'autre jour, quand il avait oublié de lui laisser un mot en sortant de chez lui. Il savait donc ce que signifiait son silence : « Laisse-moi tranquille, Michael. »

Non sans peine, il parvint à se lever et Abby le suivit dans la cuisine. Il remplit son écuelle avant de préparer une grande cafetière pour son frère et lui. Ce Noël s'annonçait particulièrement maussade. Il ne croyait pas au fait que certains jours devaient, de façon arbitraire, être plus joyeux que les autres, mais Noël était tout de même censé être une belle journée. Cela n'avait pas été le cas pendant tout le temps où il l'avait passé avec ses parents. Depuis que Chris venait lui rendre visite chaque année à cette période et qu'ils en profitaient pour passer du temps ensemble, il appréciait beaucoup plus les fêtes.

C'était tellement plus agréable d'être seul avec son frère… Car chez les Kelly, Noël avait toujours été un jour étrange. À chaque fois, leur père s'était montré beaucoup plus gentil que d'habitude. Presque trop gentil. Mais comme dans tous les domaines, il avait eu une idée très arrêtée sur la façon dont les choses devaient se passer. Noël devant être une journée parfaite, cela avait été l'occasion rêvée pour lui de faire parler son exigence absolue. Cet homme n'aimait que la perfection. Si bien que, dès le matin de Noël, il avait systématiquement été affectueux avec sa femme. En entrant dans la cuisine, il avait passé le bras autour de sa taille et l'avait embrassée sur la tempe. Elle avait eu l'air de savourer chaque seconde, tant ces gestes étaient inhabituels de la part de son mari. D'une certaine manière, Noël avait été une journée de cessez-le-feu. Michael avait toujours vu le mariage de ses parents comme un arrangement chargé d'hostilité, dans lequel régnaient la négociation permanente et une lutte de pouvoir féroce. Si leur mère était parvenue à conserver une part d'autorité sans se laisser complètement étouffer par son mari, c'était parce que depuis le début, c'était elle qui tenait les cordons de la bourse.

Pour l'essentiel, l'argent des parents de Chris et Michael provenait d'un héritage de leur grand-tante maternelle, qui était morte alors qu'ils avaient respectivement six et huit ans. Avant cela, le foyer avait dû vivre avec un budget serré. Ce qui n'avait pas nui à l'entente familiale, du reste. Au contraire, leur existence à tous avait été plus paisible avant l'héritage. Leur père ayant un travail, Chris et Michael avaient été relativement protégés de son perfectionnisme et de ses remontrances. Ils avaient passé de longues heures dans l'eau, à faire des courses de natation l'un contre l'autre, mais à l'époque, ils l'avaient fait par pur plaisir.

Seulement, quand l'héritage était arrivé, tout avait changé. Leur père avait démissionné et ne les avait plus quittés d'une semelle. Il les avait arrachés à leur école, à leurs amis, et avait fait déménager la famille de sa modeste maison du Maryland pour l'installer dans une grande propriété ancienne de Bethesda, banlieue chic de Washington. Là, il avait fait détruire le jardin, y compris les arbres vieux de deux cents ans, pour faire creuser une grande piscine à la place. Puis il avait engagé un entraîneur privé, en prenant soin de choisir un homme prêt à accepter qu'il assiste à toutes les séances et qu'il prenne toutes les décisions. La vie de Chris et Michael était devenue un enfer. Leur père avait placé ses exigences tellement haut qu'ils n'avaient plus eu aucun répit. Leurs parents avaient bouleversé la vie de toute la famille dans le seul but de créer deux athlètes olympiques. C'était le minimum qu'ils avaient attendu d'eux. Ils leur avaient mis une pression folle pour qu'ils comprennent que s'ils n'atteignaient pas l'objectif fixé, ce serait un échec impardonnable.

S'ils n'avaient pas pu compter l'un sur l'autre pour se donner du courage et de la force, Chris et Michael auraient certainement craqué à un moment ou l'autre.

Michael se servit une tasse de café et marcha lentement jusqu'au salon, où il se laissa tomber sur le canapé. Assis face à la baie vitrée, il contempla la ville qui s'étendait devant ses yeux. Le ciel était gris et la météo annonçait de nouvelles chutes de neige pour aujourd'hui. Il resta ainsi un long moment, perdu dans ses pensées, si bien que quand il voulut boire son café, celui-ci était froid.

La tête sur ses genoux, Abby dormait en sursautant de temps en temps.

— Alors, ma chienne, tu rêves de chasse au lapin ? demanda-t-il en la caressant.

— Tu parles encore à ton chien ?

Chris entra à son tour dans le salon, les yeux à demi ouverts.

— J'aurais été en train de discuter avec toi si tu n'avais pas fait la grasse matinée, répondit Michael.

Chris se passa la main sur le visage et regarda par la fenêtre en plissant les paupières. Un rayon de soleil venait de percer les nuages et éclairait maintenant la pièce.

— Tu sais quoi ? dit-il en portant la main à son front. Nous avons trop bu hier soir.

Michael était encore un peu engourdi, mais manifestement, son frère se sentait beaucoup plus mal que lui.

— Il fallait bien que je te laisse une chance de me battre aux cartes, répondit-il en riant. Je ne voulais pas que tu rentres chez toi en ayant perdu ta fierté.

— Oui, oui, c'est ça, railla Chris. Nous aurions pu jouer sans enchaîner les verres jusqu'à minuit. Ça, c'était ton idée.

C'était vrai. Michael avait eu besoin de noyer son chagrin.

— Le café est prêt, dit-il à Chris en faisant un signe de tête vers la cuisine.

Chris s'éloigna en traînant les pieds et revint une minute plus tard avec une tasse à la main. Il vint s'asseoir à côté de Michael sur le canapé.

— Ça fait vingt-quatre heures que tu es revenu de chez Charlotte, dit-il. Nous avons réussi à éviter le sujet toute la journée d'hier, mais je ne vais pas te laisser te murer dans le silence plus longtemps. Il est temps que tu me racontes ce qui s'est passé. Parce que, apparemment, tu ne vas pas mieux ce matin qu'hier.

Raconter à Chris ce qui s'était passé ? Cela allait être difficile, car Michael n'était pas sûr de bien le savoir lui-même. Tout se bousculait dans son esprit. Ce dont il se souvenait, c'était que sa discussion avec Charlotte avait été tendue dès le début et n'avait fait que dégénérer. Il n'avait pas pour habitude de s'épancher, pas même auprès de son frère, mais Chris savait écouter et Michael avait grandement besoin de conseils.

— Bon, dit-il. Si tu es sûr de vouloir entendre ça. J'ai fait une erreur et je ne sais pas comment la réparer.

— Une erreur ? répéta Chris avec stupeur. Toi ? Je suis tout ouïe.

— Eh bien, après ton départ avant-hier soir, c'était assez intense entre Charlotte et moi.

— Je n'aurais peut-être pas dû tout lui raconter, reconnut Chris. Mais c'est la seule femme dont tu m'aies parlé depuis que tu as rompu tes fiançailles, et elle tient beaucoup à toi.

Si cela avait été vrai, ce n'était certainement plus le cas à présent. Michael avait bien vu le mépris dans son regard hier. Et à vrai dire, avec le recul, il comprenait sa réaction.

— Ça, répondit-il, je n'en suis pas si sûr. Pas après ce qui s'est passé hier.

Il massa sa nuque endolorie. Il se sentait terriblement noué depuis vingt-quatre heures, à force de repenser à toutes les erreurs qu'il avait commises et à l'absurdité de sa réaction. Pourquoi l'avait-il accablée de reproches au lieu d'écouter ce qu'elle avait à lui dire et de parler calmement avec elle ?

— Toutefois, poursuivit-il, tu as bien fait de lui confier cette histoire. C'est vrai que je ne voulais pas qu'elle connaisse mon passé, mais finalement, je crois que cela a fait tomber certaines barrières entre nous.

— Tant mieux. C'est une très bonne nouvelle.

— Quand nous nous sommes réveillés hier matin, dit Michael, tout paraissait différent. Beaucoup plus naturel et harmonieux que lors de notre première relation.

À ce moment, il avait éprouvé des émotions qu'il n'avait jamais connues par le passé. Le sentiment de paix qui l'avait envahi quand il l'avait prise dans ses bras l'avait bouleversé. Il avait ressenti de l'optimisme et de l'espoir. Elle lui était apparue comme un véritable rayon de soleil dans son existence, et il s'était rendu compte qu'il ne voulait plus vivre sans elle.

Mais quelques minutes plus tard, il avait tout gâché à cause de sa stupidité.

— Encore une excellente nouvelle, dit Chris.

— Oui, à ce moment tout se passait à merveille. Mais ensuite, elle est descendue pour sortir son chien et, en allant dans la salle de bains, j'ai trouvé une boîte de vitamines prénatales. Elle est enceinte.

Michael se tourna vers son frère et attendit de voir sa réaction. Chris resta bouche bée pendant quelques secondes avant de parler.

— Rien que ça. Qui est le père ?

Michael eut honte en se souvenant qu'il avait posé la même question à Charlotte. Une fois de plus, il avait réagi comme un imbécile.

— C'est moi, répondit-il. Elle est tombée enceinte quand nous étions encore ensemble, mais elle ne l'a découvert qu'après notre rupture.

Chris se passa la main dans les cheveux en secouant la tête.

— Eh bien… Ça n'a pas dû être facile pour elle. Découvrir qu'elle était enceinte d'un homme qui ne voulait pas d'une relation sérieuse. Je n'ose même pas imaginer ce qu'elle a ressenti en apprenant la nouvelle.

Tenu éveillé par l'alcool et l'anxiété, Michael avait passé une bonne partie de la nuit à essayer de deviner comment Charlotte avait vécu cette période. Leur séparation, la nouvelle de sa grossesse, son voyage en Angleterre puis son retour à New York et leurs retrouvailles. Elle avait dû endurer une véritable épreuve. Et pendant ce temps, il avait continué à vivre sa vie, tout en souffrant de son absence. Plus elle lui avait manqué, plus il avait essayé d'ignorer ce sentiment qui était nouveau pour lui et qu'il avait vu comme une faiblesse.

— En effet, approuva Michael. Elle a dû passer par des moments très pénibles. Mais malheureusement, ce n'est pas à ça que j'ai pensé hier. J'étais trop en colère. Je lui en voulais de m'avoir caché sa grossesse.

— Sérieusement ? répliqua Chris en se tournant brusquement vers lui. Tu veux dire que tu t'es fâché contre elle ?

— Oui. Et crois-moi, je n'en suis pas fier. Vraiment pas.

— Alors elle t'a envoyé promener ? C'est pour ça que tu étais de si mauvaise humeur en rentrant ?

— Pas tout de suite. Mais j'ai fini par lui dire que j'avais besoin de temps pour y réfléchir, et là, elle s'est énervée. Ce qui est compréhensible. Et je suis parti.

Il secoua la tête en soupirant. Il n'en revenait pas d'avoir été aussi stupide.

— Mais ensuite, poursuivit-il, elle m'a rattrapé dans le couloir.

Il expliqua à son frère ce qu'elle lui avait dit au sujet des appartements et du fait que l'un d'eux allait devoir déménager.

À cet instant, Abby se réveilla et lui lécha la main pour réclamer des caresses.

— Ah, Abby, les relations humaines sont trop compliquées. C'est tellement plus simple avec toi. Je te nourris, je te promène, tu es toute contente quand je rentre du bureau. C'est facile.

— Tu sais, dit Chris, notre père a fait des dégâts sur toi comme sur moi. Je sais qu'après le fiasco de tes fiançailles, tu as préféré te convaincre que ta vie serait plus facile si tu renonçais à toute relation sérieuse avec une femme. Je peux te comprendre, mais la donne a changé. Charlotte est merveilleuse et elle est enceinte de toi. Qu'est-ce que tu fais là, assis dans ton canapé, à parler à ton frère en caressant ton chien ? Je ne te reconnais pas. Tu devrais être à l'autre bout du couloir, en train de te réconcilier avec elle.

— J'ai essayé. Je n'arrête pas de lui envoyer des textos auxquels elle ne répond pas. Hier soir, quand tu es sorti acheter de la bière, je suis allé chez elle et j'ai sonné plusieurs fois. Elle n'est pas venue m'ouvrir.

— Elle était peut-être quelque part en famille.

— Nous aurons encore des sujets essentiels à aborder quand elle acceptera de me parler. Un enfant ? Tu imagines ? Si je ratais tout avec lui ? Si j'en arrivais à me comporter avec lui comme notre père avec nous ? Après tout, je lui ressemble. Je suis aussi compétiteur que lui. Aussi perfectionniste. Je ne veux pas faire subir à mon enfant ce qu'il nous a fait subir.

— Eh, oublie ça tout de suite, d'accord ? Nous ne sommes pas notre père.

— Tu ne m'as pas vu hier avec Charlotte. J'étais obsédé par le fait qu'elle m'avait déçu. Incapable de penser à autre chose. Je m'accrochais tellement à l'idée que c'était elle qui avait tort et moi qui avais raison que je n'arrivais même plus à réfléchir normalement. C'était notre père tout craché.

— Et cette conversation ? lui demanda Chris. Tu penses que notre père serait capable de parler comme tu le fais en ce moment ? Non. Parce qu'il ne se remet jamais en question. Tu n'es pas lui, Michael. Tu n'as rien à voir avec lui. Ôte-toi cette idée de la tête.

Michael mourait d'envie de le croire. Et après tout, s'il s'était finalement résolu à lui parler, c'était pour entendre son point de vue et ses conseils. Il avait confiance en son jugement.

— Il faut que je trouve un moyen de réparer ce que j'ai fait.

— Tu as une idée ? demanda Chris.

Michael regarda machinalement son portable, mais il n'avait toujours aucun message.

— Pour commencer, répondit-il, j'ai besoin de lui parler. Je ne pourrai rien résoudre tant qu'elle refusera de m'écouter.

En toute sincérité, il avait peur de se retrouver face à elle après ce qu'il lui avait dit. Il ne s'était jamais senti aussi fébrile, aussi peu sûr de lui. Mais pour sauver sa relation avec Charlotte, il était prêt à tout. Même à se montrer vulnérable. Il voulait revenir à cet instant où il s'était réveillé dans son lit. Cet instant où il avait été prêt à lui dire qu'il l'aimait.

— Je retourne chez elle.

— Vas-y, approuva Chris. Je garde la maison.

Sans attendre une minute de plus, Michael se leva et sortit dans le couloir, en espérant qu'il aurait plus de chance cette fois-ci. Il voulait y arriver. Il voulait réparer ses erreurs, aussi difficile que cela puisse paraître. Jusque-là, à chaque fois qu'il avait eu un défi important à relever, il avait toujours passé des semaines à se préparer pour être sûr de ne rien laisser au hasard. Mais aujourd'hui, il allait devoir improviser. Sa seule préparation était la vie de souffrance que lui avait infligée son père pendant tant d'années.

Il arriva chez Charlotte, sonna et attendit. Rien. Il colla l'oreille contre la porte et n'entendit pas un bruit à l'intérieur de son appartement. Il sonna de nouveau, toujours sans succès. Même pas le moindre jappement de Thor. En désespoir de cause, il prit son portable dans sa poche et lui envoya encore un message.

Tu es chez toi ? Je suis dans le couloir. J'espérais que nous pourrions parler.

Il regarda fixement son téléphone. Le silence de Charlotte commençait à le rendre fou. Il ne savait même pas où elle était. De l'autre côté de cette porte ou chez quelqu'un d'autre, en train de fêter Noël ?

Quoi qu'il en soit, il était sûr d'au moins une chose : elle était furieuse contre lui.

Tandis qu'il reprenait le couloir en direction de chez lui, il se mit à réfléchir. Si Charlotte s'entêtait à l'ignorer, il allait devoir se montrer créatif pour arriver jusqu'à elle. Attirer son attention.

Pour cela, il n'avait plus qu'une solution : téléphoner à Sawyer.

Charlotte n'avait aucune envie de passer Noël dans un état de profond désespoir, mais elle ne trouvait pas la force de surmonter sa tristesse. La veille, en se séparant de Michael, elle avait compris que tout était bel et bien fini entre eux. Pour toujours. Alors comment pouvait-elle espérer passer un beau et joyeux Noël aujourd'hui ?

Celui de l'année prochaine serait beaucoup plus heureux. Son bébé serait là. Sa carrière serait lancée. Elle serait installée quelque part, même si elle ne savait pas encore où. Bien sûr, tout ne serait pas parfait. Elle rencontrerait forcément des difficultés personnelles et professionnelles. Mais quoi qu'il se passe, et même si la douleur d'avoir définitivement perdu Michael risquait de la faire souffrir encore longtemps, elle voulait avoir confiance en l'avenir.

Kendall et Sawyer l'avaient invitée, ainsi que Fran et Noah, pour le dîner. Rien ne l'obligeait donc à se lever ce matin. Tant mieux, car bien qu'elle se soit couchée tôt la veille, elle n'avait pas la force de sortir de son lit. Elle avait éteint son téléphone, mis des boules Quiès dans ses oreilles et, serrant Thor dans ses bras, elle pensait à Michael en pleurant de tristesse et de colère mêlées.

Elle n'avait pas seulement perdu l'homme pour qui elle avait des sentiments aussi forts qu'inexplicables. Elle avait aussi perdu le père de son enfant. Elle avait commis beaucoup d'erreurs au cours de sa vie, mais celle-ci était de loin la plus tragique et celle qu'elle se reprocherait éternellement.

Bien sûr, elle aurait pu se réjouir à l'idée d'aller chez Sawyer et de passer un bon moment en famille. Mais après l'épreuve qu'avait été la journée d'hier, cette soirée s'annonçait à peine plus facile. Charlotte n'avait pas parlé à son frère depuis le lendemain du mariage. Après leur petit déjeuner tous ensemble au restaurant de l'hôtel, Kendall et Sawyer s'étaient envolés pour Miami et ils venaient seulement de rentrer. Il allait donc lui demander où elle en était de ses ventes d'appartements. Elle n'avait pas à avoir honte, son travail avait bien avancé. Mais elle n'avait pas atteint son objectif pour autant. Elle avait prétendu pouvoir finir ses ventes avant Michael, et elle avait perdu son pari. Il n'avait plus qu'un appartement à vendre, et elle, deux. L'écart pouvait paraître mince, mais ils ne vendaient pas des bonbons ou des souvenirs de New York. Il s'agissait de biens immobiliers valant plusieurs millions de dollars. Deux acheteurs fortunés n'allaient pas apparaître dans sa vie comme par magie et lui tendre une proposition signée sur-le-champ.

En fin d'après-midi, elle prit un taxi avec Fran pour faire le court trajet jusque chez Sawyer, sur l'Upper West Side. Sa tante l'avait patiemment écoutée toute la journée d'hier. Une fois que Charlotte lui avait raconté tout ce qui s'était passé avec Michael, Fran l'avait félicitée d'avoir su se défendre face à lui. Puis elle avait fait le point sur la situation. Premièrement, d'après elle, Charlotte avait besoin de prendre quelques jours pour récupérer. Et deuxièmement, il était grand temps qu'elle annonce à sa famille qu'elle était enceinte. Il n'était plus question d'attendre d'avoir fini les ventes. C'était le jour de Noël, le moment idéal pour partager une heureuse nouvelle. Cela ravirait tout le monde d'apprendre qu'un autre bébé allait arriver.

Noah était déjà là quand elles arrivèrent chez Sawyer. Il prit leur manteau, puis tous s'installèrent dans le salon pour prendre un verre.

— J'adore la façon dont tu as décoré l'appartement, dit Charlotte à Kendall. C'est beaucoup plus accueillant maintenant.

— Ce n'était pas accueillant avant ? demanda Sawyer en prenant un air vexé.

— C'était déjà très sympathique, bien sûr, assura Charlotte en riant. Mais avec les coussins sur le canapé, les bougies sur la table basse… Disons que c'est plus festif, plus chaleureux.

— Ah, c'est donc ça, répondit Sawyer. Il manquait des coussins. Je ne m'en étais pas rendu compte.

— Tu vois ? C'est pour ça que tu avais besoin de Kendall.

Charlotte se tourna vers sa belle-sœur et échangea

avec elle un sourire complice. C'était tellement agréable de ne plus être la seule femme de la famille ! Bien sûr, il y avait Fran, mais elle ne vivait pas à New York. Une fois qu'elle serait repartie en Angleterre, Charlotte serait heureuse de trouver du soutien auprès de Kendall. D'autant qu'elles allaient partager beaucoup de choses en étant enceintes en même temps.

— Alors, demanda Sawyer en se levant, que voulez-vous boire ? Je vous offre un cocktail ? Je peux préparer des Manhattan.

— Parfait ! répondit Fran avec enthousiasme. Quelle bonne idée !

— J'en veux bien un aussi, dit Noah. Merci.

— Pour moi, dit Kendall, ce sera de l'eau.

— Et toi, Charlotte ?

Elle échangea un regard avec Fran. Sa tante l'encouragea d'un discret signe de tête. Manifestement, elle pensait que c'était le moment de dire ce qu'elle avait à leur dire.

— Je vais prendre la même chose que Kendall, s'il te plaît, répondit-elle à Sawyer. Juste de l'eau.

— Tiens, ce n'est pas ton genre de refuser un cocktail.

— Non, c'est vrai. Mais il se trouve que j'ai une nouvelle à vous annoncer.

Elle se redressa sur son siège et regarda un à un tous les membres de sa famille. Les seules personnes au monde sur lesquelles elle était sûre de pouvoir toujours compter. Car désormais, Michael ne faisait plus partie de cette catégorie.

— Voilà, dit-elle. Je suis enceinte.

Aussitôt, Kendall poussa un cri de joie. Noah éclata d'un rire nerveux. Fran applaudit joyeusement, quant à Sawyer, il laissa échapper une exclamation de stupeur.

Elle ne sut comment interpréter la réaction de ses frères. En tout cas, elle n'avait pas l'intention de prendre chaque personne à part pour lui demander son opinion sur sa situation.

— Je vais entamer mon deuxième trimestre de grossesse, précisa-t-elle. Tout se passe bien, je suis très heureuse et j'ai hâte de commencer cette nouvelle vie avec un enfant.

Kendall se leva de son fauteuil et vint s'asseoir sur le canapé entre Fran et Charlotte. Prenant la main de Charlotte, elle la regarda avec affection.

— Je trouve ça merveilleux, lui dit-elle. Deux bébés vont voir le jour à quelques semaines d'intervalle dans la famille Locke. Ils pourront grandir et jouer ensemble. Ce sera formidable pour chacun d'eux d'avoir un cousin ou une cousine de son âge.

Les paroles de Kendall la bouleversèrent. À vrai dire, elle n'avait jamais encore imaginé son bébé comme une véritable personne, un membre de la famille à part entière. Jusqu'à maintenant, elle avait surtout pensé aux couches, au berceau qu'il fallait acheter et aux nuits sans sommeil qui l'attendaient. Le fait d'imaginer tout à coup leur future vie de famille lui fit l'effet d'un choc. Serait-elle à la hauteur d'une telle responsabilité ? Elle avait eu tant de mal jusque-là à gérer sa propre existence... Cette fois, un être humain allait dépendre d'elle, et elle n'aurait pas le droit de faiblir.

D'autant qu'elle serait seule. Son enfant ne s'appellerait pas Kelly. Il s'appellerait Locke, comme pour lui rappeler qu'elle devrait toute sa vie jouer le rôle de ses deux parents à la fois.

Incapable de contrôler plus longtemps son émotion, elle sentit soudain des larmes couler sur ses joues. Cela la surprit elle-même. Elle avait passé toute la matinée à pleurer dans son lit. Comment pouvait-elle avoir encore des larmes à verser ?

Peut-être qu'elle craquait à cause de la pression qu'elle avait pour finir ses ventes. Ou tout simplement à cause de la vision d'avenir que venait de lui donner sa belle-sœur.

Kendall la regarda avec tendresse et compassion.

— Je ne sais pas ce que j'ai dit, mais je suis désolée.

— Non, non, répondit Charlotte en mettant la tête sur son épaule. Ça va. C'est juste que je ne suis pas encore tout à fait sereine. Il me reste des choses à régler avant de pouvoir me concentrer entièrement sur l'arrivée du bébé et notre avenir ensemble.

Ses frères devaient se dire que, décidément, elle se laisserait éternellement dépasser par les événements. Arriverait-elle un jour à prendre quelque peu le contrôle de son existence ?

— Je dois aussi vous avouer que je le sais depuis un moment déjà, ajouta-t-elle. C'est ce qui m'a incitée à aller voir Fran en Angleterre. J'avais besoin de prendre du recul pour réfléchir posément à ce que j'allais faire.

Sawyer s'approcha et s'agenouilla à côté d'elle.

— Charlotte, demanda-t-il, pourquoi tu ne nous as rien dit ? Tu nous connais. Nous sommes là pour toi. Un bébé, ce n'est pas rien.

Debout derrière Sawyer, Noah la regardait avec inquiétude. Il n'était jamais très à l'aise dans ce genre de situations. Ce qu'il aimait, c'était la légèreté.

— Tu vois, dit Fran en la regardant tendrement. Je te l'avais bien dit.

— Dans notre famille, expliqua Charlotte, j'ai toujours été celle qui n'arrivait rien. Qui enfreignait les règles et qui ne menait aucun projet à bien. Je ne voulais plus être cette personne-là. Tomber enceinte sans l'avoir prévu, c'était typique de celle que j'avais toujours été. Alors j'ai voulu me donner une chance de faire mes preuves en vendant les appartements du Grand Legacy avant de vous annoncer la nouvelle.

— De faire tes preuves ? demanda Sawyer avec un air ébahi. Charlotte, tu es ma sœur. Je t'aime. Tu n'as rien à me prouver.

— Ce n'est pas vrai et tu le sais. Je t'ai vu hésiter, le matin où je suis venue te demander de me confier la vente des nouveaux appartements. Tu n'étais pas du tout convaincu que je pouvais m'en sortir. Et tu ne l'es toujours pas, du reste.

— Si j'ai hésité, rétorqua-t-il, c'est seulement parce que j'ai senti que tu n'étais pas complètement sûre de toi. Mais tu ne dois pas douter de toi, Charlotte. Tu n'as pas l'air de t'en rendre compte, mais tu es beaucoup plus forte que Noah ou moi.

— Moi ? s'exclama-t-elle avec un rire moqueur. Forte ? C'est bien la dernière de mes qualités. Regarde-moi. Je m'effondre à la première difficulté qui se présente.

— Non, je suis sérieux. La vie ne t'a pas épargnée, et pourtant, tu restes debout. Tu encaisses les coups. Tout a toujours été plus dur pour toi que pour nous à la maison. Tu sais te sortir de toutes les situations, et chaque personne qui te rencontre tombe sous ton charme. Les gens voient tout de suite que tu es une personne magnifique. Tu dois être le seul membre de la famille Locke à n'avoir aucun ennemi.

Tout en pleurant, elle ne put s'empêcher de rire en entendant la dernière phrase de Sawyer.

— Ça, concéda-t-elle en s'essuyant les joues, ce n'est peut-être pas faux.

— Sawyer a raison, insista Noah. Papa a été terrible avec nous deux, mais avec toi, c'était encore pire. Il t'ignorait ostensiblement. Je n'ose pas imaginer combien tu as dû en souffrir.

En l'entendant, Charlotte comprit pourquoi elle n'avait pas supporté que Michael manque d'attention envers elle. Ce n'était pas seulement parce qu'elle ne recevait jamais assez d'amour et d'affection à son goût. C'était aussi parce que, sans le savoir, il lui avait rappelé un thème qu'elle connaissait trop bien, et ce depuis sa plus tendre enfance. Celui de l'amour à sens unique.

— Veux-tu nous dire qui est le père ? demanda Sawyer. Enfin… rien ne t'y oblige, évidemment. C'est seulement si tu le souhaites. Je me demandais juste où tu en étais. Noah sera d'accord avec moi pour te dire que nous sommes là, si tu as besoin de nous. De quelque manière que ce soit.

— Oui, évidemment, approuva Noah.

Charlotte regarda Sawyer. Il était d'une telle gentillesse… Elle avait conscience de la chance qu'elle avait de les avoir comme frères, Noah et lui.

— Sawyer, dit-elle. Le père, c'est Michael Kelly. Je suis tombée enceinte quand nous étions ensemble. Je sais que cela rend les choses cent fois plus compliquées, mais je te promets que j'ai pris les choses en main. La situation sera bientôt stabilisée.

Sawyer ferma les yeux et resta sans voix pendant quelques secondes.

— Eh bien, dit-il finalement, on peut dire que tu aimes les surprises.

— C'est vrai, reconnut-elle avec un léger sourire. Disons qu'elles rendent la vie plus palpitante.

— Mais, attends... C'est pour ça qu'il t'a cédé le dernier appartement qu'il lui restait à vendre ?

— Qu'est-ce que tu racontes ?

Elle ne comprenait absolument pas de quoi son frère lui parlait.

— Michael. Il m'a appelé aujourd'hui vers midi pour m'annoncer qu'il avait vendu tous ses appartements sauf un, et qu'il te le laissait. Il a ajouté qu'il réglerait ça avec toi quand il parviendrait à te joindre, mais que pour l'instant, tu n'avais pas répondu aux nombreux messages qu'il t'avait envoyés.

Charlotte sursauta et prit aussitôt son sac à main pour sortir son téléphone. Elle l'alluma, ce qu'elle n'avait toujours pas fait depuis ce matin, et un instant plus tard, elle découvrit tous les textos et les appels manqués de Michael.

Pourquoi insistait-il autant pour lui parler ? Voulait-il tenter une réconciliation ? Elle ne comprenait pas pourquoi il lui cédait la vente de cet appartement. Cela n'avait aucun sens. Le faisait-il par pitié pour elle ?

— Excusez-moi, dit-elle en se levant, j'ai besoin de me refaire une beauté.

Elle remit son portable dans son sac et se dirigea vers le cabinet de toilette qui donnait sur le couloir. Elle avait le ventre noué par le doute et l'émotion. Que devait-elle répondre à Michael ? Avait-il une idée derrière la tête ? Elle ne savait plus quoi penser.

Quelques instants plus tard, elle découvrit qu'elle avait une tout autre raison d'être angoissée. Elle saignait.

Elle ne devait pas paniquer. Mais elle avait beau

essayer de respirer calmement, son cœur battait de plus en plus fort.

Tremblante, elle se lava les mains en s'efforçant de réfléchir. Elle devait appeler un médecin. Peut-être même aller à l'hôpital.

Michael allait devoir attendre.

Elle retourna dans le salon et demanda à Fran et Kendall si elle pouvait leur parler. Décidément, ce Noël était le plus désastreux qu'elle ait jamais vécu.

13

Michael sursauta en entendant son téléphone sonner. Charlotte avait-elle enfin décidé de le rappeler ?

Il soupira de déception en regardant l'écran de son portable. Ce n'était pas elle. L'appel venait d'un numéro qu'il ne connaissait pas.

Qui pouvait bien lui téléphoner un jour de Noël, qui plus est à cette heure tardive ? C'était rarement le moment que les gens choisissaient pour lui demander un rendez-vous ou pour lui confier un bien à vendre.

— Excuse-moi, Chris, je vais décrocher.

Son frère et lui étaient en train de regarder un film. Il avait espéré que cela le distrairait, mais rien ne l'empêchait de penser à Charlotte. Il ne cessait de se repasser en mémoire tout ce qui s'était passé entre eux depuis leur rencontre. Ses moindres faux pas lui apparaissaient maintenant en gros plan. Comment avait-il fait pour ne pas se rendre compte qu'il se comportait mal ?

— Tu veux que je mette sur pause ? demanda Chris.

— Non, merci. Ce n'est pas la peine.

Il se leva et alla dans la cuisine pour répondre.

— Allô ?

— Bonjour, Michael. C'est Fran à l'appareil, la

tante de Charlotte. Vous auriez une minute ? Il faut que je vous parle.

Elle parlait à voix basse, presque en chuchotant. Il sentit qu'il y avait un problème.

— Oui, bien sûr, répondit-il. Que se passe-t-il ?

— Je suis à l'hôpital. Avec Charlotte.

En comparaison de ce qu'il ressentit à cet instant, le choc qu'il avait subi en apprenant sa grossesse n'était rien.

À l'hôpital ? Avait-elle eu un accident ?

— Qu'est-il arrivé ? demanda-t-il d'une voix qu'il reconnut à peine.

— Charlotte a eu des saignements. Nous étions tous chez Sawyer quand c'est arrivé. Nous avons appelé un médecin, qui nous a demandé de l'amener à l'hôpital pour qu'elle subisse des examens.

Il eut soudain la sensation que son corps était pris dans un bloc de glace. Et dire qu'il avait passé la journée à se morfondre, à s'apitoyer sur son sort. Il avait tellement honte à présent !

— Comment va-t-elle ?

Il n'osait pas demander des nouvelles du bébé. Il ne savait même pas quelle question poser. C'était encore une idée très abstraite pour lui. Le corps de Charlotte avait à peine changé. S'il n'avait pas trouvé cette boîte de vitamines, il ne se serait jamais douté qu'elle était enceinte. Il ne serait peut-être même pas encore au courant.

— Elle a l'air très inquiète, répondit Fran. Elle a peur de perdre le bébé. Sa grossesse n'est pas encore très avancée. Cela peut arriver, malheureusement.

Il n'arrivait plus à bouger, ni même à respirer. Il se sentait comme tétanisé. Comment une idée abstraite pouvait-elle devenir une réalité en si peu de temps ? Il l'ignorait. Mais cela provoquait en lui une réaction d'une violence extrême, quelque chose qu'il éprouvait pour la première fois de sa vie.

— Dites-moi où vous êtes. Je veux la voir. Je veux être auprès d'elle.

— Oh ! quel soulagement. Vous ne pouvez pas imaginer comme cela me fait plaisir de vous l'entendre dire.

Manifestement, Charlotte s'était confiée à sa tante. Fran semblait être au courant de ce qui s'était passé entre eux, au moins en partie.

— Je tiens beaucoup à Charlotte, dit-il. Sincèrement. Mais j'ai peur qu'elle n'ait pas très envie de me voir. Je ne veux pas m'imposer si ma présence risque de la perturber. Je ne suis pas médecin, mais j'imagine que pour elle comme pour le bébé, il vaut mieux qu'elle soit aussi calme et apaisée que possible.

— Vous pouvez me croire sur parole, répondit Fran, ce sera bien pire si vous ne venez pas.

Il ne savait pas exactement comment il devait interpréter ses propos, mais il ne comptait pas prendre le temps d'en discuter maintenant avec elle.

— Je pars tout de suite, lui dit-il. Pouvez-vous m'envoyer l'adresse par texto ?

Quelques secondes plus tard, après avoir raccroché, il prit une polaire et un bonnet et passa la tête dans la porte du salon.

— Chris, dit-il, je suis vraiment désolé mais il faut que je parte. Charlotte est à l'hôpital. Il est possible qu'elle perde le bébé. J'y vais.

Il était déjà dans l'entrée quand il entendit son frère.

— Michael ! Attends une seconde ! Tu veux que je t'accompagne ?

— Je t'appellerai si nous avons besoin de quoi que ce soit, mais pour l'instant, je préfère y aller seul. Pardon de te laisser ici tout seul.

Chris n'avait l'air ni vexé ni agacé. Il n'y avait que de l'inquiétude et de l'empathie dans son regard.

— Je ne suis pas tout seul, répondit-il, il y a Abby. Ne t'en fais pas pour moi. Mais tu vas vraiment sortir habillé comme ça ?

À cet instant seulement, Michael se rendit compte qu'il était en short.

— Oui, ça ira. Je ne veux pas perdre de temps à me changer.

— Il neige, tu as remarqué ?

Son téléphone sonna brièvement. Fran venait de lui envoyer l'adresse. L'hôpital ne se trouvait qu'à quelques rues de l'hôtel.

— Oui, c'est bon. Je crois que je vais y aller en courant, ce sera plus rapide que de prendre ma voiture.

— Tu es complètement fou.

— Je l'aime, Chris. Je crois que ça explique tout.

Trop impatient pour attendre l'ascenseur, il dévala les quinze étages à pied, traversa le hall en manquant de percuter plusieurs personnes et sortit en trombe dans la rue. Cela faisait une éternité qu'il n'avait pas couru aussi vite. Le froid glacial lui brûlait la gorge, mais il ne pouvait pas ralentir. Tout son être le poussait à aller toujours et encore plus vite. Il aurait voulu être déjà à l'hôpital, aux côtés de Charlotte. Il aurait dû être là au moment où elle s'était sentie mal. À présent, elle souffrait et il n'était pas là pour la soutenir. Il ne savait même pas comment elle allait, et ce doute le rendait fou. Il ne supportait pas l'idée qu'elle ne soit pas en parfaite santé.

Désormais, il savait qu'il l'aimait et qu'il ne pouvait plus envisager la vie sans elle. Même si elle ne lui avait plus donné signe de vie depuis leur dispute, il voulait y croire encore. Il allait tout faire pour la reconquérir.

Il arriva enfin à l'hôpital et monta directement au troisième étage, en suivant les instructions que Fran lui avait données dans son message. Tout était si calme à l'intérieur qu'il n'entendait plus que sa propre respiration et les battements de son cœur. Ce silence ne faisait qu'accentuer son angoisse.

En haut de l'escalier, il traversa le palier et trouva Fran qui l'attendait dans le couloir. Il parvint à peine à lui parler tant il était essoufflé.

— Comment va-t-elle ? demanda-t-il en toussant.

Fran avait le visage marqué par l'inquiétude. Elle paraissait épuisée.

— Les médecins l'ont placée sous moniteur cardiaque. Ils ont entendu le cœur du bébé, ce qui est bon signe. Elle va rester sous observation encore quelques heures. Ils espèrent que le saignement va s'arrêter de lui-même.

La gorge serrée, Michael s'efforça de garder son sang-froid. Il avait l'habitude de résoudre toutes sortes de crises dans le domaine des affaires, mais les questions de santé aussi cruciales étaient loin de faire partie de son quotidien.

— Je peux la voir ? demanda-t-il.

— Oui. Venez, je vous accompagne.

Il suivit Fran dans le couloir, jusqu'au moment où elle s'arrêta pour pousser une porte. Le cœur battant, il entra avec elle dans la chambre et se tourna tout de suite vers la gauche, où se trouvait le lit de Charlotte.

Allongée sur le côté, elle avait la tête appuyée sur les mains et les yeux fermés. Elle portait une chemise de nuit bleu et blanc de l'hôpital. En la voyant ainsi, si fragile, il fut encore plus bouleversé.

— Charlotte, ma chérie, chuchota Fran. Tu es réveillée ?

Charlotte ouvrit les yeux. Dès qu'elle vit Michael, elle se redressa d'un bond.

— Michael ? s'exclama-t-elle. Tu es venu ? Fran, c'est toi qui l'as appelé ?

Fran s'assit sur le bord du lit et poussa délicatement Charlotte jusqu'à ce qu'elle soit de nouveau allongée.

— Oui, ma chérie, lui répondit sa tante. J'ai appelé Michael parce qu'il est le père de ton bébé et que tout cela le concerne.

Charlotte secoua la tête.

— Tu n'es pas obligé d'être là si tu n'en as pas envie, dit-elle à Michael. Franchement, si tu es venu par devoir, je préfère que tu repartes.

Michael soupira. Il ne pouvait pas lui en vouloir, sa remarque était justifiée.

— Je suis venu parce que je tenais à être ici, lui répondit-il. Fran a bien fait de m'appeler.

Il avança doucement vers elle. En voyant son regard suspicieux, il comprit qu'il ne l'avait pas encore convaincue de sa sincérité. Et pour cause. Après ce qu'il lui avait dit hier, elle allait avoir besoin de plus que cela pour lui faire de nouveau confiance.

— Ta tante s'inquiète pour toi. Et en toute honnêteté, moi aussi, je suis inquiet.

— J'espère que tu n'es pas venu pour apaiser ta conscience. Ou pour te donner le beau rôle.

Apparemment, elle le croyait toujours capable du pire.

— Absolument pas, assura-t-il. D'ailleurs, je n'ai jamais eu de conscience.

Elle le regarda en plissant les yeux.

— N'essaie pas de faire le malin, s'il te plaît.

— Et toi, arrête de t'énerver contre moi. Je ne suis pas expert en problèmes de grossesse, mais je suis sûr que les médecins t'ont dit de te détendre et de te reposer.

Fran leva les yeux vers lui avant de se retourner vers Charlotte.

— Michael a raison, ma chérie. Et je ne l'ai pas appelé pour te mettre en colère. Si je lui ai téléphoné, c'est parce que vous devrez bien finir par vous expliquer, tous les deux. Et plus tôt vous vous y mettrez, mieux ce sera pour tout le monde. Même si cela ne doit vous amener qu'à conclure une trêve. Ce serait déjà ça.

Sur ces mots, elle se leva et lissa le drap à l'endroit où elle s'était assise.

— Je vous laisse, dit-elle. J'ai besoin d'une tasse de café digne de ce nom.

Michael regarda Fran sortir tout en se demandant à quoi cette conversation avec Charlotte allait bien pouvoir aboutir. Jusqu'à maintenant, à chaque fois qu'ils avaient essayé de se parler, ils n'avaient rien réglé du tout. Au contraire, ils n'avaient fait que creuser le fossé entre eux. Mais étant donné tout ce qui s'était passé depuis quarante-huit heures, il n'avait plus rien à perdre. Il devait tenter sa chance.

Charlotte n'en revenait pas que Fran se soit mêlée de sa relation avec Michael. Néanmoins, elle devait reconnaître que si les rôles avaient été inversés, elle aurait sûrement agi comme sa tante.

Non, les rôles n'auraient pas pu être inversés. C'était toujours elle, Charlotte, qui se retrouvait dans des situations impossibles. C'était son exclusivité au sein de la famille Locke.

Qui aurait pu lui faire concurrence dans ce domaine alors qu'en ce moment même, elle était enceinte de l'homme le plus irrésistible qu'elle ait jamais rencontré et que cet homme ne voulait ni d'elle ni de leur bébé ? Elle aurait pu se réjouir d'avoir conçu un enfant avec lui, de se dire que ce petit être lui ressemblerait. Mais plus elle regardait cet homme, debout à côté de son lit d'hôpital, plus elle se demandait comment elle allait trouver la force de construire son avenir sans lui. Dans des moments d'inquiétude comme celui-ci, sur qui pourrait-elle se reposer ? Avec qui pourrait-elle discuter de l'éducation de son enfant quand elle aurait peur de faire un mauvais choix ?

— Je peux ? demanda Michael en désignant la chaise placée dans le coin de la pièce.

Il avait donc l'intention de rester un moment ? Mais elle ne savait même plus si cela lui faisait du bien ou du mal de le voir ici.

— Oui, bien sûr.

— Merci.

Il rapprocha la chaise du lit et s'assit. C'est alors qu'elle remarqua sa tenue.

— Tu es en short ? Mais nous sommes en décembre. Et il neige.

Il se cala au fond de son siège et croisa ses longues jambes musclées.

— J'étais habillé comme ça quand Fran m'a appelé, expliqua-t-il. Et il m'a semblé que la course à pied serait le meilleur moyen de me rendre à l'hôpital.

— Donc tu es tout en sueur sous cette polaire.

— Je le crains, oui.

— Berk.

— Je savais que je serais forcément perdant dans cette histoire, dit-il en riant. Soit je venais en short de basket et j'avais droit à une remarque sur ma tenue, soit je prenais le temps de me changer et j'avais droit à une remarque sur mon retard.

Il croisa les bras et la regarda longuement dans les yeux avant de continuer.

— J'ai donc décidé de garder ces vêtements en oubliant qu'on était au mois de décembre à New York, de laisser ma voiture au parking du Grand Legacy et de courir jusqu'ici.

— Tu as couru dans la neige. Jusqu'à l'hôpital. Pour me voir.

À son tour, elle plongea les yeux dans les siens. Elle ne savait toujours pas où il voulait en venir, mais cela faisait du bien de le voir. Quelles que soient ses intentions, elle était heureuse qu'il soit venu. Elle se sentait déjà mieux depuis son arrivée.

— Merci, dit-elle. On peut dire que tu as donné de ta personne.

— Je voulais te prouver que je ne te laisserais jamais tomber dans les moments importants.

Jamais ? Est-ce qu'il pensait vraiment ce qu'il disait ?

— C'est ce que j'ai toujours espéré, répondit-elle en respirant profondément.

— Alors, demanda-t-il, que disent les médecins ?

Elle se toucha instinctivement le ventre.

— Ils vont me garder sous moniteur encore quelques heures, mais j'ai l'impression qu'ils veulent surtout s'assurer que je reste couchée. Malheureusement, ils ne pourront pas faire grand-chose si mon corps décide de…

Elle n'eut pas la force de finir sa phrase. Des larmes lui brûlèrent les yeux. Elle ne voulait pas imaginer ça. Toute sa vie, elle avait passé son temps à envisager les pires scénarios, et ses craintes s'étaient souvent concrétisées.

Cela ne pouvait pas arriver cette fois-ci.

— Enfin, tu vois, murmura-t-elle. Si la grossesse ne peut pas aller à son terme.

Le fait de reformuler sa pensée n'apaisa en rien sa douleur. Au contraire, elle se sentit encore plus mal.

Michael ne répondit pas. Au lieu de cela, il resta silencieux pendant un long moment, sans rien montrer de ce qu'il pensait. Puis il se pencha en avant et lui prit la main.

— Dans ce cas, dit-il, je resterai jusqu'à ce que tu sois autorisée à rentrer chez toi.

— Rien ne t'y oblige, tu sais. Fran ne devrait pas tarder à revenir et je me sens bien. Je sais que tu ne dois pas te sentir à ta place ici. Tu as eu beaucoup de choses à encaisser d'un coup alors que tu n'avais rien prévu de tout ça.

Crispant la mâchoire, il se tourna vers la fenêtre et son regard se perdit dans le vague pendant une poignée de secondes. Il semblait réellement bouleversé. Jamais elle n'avait vu une émotion aussi intense s'afficher sur les traits de son visage. Il était si impénétrable d'habitude, si expert dans l'art de tout maîtriser…

Cette réaction prouvait sans doute à quel point cette situation était difficile à vivre pour lui.

— Je veux être ici avec toi, dit-il finalement. La seule idée de te laisser me brise le cœur.

— Je n'ai aucune envie que tu aies le cœur brisé.

Quand il posa de nouveau les yeux sur elle, elle frissonna en voyant l'intensité de son regard. C'était comme s'il essayait de lui ouvrir son cœur. De se mettre à nu devant elle. Soudain, il n'y avait plus de contrôle ni de calcul. Elle avait simplement un homme face à elle, avec ses doutes et ses fragilités. Jamais elle ne l'avait vu aussi présent, aussi concerné par le moment qu'ils étaient en train de vivre.

Il porta sa main à ses lèvres et l'embrassa tendrement.

— Je veux juste être là pour toi, murmura-t-il.

— Et pour le bébé ?

Elle osait à peine poser la question, tant elle redoutait sa réponse.

— Et pour le bébé. Bien sûr, pour le bébé aussi.

Si seulement il n'avait pas eu l'air aussi terrifié de prononcer ces derniers mots... Mais elle devait se satisfaire de ce qu'elle avait. Il avait déjà fait un pas de géant en lui accordant autant d'attention aujourd'hui. Six mois plus tôt, elle en aurait rêvé.

— Tu voudrais bien me dire pourquoi tu as téléphoné à Sawyer pour lui dire que tu renonçais à vendre ton dernier appartement ? lui demanda-t-elle. Est-ce que ça veut dire que tu veux déménager ?

— Non, répondit-il en secouant la tête. Je n'ai aucune envie de déménager. Et je n'ai pas envie que tu déménages non plus. Il m'a semblé que tu avais seulement voulu attirer mon attention, et j'ai réfléchi au meilleur moyen d'en faire autant avec toi. Je le sais, tu me dis souvent que je pense trop à mon travail. Mais ces dernières semaines, j'aurais pu te dire la même chose.

— C'est vrai. J'essayais de préparer sérieusement mon avenir avec le bébé.

— Je regrette toujours que tu n'aies pas partagé tout cela avec moi.

Comme elle aurait voulu pouvoir revenir en arrière ! Mais hélas, c'était impossible. Ce qui était fait était fait.

— Je sais, dit-elle. J'aurais dû t'en parler. J'ai fait une grosse erreur.

— Tu sais quoi ? demanda-t-il en se penchant un peu plus vers elle. Nous avons tous les deux commis des erreurs. Moi aussi, je t'ai caché des choses importantes. J'aurais dû me confier davantage à toi quand nous étions ensemble. Je me rends compte maintenant que tu t'es donné un mal fou pour me pousser à le faire, pour m'aider à te parler. Tous les jours, tu me montrais une affection et un dévouement que je n'étais pas prêt à accepter.

— À cause de ta famille ? À cause de tout ce que Chris m'a raconté ?

— En toute honnêteté, je crois qu'au fond de moi, je n'étais pas sûr de te mériter. Je ne me trouvais pas assez bien pour toi.

— Comment as-tu pu penser une chose pareille ?

Un homme aussi exceptionnel que lui… C'était incompréhensible.

— J'avais peur d'être faible. J'étais terrifié à l'idée de me montrer sous un mauvais jour ou de prendre le risque de perdre. Je ne voulais pas que tu connaisses mes failles.

Il tendit la main vers son visage et ôta délicatement la mèche de cheveux qui lui couvrait la joue. C'est alors qu'elle vit des larmes briller dans ses yeux.

— C'est ce que je fais tout le temps, poursuivit-il. Je veux montrer un visage parfait et cacher mes faiblesses, car j'ai appris à les détester. On m'a appris à haïr tout ce qui n'était pas parfait chez moi. Mais je ne peux plus vivre comme ça. Je ne veux plus jamais être celui qui t'a dit hier matin que tout était ta faute. Je t'assure que cet homme-là, ce n'était pas moi.

Elle dut fermer un moment les yeux pour retenir ses propres larmes. Tout au fond d'elle, elle avait tellement espéré que ce n'était pas vraiment lui qui l'avait repoussée hier !

— Je sais que ce n'était pas toi. Je n'ai jamais vraiment cru que c'était toi. J'étais furieuse, c'est tout.

— Je t'aime, Charlotte. Et je ne dis pas cela parce que tu es dans un lit d'hôpital et que notre avenir semble suspendu à un fil. Si je te le dis maintenant, c'est parce que je ne peux pas vivre une minute de plus sans partager avec toi tout ce que je ressens.

Avait-elle imaginé qu'il lui dirait un jour ces mots-là ? Peut-être, dans ses rêves les plus fous, sans oser y croire vraiment…

Ses larmes avaient séché à présent. Elle ne pouvait plus s'empêcher de sourire.

— Moi aussi, je t'aime. J'étais sur le point de te le dire le soir où nous avons rompu. Je t'aime depuis le début.

— Je crois que je t'aime aussi depuis bien longtemps, confia-t-il. Mais je ne pouvais pas me l'avouer à moi-même. Cela m'aurait obligé à fendre l'armure grâce à laquelle j'ai bâti mon succès.

— Qu'est-ce qui a changé ?

Il laissa échapper un rire grave, teinté d'une pointe de tristesse.

— C'est toi, Charlotte. C'est toi qui m'as fait changer. Tout a changé quand je suis entré dans cette chambre et que je t'ai vue couchée dans ce lit, vulnérable et magnifique à la fois. Toi, Charlie, tu me donnes envie d'être un homme meilleur. Tu me donnes envie d'être le vrai Michael Kelly, avec ses faiblesses et ses imperfections.

— Je te rassure, dit-elle en riant. Tu n'en as pas beaucoup. Regarde-toi.

Il écarta la chaise et s'agenouilla à côté du lit. Puis il serra sa main dans la sienne.

— Je t'aime, Charlotte. Je suis sincère. Je t'aime et je veux que nous formions une famille. Je veux que nous construisions notre avenir ensemble. Je t'en prie, dis-moi que nous allons essayer de trouver un moyen pour que cela marche.

— Je t'aime aussi, Michael.

La douceur de son regard la transporta de bonheur. Elle vit dans ses yeux qu'il avait douté. Qu'il avait eu peur qu'elle le rejette. Jamais elle ne l'avait vu aussi peu sûr de lui-même. Et jamais elle ne l'avait autant aimé.

— Si tu es prêt à tout faire pour que ça marche, ajouta-t-elle, alors moi aussi, je suis prête. On peut dire que nous avons de la volonté tous les deux. Quand nous voulons quelque chose, nous insistons jusqu'à ce que nous l'obtenions. Donc je ne vois pas pourquoi ça ne devrait pas marcher, si c'est ce que nous voulons vraiment. Nous formons une équipe invincible.

— Je ne veux plus jamais faire équipe avec quelqu'un d'autre que toi, Charlie. Ou contre toi. Je sais maintenant que c'est la meilleure façon de perdre.

14

Comme le saignement n'avait pas complètement cessé, les médecins décidèrent de garder Charlotte en observation toute la nuit. Michael ne quitta pas son chevet. Il recommanda à Fran de rentrer chez elle et de dormir un peu, en lui faisant remarquer que c'était inutile que tout le monde soit épuisé. Ensuite, il téléphona à Sawyer pour lui donner les dernières nouvelles. Puis une infirmière lui apporta une couverture et il mit son siège tout contre le lit de Charlotte, pour pouvoir garder sa main dans la sienne.

En se réveillant le lendemain matin, elle trouva un mot écrit par lui.

Charlie,
Je suis allé chercher du café. Je reviens vite.
Je t'aime,

Michael.

Elle sourit, non sans ressentir une certaine fierté. Elle avait réussi à influencer le grand Michael Kelly. Ce n'était pas rien.

Lentement, elle se redressa et se leva, pleine d'optimisme, pour se rendre dans la salle de bains. Elle n'avait pas réveillé Michael au milieu de la nuit pour le lui dire, mais quand elle s'était levée à 4 heures du matin pour aller aux toilettes, elle avait vu que le saignement s'était considérablement atténué.

À présent, elle n'avait plus qu'une seule envie : que tout rentre dans l'ordre et qu'elle puisse retourner chez elle pour entamer cette nouvelle aventure à trois.

Son espoir ne fut pas déçu. Il n'y avait plus rien d'anormal.

Quand elle ressortit de la salle de bains quelques minutes plus tard, elle trouva dans sa chambre l'infirmière de jour qui venait de prendre son service et lui fit un compte rendu.

— Excellente nouvelle, répondit l'infirmière. Nous allons pouvoir vous libérer.

Michael arriva une minute plus tard. En le voyant, l'infirmière se figea. Était-elle impressionnée par sa taille, par sa beauté ou par le fait qu'un champion olympique venait d'apparaître devant ses yeux ? Charlotte n'aurait su le dire, mais de toute évidence, la jeune femme était sous le choc.

— Bonjour, dit-il en lui serrant la main. Je me présente, Michael Kelly.

Elle le regarda avec un sourire béat, puis quitta la pièce pour laisser Charlotte s'habiller.

— J'ai le droit de sortir, annonça Charlotte à Michael. Il n'y a pratiquement plus de saignements depuis le milieu de la nuit.

— C'est vrai ? s'exclama-t-il avec une superbe lueur dans les yeux.

— C'est vrai. Tu veux bien détacher ma chemise de nuit ? demanda-t-elle en lui tournant le dos. J'ai hâte de m'en débarrasser.

— Très volontiers.

Il s'exécuta, puis passa les bras autour de sa taille

nue, la faisant frissonner de délice. Il l'attira ensuite contre lui et l'embrassa sur le haut de la tête avant d'enfouir le visage dans son cou. Elle rêvait déjà du moment où ils seraient de retour à l'hôtel.

— N'oublie pas que nous sommes toujours à l'hôpital, dit-elle en riant.

— Cela ne m'avait pas échappé. Je voulais juste profiter un peu de la situation.

— Je te reconnais bien là, dit-elle en se retournant pour l'embrasser. Et j'adore ça.

Elle se rhabilla, non sans qu'il la trouble en venant la caresser et en s'extasiant sur ses formes de femme enceinte.

Finalement, une fois qu'elle eut signé sa décharge, un aide-soignant vint la chercher avec un fauteuil roulant que Michael tint à pousser lui-même.

— Je me sens vraiment bête, dit-elle en soupirant. Je pourrais très bien descendre à pied.

— L'infirmière a dit que c'était la règle. Et comme ça, je m'entraîne pour la future poussette du bébé.

Elle savoura son bonheur en silence. Michael la poussa jusqu'à la sortie de l'hôpital, et une fois dehors, il rangea le fauteuil le long du mur.

— Tu as l'air de prendre tout ça avec un tel naturel tout à coup..., dit-elle. Je suis assez impressionnée.

— Tu me connais. Quand je me lance dans quelque chose, je veux être le meilleur. C'est sans doute le bon côté de mon caractère de compétiteur.

Elle rit, puis se tourna vers lui.

— On rentre à pied ? suggéra-t-elle.

— C'est toi qui décides. Nous ne sommes pas loin, mais si tu préfères que je hèle un taxi, tu n'as qu'à me le dire.

— Michael Kelly en taxi ? Tu as vraiment changé !

— J'essaie simplement de te rendre heureuse.

— Bonne réponse. Je préfère marcher, décida-t-elle en lui prenant le bras. J'ai l'impression d'être restée enfermée pendant une éternité.

Tandis qu'ils prenaient la direction de l'hôtel, elle fut envahie par un sentiment délicieux qu'elle éprouvait pour la première fois. Celui d'avoir trouvé la stabilité. Michael et elle étaient parvenus à surmonter leurs problèmes respectifs. Sa nouvelle activité professionnelle était lancée, et elle comprenait mieux la perception que ses frères avaient d'elle. Elle pouvait officiellement cesser de se considérer comme le mouton noir de la famille. À partir de maintenant, elle pouvait se contenter d'être Charlotte, l'agent immobilier. Ou la petite sœur. Ou la future maman. Probablement aussi la femme de Michael Kelly, car elle savait maintenant qu'elle pouvait compter sur lui pour toujours. Elle attendait juste qu'il fasse sa demande, en espérant qu'il ne tarderait pas trop.

— Tu sais, dit-elle en plaisantant, tu as peut-être voulu m'aider, mais le fait est que j'ai maintenant trois appartements à vendre au lieu de deux. Tout ce que tu as réussi à faire, c'est à me donner plus de travail.

— Détrompe-toi, dit-il en la serrant contre lui. Ce matin, j'ai reçu un message d'Alan. Tu te souviens de lui ? Il était à la soirée. Eh bien, il est prêt à faire une offre. Il veut le dernier appartement du dix-septième étage.

— Ah, oui ?

— Je lui ai dit de prendre contact avec toi. J'espère que ça ne t'ennuie pas. Je lui ai donné ton numéro en lui demandant d'attendre quelques jours avant de t'appeler. Je veux d'abord que tu te reposes.

— Tu es sûr de vouloir faire ça ? À chaque vente que tu laisses passer, tu donnes une chance à Gabe Underwood de te détrôner.

— Tu n'imagines pas combien je me moque de Gabe. S'il me dépasse l'année prochaine, tant mieux. Je serai encore plus motivé pour repasser devant lui l'année suivante. Et de toute façon, j'ai plutôt l'impression que c'est toi qui vas me doubler.

— C'est vrai. Attention à toi, Michael Kelly.

Ils marchèrent quelques instants en silence, main dans la main.

— Il nous reste donc les deux appartements de notre étage, conclut-elle. Il faudra choisir les acheteurs avec précaution. Je tiens à avoir des voisins agréables. Mais avant ça…

Elle s'interrompit. Michael était transformé depuis hier, mais elle ne voulait pas lui mettre trop de pression pour autant. Elle n'allait pas commettre la même erreur deux fois en précipitant les choses avec lui. Du moment qu'ils étaient ensemble, elle pouvait bien faire preuve d'un peu de patience.

— Avant ça, dit-il, nous devons décider si nous allons vivre chez toi ou chez moi.

Il avait lu dans ses pensées ! Et visiblement, ce n'était pas un sujet tabou pour lui.

— Exactement, approuva-t-elle. Tu as un avis sur la question ?

Comme elle se tournait vers lui, elle vit qu'il était en pleine réflexion.

— J'espère que ça ne va pas te paraître complètement fou, répondit-il, mais je ne crois pas qu'un seul appartement suffira. Abby a besoin d'espace. Et Thor aussi, je ne pense pas que tu me diras le contraire. Nous pourrions même lui faire croire qu'il a réussi à se sauver en le laissant seulement aller dans une autre pièce.

— J'aimerais croire qu'il est trop malin pour ça, dit-elle en riant, mais je n'en suis pas sûre. Donc si je te suis, tu voudrais rassembler deux appartements ? En abattant le mur de séparation, c'est ça ?

— Ça dépend, répondit-il en haussant les épaules. Tu veux combien d'enfants ?

Elle se mit devant lui et leva la main pour qu'il s'arrête.

— Attends, attends, lui dit-elle. Comment ça, combien d'enfants ? Tu es sûr que tu te sens bien ? Il me semblait que pour l'instant, nous attendions déjà de voir comment cela allait se passer avec le premier.

Il se pencha pour l'embrasser sur le nez.

— Oui, affirma-t-il, je me sens très bien. Mais tu me connais, j'aime m'organiser à l'avance. Et je ne fais jamais les choses à moitié. Ce qui m'amène à un autre point important. Le mariage.

— Le mariage ?

— Je sais, c'est nul. Nous sommes dans la rue et je porte encore mon short d'hier. Ce n'est vraiment pas une demande en mariage digne de ce nom. Mais dans un jour ou deux, quand tu auras récupéré, j'aimerais que nous allions choisir une bague ensemble. Ensuite, je pourrai poser un genou à terre dans un bel endroit qui ne sera ni un trottoir ni une chambre d'hôpital, je te déclarerai ma flamme et je te demanderai de m'épouser.

Elle resta sans voix. Elle fut même tentée de se pincer pour s'assurer qu'elle ne rêvait pas.

— Tu diras oui, au moins ? demanda-t-il. Oui,

ajouta-t-il avec un sourire espiègle, je vois dans tes yeux que tu vas dire oui.

— Oui, Michael Kelly. Oui, je dirai oui. À condition que tu continues à te comporter exactement comme tu le fais en ce moment.

— Décidément, tu me surveilles de près, hein ? Allez, viens. J'ai les jambes gelées.

Quelques mètres plus loin, ils arrivaient devant le Grand Legacy. Elle éprouva le besoin de s'arrêter pour contempler sa belle et majestueuse façade, toujours décorée de branches de pins et d'une grande guirlande rouge et or. Bientôt, les festivités du réveillon allaient faire briller l'hôtel de mille feux.

— J'adore cet endroit, Michael. Il est vraiment parfait pour nous, tu ne trouves pas ?

Le Grand Legacy représentait pour elle un lien précieux avec sa famille. Un lien qui prenait encore plus de valeur pour elle, maintenant qu'elle allait avoir un bébé.

— Si, je trouve aussi, approuva-t-il. C'est pourquoi, à mon avis, nous devrions acheter les deux autres appartements de notre étage, quitte à décider plus tard de la façon dont nous aménagerons le tout. Nous ferons venir un architecte pour qu'il trouve le moyen de relier les quatre appartements.

— Quatre appartements ? répéta-t-elle. Tu es fou ?

Il s'effaça pour la laisser entrer en premier dans le hall.

— Non, répondit-il quand ils furent tous les deux à l'intérieur. Je ne suis pas fou. C'est un excellent investissement. Nous n'aurons pas à nous soucier de qui seront nos voisins, et nous pourrons tout réaménager comme nous le voudrons. Ça ne te fait pas rêver ?

Tandis qu'il appelait l'ascenseur, elle réfléchit à son

idée et n'eut besoin que de quelques secondes pour se rendre compte qu'il avait raison. Une fois de plus, elle était entièrement d'accord avec lui. N'aurait-elle donc plus aucun conflit avec le nouveau Michael Kelly ?

— Si, reconnut-elle en montant avec lui dans l'ascenseur. Et je pense que Sawyer sera ravi. Cela veut dire que notre course est terminée ? Si oui, je ne sais pas qui doit être désigné vainqueur.

Michael l'enlaça et elle se hissa sur la pointe des pieds pour recevoir son baiser. La tendresse qu'il parvenait maintenant à exprimer la comblait de bonheur. Et sa sensualité n'en était que plus intense encore.

— Ça m'est égal, dit-il. J'ai déjà remporté le premier prix.

MAUREEN CHILD

Une nuit avec un ennemi

Traduction française de
FRANCINE SIRVEN

HARLEQUIN

Titre original :
KING'S MILLION-DOLLAR SECRET

Ce roman a déjà été publié en 2019

1

Rafe King ne laissait jamais passer une occasion de faire un petit pari entre amis lorsqu'on le lui proposait.

Et il avait beau être mauvais perdant, il n'avait pas pour autant l'habitude de se défiler s'il perdait. La preuve aujourd'hui : il se trouvait là, dans cette allée, une tasse de café brûlant entre les mains, à faire le pied de grue en attendant le reste de l'équipe de chantier à cause de ce satané pari qu'il avait perdu en beauté. Lui qui était directeur associé de King Construction, il n'avait pas touché au moindre tournevis depuis une éternité. En temps normal, il s'occupait des relations avec les fournisseurs et gérait les nombreux chantiers confiés à l'entreprise, veillant à ce que le cahier des charges en soit toujours scrupuleusement respecté.

Mais aujourd'hui et pour quelques semaines, à cause de ce pari, il allait devoir retrousser ses manches et faire le manœuvre.

Un pick-up gris tractant une petite remorque se gara à ce moment derrière lui. Il jeta un regard noir au conducteur. Joe Hanna. L'un de leurs sous-traitants. Un ami, aussi. Et celui enfin qui l'avait entraîné dans ce pari stupide.

Il grommela en voyant le sourire narquois que Joe affichait en sortant de son véhicule.

— Un instant, j'ai failli ne pas te reconnaître, sans ton costume de bureaucrate, lança Joe, plus goguenard que jamais.

— Très drôle.

Il n'avait jamais vraiment apprécié les costumes trois pièces. En réalité, il se sentait bien mieux dans sa peau habillé comme il l'était aujourd'hui, jean râpé, bottes de chantier et T-shirt noir frappé dans le dos du logo de King Construction.

— Tu es en retard, fit remarquer Rafe.

— Non, pas du tout. C'est toi qui es en avance, marmonna Joe en avalant une gorgée de café. Un beignet ? offrit-il en lui présentant un sachet.

— Volontiers, répondit Rafe qui ne fit que quelques bouchées de son doughnut à la confiture. Où sont les gars ?

— Nous commençons à 8 heures précises. Soit dans une bonne demi-heure encore.

— En arrivant plus tôt, ils auraient pu tout mettre en place de manière à commencer effectivement le travail à 8 heures, remarqua Rafe en se tournant vers le pavillon de style typiquement californien.

C'est donc ici qu'il passerait l'essentiel de ses journées pendant les semaines à venir, dans ce quartier résidentiel de Long Beach. La maison, située au bord d'une avenue ombragée, et entourée d'une pelouse fraîchement tondue, devait avoir une bonne cinquantaine d'années.

— De quel boulot s'agit-il ?

— Rénovation de cuisine, répondit Joe, appuyé contre le pick-up de Rafe, tout en examinant le pavillon. Plancher, comptoir, remplacement de la plomberie pour mettre la maison aux normes, peintures…

— Placards ? demanda Rafe, concentré sur le travail à venir.

— Non. Il en existe déjà une enfilade, en pin. Du solide. Il faudra simplement les remettre à neuf, décaper, vernir un peu tout ça.

Rafe hocha la tête puis un doute soudain lui traversa l'esprit.

— Les gars de l'équipe savent qui je suis ?

— Absolument pas, répondit Joe. Comme convenu, ton identité restera secrète. Pour toute la durée du chantier, tu t'appelleras Rafe Cole. Tu viens juste d'être embauché.

Mieux valait en effet que les types censés travailler avec lui ignorent qui il était réellement. Leur employeur. S'ils connaissaient la vérité, ils seraient forcément nerveux, et le travail en pâtirait. Par ailleurs, c'était là une opportunité pour Rafe de savoir ce que les employés pensaient réellement de King Construction. Un peu comme dans ces émissions de téléréalité, où les patrons se mêlaient à leurs ouvriers afin de découvrir ce qui se passait au quotidien au sein de leur société. Sauf qu'il avait par ailleurs un planning ultrachargé.

Soudain agacé, Rafe grommela :

— J'aurais dû te virer…

— Peut-être, mais tu as perdu ce pari et tu es un homme d'honneur, remarqua Joe. Et puis, je t'avais prévenu que le bolide de ma petite Sherry ne pouvait que remporter la course.

— Exact, convint Rafe.

Il sourit à ce souvenir. Un mois s'était écoulé depuis le pique-nique traditionnel organisé pour le personnel de King Construction. Les enfants des employés avaient passé des mois à construire de petites voitures qui devaient s'affronter ce jour-là sur un circuit spécialement aménagé pour l'occasion. Rafe avait mis Joe au défi, pariant contre la caisse à savon rose fuchsia de sa fille. Mais Sherry avait gagné haut la main, et ridiculisé tous les autres concurrents. Cela lui apprendrait de parier contre une femme.

— Tu as eu une bonne idée de laisser tes frères s'occuper des relations publiques de la boîte, reprit Joe. Les gars auraient pu te reconnaître, sinon.

Rafe avait toujours eu les mondanités en horreur. La presse, la publicité, c'était l'affaire de ses frères Sean et Lucas. A eux trois, ils avaient fait de King Construction l'une des entreprises du bâtiment les plus florissantes de la côte Ouest. Sean se chargeait de tous les aspects juridiques de l'entreprise, Lucas de son côté travaillait au commercial, quant à Rafe, il était le négociateur du trio.

Il fut arraché à ses pensées par le grondement d'un moteur. Un pick-up vint se ranger juste devant le pavillon, suivi d'une camionnette. Les deux conducteurs bondirent sur le trottoir et s'approchèrent.

— Steve, Arturo, voici Rafe Cole, dit aussitôt Joe. Il travaillera avec vous, sur ce chantier.

Steve, de taille moyenne, vêtu d'un T-shirt à l'effigie d'un groupe de rock local, le salua avec un large sourire. Arturo, plus âgé, trapu, se contenta d'un signe de tête. Rafe sourit en notant la chemise bariolée d'Arturo. Manifestement, le peintre de l'équipe.

— Prêt ? s'enquit Steve.

— Allons-y, répondit Joe en tendant la main vers la maison. On peut se garer, là-bas, sur le côté. Il n'y a qu'à avancer la remorque dans la cour. Ce sera plus pratique pour nous.

— Entendu.

Joe positionna son pick-up et la remorque devant le portail. En quelques minutes, tout ce petit monde s'affaira, Rafe le premier. Toutes ces années loin de la poussière n'avaient pas pour autant fait de lui un col blanc. Son père, Ben King, pas vraiment le genre papa gâteau, avait dirigé le secteur bâtiment de la dynastie King d'une main de fer. Il avait également fait en sorte que chacun de ses fils, huit au total, travaille chaque été sur un chantier. Ben tenait à ce que ses rejetons sachent que porter le nom de King se méritait.

Ils en avaient vraiment bavé, à l'époque. Mais au fil des ans, Rafe avait compris que leur père leur avait en réalité rendu un fier service.

— Nous avons terminé l'entrée, la semaine dernière, expliqua Joe à Rafe, tout ouïe. La cliente a tout débarrassé, Steve et Arturo peuvent se mettre au travail sans tarder. Quant à toi, Rafe, tu vas installer dans le patio un local cuisine temporaire pour Mme Charles.

— Un local cuisine temporaire ? répéta Rafe, perplexe. Elle ne peut pas manger à l'extérieur, le temps des travaux, comme tout le monde ?

— Elle le voudrait bien, répondit alors une voix féminine, à l'arrière de la maison. Malheureusement, elle ne peut pas se permettre d'arrêter de travailler pendant la rénovation de sa cuisine.

Rafe pivota lentement sur lui-même pour découvrir qui se cachait derrière cette voix. Il ne s'attendait certainement pas à subir un tel séisme qui manqua le faire chanceler. Elle était grande, comme il aimait. Il trouvait ridicule, en effet, de devoir s'accroupir pour embrasser une femme. Cheveux d'un roux tonique, grands yeux verts… Comme il aimait aussi. Et cette bouche, ce sourire… comme il aimait encore.

Cela le contraria presque de constater autant d'atouts chez cette femme. Il n'avait nul besoin d'une femme. Et à supposer que ce soit le cas, il ne tomberait certainement pas à genoux devant ce genre de femme là. Comment dire ? Très… femme au foyer. Il n'avait aucun penchant pour la vie domestique.

Ce qui ne l'empêchait pas d'apprécier le spectacle qui s'offrait à ses yeux.

— Bonjour, madame Charles, dit Joe. L'équipe est au complet. Vous connaissez déjà Arturo et Steve, voici Rafe.

— Heureuse de faire votre connaissance…, dit-elle.

Elle plongea ses yeux verts dans les siens, et l'espace d'une ou deux secondes, l'atmosphère se chargea d'électricité.

— … Mais appelez-moi Katie, je vous en prie. Après tout, nous sommes appelés à passer beaucoup de temps ensemble…

— Exact. Bien, hmm, alors, qu'est-ce que c'est que ce local cuisine ? demanda Rafe.

— Je fabrique des cookies, répondit-elle. De façon artisanale. Je dois pouvoir continuer d'honorer mes commandes durant les travaux. Joe m'a assuré que cela ne poserait pas de problème.

— Aucun, renchérit celui-ci. Bien sûr, vous ne pourrez utiliser votre four pendant la journée, car nous sommes obligés de couper le gaz. Mais nous le remettrons chaque soir, avant de partir. Rafe se chargera de tout.

— Parfait. Dans ce cas, je vous laisse faire.

Et elle rentra chez elle. Rafe en profita pour admirer sa démarche, et le reste. Elle portait le jean à merveille.

Le denim mettait en valeur ses fesses rebondies, et le galbe de ses interminables jambes. De quoi attiser l'imagination de n'importe quel mâle digne de ce nom. Il inspira profondément, priant pour que l'air frais du matin apaise un peu cette chaleur, en lui. En vain. A ce moment, il sut que la journée serait longue. Stressante. Mieux valait ignorer cette femme. Il était là parce qu'il avait perdu un pari. Point final.

— O.K., dit Joe. Les gars, installez le four de Katie là où elle le souhaite, et Rafe verra avec elle pour la suite.

Rien ne lui aurait autant plu que de voir avec elle un certain nombre de choses indépendantes de ce maudit chantier. Avec un soupir, il emboîta le pas à Steve et Arturo et se dirigea à l'arrière de la maison.

Le bruit était insupportable.

Une heure plus tard, Katie avait l'impression que son cerveau cognait dans sa tête au rythme lancinant des coups de masse, en action dans la cuisine de sa grand-mère.

Ces inconnus dans la maison, toute cette agitation. Toute cette vie… Quel effet bizarre cela faisait. Plus bizarre encore de payer ces mêmes inconnus à détruire la cuisine dans laquelle elle avait tant de souvenirs. Mais c'était mieux ainsi pour sa petite entreprise, elle en avait conscience. Elle espérait simplement qu'elle survivrait à ces travaux.

Et au sale caractère du nouveau venu, comment s'appelait-il déjà… ? Rafe.

Pour l'heure, elle devait absolument trouver un refuge pour échapper au vacarme, et elle se hâta vers le patio. Coincée entre le garage et la maison, la pièce était longue et étroite. Elle avait déjà recouvert la table de camping d'une nappe en vinyle et stocké là quelques plaques de cuisson. Sur le comptoir se dressait une pile de casseroles et de saladiers et sur la table de jeu, tous les ingrédients nécessaires. Ce ne serait pas facile, elle le savait, mais elle était prête à relever le défi. Et puis, il n'y avait pas que des inconvénients à ces travaux... Cet homme par exemple, en train de bricoler derrière le four, tout en maudissant la terre entière.

— Alors, comment ça se passe ? s'enquit-elle.

L'homme sursauta et se cogna la tête à l'angle du four. Il laissa échapper un juron qu'elle fut heureuse de ne pas comprendre. De ses beaux yeux bleus, il lui décocha un regard assassin, avant de répondre :

— Eh bien, ça se passe sans surprise comme chaque fois qu'il faut relier un vieux four à une canalisation de gaz.

— Il est vieux, mais ne tombe jamais en panne, fit-elle remarquer. Mais je me suis résolue à en commander un modèle plus récent.

— Heureuse initiative, marmonna Rafe, qui replongea derrière le four. Ce machin doit bien avoir une trentaine d'années.

— Au moins, répondit-elle en s'asseyant sur l'une des chaises, autour de la table. Je n'étais pas née lorsque ma grand-mère l'a acheté et j'ai aujourd'hui vingt-sept ans.

Il s'extirpa de derrière le four, la dévisagea puis secoua la tête.

Elle retint son souffle. Décidément, il ne ressemblait pas à l'idée qu'elle se faisait d'un ouvrier du bâtiment. Un homme aussi séduisant que lui n'avait rien à faire sur un chantier et devrait plutôt faire la une de *GQ*. Pourtant, il semblait savoir ce qu'il faisait et à vrai dire, le simple fait de le regarder lui donnait la chair de poule. Sensation qu'elle n'avait pas éprouvée depuis longtemps.

Estimant ce genre de réflexion bien trop dangereux, elle se hâta de relancer la conversation sur un sujet plus anodin.

— Ce n'est pas parce que quelque chose est vieux qu'il est inutile, dit-elle, légèrement crispée. Ce four se montre parfois capricieux, mais il n'a aucun secret pour moi. Il chauffe un peu trop, c'est vrai, mais j'ai appris à composer avec ses défauts.

— Sans doute, néanmoins vous en avez commandé un neuf, fit-il remarquer avec un demi-sourire.

Elle haussa les épaules, et son sourire se dissipa, remplacé par une expression nostalgique.

— Un four tout neuf, pour une cuisine toute neuve. Mais ses sautes d'humeur me manqueront. Cela rajoutait un peu d'adrénaline à mon travail.

— Je veux bien le croire, dit-il avec un regard pourtant sceptique. Vous allez vraiment préparer vos cookies dans le patio ?

Malgré le vacarme des coups de masse en fond sonore, elle entendit à ce moment les deux ouvriers dans la cuisine rire de bon cœur. Un instant, elle se demanda ce qu'il y avait de si drôle à démolir une cuisine cinquantenaire, puis elle jugea qu'il valait mieux ne rien en savoir.

Elle promena son regard dans le patio reconverti en cuisine, du moins pour quelques semaines. Les grandes fenêtres en faisaient une pièce très lumineuse. Un carrelage en terre cuite recouvrait le sol et, dans un coin, se trouvait un minibar avec un petit évier. Idéal pour nettoyer le matériel. Elle soupira doucement, regrettant déjà sa bonne vieille cuisine au style rustique, réduite à ce moment même à l'état de chantier.

Mais elle savait très bien qu'une fois les travaux achevés, elle aurait la cuisine de ses rêves. Elle sourit, se voyant déjà officier dans ce nouveau décor.

— Quelque chose vous amuse ?

— Pardon ? dit-elle en regardant l'homme à quatre pattes sur le carrelage. Oh non. J'imaginais ma cuisine, quand vous en aurez terminé.

— Tous ces gravats et ce bruit ne vous dérangent pas trop ?

Elle se leva et, penchée sur le four, l'observa.

— Non, pas vraiment, répondit-elle. Je n'irai pas jusqu'à dire que je me plais dans ce chaos, ni que l'idée de travailler ici m'enthousiasme. Mais ce chantier est un mal nécessaire. Et puis, j'ai confiance en votre équipe. Vous savez, j'ai consulté trois entrepreneurs de la région avant de me décider.

— Pourquoi avoir choisi King Construction ? demanda-t-il tout en tirant le tuyau derrière son four vers une canalisation qui sortait du mur du garage.

— J'ai beaucoup hésité…, murmura-t-elle, se remémorant certains événements qu'elle préférait effacer définitivement de sa mémoire. Cela n'a pas été de gaieté de cœur…

— Pour quelle raison ? s'étonna-t-il en la fixant avec un regard furibond, comme vexé. King Construction jouit pourtant d'une excellente réputation.

— Vous êtes très attaché à la société qui vous emploie, dirait-on, remarqua Katie avec un sourire.

— Oui, eh bien, il se trouve que je dois beaucoup aux King, répondit-il, l'air renfrogné, avant de reprendre son travail. Mais puisque vous n'aimez pas King Construction, que faisons-nous ici ?

Elle se reprocha avec un nouveau soupir de ne pas savoir rester plus discrète et s'enjoignit de s'abstenir de faire le moindre commentaire sur les King. Après tout, Rafe et les autres travaillaient pour eux. Mais en même temps, elle détestait mentir. Elle répondit donc en prenant quelques précautions :

— Je sais que le travail sera bien fait. Je n'ai eu que d'excellents échos…

— Mais… ? insista-t-il pourtant.

Il se releva et la considéra, attendant manifestement une explication. Instantanément, elle redressa les épaules. En dépit de sa taille, un bon mètre quatre-vingts sous la toise, il la dépassait d'une dizaine de centimètres. Il avait aussi les yeux les plus bleus qu'elle ait jamais vus, et de longs cils à se pâmer. La courbe de ses sourcils, très noirs, lui donnait un air boudeur. Quant à sa bouche, elle appelait la passion. Un léger duvet recouvrait ses joues, et ce jean lui donnait des airs de mauvais garçon. Rebelle et irrésistible. Elle fut traversée d'un frisson.

Elle ressentit une sorte de bonheur à éprouver ce genre d'intérêt pour un homme quelconque, un simple ouvrier. Elle en avait plus qu'assez, en effet, des hommes riches et grossiers.

Comme il attendait toujours, elle répondit en souriant :

— Disons simplement qu'il s'agit d'une affaire privée, entre moi et un membre de la famille King.

— Que voulez-vous dire ? demanda-t-il, les sourcils froncés.

— Cela n'a pas d'importance, dit-elle en éclatant de rire. C'est simplement que je n'avais pas très envie de m'adresser à King Construction, sachant ce que je sais sur les hommes de cette famille.

— Vraiment ? Et que savez-vous donc des King ?

Il avait croisé les bras et son regard était rivé au sien. Elle frémit à son intensité, surprise de ressentir une nouvelle salve de picotements extrêmement ciblés. Et nerveuse aussi. Elle feignit de s'intéresser aux tuyaux du four, comme si elle comprenait quelque chose à la plomberie et cette précieuse diversion lui permit de rassembler ses pensées. Une fois son aplomb retrouvé, elle lança :

— Vous voulez dire, à part le fait qu'ils soient trop riches et arrogants ?

— Arrogants ?

— Oui, absolument. Ecoutez, vous êtes leur employé et je ne veux pas vous mettre dans une situation inconfortable. Je sais juste que je ne veux plus jamais avoir affaire à eux personnellement.

— Oh, oh, mais il peut arriver que l'on se trompe, sur les gens, non… ?

Elle rit à sa réflexion. Elle doutait par exemple que Cordell King ait une seule fois pensé à elle, depuis qu'il avait disparu de sa vie, six mois plus tôt, sans la moindre explication. Les King traçaient leur chemin à travers le monde, attendant que le commun des mortels s'écarte de leur route. Et voilà exactement ce qu'elle s'appliquait à faire.

— De toute manière, je ne pense pas qu'un King soit susceptible de se relever la nuit, hanté par l'idée que Katie Charles puisse autant les détester.

— Qui sait ? remarqua-t-il en ôtant la poussière sur ses mains, sans pour autant la quitter des yeux. Je vous préviens, je suis un type curieux. Et je ne serai pas satisfait tant que je n'aurai pas découvert la raison d'une telle haine.

— La curiosité est un vilain défaut, dit-elle. Mieux vaut parfois ignorer certaines choses.

— Je préfère pour ma part être bien informé. Pas vous ?

— Pas forcément, répondit-elle.

Elle repensa au désespoir qu'elle avait ressenti lorsque Cordell avait rompu. Et les explications qu'elle lui avait réclamées, loin de la réconforter, l'avaient anéantie.

A ce moment, elle remarqua que Rafe souriait et que l'expression de son visage s'en trouva adoucie. Ses yeux avaient même perdu de leur éclat froid et distant. Elle sentit son cœur faire un tour, et elle frissonna, conquise. Soudain, comme s'il voyait en elle, il sourit de plus belle et lui fit un clin d'œil.

Elle crut qu'elle avait imaginé ce clin d'œil car l'instant d'après, il semblait de nouveau absorbé par sa tâche.

— La conduite de gaz temporaire est en place. Mais n'oubliez pas, l'alimentation est interrompue en journée. Nous vous signalerons à quel moment utiliser le four en toute sécurité.

— Entendu. Merci…

Elle s'écarta d'un pas et lorsqu'il la frôla, son bras effleura le sien. Elle fut aussitôt submergée par une bouffée de chaleur. Bien mal lui en prit de vouloir recouvrer ses esprits en inspirant profondément, car ce faisant, elle se retrouva enveloppée dans les effluves de son eau de toilette, senteurs musquées, épicées, aussi mystérieuses que l'homme lui-même.

— Rafe… ?

— Oui ?

— S'il vous plaît, ne répétez pas ce que je vous ai

dit, à propos des King. Je n'aurais jamais dû parler de cela, et je m'en voudrais de vous mettre en porte-à-faux.

— Je garderai cela pour moi, répondit-il, avec un bref hochement de tête. Mais un jour ou l'autre, je vous l'ai dit, je saurai le fin mot de l'histoire.

— J'en doute, se défendit-elle. Les King font désormais partie de mon passé et j'ai tourné la page.

A la fin de cette première journée, c'est une Katie excédée qui ne comprenait pas quelle idée saugrenue elle avait eue de vouloir rénover sa cuisine. Non seulement sa maison était prise d'assaut par des inconnus, mais pire encore, ces inconnus faisaient un vacarme insupportable.

Quand ils furent enfin partis, elle se rendit dans ce qui avait été la cuisine de sa grand-mère. Debout au milieu de la pièce, elle promena son regard autour d'elle.

Le plancher avait été arraché, exposant un carrelage deux fois plus âgé qu'elle, les murs à moitié défoncés et les portes du placard démontées et stockées dans l'arrière-cour. Le cœur gros, elle soupira devant les canalisations mises à nu et les gravats.

— Des regrets ?

Elle sursauta et fit demi-tour, le cœur battant la chamade quand elle reconnut Rafe.

— Rafe ? Je vous croyais parti avec les autres… ?

Il sourit, comme amusé de l'avoir déstabilisée puis, s'appuyant au chambranle de la porte, il croisa les bras.

— Je suis resté pour m'assurer qu'il n'y avait pas de problème avec le raccordement du gaz, dans le patio.

— Verdict ?

— Tout semble fonctionner.

— Merci, j'apprécie votre aide.

Il haussa les épaules, enfouit les mains dans ses poches, avec nonchalance, comme si rien ne le pressait.

— Je ne fais que mon travail...

— Je sais, mais j'apprécie quand même.

— Je vous en prie, dit-il en regardant autour de lui, comme elle, quelques secondes auparavant. Alors, qu'en pensez-vous ?

— Honnêtement ? dit-elle, sans pouvoir réprimer une grimace. C'est terrifiant.

— Le principe est invariable, répondit-il dans un éclat de rire. D'abord la destruction, ensuite la création.

— Je tenterai de m'en souvenir, soupira-t-elle. J'ai du mal à croire que quelque chose puisse sortir de ce chaos...

Elle s'approcha de l'endroit où, ce matin encore, se trouvait l'évier. Il n'en restait plus grand-chose, seulement un trou béant dans le mur, avec des tuyaux qui semblaient la supplier.

— J'ai vu pire, croyez-moi.

— Voilà qui est réconfortant, ironisa-t-elle.

— Je vous assure, dit-il en pénétrant dans la pièce, mains dans les poches arrière de son jean. Certains chantiers peuvent durer des mois.

— Vous avez l'habitude de ce genre de travaux ?

— Plutôt, oui. Mais c'est mon premier chantier, depuis trois ou quatre ans.

La maison était plongée dans le silence... Une bénédiction après une journée entière vouée à la destruction. Dans la cuisine en ruine résonnait l'écho de leur voix. Dehors, l'après-midi faisait peu à peu place au crépuscule, créant cette atmosphère intime particulière que seuls deux étrangers peuvent partager.

Elle l'observa lentement, ne boudant pas son plaisir. Quel genre d'homme était-il ? A quoi aspirait-il ?

Et pourquoi se posait-elle ces questions ?

Cela faisait bien longtemps qu'elle ne s'était pas intéressée à un homme. Mais à sa décharge, quelle femme n'hésiterait pas à s'engager dans une nouvelle histoire amoureuse après avoir eu le cœur brisé ?

— Et si vous ne sévissiez pas sur les chantiers, que faisiez-vous donc ?

Il la dévisagea, suffisamment longtemps pour qu'elle voie son regard soudain s'assombrir. Il détourna les yeux et fit glisser sa main sur la charpente de l'un des placards.

— Différentes choses. Mais je suis heureux de retrouver les sensations du travail manuel, répondit-il, puis après un clin d'œil, il ajouta : Même si c'est pour les King.

Voilà ce qui s'appelait pratiquer l'art de l'esquive ! Il refusait à l'évidence de se confier, tout en la regardant comme s'il s'attendait à ce qu'elle lui pose d'autres questions. Or, si elle l'interrogeait sur son passé, ne se sentirait-il pas le droit d'en faire autant avec elle ? Et elle ne se sentait pas disposée à raconter comment elle avait été gâtée, choyée, puis rejetée par Cordell King.

Cependant, elle devait reconnaître que Rafe Cole l'intriguait ; elle avait même l'impression qu'il cachait quelque chose.

— Bien, dit-il après un long silence. Je crois que je ferais mieux d'y aller et de vous laisser travailler à vos cookies.

— Vous avez raison, dit-elle.

Elle fit alors un pas, mais il avait eu la bonne idée d'en faire autant de son côté, et ce qui devait arriver arriva. Une collision. Elle se retrouva plaquée contre son corps puissant, et les secondes s'égrenèrent, des secondes chargées d'une incroyable énergie qui faisait crépiter l'air autour d'eux. Ni l'un ni l'autre ne dit un mot, ce qui aurait été de toute manière superflu.

Ce qui venait de se produire était énorme. Du désir à l'état brut. De la passion.

Elle plongea ses yeux dans ceux de Rafe et sut sans aucun doute possible qu'il ressentait exactement la même chose qu'elle. Et à en juger par son expression, cela était loin de le réjouir.

Elle n'était pas précisément en quête d'un coup de foudre, mais elle savait le reconnaître lorsqu'il se produisait.

Pétrifiée, elle le vit approcher une main de son visage, comme s'il avait l'intention de la caresser. Mais il interrompit son geste à quelques millimètres de sa joue, puis il sourit et chuchota :

— Ce pourrait être… intéressant.

Paroles sibyllines, et pleines de promesses.

2

— Bien, cette réunion est terminée, marmonna Lucas King. Qu'attendons-nous ? Le déluge ?

— En fait, j'ai encore une question à vous poser, répondit Rafe en regardant ses frères.

Plus précisément, deux d'entre eux. Sean et Lucas, ses associés dans King Construction. A les voir ensemble, on devinait tout de suite qu'ils étaient frères. Même teint mat, mêmes cheveux noirs et yeux bleus — la marque de fabrique de la dynastie. Et en les observant de plus près, on comprenait vite qu'aucun des trois n'avait la même mère.

L'homme qui était leur père ne les avait pas liés uniquement par le sang, il avait fortement encouragé ce sentiment fraternel entre eux, et ce, dès leur enfance. Les fils de Ben King se retrouvaient ainsi, chaque été, sans aucune rancœur ni jalousie, leur père n'ayant somme toute épousé aucune de leurs mères.

Lucas, l'aîné des trois, jeta un bref regard à sa montre et décocha un nouveau regard impatient à Rafe. De son côté, Sean, en train de pianoter comme souvent un SMS sur le clavier de son téléphone portable, n'entendit même pas la réflexion de Lucas.

Tous trois avaient pris l'habitude de se réunir, une fois par semaine, afin de discuter des affaires en cours, profitant de l'occasion pour prendre des nouvelles de la famille, ou encore parler de leur vie à chacun. Des réunions qui se tenaient tantôt chez l'un, tantôt chez l'autre, les trois frères s'étant ce soir donné rendez-vous chez Lucas, dans sa maison de Long Beach, au bord de l'océan.

Une vaste demeure, chargée d'histoire et pourvue de ce que Lucas aimait à définir comme du « caractère ». Pour les autres, il s'agissait surtout d'une bicoque d'un autre âge, sans confort. Rafe préférait, et de loin, sa suite de luxe, perchée au dernier étage d'un hôtel de Huntington Beach. Un appartement sobre, moderne et fonctionnel, dénué de toutes ces bizarreries auxquelles Lucas semblait si attaché, pour sa propre maison. Rafe appréciait d'avoir un room service à ses ordres, de pouvoir chaque jour compter sur l'intervention d'une femme de chambre. Quant à Sean, il avait pris ses quartiers à Sunset Beach, dans un château d'eau auquel on accédait par ascenseur, à même la plage.

Bien qu'ayant des goûts différents, tous trois avaient choisi d'habiter un endroit avec vue sur l'océan.

Durant un long moment, Rafe se perdit dans la contemplation du Pacifique, à cette heure teinté de mauve, puis il inspira une profonde bouffée d'air frais et iodé. Une poignée de surfers chevronnés attendaient sur leur planche la dernière vague magique de la journée. Sur la jetée, un couple promenait un chien minuscule, le long de la Pacific Coast Highway.

— Que savons-nous de Katie Charles ? demanda-t-il après une gorgée de bière.

— Katie qui ? grommela Sean.

— Charles, répondit Lucas, visiblement agacé par

la distraction de son jeune frère. Tu pourrais écouter, quand on te parle !

— Ecouter qui ? dit Sean, les yeux toujours rivés sur son téléphone.

Sean passait ses journées à expédier des e-mails et des textos à ses clients et conquêtes féminines. Il était quasiment impossible de retenir son attention autrement qu'en passant par le biais d'un écran de portable.

— Moi, répondit Rafe en lui arrachant l'appareil des mains.

— Hé ! protesta Sean qui tenta de récupérer son téléphone. J'étais en train d'organiser un rendez-vous, pour ce soir.

— Et si tu t'intéressais d'abord à celui-ci ? répliqua Rafe.

— Bien. Je t'écoute. Mais rends-moi mon téléphone.

Rafe lança l'appareil à son frère et se tourna vers Lucas.

— Alors ? demanda-t-il. Tu as déjà entendu parler de Katie Charles ?

— Ce nom me dit vaguement quelque chose. Qui est-ce ?

— Une cliente, répondit Rafe en s'enfonçant dans son fauteuil à bascule. Nous nous occupons de la rénovation de sa cuisine.

— Tant mieux pour nous, remarqua Sean. Qu'est-ce qui te tracasse, à son sujet ?

Excellente question. Rafe n'aurait pas dû prêter tant d'attention à ce que Katie pensait des King. Quelle importance cela avait-il, après tout ? Pourtant, depuis qu'il l'avait quittée, plus tôt dans la soirée, il ne cessait de penser à elle. Il y avait cette électricité qui lui traversait le corps, chaque fois qu'il s'approchait d'elle. Elle était jolie, intelligente, ambitieuse… Mais pourquoi détestait-elle la famille King ? Découvrir les raisons de cette hostilité était devenu pour lui une priorité.

— Katie Charles, répéta Lucas à voix basse. Katie Charles. La cuisine… Les cookies ! s'exclama-t-il soudain, avec un large sourire. Mais oui, c'est ça. Les Kookies de Katie. Elle est en train de se faire un nom à la tête d'une sorte d'entreprise artisanale. Les gens parlent beaucoup d'elle…

— Quelles gens ? demanda Rafe en se renfrognant. Je n'ai jamais entendu parler d'elle, moi.

— Bien sûr, ricana Sean. Tu vis comme un ermite. Comment veux-tu entendre parler de qui que ce soit, tu ne parles à personne ou presque, à part nous.

— Je ne vis pas en ermite, protesta Rafe.

— Dieu sait combien je déteste donner raison à Sean. En tout. Mais il marque un point, intervint Lucas en étirant ses longues jambes. Tu restes le plus souvent calfeutré dans ton nid d'aigle. Franchement, je suis prêt à parier, qu'à part le type du room service et les gars avec lesquels tu as travaillé aujourd'hui, tu as dû adresser la parole à une, peut-être deux malheureuses personnes depuis notre réunion de la semaine dernière.

Vexé, Rafe lança un regard assassin à Lucas, car à la vérité, il aurait été bien en peine de prétendre le contraire. Mais lui, à la différence de Sean, n'avait pas le temps de draguer tous les top models de l'univers. Et par ailleurs, à l'inverse de Lucas, il se fichait complètement de fréquenter le cercle influent des grands entrepreneurs de l'économie du pays. Dans ces conditions, que pouvait-il faire d'autre de son temps ?

— J'avais oublié ce pari, dit Sean en riant. Alors,

comment se sont passées ces retrouvailles avec le monde du travail, le vrai ?

— Pas si mal, admit Rafe.

En réalité, mieux qu'il ne s'y attendait. Se retrouver sur un chantier, avec des ouvriers qui ignoraient qu'il était leur patron, s'était révélé une expérience plutôt… amusante. Sans parler de la cerise sur le gâteau. En l'occurrence, la présence de cette femme aux multiples qualités, et qui ne lui était pas indifférente. En tout cas, jusqu'à ce que Katie lui avoue détester la famille King.

— Puisque cette journée s'est si bien passée, explique-moi pourquoi cette expression butée ? demanda Sean, narquois.

— C'est vrai, renchérit Lucas. Tu as l'air plus fâché que d'habitude. Où est le problème ? Et que vient faire Katie Charles là-dedans ?

— Vous ne la connaissez ni l'un ni l'autre ?

Sean et Lucas se regardèrent avant de hausser les épaules.

— Non, répondirent-ils en chœur.

— Quelqu'un pourtant la connaît.

— Quelqu'un connaît toujours quelqu'un, décréta Lucas.

— Sans doute, mais le quelqu'un qui connaît Katie est un King.

— Cela ne nous avance pas vraiment, bougonna Sean.

— Exact, reconnut Rafe en pensant à toute la colonie de cousins King établis en Californie.

— Mais pourquoi cette Katie Charles te préoccupe-t-elle autant, à la fin ? s'enquit Lucas en attrapant sa canette.

— Tout simplement parce qu'elle semble détester

cordialement les King, répondit Rafe avant de se lever pour sortir sur la terrasse.

— Elle nous déteste ? s'exclama Sean dans un éclat de rire. Impossible, voyons ! Toutes les femmes aiment les King.

— C'est la pure vérité, renchérit Lucas avec un sourire arrogant.

— Possible, dit Rafe, le regard fixé sur l'océan, sachant cependant que son ex-femme trouverait sûrement à redire sur ce point. Mais pas *elle*, pas Katie Charles. Tout juste si elle parvient à prononcer le mot King sans trembler.

— Si elle nous déteste à ce point, pourquoi avoir fait appel à nos services ?

— La réputation de la société, répondit-il. C'est ce qu'elle prétend. Mais c'est visiblement à contrecœur qu'elle l'a fait.

— Et tu crois que l'un de nous a provoqué sa haine des King ? demanda Lucas.

— Comment pourrait-il en être autrement ? répliqua Rafe avec un haussement d'épaules.

— En fait, la vraie question est… Qu'est-ce que cela peut te faire ? lâcha Sean.

— Cette question est très pertinente, le congratula Lucas, tout en fixant Rafe.

Trop pertinente, se dit celui-ci. Car il n'avait pas la moindre idée de la raison pour laquelle cela le préoccupait autant. Et pour être honnête, il n'avait pas envie de le savoir. Il s'était déjà aventuré sur ce terrain, par le passé, et avait retenu la leçon. A l'évidence, il n'était pas doué pour l'amour — pire, il serait incapable d'aimer, aux dires de son ex-femme.

Franchement, pourquoi s'embêter à nouer une relation

qui forcément était vouée à l'échec ? Telle était sa devise. Des liaisons oui, mais sans complication. Du sexe, mais pas de sentiments. Et encore moins d'engagement.

C'était mieux pour tout le monde, quand les règles étaient clairement établies.

Mais aujourd'hui, un grain de sable était venu gripper la mécanique. Katie.

Elle éveillait quelque chose en lui qu'il n'avait jamais ressenti auparavant, mais cela il ne l'admettrait devant personne. C'était déjà bien assez d'avoir dû en prendre conscience.

— Oui, bonne question, maugréa Rafe. Dommage que je n'aie pas la réponse.

Katie commençait à s'habituer au bruit, à la poussière, au désordre et à la présence d'inconnus sous son toit. Une semaine que les travaux avaient commencé, et déjà, elle avait oublié jusqu'à la signification du mot « silence ». Ou « intimité ». Ou à quoi ressemblait le fait de travailler le soir dans sa cuisine, au son de la radio.

Désormais, sa cuisine était comme une coquille vide. Elle regarda la cour, derrière la fenêtre. Une remorque était garée sur sa pelouse, chargée d'outils et équipements en tout genre.

Les pick-up de Steve, Arturo et Rafe étaient aussi parqués sur sa pelouse, à côté d'un tas de gravats qui n'en finissait pas de grandir. Lino déchiqueté, vieux tuyaux... Même son évier qui était pourtant une pièce de collection gisait désormais sur le tas... L'espace d'une seconde, elle fut tentée de céder à la panique.

Cette rénovation semblait une si bonne idée, au départ, et voilà qu'aujourd'hui, elle craignait de s'être un peu précipitée. Et si cette nouvelle cuisine ne lui donnait pas satisfaction ? Et si son nouveau four ne marchait pas aussi bien que l'ancien ? Et si elle ne trouvait pas un évier aussi pratique ? Et si elle faisait faillite après avoir dépensé toute sa trésorerie dans ces travaux ?

— Oh ! mon Dieu…

— Trop tard pour paniquer, fit une voix profonde, derrière elle.

Elle fit volte-face et surprit une lueur de compréhension dans les yeux de Rafe.

— Pas vraiment paniquée, juste un peu… D'accord, admit-elle avec un sourire forcé. Paniquée.

Il éclata de rire et elle eut tout le temps d'admirer son sourire, puis il s'avança dans la pièce et balaya la cour du regard.

— La vue laisse à désirer pour l'instant, mais d'ici peu, tous ces désagréments seront oubliés.

— C'est vous qui le dites.

— Exact. Ce n'est pas mon premier chantier, vous savez. J'ai plusieurs rénovations à mon actif, et j'ai toujours vu ce même regard effaré, chez les propriétaires. Une fois les travaux achevés en revanche, ils sont ravis.

— Ravis que ce soit terminé, ou parce qu'ils aiment ce que vous avez fait ?

— Un peu des deux, peut-être, reconnut-il. Je suis venu vous prévenir. Nous avons trouvé une fuite, dans une conduite d'eau chaude…

— Une fuite ? s'exclama-t-elle.

Elle eut soudain la vision cauchemardesque de sa maison submergée sous les eaux. Il ne manquait plus que cela !

— Calmez-vous, dit-il. Ce n'est qu'une petite fuite. Le joint est ancien et poreux. Nous allons le remplacer.

Mais je devais au préalable vous en informer. Cette intervention n'est pas mentionnée sur le contrat, et nous avons besoin de votre autorisation pour l'exécuter.

— Oh oui, bien sûr, dit-elle, soulagée. Allons-y.

Katie sortit du patio à la suite de Rafe en passant par la cour, avant d'emprunter la porte de service de la cuisine. Elle ne pouvait même plus rejoindre sa pièce préférée par le couloir. Son réfrigérateur, mais aussi la table sur laquelle gisait tout son matériel de pâtisserie, casseroles et autres ustensiles, obstruaient en effet le passage.

Elle se consolait en constatant que le soleil brillait dans un ciel sans nuage. Quelle chance de vivre en Californie ! Si elle avait dû faire ces travaux sous la pluie, cela aurait été mille fois pire.

Rafe lui tint la porte et elle passa dans une pièce qu'elle eut peine à reconnaître. Le vieux plancher était maculé de taches et de poussière. Les montants des placards faisaient penser à des cercueils, les tuyaux gisaient lamentablement au sol.

Steve, le plombier, s'extirpa à quatre pattes d'un trou, sous le plancher. Elle réprima un frisson. Plutôt mourir que d'aller fouiller là-dessous, dans ce royaume des araignées et des insectes les plus hideux.

— Si vous voulez bien vous approcher, je vais vous montrer la fuite, proposa Steve avec un sourire.

— Oh ! Oui, la fuite.

Elle se fraya un passage entre les outils et les lames de bois puis s'accroupit au bord du trou, à côté de Steve. Il pointa une torche sous les lames.

— C'est là. La fuite existe sans doute depuis des lustres. Mais heureusement, sans conséquence pour la structure. Il vaudrait mieux pourtant changer le joint.

Elle hocha la tête avec gravité, comme si elle comprenait cette décision d'expert. En vérité, elle ne voyait aucune fuite. Tout ce qu'elle notait, c'était une flaque noirâtre à un endroit où elle ne devrait probablement pas se trouver. Mais si elle avouait ne voir aucune fuite, ils insisteraient pour qu'elle descende là-dessous et constate les dégâts. La parole de Steve en ce qui la concernait lui suffisait amplement.

— D'accord. Faites ce que vous avez à faire.

— Parfait, répondit Steve qui se tourna ensuite vers Rafe. Tu devrais lui montrer le nouvel évier que nous avons reçu, ce matin.

— Mon nouvel évier ? Il est arrivé ? Déjà ?

Enfin quelque chose d'intéressant. Les tuyaux, les conduites, elle s'en fichait bien dès lors que l'eau circulait dans la maison. La plomberie n'avait jamais été sa tasse de thé.

— Je suis passé chez l'un de nos fournisseurs et j'ai déniché un évier qui devrait vous plaire. Je l'ai ramené. Il est dans la remorque, expliqua Rafe.

Ils sortirent de la cuisine, retraversèrent la cour. Arturo avait installé les portes du placard sur une table à tréteaux et était en train de les décaper. Les choses évoluaient vite, finalement. Une semaine à peine et déjà, elle pouvait noter les progrès. Peut-être auraient-ils tout achevé en deux semaines, se dit-elle pleine d'espoir, avant de se raviser. Des travaux en avance sur le planning ? On n'avait jamais vu ça.

— Voilà, dit Rafe en se penchant sur la remorque.

Il en sortit un énorme évier à deux bacs, l'un plus profond que l'autre.

— Ce n'est pas trop lourd ? s'enquit-elle, se souvenant du monument qu'était son vieil évier en fonte.

— Non, c'est de l'acrylique, répondit-il en portant le nouveau modèle à bout de bras, en guise de démonstration. C'est plus solide, et ça ne s'ébrèche pas et rouille encore moins.

Elle fit courir ses doigts sur l'évier, soupira doucement.

— Merci, c'est parfait, dit-elle en regardant Rafe.

— Tant mieux, dit-il en rechargeant l'évier dans la remorque.

— Je ne savais pas que vous vous occupiez aussi du choix de l'équipement, remarqua-t-elle.

Il la dévisagea, mains dans les poches, avant de répondre :

— Joe m'a demandé d'aller acheter quelques bricoles. Je suis tombé sur cet évier et…

— Comment saviez-vous qu'il me plairait ?

— Simple intuition.

— Vous avez vu juste.

Elle lui lança un regard plein d'admiration. Ses yeux bleus brillaient et le vent jouait dans ses cheveux noirs. Il était grand, large d'épaules et irrésistible, dans ce jean râpé, pensa-t-elle. Pour la énième fois. En réalité, elle avait rêvé de lui, la nuit précédente. Ils se trouvaient dans sa cuisine, comme hier. Sauf que dans son rêve, Rafe l'avait embrassée, à lui donner le vertige. Elle s'était réveillée en proie à un désir si intense qu'elle n'avait pu se rendormir.

— Eh bien, Rafe Cole, demanda-t-elle, depuis combien de temps êtes-vous dans la construction ?

Une fraction de seconde, elle crut voir son regard s'assombrir. Pourquoi réagissait-il ainsi à une question aussi anodine ?

— J'étais tout gamin lorsque mon père m'a initié,

dit-il en se tournant vers la maison, évitant soigneusement son regard. J'aime ce travail.

— C'est évident, dit-elle en souriant, désireuse de retrouver le Rafe décontracté et naturel de la minute d'avant. J'étais moi-même petite fille quand ma grand-mère m'a mise aux fourneaux.

— Vous vivez depuis longtemps, ici ?

— J'ai grandi dans cette maison. Mon père est décédé avant ma naissance, maman et moi avons ensuite emménagé ici, avec Emily.

Elle embrassa du regard la maison de son enfance. Une maison que le temps n'avait pas épargnée. Mais elle était ici chez elle. Ces murs représentaient la sécurité, le confort.

— Plus tard, je suis partie à l'université. Puis, l'année dernière, maman nous a quittés. Et Emily m'a légué la maison.

— Oh ! chuchota-t-il. Je suis désolé.

— Oh non, elle n'est pas morte, répondit Katie après une hésitation. Elle a simplement déménagé, avec sa sœur, Grace, dans un appartement du Senior Living Center. Toutes deux espèrent bien rencontrer là-bas l'amour.

Il éclata de rire, et une fois de plus, elle se sentit parcourue d'un délicieux frisson. Il devrait rire plus souvent, se dit-elle. Comme ses compagnons, toujours à plaisanter. Rafe, lui, semblait en permanence sur la réserve, un peu morose, perdu dans ses pensées. Mystérieux.

Assis face à son frère Sean, dans un restaurant de quartier, Rafe commanda un hamburger. Accroché à son téléphone, Sean pianotait son dixième SMS en vingt minutes. Cette fois-ci, Rafe ne s'en montra pas contrarié. Cela lui donnait plus de temps pour penser à Katie Charles.

Elle était devenue une idée fixe.

Il ne se rappelait pas avoir jamais été hanté par une seule femme jusqu'alors. Avant de l'épouser, Leslie elle-même ne l'avait pas obsédé autant. Et au lieu de l'inquiéter, comme elle aurait dû, cette situation l'intriguait. Qu'y avait-il chez Katie qui le fascinait ainsi ?

Elle était belle, bien sûr. Mais comme beaucoup de femmes. Il la désirait, mais il en avait désiré beaucoup, avant elle. Il y avait quelque chose chez elle qui le touchait, le troublait, l'inquiétait, quelque chose qu'il ne pouvait pas même envisager de nommer.

— Hé ! lança Sean en riant. A quoi rêves-tu donc ?

— Pardon ? sursauta Rafe en regardant son jeune frère.

— Voilà cinq bonnes minutes que je suis en train de te parler, et tu étais tellement absorbé dans tes pensées que tu n'as pas entendu un seul mot.

Rafe se renfrogna, agacé d'avoir été pris en défaut.

— Que veux-tu que je fasse d'autre, grommela-t-il. Tu étais tellement occupé avec ton téléphone.

— Joli coup, dit Sean, toujours souriant. Fais diversion et accable ton pauvre frère, j'éviterai ainsi de te demander si tu pensais à la femme des cookies…

Rafe fusilla Sean du regard.

— Elle s'appelle Katie.

— Oui, je sais.

— Personne ne t'a jamais dit combien tu pouvais être énervant ?

— A part toi, tu veux dire ? demanda Sean en

adressant son plus beau sourire à la serveuse, venue leur apporter leur repas. Oh ! Mais si, au moins dix fois par jour.

Rafe rit de bon cœur. Sean était le plus affable et le plus gentil des King. Les autres dans leur grande majorité avançaient dans la vie en écrasant sans pitié tout ce qui était susceptible de gêner leur progression. Pas Sean. Il avait une façon bien à lui d'obtenir ce qu'il voulait, sans jamais le demander.

Sean ne se mettait jamais en colère, il ne perdait jamais son sang-froid. Dans l'univers des King, il faisait figure d'ovni.

Une fois la serveuse partie, tous deux se jetèrent sur leur hamburger. Le restaurant qu'ils avaient choisi sur Ocean Avenue avait connu son heure de gloire, dans les années 1940. Rafe et Sean avaient pris place sur la terrasse, un endroit stratégique pour profiter du spectacle de la rue. Dans un va-et-vient incessant, les piétons se croisaient, touristes en goguette, hommes d'affaires en bras de chemise ou jeunes filles en fleurs. La foule habituelle d'un été, en bord de mer.

— Eh bien ? Je t'écoute…

— Ecouter quoi ?

— A propos de la femme aux cookies, insista Sean.

Rafe laissa échapper un soupir. Il aurait dû s'y attendre. Son frère voudrait en savoir plus. Après tout, depuis le départ de Leslie, Rafe n'avait plus jamais parlé d'aucune femme. Il se souvenait des dernières paroles de son ex-épouse. Elle l'avait regardé avec tristesse, s'était dite « désolée » pour lui, à cause de son incapacité à aimer quelqu'un. Lui reprochant aussi d'avoir fait son malheur, en l'épousant.

Puis de nouveau, il pensa à Katie, et ce fut comme si un vent neuf balayait les mauvais souvenirs.

— Elle est… différente.

— De mieux en mieux, commenta Sean, très attentif visiblement.

Rafe avala une gorgée de bière. Le seul fait de parler de Katie agita comme une alarme, dans sa tête.

— Inutile d'en faire toute une histoire, dit-il en se rembrunissant. Je la trouve simplement intéressante.

— Intéressante…, répéta Sean, avec un hochement de tête. Bien. Comme une collection de scarabées ?

— Pardon ?

— Allez, Rafe, reprit son frère, dans un éclat de rire. Il y a quelque chose, c'est évident. Et puis, le temps est passé, depuis Leslie.

— Pas tant que ça, protesta Rafe.

Quoique, en y réfléchissant, Leslie et lui avaient divorcé depuis plus de cinq ans… Son ex-femme était aujourd'hui remariée, avec l'ancien meilleur ami de Rafe, une petite famille comme il en existait des milliers, avec des jumeaux et un bébé à venir, aux dernières nouvelles.

— Suffisamment longtemps pour qu'elle passe à autre chose, en tout cas. Et toi ? Quand vas-tu te décider à tourner la page ?

Rafe jeta un regard noir à son frère qui, bien entendu, ne parut pas le moins du monde affecté par son air grognon.

— Qu'est-ce qui te permet de dire que je ne suis pas passé à autre chose ?

— Voyons, Rafe, tout le monde le sait bien. Moi, Lucas, Tanner, et aussi Mac et Grady… Dois-je citer chacun de nos frères ou vas-tu te décider à avouer ?

— Tu te trompes, marmonna Rafe avant de mordre dans son hamburger. Leslie, c'est de l'histoire ancienne. Terminé. Oublié.

Et à vrai dire, après son départ, elle ne lui avait pas vraiment manqué. Ce qui devait en dire long, sur lui, sur son cœur rabougri et inapte à éprouver des sentiments…

— Tu continues pourtant à vivre dans la suite d'un hôtel et à enchaîner les aventures avec des grues.

— J'aime vivre à l'hôtel, et elles ne sont pas toutes des grues.

— Si tu le dis…

— Ecoute, soupira Rafe en attrapant sa bière. Katie est une femme adorable, mais elle n'est pas faite pour moi.

— Pourquoi ça ?

— C'est évident. Elle rêve d'une petite maison pleine de gosses et d'un mari qui tonde la pelouse chaque dimanche. Or, preuve a été faite que je n'étais pas doué pour le mariage.

Sean leva les yeux au ciel et secoua la tête.

— Je te prenais pour un type intelligent.

— Merci pour ton soutien.

— Tu veux mon avis ? demanda Sean en découpant son hamburger. Cesse de te comporter comme un idiot.

— Ah non ! J'ai déjà donné dans le registre « et ils vécurent heureux blablabla ». Le résultat, tu le connais aussi bien que moi. Non, plus jamais ça.

— Tu n'as jamais réfléchi à la raison pour laquelle ça n'a pas fonctionné ? Tu n'avais peut-être pas épousé la bonne…

Rafe ne prit même pas la peine de répondre. Qu'est-ce que cela aurait changé, de toute façon ?

Le lundi matin, l'équipe tapait encore sur ces pauvres canalisations et Katie n'aspirait plus qu'à une chose : une semaine de calme et de repos loin, très loin. A peine si elle avait réussi à fermer l'œil, ce week-end. Certes, elle avait apprécié ce répit, mais elle avait surtout dû rattraper son retard et enchaîner les fournées de cookies pour honorer ses commandes.

Une tasse de café entre les mains, elle grimaçait à chaque grincement de perceuse.

— Le bruit est toujours plus important, la première semaine, dit une voix à proximité.

Tournant la tête, elle aperçut Joe Hanna, le chef des travaux.

— Vous dites cela pour me rassurer ?

— Une fois les nouvelles canalisations en place, la suite des travaux sera plus supportable, pour vous. Je vous le promets.

A peine finissait-il de parler qu'un cri leur parvint, depuis la cuisine.

— Arturo ! Vite ! Coupe l'eau !

— Aïe ! pesta Joe qui se précipita, Rafe à ses trousses, tandis qu'Arturo surgissait dans la cour pour éteindre l'arrivée d'eau.

Katie elle aussi avait suivi le mouvement. Quand elle pénétra dans la cuisine, ce fut pour découvrir Steve devant un formidable geyser qui s'échappait d'une conduite.

Torchons en main, Joe et Rafe se ruèrent sur la fuite pour tenter de la colmater jusqu'à ce qu'Arturo coupe l'eau. Il y eut ensuite un profond silence durant lequel chacun constata les dégâts. On aurait dit que l'océan avait débordé dans la cuisine.

— Ce satané joint a lâché, marmonna Steve en passant sous le plancher.

— Tu aurais dû faire un test, avant de remettre l'eau, remarqua Joe en se tournant vers Rafe.

— Que s'est-il passé ? demanda Katie.

— Une bêtise, la rassura Joe. Un problème d'écrou mal serré. C'est spectaculaire, mais ne vous en faites pas, ce n'est rien de grave.

Elle l'espérait, parce que sa cuisine ressemblait à une piscine, et cette vision n'avait rien de rassurant.

Joe tapota amicalement l'épaule de Rafe.

— J'aurais dû vérifier cela moi-même. Rafe n'a pas été sur un chantier depuis un bon bout de temps, il est un peu rouillé. Mais il ne tardera pas à retrouver les bons réflexes.

Katie surprit une expression d'agacement sur le visage de Rafe.

— Ce n'est pas Steve, le plombier ? s'étonna-t-elle.

— Tout à fait, répondit Joe. Mais c'est Rafe qui s'est occupé de ce joint.

— Il tenait bien, dit Rafe. Cela n'aurait jamais dû arriver.

— Bien sûr, bien sûr, répondit Joe, tout en regardant Katie. C'est ma faute. J'aurais dû veiller d'un peu plus près au travail de notre petit nouveau.

Rafe demeura silencieux. Elle comprit qu'il craignait sans doute d'être écarté du chantier et elle réalisa brusquement, en effet, que Joe avait parfaitement le pouvoir de le licencier, s'il le décidait. Sans même réfléchir, elle s'interposa pour prendre sa défense.

— Rafe fait de l'excellent travail, assura-t-elle. Il m'a installé une cuisine temporaire, ce qui me permet de continuer mon travail. Il est resté tard chaque soir pour nettoyer, veillant à me causer le moins de désagréments possible. Je suis certaine que personne n'est responsable de cet accident d'écrou.

— Ouais, résonna une voix sous le plancher. J'ai trouvé le problème. Un autre joint défaillant, complètement rongé qui a lâché. Au temps pour moi. Je vous répare ça tout de suite.

Katie décocha à Joe un regard sans équivoque qui voulait dire : « Vous voyez ! Vous avez accusé cet homme à tort ! » Puis après un sourire à Rafe, elle les laissa s'occuper du dégât des eaux et reprendre leur travail.

— Qu'est-ce que ça veut dire ? demanda Joe, une fois qu'elle fut partie.

A ce moment, Steve émergea de sous le parquet éventré et remarqua, tout sourire :

— On dirait que la petite dame en pince pour Rafe. Sacré veinard !

— La ferme, Steve, bougonna Rafe, le regard rivé sur la porte par laquelle Katie venait de sortir.

Joe faisait exprès de le railler, c'était de bonne guerre. Ce genre de taquineries faisait partie du jeu. Après tout, il avait perdu ce pari. En revanche, il avait été pris de court par la plaidoirie de Katie en sa faveur. A vrai dire, il ne se souvenait pas que quelqu'un ait jamais pris sa défense avec tant de conviction, mis à part ses frères ou ses cousins.

Katie Charles était décidément très différente des femmes qu'il avait pu rencontrer, jusqu'à présent. Et alors, qu'imaginait-il ? Elle croyait avoir affaire à Rafe Cole. Elle n'aurait pas levé le petit doigt, si elle avait su qu'il était un King.

3

Rafe était en retard. Le chantier attendrait.

Parallèlement à ce pari perdu, il devait en effet ne pas perdre de vue son autre travail, le vrai. Et tirer l'oreille d'un fournisseur faisait partie de son job.

— Ecoutez, Mike, dit-il d'une voix ferme au téléphone. Vous vous étiez engagé à livrer ce lot de portes et fenêtres au centre médical, hier midi.

— Est-ce ma faute si tout va de travers, sur la côte Est ?

— Bien sûr que non, concéda Rafe. Mais ce le sera si vous ne faites pas le nécessaire dans, voyons… (Il consulta sa montre.) … disons, les cinq prochaines heures.

— Mais c'est impossible ! protesta le vieil homme, à l'autre bout du fil.

— Tout dépend de votre détermination à résoudre le problème, dit Rafe qui n'avait pas envie de perdre la matinée à écouter les excuses de son fournisseur.

Mike Prentice avait déjà mis King Construction dans l'embarras une première fois. Il ne tolérerait pas un deuxième écart.

Rafe ne supportait pas l'amateurisme. Tout le monde pouvait commettre une erreur, il en était conscient. Mais quand un fournisseur omettait de livrer ses clients deux fois d'affilée, la confiance n'était plus de mise. Les King avaient besoin de partenaires aussi rigoureux qu'eux.

— Je veux le matériel sur site en fin de journée.

— Sinon... ? demanda Mike.

Rafe esquissa un sourire et répondit sur un ton sans équivoque :

— Vous tenez vraiment à le savoir ?

— Ce sont des choses qui arrivent, Rafe, continua à se défendre Mike. Je ne peux pas être en permanence derrière mes équipes.

— Je ne vois pas pourquoi, répondit Rafe. C'est ce que je fais moi-même, jour après jour.

— Allez, certains employés des King doivent bien avoir deux trois choses à se reprocher, non ?

— En effet, cela arrive, acquiesça-t-il en regardant autour de lui, impatient d'en finir maintenant avec cette conversation. Mais rarement, et cela ne se reproduit jamais en règle générale. Ce n'est pas la première fois que nous parlons de ça, Mike. Je me suis déjà montré compréhensif, et je veux bien passer l'éponge une deuxième fois, mais je vous préviens, je ne veux plus de discussion de ce type. Si vous êtes dans l'impossibilité de nous livrer dans les cinq prochaines heures, King Construction se verra obligé de s'adresser à un autre fournisseur...

— Eh ! Pas si vite, je ne peux pas...

— Vous avez eu droit à une seconde chance, Mike, déclara Rafe avec calme. A présent, soit vous nous livrez le matériel comme convenu, soit je vous donne ma parole que vous ne décrocherez plus un seul chantier en Californie. Vous êtes conscient de l'enjeu, je suppose... ?

Un long silence lui répondit. Mike réfléchissait. Et

Rafe savait exactement à quoi il pensait. King n'était évidemment pas l'unique entreprise de construction de l'Etat. Mais si Mike échouait une fois de plus à faire preuve de responsabilité, sa réputation serait fichue auprès de tous les entrepreneurs. Rafe se ferait un point d'honneur d'en informer ses concurrents.

— Ce sera fait, répondit le fournisseur, manifestement agacé. Vous êtes impitoyable, Rafe.

— Je vous conseille de ne pas l'oublier, Mike.

Rafe raccrocha et s'enfonça dans son fauteuil en cuir qu'il fit lentement pivoter pour admirer la vue sur l'océan, derrière la baie vitrée. Le siège social de King Construction se trouvait sur la Pacific Coast Highway, et chacun de ses frères disposait ici d'un bureau avec le même panorama. Privilège parmi d'autres. Comme de pouvoir remonter les bretelles à un type de mauvaise foi.

Il se leva et s'approcha de la baie vitrée. Etait-il réellement impitoyable ? Peut-être.

Son ex-femme en tout cas devait en être convaincue.

Une autre bonne raison pour garder ses distances avec Katie Charles.

Une femme comme elle n'avait pas besoin d'un homme impitoyable dans sa vie.

— Eh bien… Ma foi, la vue est très plaisante…

Un instant déstabilisée, Katie dévisagea sa grand-mère avant d'éclater de rire.

— Tu es incroyable !

Emily O'Hara sourit puis recoiffa ses cheveux gris, coupés à la dernière mode.

— Ma chérie, répondit-elle avec un clin d'œil, si tu

n'aimes pas regarder les hommes, ils pourraient bien eux-mêmes oublier de te regarder.

Toutes deux se tenaient face à la cour et observaient le va-et-vient des ouvriers. Les hommes s'affairaient, chacun absorbé par une tâche particulière ou prêtant main-forte à un collègue. Naturellement, Emily avait tout de suite remarqué Rafe, comment le lui reprocher ?

Elle enveloppa Rafe du regard, à l'autre bout de la cour. Depuis ce fameux matin où elle avait pris sa défense, devant Joe, il l'évitait. Elle ne comprenait pas pourquoi. Réaction typiquement macho, sans doute. Un homme devait éprouver de la gêne à voir son honneur défendu par une femme. Elle sourit à cette pensée.

— Bien, bien. Je vois que tu n'as pas les yeux dans ta poche, chuchota sa grand-mère en lui glissant un bras autour des épaules. Très beau mec, n'est-ce pas ?

— Un beau mec, dis-tu, mais où donc ? répondit Katie en riant.

— Ne me prends pas pour une idiote. Alors, que comptes-tu faire ?

— Faire quoi, et avec qui ? soupira-t-elle, fascinée à ce moment précis par le sourire de Rafe, en pleine discussion avec Arturo.

— Quelle pitié de voir la jeunesse perdre ainsi son temps, se lamenta sa grand-mère. Ecoute, Katie, si tu le veux, va le chercher.

— Tu en parles comme d'un cookie qu'il suffirait d'attraper pour y mordre dedans…

— C'est pourtant comme cela que je vois les choses. Prends-le et déguste-le. La vie est trop courte, ma chérie. Profites-en tant que tu le peux.

— Tu m'excuseras si je ne suis pas aussi insouciante que toi, dit Katie.

— Voilà bien ce que je te reproche, remarqua Emily. J'aimais ton grand-père, ma chérie, mais il est parti depuis longtemps. Et j'ai pris la décision de vivre pleinement le temps qui me reste. Tu devrais en faire autant. Il y a trop longtemps que tu restes cloîtrée chez toi.

— Tu exagères !

— A peine, insista sa grand-mère. Depuis que ce Cordell t'a plaquée, tu vis en recluse, comme si tu étais dans un couvent.

A ce souvenir, Katie se renfrogna.

— Le monde est plein de gens passionnants, dont cinquante pour cent sont des hommes, enchaîna Emily. Ce n'est pas parce que tu as eu le malheur de croiser une brebis galeuse, que tout le troupeau est à jeter.

Katie rit à la philosophie toute personnelle de sa grand-mère. Mais c'était un rire forcé derrière lequel elle s'efforçait de dissimuler ses doutes. Bien sûr, Cordell King l'avait profondément blessée, mais elle ne se terrait pas chez elle. Elle travaillait, gérait sa petite affaire avec enthousiasme, rencontrait une foule de gens et… Et depuis Cordell, depuis six mois, sa vie amoureuse était un vrai désert.

Que s'était-il passé ? Elle qui aimait tant sortir, tant s'amuser. Elle qui adorait voir ses amis.

Elle qui aimait la vie.

— Oh, oh, voici notre apollon, chuchota sa grand-mère.

S'arrachant à ses pensées, Katie regarda Rafe venir vers elles. Un apollon certes, mais d'un genre ténébreux et dangereux, un apollon si sexy qu'elle en tressaillit. Il était… magnétique.

— Comment as-tu dit qu'il s'appelait ?

— Rafe. Rafe Cole.

— Hmm…

Katie se tourna vers sa grand-mère, mais celle-ci demeura impassible. Généralement, ce type d'expression signifiait qu'Emily avait quelque chose en tête qu'elle tenait à garder pour elle. Intriguée, Katie voulut l'interroger, mais Rafe venait de les aborder. Elle fit les présentations, puis Rafe expliqua :

— Je voulais simplement vous prévenir que nous terminerons plus tôt, cet après-midi. Joe a une réunion et tient à la présence de Steve et d'Arturo.

— Et vous ? s'enquit-elle.

— Je n'ai rien à y faire, répondit-il. Je ne suis qu'un simple ouvrier. Heureux d'avoir fait votre connaissance, ajouta-t-il en souriant à sa grand-mère.

— Ravie de vous avoir rencontré, Rafe, dit Emily en lui rendant son sourire.

Lorsqu'il s'éloigna, Katie fut incapable de détacher les yeux de sa silhouette. Elle le suivit longuement des yeux, observa sa démarche assurée, les reflets du soleil sur ses cheveux noirs et… la fermeté de ses fesses dans ce jean râpé.

Revenant à elle, elle surprit le regard amusé de sa grand-mère.

— A quoi penses-tu ?

— Je me demandais s'il avait un grand-père, répondit Emily, l'air rêveur.

— Je répète ma question, insista Katie qui n'était pas dupe. A quoi pensais-tu ?

— Moi ? A rien, voyons ! Tu me connais, on lit en moi comme dans un livre ouvert, fit mine de s'offusquer Emily.

— Emily…

— Oh ! Je suis en retard…, soupira celle-ci, après

un rapide coup d'œil à sa montre. Grace et moi avons un rendez-vous galant, ce soir. Deux veufs charmants et fougueux. Je dois retrouver Grace chez la manucure dans une demi-heure à peine.

— Tu vas faire des ravages, j'en suis sûre, dit Katie en étreignant sa grand-mère.

— Tu en ferais tout autant, si tu voulais bien t'en donner la peine, remarqua Emily, avec un regard insistant vers Rafe. Pourquoi n'invites-tu pas ce garçon à dîner ? Vis donc un peu, Katie. Il te plaît, non ?

— Oui, c'est vrai, répondit Katie. Mais je... Enfin, je ne le connais que depuis une semaine. En fait, j'ai passé tant de temps avec lui que j'ai l'impression de l'avoir rencontré il y a longtemps. C'est quelqu'un de bien. Un homme normal. Rien à voir avec Cordell King, et c'est tout à son honneur. J'en ai soupé des hommes riches.

— Tous les hommes riches ne sont pas aussi abjects que ton Cordell, fit remarquer Emily.

— Sans doute..., soupira Katie, sans conviction.

Fort heureusement, elle n'avait côtoyé que peu d'hommes fortunés. A vrai dire, Cordell avait été son seul et unique milliardaire. Mais après cette expérience, elle ne s'aventurerait plus jamais à fréquenter un individu de cette espèce. Promis, juré. Trop dangereux.

— ... Désormais, je ne veux plus rencontrer que des hommes ordinaires et honnêtes travailleurs, décréta-t-elle.

— Voilà qui est parlé, applaudit Emily. Tu as le même caractère que ta pauvre maman, Dieu la bénisse. Ce Rafe me paraît être un candidat très honorable.

— En effet, acquiesça Katie en promenant son

regard sur l'homme qu'elle retrouvait chaque nuit dans ses rêves, depuis quelque temps.

— Attention, pourtant… On ne connaît jamais vraiment un homme avant d'avoir couché avec lui.

— Emily ! protesta Katie, choquée.

— Ne fais pas ta mijaurée, mon enfant, rit Emily, manifestement aux anges devant l'expression choquée de sa petite-fille. Je dis simplement qu'il pourrait être intéressant de le prendre à l'essai, point barre.

Katie adorait sa grand-mère, mais elle n'était pas aussi émancipée, voire libertine, qu'Emily O'Hara. Mais cette dernière n'avait pas toujours été aussi délurée ou avide d'aventures. Le décès de la mère de Katie avait produit comme un déclic en elle, et c'était comme si elle avait subitement décidé que la vie était trop courte. Sa grand-mère s'était jetée avec délice dans une course frénétique à l'amour avec un petit « a ».

D'une certaine façon, Katie admirait ce mode de vie aventureux, mais elle ne pouvait se résoudre à suivre la même voie. Emily avait connu le grand amour, aujourd'hui elle n'avait qu'un objectif : s'amuser. Katie, elle, rêvait encore de l'amour, du vrai, de la passion…

Emily cependant avait vu juste, à propos de Rafe. Katie était plus attirée par lui qu'elle ne l'avait jamais été par aucun homme, y compris Cordell King. Alors, oui, peut-être le moment était-il venu de se « donner la peine ». De déchirer ce cocon dans lequel elle s'était nichée.

— Cela ne m'intéresse pas de « le prendre à l'essai », comme tu dis si élégamment, mentit-elle, alors que des frissons voluptueux la parcouraient à cette seule idée. Pas encore, en tout cas. Mais dîner avec lui, pourquoi pas ? Je l'aime bien, et il est très différent de Cordell King.

— Hmm hmm…

— Oui ?

— Rien, rien, dit Emily en la serrant entre ses bras. Il faut que je me dépêche, ma chérie. La soirée promet d'être pétillante. Et si tu veux un conseil, fais comme ta vieille grand-mère, ne perds pas de temps et prends le plaisir là où il est…

Une fois seule, elle observa longuement Rafe Cole en pleine discussion avec Arturo, sous un soleil de plomb. *Prends le plaisir là où il est…* Pourquoi pas ?

— Les gars sont partis, dit Rafe.

Après le départ du reste de l'équipe, il avait décidé de rester, juste pour profiter de quelques minutes en tête à tête avec elle. Il se refusait cependant à s'interroger sur les raisons qui le poussaient à agir ainsi. Il craignait de ne pas apprécier la réponse à cette question. Mais il avait pris l'habitude de partir le dernier et au fil des jours, il se surprenait à attendre avec impatience ce moment où il se retrouverait seul avec Katie.

Le silence régnait alentour, excepté le bruit des rebonds d'un ballon de basket, dans une allée voisine. Un chien aboyait mollement dans la maison à côté. Après une journée caniculaire, la brise s'était levée, rafraîchissante.

Ses longs cheveux roux réunis en une queue-de-cheval genre ingénue, Katie lui sourit, ses yeux verts brillant dans le soleil de cette fin d'après-midi paisible. Une puissante bouffée de désir le submergea. Il savait que ce serait une erreur d'avoir une aventure avec elle.

Après tout, non seulement elle n'était pas son genre, mais en plus, elle détestait les King. S'ils couchaient ensemble, tôt ou tard elle découvrirait son mensonge sur son identité. Et les choses se compliqueraient…

Pourtant, à ce moment précis, son légendaire bon sens semblait n'avoir aucune prise sur la force de son désir.

— Comment s'est passée cette journée ? demanda-t-elle en se dirigeant vers le garage.

— Nous avons placé une cloison étanche sur les canalisations, et la plomberie est terminée.

— Vraiment ? s'exclama-t-elle, tout sourire. Fini, les tuyauteries ?

Elle sourit et ses yeux reflétèrent son sourire. Elle était lumineuse. Il ressentit comme une lave brûlante couler en lui. Sans même le vouloir, elle le rendait fou. Il ne se souvenait pas avoir désiré autant une femme. Leslie elle-même, son ex-femme, ne l'avait jamais troublé ainsi.

Après une minute de désarroi, il toussota et remarqua :

— Oui, et les travaux devraient avancer plus rapidement, maintenant. A condition de recevoir les fournitures en temps et en heure.

— J'espère qu'il n'y aura pas de retard. J'ai vraiment besoin d'une cuisine digne de ce nom.

— Je comprends, mais si j'en crois les délicieux parfums en provenance du patio, vous n'avez pas ralenti votre production…

Sur un éclat de rire, elle ouvrit la porte du garage et disparut dans la pénombre. Il lui emboîta le pas et regarda autour de lui. L'endroit était parfaitement rangé, à l'image du reste de la maison. Des étagères étaient fixées au mur de droite, le lave-linge et le sèche-linge étaient contre le mur de gauche, au centre, un vieux

4x4 rouge, et tout au fond, une tondeuse à gazon et quelques outils de jardinage.

— Grâce à votre installation, je peux heureusement continuer de fabriquer mes cookies, dit-elle. Mais mon comptoir me manque terriblement pour la décoration et la mise sous sachet. J'arrive à me débrouiller tant bien que mal avec des tables de camping mais…

— Mais vous aspirez à retrouver vos marques, finit-il pour elle.

— C'est vrai, reconnut-elle avec un soupir. Que voulez-vous, je suis une femme d'habitudes…

Elle se dirigea vers les étagères, se pencha pour attraper un sac de charbon de bois. Il se pencha avec elle et soudain, sa bouche ne fut plus qu'à un demi-centimètre de la sienne. Le temps s'arrêta. Il ne vit plus alors que ses lèvres et son cœur s'arrêta de battre. Il voulait connaître le goût de ces lèvres. Il aurait tout donné à ce moment pour poser sa bouche sur la sienne. Mais à l'éclat de ses yeux, il comprit qu'elle n'était pas prête. Et s'il y avait une chose dont Rafe King savait user, c'était de patience. Aussi se redressa-t-il et s'empara-t-il du sac.

— Laissez-moi porter ça.

Elle recula, chuchota un merci, puis reprit la discussion là où elle l'avait laissée, comme si de rien n'était.

— Et je parie que vous détestez la routine… ?

— Personne n'aime voir sa maison envahie par des inconnus, dit-il en se détournant, craignant qu'elle ne devine sa frustration.

— Vous n'avez pas répondu à ma question, insista-t-elle.

Il inspira profondément puis lui fit face.

— Les hommes ne connaissent pas la routine,

répondit-il en déposant le sac. Les hommes ont un emploi du temps.

— Bien sûr, dit-elle dans un éclat de rire, appuyée contre le coffre du 4x4. Et quel est le vôtre ?

— Le même que mes semblables, je suppose, répondit-il après une hésitation, se rappelant de rester dans le vague, ne pouvant évidemment pas lui parler de ses activités à King Construction. Le travail, la maison, les loisirs…

— Le travail, je sais ce qu'il en est, mais à quoi occupez-vous vos loisirs ?

— Eh bien…, commença-t-il, plongeant ses yeux dans les siens, lui laissant ainsi voir combien il était troublé. Voilà une question intéressante…

Il l'observa tandis qu'elle semblait retenir son souffle. Elle était manifestement troublée et ne trouva pas d'autre parade que de s'éloigner vers la voiture. Il sourit. Il marquait un point : si elle était aussi nerveuse que lui, c'est que leur attirance était réciproque. Voilà qui était encourageant ! Mais pas question de la brusquer. Il ne voulait pas tout gâcher. Il n'avait jamais eu affaire à une femme comme elle.

Celles que Rafe King fréquentait n'étaient là que pour quelques heures de plaisir. Pas d'intentions cachées, pas d'émotions et pas d'espoirs.

Katie était différente. Elle représentait quelque chose d'inconnu, pour lui. De fascinant. Un nouveau territoire qu'il rêvait de conquérir.

— Alors, ce barbecue ? lança-t-il en jetant le sac de charbon sur son épaule.

— Oh oui, suivez-moi, répondit-elle, retrouvant son sourire.

— Je peux le préparer, si vous voulez, proposa-t-il.

— Uniquement si vous restez dîner. Hamburgers ?

Il se tourna vers elle et la dévisagea, sourire aux lèvres. S'il acceptait de dîner avec elle, il voudrait plus que des hamburgers. Et resterait surtout pour le dessert.

— Avec plaisir, dit-il. Mais si cela ne vous dérange pas, je vais d'abord passer chez moi pour prendre une douche et me changer.

— Bien sûr.

De nouveau, il nota sa nervosité. Il la fixa, tandis qu'elle se mordillait la lèvre. Oui, une douche s'imposait, et de préférence glacée.

— Alors c'est entendu, dit-il. A quelle heure dois-je me présenter ? Je propose de m'occuper du barbecue, à mon retour. Je suis un vrai champion quand il s'agit d'allumer un feu.

— Je veux bien le croire…

4

— Cela ne signifie rien, se répéta Katie, pour la dixième fois au moins. C'est juste un dîner. Un barbecue. Amical. En tout bien tout honneur. Rien de sexuel là-dedans…

Elle soupira, sortit du réfrigérateur un bol de pâtes pour composer une salade, en accompagnement des hamburgers.

Des histoires, elle se racontait des histoires. Elle jouait les jeunes femmes prudes. Car elle avait bien senti cette tension, ce courant entre eux, quand ils s'étaient frôlés devant ce sac de charbon de bois. L'espace d'une seconde, elle avait cru qu'il allait l'embrasser et… En réalité, elle n'était toujours pas parvenue à savoir si elle avait été soulagée ou déçue qu'il n'en fasse rien. Et puis, elle avait surpris la lueur dans ses yeux quand il s'était vanté de savoir allumer un feu comme personne. Comme s'il avait senti son trouble, comme s'il était conscient de ses frissons.

Heureusement que le fait de s'affairer en cuisine lui offrit une heureuse diversion et lui permit de penser à autre chose. Il en avait d'ailleurs toujours été ainsi. Fillette, elle aidait Emily à concocter des petits plats et, très vite, elle avait imaginé ses propres recettes. En fait, la cuisine avait toujours été un refuge, pour elle.

Elle s'empara de son robot, hacha champignons, céleri, carottes et brocolis dont elle parsema sa salade, qu'elle assaisonna pour finir d'un pesto fait maison.

Occuper ses mains, tel était le secret… Jusqu'à un certain point. Car un peu de réflexion ne pouvait nuire. Ainsi pourquoi tant de nervosité !

— Il vient dîner, *dî-ner*, se sermonna-t-elle à voix haute. Personne ne va coucher avec personne…

Sauf que… Elle désirait bel et bien Rafe Cole. Une semaine qu'elle ne l'avait quasiment pas quitté, et il l'attirait chaque jour un peu plus. Il était sympathique, serviable et, mon Dieu, personne ne portait le jean comme lui. La nuit ne lui offrait pas plus de répit. Elle rêvait de lui, de ses cheveux noirs et épais entre ses doigts.

Manifestement, elle était mal partie et, en l'invitant à dîner, aucun doute qu'elle courait droit à de gros problèmes. Mais peut-être justement le moment était-il venu pour elle de bousculer un peu la routine. Elle, si sage, si exemplaire… Si timorée.

Elle était sortie trois mois avec Cordell King, et pas une fois n'avait couché avec lui. Elle voulait prendre son temps, être prête vraiment pour lui, qu'elle considérait alors comme l'homme de ses rêves, le seul, l'unique.

Car au début, leur histoire tenait du conte de fées. Elle n'avait pas l'habitude de fréquenter des milliardaires, à l'époque. Ce jour-là, Cordell avait passé commande d'un bouquet de cookies pour son assistante qui était sur le point de partir en congé de maternité. La jeune fille qui s'occupait des livraisons étant absente ce jour-là, Katie s'en était elle-même chargée et s'était présentée au siège de King Construction chargée de sa boîte à cookies.

Aux exclamations de joie de son assistante, visiblement enchantée par la composition de biscuits conçue par ses soins, Cordell était sorti de son bureau. Un peu plus tard, il la raccompagnait jusqu'à sa voiture et l'invitait à dîner. Par la suite, ils s'étaient vus presque chaque jour, dès que leur emploi du temps le leur permettait.

Avec le recul, elle réalisait combien elle avait été flattée par l'intérêt de Cordell, un homme riche et célèbre qui faisait l'envie de toutes les femmes de la ville. Elle avait pris sa vanité émoustillée pour les prémices de quelque chose de fantastique. Il était si beau. Si prévenant. Si sexy. Et c'était à elle, pauvre Cendrillon, que le Prince charmant faisait la cour !

— Ridicule, chuchota-t-elle.

Grâce à Dieu, elle n'avait pas couché avec lui. Cela n'aurait fait qu'ajouter à son humiliation, elle qui croyait alors vivre quelque chose d'exceptionnel. En réalité, il n'y avait rien d'exceptionnel là-dedans. Et comme elle l'avait compris par la suite, Cordell s'aimait trop lui-même pour pouvoir aimer quelqu'un d'autre.

Avec un soupir agacé, elle chassa ces mauvais souvenirs de son esprit et se concentra sur la soirée à venir. Elle prépara deux coupes de glace, généreusement arrosée en crème Chantilly, qu'elle rangea dans le réfrigérateur. Le repas prêt, elle promena son regard sur sa cuisine improvisée puis consulta sa montre. Rafe n'allait plus tarder à arriver…

Elle courut à la salle de bains où elle arrangea ses cheveux et se remaquilla en quelques gestes fébriles. Elle se sentait comme une adolescente à l'heure de son premier rendez-vous. En proie à un mélange d'excitation et d'appréhension, elle secoua la tête, et observa son reflet dans le miroir.

— Amuse-toi, Katie Charles, finit-elle par se lancer. Une fois dans ta vie, ne pense pas à demain. Profite pleinement de cette soirée, peu importe ce qui arrivera par la suite…

Elle inspira profondément, préféra ignorer cette lueur d'angoisse, dans ses yeux.

— … C'est quelqu'un de bien. Vous êtes célibataires tous les deux. Alors, détends-toi.

Facile à dire. Pourtant, quel mal y avait-il à se faire du bien ?

— Alors, cette enquête auprès de la famille ? demanda Rafe à son frère, en s'engageant dans la rue de Katie. Rien de nouveau ?

— Rien du tout, répondit Sean, sa voix grésillant à l'autre bout du fil. J'ai parlé à Tanner, mais depuis son mariage avec Ivy, il semble avoir tout oublié de son passé sulfureux. Tout ce qui l'intéresse, c'est la dernière échographie de leur bébé, soupira son frère. Quelle histoire. Comme s'ils étaient les seuls à attendre un heureux événement…

Rafe ne releva pas. Il était heureux pour son frère. Ivy était une femme délicieuse, auprès de laquelle Tanner s'était littéralement métamorphosé.

— J'ai aussi appelé cousin Jesse, reprit Sean, mais s'il connaît Katie Charles, c'est uniquement pour sa spécialité des cookies aux pépites de chocolat et noix de macadamia. Il en est fou. Sa femme Bella penche plutôt pour ceux au beurre de cacahouète, et leur fils Joshua pour la série au caramel.

— Je m'en réjouis, grommela Rafe en se garant

devant la maison de Katie, dont les vitres reflétaient le soleil déclinant. Mais à vrai dire…

— Tu t'en fiches, je sais.

— Quelqu'un dans la famille la connaît. Et je veux savoir qui.

— Enfin, pourquoi cet entêtement ? Tu la connais depuis une semaine, qu'est-ce que cela peut te faire, si elle déteste les King ?

— Je n'aime pas ça, voilà tout.

— Tu devrais être habitué, remarqua Sean avec soupir. Ils sont légion à ne pas nous porter dans leur cœur.

— Pas les femmes…

— Exact, dit son frère qui, après une hésitation, demanda : Le fait qu'elle soit une femme expliquerait-il que tu t'intéresses à elle ?

— Peut-être.

En réalité, il n'en savait rien. Katie Charles faisait vibrer en lui quelque chose dont il ignorait même l'existence jusque-là. Telle était la vérité. Un seul regard à ses grands yeux verts suffisait à lui faire imaginer les scènes les plus torrides.

Il trouvait cependant humiliant d'avoir cette épée de Damoclès au-dessus de sa tête. Si Katie en effet venait à découvrir qu'il était un King, elle lui claquerait la porte au nez, et il ne la reverrait plus jamais.

— Bien, je retourne à ma planche à dessin. Mais j'appellerai Garrett, proposa Sean. Tu connais son goût pour le mystère. S'il n'a pas de réponse, il en cherchera une.

Sean avait raison, leur cousin, Garrett King, responsable d'une agence de sécurité, adorait fouiller dans les secrets de ses semblables. Si quelqu'un était capable de découvrir les raisons du ressentiment de Katie à l'égard des King, c'était bien lui.

— Entendu. Merci.

— Tu as des projets ? Je prends le jet pour Vegas, ce soir. Pourquoi ne m'accompagnes-tu pas ? Nous ferions le tour des casinos, qu'en dis-tu ?

Rafe sourit. En temps normal, il aurait répondu avec enthousiasme à ce genre d'invitation. Mais ce soir, il avait mieux à faire.

— Merci, mais j'ai des plans pour la soirée.

— Avec celle qui déteste les King ?

— Elle s'appelle Katie. Oui, répondit Rafe.

— Elle ignore qui tu es, n'est-ce pas ?

— Exact.

De nouveau, il fut irrité contre lui-même. Il n'avait pas pour habitude d'agir incognito, avec les femmes, et c'était plutôt l'inverse qui se produisait : le seul nom de King suffisait généralement à les attirer.

— Parfait. Bien, rapporte-moi quelques cookies avant qu'elle ne découvre la supercherie et en même temps dénonce le contrat passé avec nous.

Il raccrocha, perdu dans ses pensées, les paroles de Sean résonnant dans sa tête. Puis il se rassura. Il n'y avait aucune raison pour que Katie apprenne son nom, avant que lui ne l'ait décidé. D'ici là, il aurait tout le temps de la séduire, de lui dévoiler tous ses atouts et de lui donner de bonnes raisons de l'aimer.

Alors, et seulement alors, il lui révélerait son identité. Et forcément, elle comprendrait à ce moment son erreur.

Mais dans l'immédiat, il allait mettre à profit ce répit, auprès d'une femme qui n'attendait rien de lui qu'une soirée amicale, autour d'un barbecue.

Il descendit de son pick-up et se dirigea vers la

maison. Il n'avait pas atteint le porche que Katie surgit sur le seuil. Elle s'arrêta brusquement en le voyant, l'air paniqué, comme si elle ne s'attendait pas à le voir déjà là. Ses cheveux roux retombaient en cascade sur ses épaules. Elle avait revêtu un T-shirt kaki et un short blanc qui mettait en valeur le bronzage de ses longues jambes. Les yeux brillants, elle demanda, à bout de souffle.

— Rafe ! Vous êtes revenu, je suis si heureuse ! Suivez-moi !

A sa grande surprise, il la vit ensuite descendre en courant les marches du porche pour se précipiter vers la maison voisine. Contournant la clôture, elle remonta l'allée sans ralentir sa course. Une fois remis de sa surprise, il lui emboîta le pas, imaginant déjà les pires scénarios. Il ne s'était certainement pas attendu à un tel accueil ! Quelqu'un sans doute perdait son sang et se trouvait à l'article de la mort. Il attrapa son téléphone dans sa poche, prêt à composer le numéro des urgences.

Ils atteignirent en quelques secondes le perron de la petite maison.

— Quel est le problème ? demanda-t-il.

— Nicole a besoin d'aide.

La porte de la maison s'ouvrit sur une jeune femme blonde, manifestement stressée, un bébé sur les bras. Elle laissa échapper un soupir de soulagement en les accueillant.

— Dieu soit loué ! Venez, c'est là-bas.

Elle fit mine de se ruer à l'intérieur, mais il l'en empêcha et la précéda. Il n'avait pas la moindre idée de ce qui se passait ici, mais il n'allait certainement pas laisser Katie risquer le moindre danger.

Il jeta un coup d'œil circulaire sur l'endroit, se demandant quelle catastrophe avait bien pu se produire. Il aperçut des jouets sur le parquet, un petit train de bois, puis un bruit lui parvint qu'il identifia aussitôt. Personne n'était en train d'agoniser mais il semblait bien qu'un torrent fût en train de se déverser dans la maison.

La jeune femme s'adressa à Katie.

— Je ne parviens pas à stopper la fuite… J'ai l'impression que le robinet est cassé. Il y a de l'eau partout et Connor n'en finit pas de pleurer, je…

— Tout va bien, Nicole, dit Katie. Nous allons arranger cela et t'aider à nettoyer.

Sans plus attendre, il se dirigea vers la cuisine, d'où provenait le bruit de la cascade. Ce n'était pas ainsi qu'il avait imaginé son premier rendez-vous avec Katie, mais il n'avait pas le choix. L'eau giclait de sous l'évier, à travers les portes du placard. Déjà, le sol de la cuisine ressemblait à une mare.

Pataugeant dans la flaque qui n'en finissait pas de s'étendre, il s'accroupit face à l'évier et, plongeant la main sous l'eau froide, il chercha à tâtons entre les tuyaux. Pas étonnant que Nicole ne soit pas parvenue à mettre fin au déluge. Il dut s'y reprendre à trois fois pour arriver à fermer ce satané robinet. Le torrent enfin s'arrêta de couler.

Un silence absolu s'ensuivit, puis le petit garçon dans les bras de sa mère se mit à rire.

— Ba-teau ! s'écria le bambin en désignant un téléphone portable, flottant à leurs pieds.

— Génial, murmura Nicole en se baissant pour attraper l'appareil. Bah, je voulais changer de modèle, de toute façon…

— Oh ! Ma chérie, je suis désolée, dit Katie en jetant un bras autour des épaules de son amie. Rafe Cole, ajouta-t-elle en se tournant vers lui, je vous présente Nicole Baxter. Nicole, voici Rafe.

La jeune femme lui adressa un sourire las.

— Je suis certainement plus heureuse de vous rencontrer que vous ne l'êtes, à ce moment.

— Pas de problème. Je n'ai rien contre l'aventure, de temps en temps, répondit-il.

Il se recoiffa d'un geste, agita ses mains pleines d'eau. Trempé, glacé, il surprit une lueur de regret teintée d'amusement, dans les yeux de Katie.

— L'arrivée d'eau est fermée, reprit-il avec le sourire. Mais la canalisation sous l'évier fuit. Il faut changer le joint.

— Oui, bien sûr, répondit Nicole, tout en chatouillant le menton de son fils. Merci, merci du fond du cœur pour votre intervention. Je n'y serais jamais arrivée seule.

— Votre mari devrait pouvoir remplacer ce joint sans aucun problème, dit-il.

— Mon ex-mari se trouve en ce moment à Hawaii, avec sa secrétaire..., déclara-t-elle, sarcastique.

Il surprit à ce moment Katie qui secouait la tête comme pour l'empêcher de faire une gaffe. Mais il était trop tard, le mal était fait.

— Et à vrai dire, la dernière fois que je l'ai vu, Connor n'était pas né, ajouta Nicole, après un baiser sur la joue du bambin. Mais nous nous en sortons très bien tous les deux, n'est-ce pas, mon chéri ?

Super, pensa Rafe. Il avait ravivé la douleur de la jeune femme, avec ses réflexions idiotes. Puis il ressentit une colère sourde s'emparer de lui. Quel genre d'homme fallait-il être pour négliger ainsi son enfant ? Il ne parvenait pas à comprendre un tel comportement. Certes, il était bien placé pour savoir que rien n'était plus aléatoire que le bonheur, dans le mariage. Mais qu'un homme ne fasse même pas l'effort de venir voir son propre enfant, il ne l'admettait pas. Le devoir d'un mari n'était-il pas de tout faire pour préserver la cohésion de sa famille ?

Mais le moment était mal choisi pour ressasser ses rancœurs personnelles. Son père n'avait jamais été le père idéal, mais au moins Ben King s'était-il toujours tenu auprès de ses fils, lorsque ces derniers avaient eu besoin de lui. Et apparemment, on ne pouvait en dire autant de l'ex de Nicole.

En voyant l'amie de Katie serrer avec amour son fils entre ses bras, des souvenirs de sa propre enfance lui revinrent à l'esprit. De sa mère, il ne gardait que peu de souvenirs. En fait, elle avait toujours été absente. Il n'avait même pas un an quand elle l'avait confié à une vieille tante. Il ne la voyait que lorsque, en manque d'argent, elle venait en réclamer. Ben King ne l'avait pas épousée, en revanche il l'avait aidée sur le plan financier jusqu'à ce que lui-même ait atteint l'âge de dix-huit ans.

Une fois adulte, c'était à lui que sa mère avait pris l'habitude de s'adresser pour obtenir les fonds nécessaires à son mode de vie luxueux. Il payait, chaque fois, sans rechigner. Pour avoir la paix.

Aujourd'hui pourtant, à la faveur de cet incident chez Nicole, il prenait conscience des difficultés qu'avait dû rencontrer la tante qui l'avait élevé. Comme Nicole. Sauf que Nicole n'avait pas les moyens de s'offrir les services de l'entreprise King.

Dans son malheur, elle avait tout de même eu la chance de tomber sur un King.

Il observa Katie, qui semblait très affectée par la situation de son amie et soudain il s'entendit dire :

— Vous devriez aller ouvrir la porte de derrière pour évacuer l'eau dans la cour.

— Bonne idée, acquiesça Katie. Viens, Nicole, je vais t'aider à tout remettre en ordre.

— Non, c'est inutile, protesta la jeune maman. Tout ira bien, maintenant, je t'assure…

— Je n'en doute pas, intervint Rafe. Mais pendant que vous épongez la cuisine, je vais aller faire un tour chez le grossiste et ramener un joint neuf, afin que vous puissiez vous servir de votre évier normalement.

Katie le gratifia à cet instant d'un sourire lumineux qui lui fit le même effet que si on lui avait agrafé sur le torse la Légion d'honneur.

Les yeux dans les yeux, ils se toisèrent de longues secondes, et le monde autour d'eux cessa aussitôt d'exister. Chaque battement de son cœur retentissait comme un coup de tambour dans sa tête et il ne se lassait pas de voir défiler sur le visage de Katie toute une palette d'émotions qui l'enchantaient. Fierté, gratitude et admiration. Tout cela, pour lui ! Il n'avait jamais vécu un moment pareil. Quelqu'un qui le regarde ainsi, comme s'il avait décroché la lune.

S'il s'était écouté, il l'aurait prise dans ses bras et l'aurait embrassée, en prélude à des échanges plus brûlants. Il la désirait comme il n'avait désiré aucune femme avant elle. Un désir d'un genre nouveau… Presque un besoin.

Un besoin ? Certainement pas. Jamais.

— Je ne peux pas vous demander cela, voyons, protesta alors Nicole, l'arrachant à sa rêverie.

Peinant à recouvrer ses esprits, il ne parvint à refouler les émotions qui l'agitaient qu'au prix d'un effort surhumain. Reconnaissant envers Nicole d'avoir bien involontairement mis un terme à ce moment d'égarement, il se tourna vers elle.

— Vous ne demandez rien, c'est moi qui vous le propose. Ne vous en faites pas. Et puis, ajouta-t-il en souriant au petit garçon, ce bonhomme-là a besoin d'eau, pas vrai ?

Katie lui souriait encore, comme si elle faisait face à un véritable héros. Et il en était encore tout retourné. Aussi lui sourit-il à son tour, puis sortant ses clés de la poche de son jean, il estima préférable de quitter cette cuisine au plus vite.

— Je serai de retour d'ici quelques minutes. Tout ceci ne sera bientôt plus qu'un mauvais souvenir.

— Merci, murmura Nicole. Vraiment, merci.

Katie étreignit brièvement son amie, puis s'approchant de Rafe, elle prit sa main.

— Je vous accompagne jusqu'à la porte, pendant que Nicole sort les balais et les serpillières.

Serrant sa main dans la sienne, il sentit la chaleur de sa peau se communiquer à lui. Arrivés à la porte d'entrée, Katie regarda derrière elle pour s'assurer que Nicole n'entendait pas, puis elle chuchota :

— Merci de lui avoir proposé votre aide, Rafe. Nicole ne peut se permettre de faire venir un plombier. Ce que vous faites pour elle est admirable.

— Oh ! Ce n'est pas grand-chose.

— Pour vous peut-être, dit-elle avec un sourire. Mais pour une mère célibataire, ce genre d'incident est une catastrophe. Sans votre intervention, elle aurait été au désespoir. Vous êtes mon héros.

Ces mots tout simples le touchèrent en plein cœur. Jusqu'à présent, les gens attendaient de lui qu'il sorte son chéquier. Un geste somme toute devenu banal, impersonnel, dans lequel il ne s'impliquait pas réellement. Il n'avait pas réalisé jusqu'à aujourd'hui ce que « aider » voulait réellement dire.

— Je n'ai jamais été le héros de personne.

Elle plongea son regard dans le sien. Aussitôt, il se perdit dans la profondeur abyssale de ses yeux verts.

— Désormais, vous l'êtes, murmura-t-elle avec un sourire d'une tendresse infinie.

Il approcha la main de son visage, effleura sa joue.

— Je vous serais reconnaissant de ne pas l'oublier, jusqu'à mon retour, dit-il, la gorge nouée par l'émotion.

— Je vous le promets, répondit-elle et se hissant sur la pointe des pieds, elle déposa un baiser sur ses lèvres avant de s'écarter. Revenez vite.

Le souffle court, Rafe accusa le choc de ce baiser. Il chancela, K.-O. sous l'effet du désir, doutant de pouvoir rejoindre son pick-up sans s'effondrer au milieu de l'allée. Quel héros, en effet, il faisait !

Finalement, Katie invita Nicole et Connor à se joindre à eux pour le barbecue. Elle se sentait détendue, presque apaisée. Nicole restait encore secouée par sa mésaventure, et tous étaient fatigués après l'épisode de l'inondation. Mais en réalité, elle avait été si troublée par ce baiser, sur le pas de porte de la maison de son amie, que l'idée même de dîner en tête à tête avec Rafe lui était apparue soudain trop dangereuse. La présence d'un tiers s'était alors imposée à elle, pas vraiment un chaperon, juste quelqu'un pour l'empêcher de sauter au cou de Rafe sitôt qu'ils se retrouveraient seuls.

Car c'était exactement ce qu'elle rêvait de faire. Il avait été merveilleux. Elle avait beau se replonger dans ses souvenirs, elle ne pouvait imaginer Cordell King plongeant sous l'évier d'une cuisine pour rendre service. Il était trop snob, trop collet monté pour cela. Trop obsédé aussi par les performances en Bourse de son entreprise, et plutôt indifférent à la vraie vie, aux « vraies gens ».

Rafe, lui, était différent. Elle l'observa, en train de jouer à la balle avec Connor et rire gentiment des maladresses du petit garçon. Cet homme était tout simplement…

— Fascinant…, dit Nicole à voix basse.

— Pardon ?

— Lui, reprit son amie avec un sourire en se tournant vers Rafe. Ce garçon est une exception, Katie.

— J'étais en train de penser la même chose.

— Vraiment ? répondit Nicole en se rapprochant d'elle. Dans ce cas, pourquoi nous avoir invités, Connor et moi ? Nous te gâchons ton rendez-vous…

— Vous ne me gâchez rien du tout, protesta Katie.

Installée depuis un an avec son fils, dans la maison voisine, Nicole était rapidement devenue sa meilleure amie. Toutes deux s'étaient laissées aller aux confidences, passant des heures à se lamenter sur les comportements méprisables de leurs ex. Nicole, tout comme Katie, travaillait chez elle, en tant que comptable, au service d'entreprises locales.

— Tu es mon amie, Nicole, et toujours la bienvenue chez moi. Tu le sais.

— Bien sûr, répondit Nicole en posant une main sur la sienne. Tu as été si gentille, avec nous, depuis notre arrivée. Mais c'est la première fois que je te vois inviter un homme, chez toi. N'as-tu pas envie de te retrouver seule avec lui ?

Katie regarda Rafe, un peu plus loin, qui venait de jucher Connor sur ses épaules et entreprenait de faire le tour de la cour, le bambin riant aux éclats.

— Oui, bien sûr, et en même temps… non. Vois-tu, je ne sais pas vraiment ce que je veux.

— Eh bien, en ce qui me concerne, sache que si un homme me regardait comme lui te regarde, je ne me poserais pas deux fois la question.

— C'est compliqué.

— Je sais. Cordell…, chuchota Nicole. Il t'a fait beaucoup souffrir. Mais Rafe n'est pas Cordell.

— Loin s'en faut, soupira Katie.

— Et tu prendrais le risque de perdre un homme de cette valeur à cause d'une brebis galeuse ?

— Incroyable ! Aurais-tu discuté avec Emily ? Serait-ce un complot ?

— Non, pas du tout, rit Nicole. Mais puisque apparemment ta grand-mère et moi sommes du même avis, tu ferais bien d'écouter nos conseils. Qu'as-tu donc à perdre, Katie ?

Mon cœur, se dit-elle, sans toutefois piper mot. D'un autre côté, si elle ne prenait jamais le risque de le mettre en jeu, son pauvre cœur finirait par se dessécher. Elle mourrait vieille fille, pétrie de regrets, accrochée à sa fierté comme à un trophée dont l'éclat serait quelque peu terni par la frustration accumulée au fil des ans.

De nouveau, elle enveloppa Rafe du regard. Il déposa le garçonnet sur la branche d'un oranger. Et lorsqu'elle vit son expression, une formidable émotion la submergea, balayant sa méfiance. Il s'amusait, parfaitement à l'aise avec ses amis, dans sa petite cour. Dans la même situation, Cordell... Peu importe, jamais il ne se serait trouvé dans une telle situation. Cordell préférait les restaurants cinq étoiles aux pique-niques et les costumes italiens aux jeans.

Cordell l'avait subjuguée à l'époque, car c'était la première fois qu'elle était confrontée à un homme de son espèce. Et elle aurait en réalité mieux fait de s'abstenir d'une telle expérience.

Mais Rafe... Il était si différent. Le genre d'homme vers lequel elle était naturellement portée. Le genre d'homme auquel elle aspirait en vérité depuis toujours. Pourquoi ne l'avait-elle rencontré plus tôt, avant Cordell ?

Si tel avait été le cas, aurait-elle hésité autant à tenter sa chance auprès de lui ? Non, sans doute pas.

— Oh, oh, je vois à ton regard que tu as décidé de te lancer, remarqua Nicole à cet instant. Veux-tu que nous rentrions, Connor et moi ?

— Non, après le dessert, répondit Katie en souriant. Je vais chercher les glaces. Et nous verrons bien ce qui arrive...

Elle se leva et se dirigea vers le patio. Derrière elle, elle entendit les cris de Connor auxquels se mêlait le rire de Rafe.

Elle tressaillit puis retint son souffle, quand quelque chose en elle s'embrasa. La fièvre du désir.

5

— Si ces cookies sont un échantillon de vos créations, remarqua Rafe un peu plus tard, alors je comprends que les gens ne jurent que par vous.

— Merci. Je peux vous en donner quelques-uns à emporter, si vous voulez, répondit Katie.

Il l'observa avec attention. Après le départ de Nicole et de son fils, lui et Katie étaient restés dans la cour, seuls. La nuit était fraîche, le ciel au-dessus de leurs têtes parsemé d'une multitude d'étoiles toutes plus scintillantes les unes que les autres. Sous le clair de lune, une douce brise faisait danser la flamme des bougies.

— Serait-ce une manière élégante de m'inviter à prendre congé ? demanda-t-il.

— Mais non, ce n'est pas ce que je voulais dire…, protesta-t-elle. Oh ciel, comme je suis maladroite. Vous devez penser que c'est mon premier rendez-vous… Hmm, non pas que ceci soit un rendez-vous ou…

Il sourit, amusé par sa nervosité.

— Cela ne l'est pas ?

— Est-ce que ça l'est ?

— Eh bien, je n'ai pas vraiment l'habitude de faire de la plomberie lors d'un rendez-vous avec une femme, admit-il, sans cesser de sourire. Mais tout le reste semble correspondre…

Elle lui rendit son sourire et parut se détendre un peu. Le vent effleura ses cheveux, avec la même douceur que la caresse d'un amant.

— Quelle soirée agréable, vous ne trouvez pas ? chuchota-t-elle.

— En effet, et elle n'est pas terminée, dit-il, puis il se leva et vint tout près d'elle.

— Que faites-vous ? demanda-t-elle quand il l'obligea à se lever.

— J'ai envie de danser avec vous, répondit-il simplement en l'attirant contre lui.

— Mais…, protesta-t-elle, sans toutefois résister. Il n'y a pas de musique.

— Bien sûr que si, dit-il et, enlaçant sa taille, il enferma sa main droite dans sa main gauche. Si vous n'entendez rien, c'est que vous n'écoutez pas avec suffisamment d'attention.

Fronçant les sourcils, elle le regarda puis secoua la tête.

— Fermez les yeux, dit-il.

Elle s'exécuta. Il la dévisagea alors tout à son aise. Si confiante, si belle. Il retint son souffle. Sa main était douce et chaude dans la sienne, et son parfum, un mélange de vanille et de cannelle entêtant, lui donnait envie de la croquer. Comme ses cookies, pensa-t-il en souriant.

— A présent, écoutez, chuchota-t-il.

— Ecouter quoi ?

— Tout.

Il enchaîna quelques pas, sa joue contre la sienne, son corps parfaitement en harmonie avec le sien. Si bien en harmonie avec le sien, qu'il fut pris d'une érection surprise et impérieuse. Si elle nota quelque chose, elle n'en laissa en tout cas rien paraître.

Tandis qu'ils virevoltaient au clair de lune, la symphonie de l'été gagna en intensité. Chant des criquets, souffle lointain de l'océan, bruissement des feuilles sous le vent. On aurait dit que la nature donnait un concert rien que pour eux.

Elle sourit, pencha son visage en arrière et, les yeux toujours clos, se laissa entraîner dans cette valse improvisée. C'était comme s'ils avaient toujours dansé ensemble. De nouveau, il ressentit cette sensation d'entente parfaite.

— Oui, j'entends, murmura-t-elle après quelques instants. C'est parfait.

— Oui, dit-il avant de s'immobiliser, fasciné par son visage. C'est parfait.

Elle rouvrit les yeux, le regarda.

— Rafe ?

Il serra sa main dans la sienne, se pressa un peu plus contre elle, suffisamment pour qu'elle sache dans quel état elle le mettait.

— J'ai envie de vous, Katie. Comme je n'ai jamais eu envie d'aucune femme, avant vous.

Elle laissa échapper un faible soupir et avoua :

— Je ressens exactement la même chose…

Il sourit, puis approcha lentement son visage du sien.

— Heureux de l'apprendre…

Il l'embrassa. Et à la seconde où sa bouche rencontra la sienne, il sentit une vague de désir le submerger, ou plutôt, un raz-de-marée qui faillit le laisser K.-O. Il resserra ses bras autour de sa taille, comme pour ne pas tomber. Fini la danse sous les étoiles ! Il voulait bouger avec elle, mais pour un corps à corps autrement plus sensuel. Il avait besoin d'elle, plus qu'il ne l'aurait cru possible. Et il la désirait plus encore.

Promenant ses mains sur son dos, il en étudia chaque mont, chaque vallée. Elle gémit, réagit instantanément à ses caresses, ses soupirs lui disant tout ce qu'il avait envie d'entendre. Il glissa une main sous son T-shirt, effleura son ventre, ses seins, sentant la chaleur de sa peau sous la dentelle.

Le désir ne cessait de croître en lui et il l'embrassa une nouvelle fois, nouant sa langue à la sienne, dans un baiser passionné. Elle lui rendit son baiser avec la même fièvre, la même passion, le dévorant comme lui la dévorait. Agrippée à ses épaules, elle se plaqua contre lui, son corps cherchant, suppliant le sien.

Ces petits cris l'amenèrent tout près du précipice. Il s'arracha subitement à ses lèvres, plongea ses yeux dans ses yeux. Il frémit à leur éclat voluptueux.

— Si nous n'arrêtons pas tout de suite, je ne réponds plus de moi… Je vais vous prendre sur cette table de pique-nique et donner matière à ragots à tout le voisinage…

Il fut ravi du rire étouffé qui s'échappa de sa gorge, mais elle ne relâcha pas pour autant son étreinte, comme si elle-même craignait de ne pas tenir sur ses jambes.

— La table de pique-nique est loin d'être aussi confortable que mon lit, murmura-t-elle.

— S'agit-il d'une invitation ?

— Je le crois, oui…

— Dans ce cas…

En une fraction de seconde, il l'emporta dans ses bras et se dirigea vers la maison.

— Inutile de me porter…

— Je refuse de perdre une seule minute, répondit-il, traversant la cour au pas de charge.

Elle rit doucement, blottie contre lui.

— Quelle direction ? demanda-t-il sans ralentir le pas en traversant le patio pour pénétrer dans la maison.

— Au fond du couloir, à gauche.

Il la désirait à un point tel que c'en était presque douloureux. A peine s'il parvenait à respirer, son cœur battait à tout rompre, il avait l'impression qu'un brasier le consumait. En quelques foulées, il parvint devant la porte de sa chambre. Sans attendre, il entra et se précipita vers le lit. Tout juste s'il nota le fauteuil, devant la fenêtre, le tapis multicolore, la bibliothèque remplie de livres.

Toute son attention s'était focalisée sur le grand lit à baldaquin, recouvert d'un patchwork. Il retira le dessus-de-lit et déposa Katie sur les draps blancs.

Elle soutint son regard quelques secondes, puis lui sourit. C'était tout l'encouragement dont il avait besoin. Il se débarrassa de ses vêtements, Katie de son côté en faisant autant. En moins de cinq secondes, ils furent nus. Il s'allongea alors à côté d'elle.

Des jours qu'il pensait à ce moment. Des nuits qu'il en rêvait.

Elle le hantait, cette femme qui vouait pourtant une haine farouche à la famille King. Elle avait touché en lui quelque chose qu'aucune autre femme n'avait su ne serait-ce qu'effleurer. Difficile à admettre pour quelqu'un comme lui. Plus difficile encore, pour ne pas dire impossible, de ne pas jouir de ce qu'elle lui offrait.

Elle l'enlaça, enfouit les mains dans ses cheveux et amena sa bouche contre la sienne. Au contact de ses lèvres brûlantes, il tressaillit, tout son corps en alerte.

Il devait la prendre, maintenant. Apaiser de toute urgence ce désir tout-puissant, en lui.

Pourtant, l'envie de savourer le moment, de prendre son temps était tout aussi forte. Sans détacher sa bouche de la sienne, il fit courir ses doigts sur son corps. Sa peau était douce, brûlante de fièvre.

A regret, il mit un terme à leur baiser et fit glisser ses lèvres jusqu'au bout de son sein droit, puis du gauche. Elle retint un cri quand il la mordilla, la tortura avec sa langue. Il la sentait trembler contre lui, l'entendait le supplier. Il sourit, la respira jusqu'à l'ivresse.

Quand il fit mine de s'écarter de ses seins, elle maintint son visage contre sa poitrine, comme si elle redoutait qu'il interrompe ses caresses. Mais c'était tout le contraire, il ne faisait que commencer. Il continua donc de la titiller, jusqu'à ce qu'il sente son cœur s'affoler et l'impatience la gagner.

— J'avais envie de cela depuis notre première rencontre, murmura-t-il alors en cherchant son regard.

— Moi aussi, avoua-t-elle.

Il emprisonna le bout de ses seins entre ses doigts et son soupir à ce moment-là le subjugua. Quand il la touchait, il lisait très précisément sur son visage ce qu'elle ressentait. Il aimait la regarder, voir ce visage refléter la passion qui s'animait sous ses caresses.

Il savait qu'il y avait là quelque chose d'autre que le désir. Quelque chose de dangereux. Pourtant, pour rien au monde il n'aurait voulu être ailleurs.

Il approcha son visage du sien et chuchota :

— Vous me rendez fou…

Elle rit doucement, prit son visage entre ses mains.

— Non, c'est vous qui me rendez folle…

Il la regarda au fond des yeux, sentit une nouvelle

fois ce frisson qui jusqu'alors lui était inconnu puis, après quelques secondes il renonça à s'interroger davantage. Il l'embrassa avec une fougue qui les laissa tous deux pantois.

Il ne pouvait se défaire d'une certaine appréhension. Ceci ne risquait-il pas de l'emmener plus loin que prévu ? Quoi qu'il en soit, il avait le sentiment qu'il était trop tard désormais pour s'en inquiéter. Il la voulait, toute la vérité était là. Il voulait sentir son corps de l'intérieur. Il voulait les emporter tous les deux là où ils étaient destinés à aller, depuis le début.

Les conséquences ? Il y réfléchirait une autre fois, plus tard. Dans l'immédiat, il n'avait d'autre envie que d'être là, avec elle, en elle.

Sans détacher son regard du sien, il promena ses doigts sur son ventre, puis s'aventura entre ses cuisses et commença à la caresser. Il vit bientôt la passion s'allumer dans ses yeux, puis son souffle s'accéléra et il la sentit trembler entre ses bras quand le plaisir l'emporta.

Il ne se lassait pas de regarder son visage et s'émerveillait de n'avoir jamais fréquenté une femme si vraie, si spontanée. Les femmes qu'il avait connues s'ingéniaient à toujours garder le contrôle, comme si elles jouaient un rôle.

Son ex-femme elle-même s'était toujours tenue en retrait, incapable de lui faire suffisamment confiance pour lui donner à voir ses sentiments les plus profonds. Avec Katie en revanche, il n'y avait ni artifice, ni calcul.

Fou de désir, il reprit ses caresses.

— Viens, Katie, viens, chuchota-t-il contre ses lèvres, faisant aller et venir ses doigts en elle.

— Oh ! Rafe…

Elle plongea ses yeux dans les siens et très vite, de nouveau se mit à trembler, puis un spasme la secoua et elle cria son nom. Il la regarda s'abandonner au plaisir, sans fausse pudeur, sans inhibition, avec une passion qu'il n'avait jamais vue. Fasciné, il attendit qu'elle recouvre son souffle, juste pour pouvoir recommencer et la caresser encore et encore, jusqu'à l'extase.

Quand elle lui sourit, il bondit hors du lit et attrapa son jean sur le parquet, fouillant dans ses poches arrière.

— Mais que fais-tu… ?

Lascive, elle soupira quand elle le vit brandir un préservatif.

— … Je constate que tu étais sûr de toi, ce soir, n'est-ce pas ?

— Pas sûr de moi, non, répondit-il en déchirant le sachet avant de s'en protéger. Uniquement plein d'espoir.

Il revint sur le lit, rampa sur elle. Elle noua les bras à son cou.

— Et moi, je pense que vous êtes toujours sûr de vous, Rafe Cole, ce soir comme les autres soirs.

En réalité, il ne pouvait le nier. Mais ce soir, il avait seulement tenu à être prêt. A la différence de son père, il ne courait pas le monde en laissant un enfant illégitime dans chaque port. En fait, il n'avait pas l'intention d'avoir jamais des enfants et il ne pouvait envisager de devenir père, uniquement parce qu'il se serait montré trop négligent ou trop égoïste pour porter un préservatif.

Mais c'étaient là des règles de vie qu'elle n'avait nul besoin de connaître.

Il l'embrassa avec fougue puis la regarda dans les yeux et chuchota :

— Je ne suis pas sûr de moi, avec toi, Katie. Telle est la vérité.

Elle sourit et lui caressa le visage.

— Cette idée me plaît, répondit-elle, mutine.

— J'en étais sûr. Les femmes adorent troubler les hommes. Perturber les pauvres mâles que nous sommes...

— Es-tu perturbé ? demanda-t-elle, sensuelle, en bougeant contre lui.

— De plus en plus, je le crains...

Il écarta ses cuisses et se nicha entre elles, puis il la caressa, longuement, précisément, jusqu'à ce qu'elle le supplie.

— Oui, perturbé..., murmura-t-il, plus pour lui-même qu'à son intention. Et complètement fou...

Dehors, la nuit était paisible. Dans la chambre, on n'entendait que leurs souffles et le battement de leurs cœurs. L'univers, l'éternité était ici, dans cette passion qui les unissait. Il sut qu'il ne pouvait attendre une seconde supplémentaire.

Voilà plus d'une semaine qu'il la regardait, riait avec elle. Il avait passé plus de temps avec Katie Charles qu'avec son ex-femme, la dernière année de leur mariage. Et jamais il n'avait été plus heureux. Katie était drôle et intelligente. Et terriblement sexy. Un seul de ses regards suffisait à le bouleverser des heures entières.

Elle s'abandonna à lui en écartant un peu plus les jambes. Il ressentit alors au niveau du cœur comme un choc, quelque chose d'à la fois doux et piquant qui ricocha en lui, mais qu'il ignora. Il refusait de s'impliquer émotionnellement. Il ne voulait rien de plus entre eux, que cette harmonie électrique. Cela lui suffisait amplement.

Une fois qu'il l'aurait possédée, sa vie reprendrait son cours normal.

Glissant les mains sous ses hanches pour disposer

d'un meilleur accès, il plongea alors en elle. Aussitôt que son corps l'enveloppa, une secousse le parcourut et il dut lutter pour garder le contrôle.

Instinctivement, elle se mit à bouger avec lui, nouant les jambes sur ses reins et l'attirant jusqu'au plus profond de son corps. Il chercha son regard, le trouva et l'embrassa tout en allant et venant en elle. Une chaleur exquise l'envahit à ce va-et-vient.

Pour la première fois de sa vie d'adulte, il regretta de porter un préservatif. Il aurait aimé la sentir tout entière, sans obstacle entre sa chair et la sienne. Bêtise, se reprit-il, chassant cette pensée saugrenue de son esprit et la pénétrant encore et encore, à un rythme soutenu, de plus en plus rapide.

A ce moment, elle prit son visage entre ses mains et fit courir sa langue sur ses lèvres, sur ses paupières, l'entraînant lentement mais sûrement vers l'inéluctable. Il était incapable de lutter. Il aurait tant voulu que ce moment s'éternise, retenir les sensations. Mais il ne pouvait plus attendre.

Il accéléra le rythme, Katie poursuivant avec lui le même but, avec la même passion. Enfin, ensemble, ils s'abandonnèrent. Il sentit son plaisir, les convulsions de l'orgasme. Dans un râle, il cria son nom et se joignit à elle dans une jouissance extrême.

— Mon héros, murmura Katie, quand elle retrouva sa voix.

— A votre service, répondit-il dans un soupir, tête nichée dans le creux de son épaule.

Elle sourit, les yeux rivés au plafond. Son souffle

sur sa peau, le poids de son corps sur le sien, dans le sien... Un moment parfait.

Tout en caressant son dos, elle écoutait attentivement le bruit de sa respiration et les battements de son cœur. Il était chaud. Et doux. Il y avait une éternité qu'elle n'avait été avec quelqu'un, peut-être exagérait-elle l'émotion qu'elle avait éprouvée dans cette étreinte... ?

Mais elle ne pouvait pas se leurrer longtemps. Elle savait que ce qui s'était passé était spécial. Ce qu'elle venait de partager avec Rafe allait bien au-delà du plaisir physique.

Son cœur s'accéléra alors que cette pensée s'immisçait dans sa tête. Avec Cordell aussi, elle avait cru à quelque chose de spécial... Mais c'était différent, aujourd'hui. Ce qu'elle ressentait pour Rafe n'avait rien de comparable. Rafe touchait plus que son cœur. Elle avait le sentiment qu'il avait pénétré jusqu'à son âme.

Mais peut-être précipitait-elle un peu les choses... Elle accordait sans doute trop d'importance à ce qui n'était somme toute que sexuel. Elle n'était pas amoureuse, non, pas encore. On ne tombait pas amoureux en une petite semaine.

Il comptait énormément, pour elle. Elle n'aurait jamais accepté de coucher avec lui sinon. Et la façon dont il avait réagi ce soir avec Nicole et Connor n'avait fait que renforcer ce qu'elle éprouvait pour lui. Comment ne pas être touchée par un homme aussi gentil avec un enfant de deux ans ? Aussi soucieux de proposer son aide à une femme dans le besoin ?

Elle avait toujours rêvé de rencontrer un homme comme lui. Un travailleur honnête et aimable. Et furieusement sexy.

— A quoi penses-tu ? demanda-t-il.

— A rien…

Il se redressa sur un coude et lui sourit.

— Pourquoi les femmes réfléchissent-elles toujours après avoir fait l'amour ? Après de tels moments, nous, les hommes, perdons complètement conscience.

— Je ne sais pas…

Il rit doucement, et elle sentit son rire se propager en elle. Elle tressaillit, chacun de ses mouvements réveillant son désir.

— Hmm, chuchota-t-il comme s'il savait ce qu'elle ressentait. J'ai le sentiment que nous n'en avons pas encore fini, rajouta-t-il en bougeant doucement en elle, lui arrachant un soupir.

— Je le crois… aussi, dit-elle, bougeant avec lui.

Et il reprit ses assauts, elle le suivant dans cette quête, comme s'ils avaient fait cela des centaines de fois, comme s'ils connaissaient instinctivement tout de l'autre.

Comme s'ils étaient destinés l'un à l'autre, pensa-t-elle.

On aurait dit que son corps était fait pour le sien, tant ils s'épousaient l'un l'autre. Deux moitiés qui forgeaient un tout. Et cette nuit, d'une certaine façon, était écrite de tout temps. Quelque chose qui la dépassait lui donnait la chance, avec Rafe, de guérir du chagrin qui était son lot depuis des mois.

En quelques secondes, du brasier resurgirent les flammes du désir. Ses mains étaient magiques, ses lèvres aussi. Il faisait partie d'elle, il venait prendre sa place dans ce cœur laissé béant, vide et sec, dans ce corps qu'elle avait oublié, renié.

Elle plongea ses yeux dans les siens, si profondément bleus et un bonheur inouï la submergea. Il était l'espoir auquel elle ne croyait plus. Le futur. Il était l'étincelle de vie.

Elle finit par ne plus penser, trop absorbée par la passion avec laquelle il lui fit l'amour. Très vite, elle sentit le plaisir la gagner et, de nouveau, elle s'y abandonna sans retenue.

Il l'embrassa et elle répondit à son baiser de tout son cœur, de toute son âme, subjuguée par la chaleur de son souffle, par sa puissance et l'intensité de son orgasme quand il explosa en elle, avec elle.

Et lorsque, la première, elle recouvra ses esprits, elle chuchota son nom, s'accrochant à lui de toute la force de son désespoir, tremblante entre ses bras, comblée.

6

— A quoi penses-tu ? chuchota Rafe, le souffle encore hésitant.

— A rien… Je suis bien, répondit-elle dans un soupir. Infiniment bien…

Il la regarda avec intensité, puis secoua la tête.

— Tu es… admirable.

— Pourquoi donc ? demanda-t-elle en caressant ses cheveux ébouriffés.

Il la dévisagea quelques secondes, avant de répondre :

— La plupart des femmes regretteraient ce qui vient de se passer…

— Pas moi.

— … ou se projetteraient déjà dans une relation durable, avec leur amant.

Elle soutint son regard et lui sourit.

— Pas moi.

— J'en prends note…

Il l'attira contre lui. Elle soupira et nicha sa tête dans le creux de son cou. Elle écouta les battements de son cœur, et tous les bruits de sa vieille maison plongée dans la nuit, dont les craquements avaient toujours eu pour elle un effet bienfaisant.

Elle se sentait merveilleusement bien. Mieux qu'elle ne s'était jamais sentie, en pareille occasion. Mais ces paroles résonnaient dans sa tête. Sans doute avait-il raison. En un tel moment, nombreuses seraient les femmes à manigancer pour le garder dans leur lit. Dans leur vie. Et elle devait l'admettre, au moins pour elle, il lui aurait été facile de tomber dans cette catégorie.

Mais elle n'allait certainement pas se leurrer ni se raconter de doux mensonges. Elle savait que cette nuit ne marquait en aucun cas le début d'une « relation ». Si elle n'avait pas décidé de faire rénover sa cuisine, jamais elle n'aurait rencontré Rafe Cole. Ce genre de soirée intime avec un homme comme lui n'était pas dans ses habitudes. Il ne lui avait fait aucune promesse et elle ne lui avait rien demandé.

Elle se redressa et rampa sur lui. Après avoir écarté les cheveux devant ses yeux, elle plongea son regard dans le sien. Autant mettre les choses au clair tout de suite, s'encouragea-t-elle en lui adressant un faible sourire.

— Oh, oh, murmura-t-il. Voilà un sourire qui ne laisse présager rien de bon. Je me trompe ?

— Non, répondit-elle en caressant son cou. C'était très agréable, Rafe, sincèrement, mais…

Fronçant les sourcils, il roula avec elle et, en une fraction de seconde, fut sur elle, pesant de tout son corps. A lui maintenant, de la regarder au fond des yeux.

— Mais quoi… ?

— Je pense qu'il n'y aura pas de prochaine fois, soupira-t-elle.

— Tu veux rompre ? Déjà ?

— C'est-à-dire… Nous ne sommes pas vraiment un couple, donc je ne dirais pas les choses ainsi, mais… Oui, mieux vaut en rester là.

— Je n'arrive pas à y croire…

Il paraissait sincèrement stupéfait et elle en déduisit

qu'il ne devait pas être habitué à voir une femme lui tourner le dos. Elles devaient toutes s'accrocher à lui. Un homme aussi séduisant… Les maîtresses ne devaient pas lui manquer… Une femme sur chaque chantier, comme les marins en auraient une dans chaque port… Elle rit doucement à cette comparaison.

— Et tu trouves ça drôle ?

— Non, désolée…

Elle fit courir ses doigts sur son bras, suivit la ligne de ses muscles, fascinée par la beauté brute de son corps.

— … Non, il n'y a rien de drôle. Une idée saugrenue et…

— De mieux en mieux. Non seulement tu veux rompre, mais en plus tu penses déjà à autre chose.

— Pourquoi te mets-tu en colère, comme ça ?

— Et pourquoi ne le serais-je pas ?

Elle refoula un sentiment d'irritation et remarqua :

— Il y a dix secondes à peine, tu trouvais admirable mon attitude, vis-à-vis de ce qui s'est passé ce soir.

— Oui, mais…

— Et maintenant, tu sembles furieux à cause de cette même attitude…

Il laissa échapper un soupir et la regarda un long moment.

— C'est-à-dire… Les femmes n'ont généralement pas cette réaction avec moi. Donc pardonne-moi, c'est l'effet de surprise…

— Surpris, je veux bien, mais pourquoi furieux ? insista-t-elle en lui souriant. C'est la même chose pour toi, Rafe, reconnais-le. J'ai simplement exprimé ma position avant toi. Je pensais que tu te réjouirais de ma réaction.

— Oui, eh bien, non, marmonna-t-il en dénouant

ses bras autour d'elle, avec un regard qui aurait dû l'alerter. Alors, Katie, que signifie cette nuit, pour toi ?

— Nous en avions envie toi et moi, Rafe, répondit-elle en s'adossant à la tête de lit, près de lui. Je ne vois pas pourquoi nous aurions dû nous abstenir.

— Et c'est tout ?

— Oui.

A vrai dire, non. Il comptait beaucoup pour elle, et si elle passait trop de temps avec lui, il compterait sans doute bien plus encore. Ce qui serait une erreur monumentale. Il était quelqu'un de bien, mais elle ne se fierait certainement pas à ses frissons, ni à son cœur et encore moins à son corps pour se jeter dans la gueule du loup.

Cordell King, lui aussi, était aussi doux que du miel, au début. Puis, du jour au lendemain, il lui avait fait porter un somptueux bracelet serti de diamants accompagné d'un petit mot. « Nous sommes trop différents pour une relation durable. » Ce qui, une fois traduit, signifiait : *Je suis riche, tu es pauvre, adieu.*

Elle s'était trompée sur Cordell. Depuis, elle restait perplexe sur ses propres facultés à cerner les hommes. Mieux valait donc pour sa survie se consacrer à sa petite entreprise encore une année ou deux, avant de retourner se frotter au monde. Elle ne regrettait pas cette nuit avec Rafe. Mais elle n'allait certainement pas investir dans l'avenir sur cette seule base. Un jour, elle rencontrerait un homme comme lui. Quelqu'un de vrai, de gentil et d'honnête.

— Je ne te crois pas, dit-il d'un air grave. Il y a autre chose, et je veux savoir quoi.

— Pardon ?

— Tu as bien entendu, Katie. Je ne te suis pas

indifférent, je le sais. Alors, pourquoi me renvoies-tu ainsi, après un moment aussi merveilleux ?

— Cela n'a aucune espèce d'importance.

Il la saisit par la taille et la serra contre lui.

— Cela a au contraire beaucoup d'importance. Pour moi.

Elle se raidit. Elle voulait éviter de se trouver si proche de lui, alors même qu'elle s'efforçait de raisonner avec logique et bon sens. Luttant contre l'envie de laisser courir ses mains sur son torse, elle soupira :

— Tu accordes bien trop d'importance à tout cela, Rafe.

— Que croyais-tu ? Que j'allais me rhabiller, te dire « merci pour la récréation », et partir ?

— Eh bien… Oui.

Elle n'attendait pas autre chose en effet, de lui. Tous les hommes rêvaient de sexe sans contrainte.

— Désolé de te décevoir, grommela-t-il et, prenant le bout de son menton entre ses doigts, il la regarda au fond des yeux. J'aimerais connaître les raisons qui te poussent à agir ainsi.

— Rafe…

— C'est lui, n'est-ce pas ? Cet homme mystérieux de la famille King.

Elle détourna les yeux et s'arracha à ses bras.

— Cela ne regarde que moi.

— Tu viens juste de faire en sorte que cela me regarde aussi, Katie. Si tu me mets à la porte, c'est à cause de ce type. Tu pourrais au moins me dire pourquoi.

— Parce que j'avais confiance en lui, d'accord ? s'exclama-t-elle, furieuse. Je pensais être amoureuse de lui. Je croyais que lui aussi m'aimait. Il était si tendre, si attentionné et si drôle.

— Et si riche, marmonna-t-il. N'oublie pas ce détail.

— Oui, riche, dit-elle sèchement. Mais je n'étais pas tombée amoureuse de lui pour sa fortune. En réalité, c'est pourtant bien ce qui nous a séparés, en fin de compte.

— Que veux-tu dire ?

Secouant la tête, elle se leva pour se rendre directement dans la salle de bains. Là, elle enfila son peignoir qu'elle noua fermement autour de sa taille, se sentant aussitôt un peu moins vulnérable. A l'éclat de son regard quand elle revint sur ses pas, elle comprit qu'il ne partirait pas avant d'avoir obtenu une explication.

— Bien, dit-elle avec un soupir. Tu veux connaître la vérité ? Il m'a plaquée parce que nous étions trop « différents ». Je n'en valais pas la peine. Nous vivions dans deux mondes opposés. Ce qu'il entendait par là ? Qu'un homme riche ne pouvait fréquenter une femme pauvre. Quel choc ! Bien, tu es content à présent ? Après m'avoir fait subir cette petite humiliation, tu te sens mieux ?

— Tu n'en valais pas la peine ? répéta-t-il en la regardant. Mais pour qui se prend-il pour dire de telles horreurs à quelqu'un ?

Elle ne put retenir un sourire devant la spontanéité de son désarroi.

— C'est un King, dit-elle avec un haussement d'épaules. L'un des maîtres de l'univers. Renseigne-toi donc auprès de tes camarades de travail. Ils ont probablement tous une raison de se plaindre de la grande famille des King.

Il se renfrogna et secoua la tête.

— Les gars aiment travailler pour King Construction. Je ne les ai pas entendus dire du mal de l'entreprise.

— Probablement par crainte de perdre leur emploi, soupira-t-elle.

Soudain, il s'assit sur le lit et demanda :

— Qui est-ce ? Je veux dire, de quel King s'agit-il ? Donne-moi son nom et j'irai lui dire ma façon de penser avec un bon direct du droit.

Surprise, elle éclata de rire.

— Mon héros, dit-elle avec tendresse.

— Sans problème, si tu veux bien encore de moi…

Quelle idée séduisante. Peut-être en fin de compte avait-il envie d'un peu plus qu'une simple nuit de sensations avec elle. Tout ce qu'elle avait à faire, c'était de reprendre confiance en elle. En lui. Elle aimerait tant, réalisa-t-elle. Mais apparemment, elle n'était pas prête.

— Non, mais merci. Je crois qu'il faut d'abord que je parvienne à être ma propre héroïne, répondit-elle.

— Tu comptes donc aller le boxer toi-même ?

Elle rit de plus belle.

— Oh ! Je l'aurais fait volontiers, il y a six mois environ. Mais cette histoire appartient au passé. J'en ai fini avec lui.

— Non, dit-il. Tu n'en as pas fini.

— Excuse-moi ?

Il descendit du lit et enfila son jean.

— Si tu en avais fini avec lui, nous n'aurions pas eu cette conversation. Nous serions toujours dans ton lit, à faire ce que nous faisons visiblement si bien.

En un éclair, elle perdit toute envie de rire.

— Il ne s'agit pas de lui. Mais de moi. De nous.

Tout en marmonnant, il chaussa ses bottes puis saisit sa chemise sur le parquet et s'en revêtit avant de revenir vers elle. Il l'attira alors entre ses bras et la serra contre lui.

— Tu viens juste de m'expliquer qu'il n'y avait pas de « nous », Katie, tout cela n'est pas très cohérent.

— Lâche-moi, veux-tu ?

Il s'exécuta aussitôt, mais sans faire l'effort de dissimuler sa frustration. Passant la main dans ses cheveux, il grommela :

— Tout ça à cause d'une ordure…

— Tu ne comprends donc pas ? C'était le prince charmant, pour moi. Et en réalité, il s'est avéré le plus hideux des crapauds, soupira-t-elle. Et jusqu'au bout, j'ai été incapable de le percer à jour. Comment puis-je me fier à mon jugement ?

— Et il n'en finit pas de te manipuler, Katie, remarqua-t-il en approchant son visage du sien, leurs nez se touchant presque l'un l'autre. En doutant de toi, tu accordes à ce type plus de pouvoir qu'il n'en mérite.

— Peut-être, admit-elle. Mais je n'ai pas envie de commettre une nouvelle erreur.

— Parce que tu me considères comme une erreur ?

— Je n'en sais rien, répondit-elle avec calme. Et c'est bien là le problème.

Il s'écarta légèrement, posa les mains sur ses épaules puis il prit son visage entre ses mains. Il la regarda un long moment, durant lequel elle fut tentée de se laisser happer par le bleu intense de ses yeux.

— Tu vas me manquer.

— Je sais.

— Mais je ne serai pas loin. Tu me verras chaque jour.

— Je sais cela, aussi.

Approchant son visage, il l'embrassa, d'abord avec douceur, puis au fil des secondes avec une telle passion qu'elle sentit chacune de ses terminaisons nerveuses crépiter. Et quand il mit un terme à son baiser, de nouveau, il la regarda au fond des yeux et chuchota :

— Ce n'est pas fini, Katie. C'est juste le début.

Et avant qu'elle puisse faire un commentaire, il lui tourna le dos et sortit de sa chambre.

De retour chez lui, la première chose qu'il fit fut de passer un coup de fil.

— Sean, dit-il quand son frère décrocha. As-tu pu joindre Garrett ?

— Non, répondit Sean. Il est en Irlande et ne répond pas au téléphone.

— En Irlande ? Que fait-il là-bas ?

— Voilà exactement ce que j'ai demandé à son jumeau. Griffin prétend que Jefferson rencontre de gros problèmes avec un cambrioleur, dans la succursale européenne. Garrett est parti mener l'enquête.

Il soupira, agacé par ce contretemps. Jefferson King, l'un de leurs nombreux cousins, vivait avec son épouse irlandaise sur une exploitation ovine, dans le comté de Mayo. Difficile de croire que Jefferson, le magnat d'Hollywood, ait pu trouver le bonheur dans ce coin perdu, il semblait pourtant très heureux. Si Jeff avait un problème, bien malin qui pourrait dire quand Garrett reviendrait au pays. Chez les King, une seule devise prévalait : *La famille avant tout.* Garrett remuerait ciel et terre pour aider son frère, dût-il pour cela rester absent plusieurs mois.

— Bien, c'est génial, marmonna Rafe en arpentant la suite ultramoderne de son hôtel.

L'appartement était désert, comme toujours, pourtant ce soir, il semblait plus vide que d'habitude. Rafe avait toujours préféré vivre à l'hôtel. Simple, pratique. Et à cette heure, désespérant de silence.

Il pensa à la vieille maison de Katie, son mobilier rustique, son parquet grinçant. Ce pavillon avait une âme, il portait les traces d'une sorte de continuité, et l'on avait le sentiment que les murs résonnaient des rires et des larmes du passé.

Il balaya du regard son appartement et, pour la première fois depuis des années, fut frappé par son manque de chaleur, sa superficialité. Morose, il sortit sur la terrasse. Un vent frais l'enveloppa et il écouta le rugissement de l'océan. Les lampadaires tout en bas projetaient des halos de lumière sur le trottoir et jusque sur la plage. Au loin, il aperçut les flammes d'un feu de camp.

— Bien, dit-il, nous n'avons donc pas le moindre début de piste sur l'identité de celui qui a fait tant de mal à Katie.

— Pas le moindre, dit Sean. Et excepté pour ceux qui sont mariés, cela peut être n'importe qui.

— J'en ai bien conscience.

Il tressaillit sous une rafale de vent plus forte que les autres. Son corps palpitait encore de ses étreintes avec Katie. Il fronça les sourcils, perplexe. Tout était allé si vite.

— Je peux interroger discrètement les uns et les autres, proposa Sean.

— Inutile, je le ferai moi-même.

— Bien, dit Sean. Au fait ! M'as-tu ramené quelques cookies ?

Rafe lui raccrocha au nez sans façon et fourra son téléphone dans sa poche. Il n'était pas d'humeur à essuyer les agaceries de son frère. Agrippé à la rambarde, il laissa le vent fouetter son visage et regarda les vagues répéter leur assaut à l'infini. Et là, sous le clair de lune, il se fit la promesse de découvrir celui qui avait brisé le cœur de Katie.

Quelques jours plus tard, Rafe n'était pas plus avancé. Interroger ses cousins s'avéra plus difficile que prévu. Avec l'été, tous semblaient s'être donné le mot pour quitter la ville. Apparemment, la nouvelle génération des King avait pris ses distances avec la tradition familiale qui prônait le travail comme priorité absolue.

Mais ce qui le mettait hors de lui, ce n'était pas simplement la frustration de ne pas savoir sur lequel de ses cousins il allait pouvoir passer ses nerfs. C'était Katie elle-même. Avant elle, la seule et unique femme qui lui avait jamais tourné le dos était Leslie. Mais au moins l'avait-elle épousé, au préalable.

— Tout va bien ici ?

Ravalant sa mauvaise humeur, il éteignit la ponceuse dans sa main et se tourna vers Joe, l'homme qui se faisait passer pour son patron.

— Très bien..., répondit-il sèchement.

Il déplaça la porte du placard tout juste terminée et s'empara de la suivante. Poncer ne requérait pas une attention extrême, et son esprit était donc libre de vagabonder. Malheureusement, ce vagabondage le menait invariablement à Katie.

Elle le rendait fou. Et c'était une grande première. Jusque-là, il avait toujours contrôlé la situation. Faisant ce qu'il voulait, quand il le voulait, sans réellement se soucier de qui pouvait se trouver sur son chemin. Depuis Leslie, les femmes étaient devenues pour lui un produit de consommation à durée de vie extrêmement limitée. Elles ne faisaient que passer dans son existence. Après quelques heures de plaisir, il rompait, sans regret.

— ... Jusqu'à présent, bougonna-t-il en retirant ses lunettes de protection et son masque.

Joe regarda derrière lui pour s'assurer que personne ne risquait de les entendre.

— Ecoute, j'ignore ce qui se trame ici, mais je viens de parler à Katie. Elle est tellement tendue qu'elle fait des étincelles.

— Vraiment ?

Rafe ne put retenir un sourire. Au moins n'était-il pas le seul à bout de nerfs. Elle avait fait en sorte de l'éviter, ces derniers jours, ne lui adressant même pas la parole. Si bien que jusqu'à présent, il ignorait totalement dans quel état d'esprit elle se trouvait.

C'était une vraie torture, pour lui, de se trouver si proche d'elle jour après jour, sans pouvoir lui parler. Sans pouvoir la toucher. Mais il continuerait de garder ses distances. Il ne flancherait pas. Il la voulait, et elle le savait. Il ne tenterait rien et attendrait qu'elle vienne à lui. Après tout, c'était elle qui l'avait repoussé.

— Elle a dit quelque chose ?

— Cela aurait été superflu, répondit Joe, avec un air narquois. Pendant que je lui parlais de son nouveau carrelage, elle n'a pas cessé de te regarder.

De mieux en mieux, se félicita Rafe en silence, réprimant un sourire de satisfaction.

— Alors ? Que se passe-t-il ?

Rafe fusilla Joe du regard. Il connaissait l'homme depuis des années. Et avait une absolue confiance en lui. Il le considérait même comme un ami. Mais il ne souhaitait pas pour autant que Joe s'immisce dans sa vie privée.

— Ce ne sont pas tes affaires, d'accord ?

Le vieil homme se massa le dessus de son crâne dégarni.

— Je comprends. Mais je travaille pour King Construction. J'ai une excellente réputation auprès de la société, comme de nos clients.

— En effet, dit Rafe sans élever la voix. Où veux-tu en venir ?

— Je te connais depuis un bon bout de temps, Rafe, et que ce soient mes affaires ou pas, je vais quand même te dire ce que j'ai à te dire. Tu devrais à présent révéler à cette jeune femme ton identité.

— Merci du conseil, ricana Rafe.

Pour elle, il était Rafe Cole. Un anonyme, un petit charpentier qu'elle ne s'était pas gênée d'envoyer promener. Si elle découvrait qu'il était un King, elle était capable de tout.

Joe toussota, manifestement contrarié.

— Je l'aime bien, et je trouve que ce n'est pas correct de lui mentir ainsi. Je m'en veux à présent d'avoir lancé ce pari stupide…

Rafe comprenait les tourments de son ami, mais il n'était pas prêt à dévoiler la vérité à Katie. Pas encore. Pas avant qu'elle ne lui ait montré combien elle tenait à lui. Combien il comptait pour elle. Alors, et seulement alors, il lui expliquerait combien elle se trompait, à propos de la famille King… et forcément, de lui. Elle serait bien forcée de reconnaître son erreur.

— Ecoute, Joe, dit-il. Je suis désolé de la façon dont les choses ont tourné. Mais nous sommes allés trop loin déjà pour changer les règles du jeu.

— Un jeu ? C'est donc ainsi que tu considères la situation ? répondit Joe, une ride au milieu du front.

A cet instant précis, Rafe eut le sentiment très net que son sous-traitant s'apprêtait à défendre l'honneur de Katie.

— Je ne dis pas que Katie est un jeu pour moi, alors, calme-toi.

Joe perdit un peu de son expression de pitbull et Rafe enchaîna :

— N'en fais pas toute une histoire, dit-il, rassurant, avec une tape chaleureuse sur le dos de son ami. Nous avons fait un pari, je l'ai perdu et voilà tout. Quant à avouer la vérité à Katie, je le ferai en temps voulu.

— Quand ?

— En tout cas, pas maintenant, c'est évident, répondit Rafe puis, regardant son ami au fond des yeux, il ajouta : Et ne t'avise surtout pas de lui parler…

Visiblement frustré, Joe finit par acquiescer non sans avoir au préalable laissé échapper une bordée d'injures bien senties.

— Entendu, je ne dirai rien. Mais je te le répète, tu commets une grave erreur, Rafe. Une erreur que tu ne tarderas pas à regretter.

— Peut-être, marmonna-t-il en regardant en direction du patio où Katie s'affairait.

Même à cette distance, elle était belle. Mais ce n'était pas uniquement sa beauté qui le fascinait. C'était cet éclat dans ses yeux. Une sorte de tendresse. Et le fait qu'elle l'ait désiré, sans savoir qui il était. Elle n'attendait rien de lui. Une attitude si rare que Rafe ne pouvait imaginer de renoncer à elle.

Mais pas question de laisser son cœur s'émouvoir. Il avait eu une expérience de l'amour. Avait essayé le mariage. Et quel échec ! Or un King ne connaissait pas le mot « échec ». C'était bien là la seule règle que leur père leur avait inculquée, quand ils n'étaient encore que des enfants.

Son divorce avec Leslie resterait son premier et seul échec. Il ne se risquerait pas à commettre deux fois la même erreur. Il ne donnerait pas au destin l'occasion de le ridiculiser une autre fois.

— Regrets ou pas, reprit-il avec calme, cela ne te regarde pas. Contente-toi de faire ton travail et laisse-moi m'occuper de Katie Charles.

— Bien. C'est toi le patron, répondit Joe après un long silence. Mais King ou pas, tu es en train de commettre une erreur.

Joe s'éloigna vers la cuisine où Steve et Arturo se chamaillaient, à propos de plâtrage. Dans sa cuisine improvisée, Katie terminait une nouvelle fournée de cookies. Il ferma les yeux, sourit aux délicieux arômes qui s'échappaient du four.

Peut-être Joe était-il dans le vrai… Pourtant Rafe n'avait pas l'impression de commettre une erreur, en taisant sa véritable identité à Katie. Il allait donc s'en tenir à son plan initial. Rafe détestait revenir sur une décision. S'il s'aventurait sur cette voie, comment cela se terminerait-il ? Mal, sans aucun doute.

Non, mieux valait encore échouer à cause de ses propres décisions, que d'avoir à payer pour des conseils qu'il n'avait même pas sollicités.

7

En cette fin d'après-midi, Rafe s'apprêtait à sortir de la maison de Katie, quand il remarqua Emily O'Hara, faisant le pied de grue devant le portail. Une fois encore, il était resté après le départ du reste de l'équipe, s'attardant même plus qu'à l'accoutumée, espérant toujours le retour de Katie. Il voulait lui parler. Enfin, pour être franc, il ne voulait pas que cela.

Katie étant absente, il fut donc très surpris de découvrir sa grand-mère qui manifestement l'attendait, lui. La vieille dame portait une tenue estivale très gaie, pantalon blanc et chemisier rose bonbon sur un top blanc outrageusement échancré, lunettes de soleil cerclées de rouge sur le nez. Lunettes qu'elle repoussa calmement sur son front, quand elle l'entendit approcher.

Adossée au pick-up, tout en se limant les ongles avec nonchalance, elle lui adressa un sourire crispé, sourire qui aurait dû le mettre en garde. Mais Rafe connaissait les femmes. Il n'aurait aucun mal à charmer Emily et à s'en faire une alliée. Peut-être.

D'autant qu'à leur première rencontre, la grand-mère de Katie s'était montrée plutôt bien disposée, à son égard. Il n'y avait pas de raisons pour que cela ne continue pas.

— Madame O'Hara, dit-il avec son plus franc sourire, afin de la mettre à l'aise. Katie n'est pas chez elle.

— Oh ! Je sais, Rafe. Nous sommes mardi, et le mardi, ma petite-fille a l'habitude de faire ses courses. J'ai bien essayé de l'arracher à sa routine, mais c'est une jeune femme très rigoureuse.

La vieille dame se redressa, enfouit sa lime à ongles dans le sac jeté à son épaule, puis elle le dévisagea avec attention.

— Mais je vous appelle Rafe... Ne préférez-vous pas « monsieur King » ?

Il sentit sa gorge se nouer et il demeura quelques longues secondes comme sonné. Il ne s'attendait pas à cela. La vieille dame connaissait donc son identité ? Avait-elle parlé à Katie ? Il en doutait car sinon, il le saurait, à l'heure qu'il était. Katie serait venue le voir et lui aurait fait passer un sale quart d'heure. La question était donc de savoir pour quelle raison sa grand-mère le couvrait.

— Rafe fera l'affaire, répondit-il finalement en glissant les mains dans ses poches. Depuis quand savez-vous ?

— Depuis que Katie vous a présenté à moi comme étant Rafe Cole..., dit la vieille dame en riant.

Secouant la tête, elle passa son index sur le capot du pick-up, maculé de poussière avec une moue réprobatrice.

— Voyez-vous, reprit-elle, Katie est une gentille fille, mais avec un caractère entêté. En ce moment, seul son travail lui importe, au point qu'elle en oublie tout le reste. Elle ne sait rien du monde qui l'entoure. Si, comme moi, elle lisait régulièrement les magazines people, elle...

Elle s'interrompit, lui asséna un regard aussi droit qu'hostile, avant de poursuivre :

— … vous aurait reconnu. Même si vous êtes très différent en jean, par rapport aux photos de vous qui illustrent les articles mondains et où l'on peut vous admirer en smoking.

Il soupira et se maudit intérieurement pour son inconséquence. Stupide. Il n'avait pas pensé à ce détail. Encore le mois dernier, il faisait la une de l'un de ces tabloïds. Les paparazzi l'avaient mitraillé lors d'une soirée privée pour la protection du littoral, au bras d'une actrice. Une brève aventure, l'intéressée n'ayant manifestement pas inventé la poudre.

Sortant les mains de ses poches, il croisa les bras. Sous ses dehors de vieille femme vulnérable, Emily en imposait. Face à l'éclat de ses yeux, à ce moment, il comprit qu'il avait tout intérêt à filer droit. Mais il était rompu aux négociations parfois hostiles avec ses fournisseurs, aussi était-il en terrain connu pour une éventuelle confrontation. Il releva la tête, prêt à l'affrontement.

— Il serait donc parfaitement inutile de nier, dit-elle.

— Je n'en vois pas l'intérêt, répondit Rafe. Mais pourquoi n'avoir rien dit à Katie ?

— La question est intéressante, reconnut Emily avec un petit sourire. Je me la suis d'ailleurs posée plusieurs fois, durant ces deux dernières semaines. En réalité, j'étais curieuse de voir d'abord jusqu'où vous iriez…

— Et aujourd'hui ?

— J'ai décidé d'attendre encore un peu, répondit-elle en agitant son doigt dans sa direction, comme s'il était un gamin de dix ans.

Elle s'éloigna d'un pas du pick-up, passa du soleil à l'ombre, ses sandales claquant sur le béton de l'allée. Puis elle se tourna vers lui.

— Et si vous m'expliquiez ce qui se passe ? Pourquoi vous faites-vous passer pour quelqu'un d'autre ?

Le temps de quelques secondes, Rafe ne put s'empêcher de frémir à l'idée qu'une femme de cette espèce pourrait se retrouver dans le camp ennemi. Une vraie lionne. Sans doute qui ne ménagerait pas ses griffes, s'il s'agissait de protéger Katie. Ce dont il ne pouvait la blâmer. Il ne voulait pas lui manquer de respect, mais il n'ouvrirait certainement pas son cœur à la grand-mère de Katie.

— C'est une longue histoire, marmonna-t-il. Je travaille ici, à cause d'un pari perdu. J'aurais eu du mal à venir manier le marteau en tant que patron.

— Je comprends que vous n'ayez rien dit à vos hommes, dit-elle, songeuse. Mais cela n'explique pas que vous mentiez à Katie.

— En effet.

— Et alors ? demanda-t-elle, après un soupir d'impatience.

La petite lueur qu'il voyait dans les yeux d'Emily, si semblables à ceux de sa petite-fille, lui disait qu'elle ne renoncerait pas. Il détestait être sur le gril. Il n'appréciait pas plus de devoir justifier ses actes. Mais il avait le plus grand respect pour les gens qui faisaient preuve de loyauté, et c'était bien ce qui animait la vieille dame.

Dans ces conditions, sans dévoiler ses raisons profondes, il décida de lui donner satisfaction avec un début de réponse :

— Elle me plaît. Mais elle déteste les King. Je ne vais pas prendre le risque de lui dire que j'en suis un.

— Jamais ? s'exclama-t-elle, abasourdie.

— Je devrai bien le lui avouer un jour ou l'autre,

admit-il. Mais quant au moment et à la façon de lui apprendre la vérité, je veux rester seul juge.

— Pourriez-vous me donner une date ?

Tout en la regardant, il se rappela, médusé, qu'il n'y avait pas si longtemps, il avait été attendri par Emily, et qu'il l'avait prise pour une adorable mamie gâteau un peu loufoque, mais si sympathique. L'Emily de Katie était en réalité une intraitable dame de fer.

Durant quelques secondes, il fut désorienté. Manque d'habitude. Il ne se souvenait pas avoir jamais subi un interrogatoire. Il était un King. Il n'était pas dans ses habitudes de se justifier ni de s'excuser. Il toussota, inspira profondément. Il n'allait pas se laisser intimider par le regard réprobateur d'une grand-mère quelque peu indiscrète.

— Je dois dans un premier temps lui faire comprendre que tous les King ne sont pas des salauds, dit-il avec fermeté. Quand elle me fera confiance, quand elle aura de la sympathie pour moi, je lui dirai tout, et une fois qu'elle aura compris son erreur à notre sujet, je sortirai de sa vie.

Emily écarquilla les yeux et le dévisagea comme s'il venait de s'exprimer en chinois.

— Ce… C'est cela, votre plan ?

— Pourquoi ? Un problème ?

— Une minute, je vous prie, répondit-elle en secouant la tête, manifestement accablée.

Il se fichait de ce qu'elle pouvait penser de son plan, il n'en démordrait pas. Mais soudain, une idée germa dans sa tête, qui aurait dû germer bien plus tôt. Cela lui aurait épargné, à lui mais aussi à Sean, bien des ennuis. Il se rapprocha d'Emily et demanda :

— Vous devez savoir lequel des King s'est si mal comporté, avec elle ?

Elle esquissa un sourire diabolique puis répondit :

— En effet.

— Donnez-moi son nom, dit-il alors. J'ai bien essayé de le découvrir moi-même, mais cela prend trop de temps.

— Pourquoi tenez-vous tant à le savoir ?

— Eh bien… (Rafe hésita, avant de répondre :) Il lui a fait du mal. Il est temps pour lui de payer.

— Vous feriez du mal à un membre de votre propre famille ?

Il nota la surprise dans sa voix, il était lui-même surpris de ce que cela impliquait. Les King ne faisaient qu'un. La solidarité allait de soi dans la famille. Et les rares querelles ou désaccords entre cousins ne changeaient rien à cette règle.

— Oui, répondit-il, perdu dans ses pensées.

Il n'en revenait pas lui-même. Il était prêt à donner une leçon à l'un de ses cousins, ou frères, uniquement pour venger Katie !

— Je réitère ma question, dit alors Emily. Pourquoi tenez-vous tant à le savoir ?

Il passa une main dans ses cheveux et soupira, en proie à un intense sentiment de frustration. Il n'avait pas la moindre idée des raisons pour lesquelles il tenait tant à le savoir. Il le fallait, voilà tout. La seule explication possible était qu'il n'aimait pas qu'une femme comme Katie déteste les King. Elle était si… gentille. Il haussa les épaules à cette pensée. Elle était tellement plus que cela.

— Vous me harcelez, avec vos questions, grommela-t-il.

— Je veux bien le croire, mais puis-je avoir une réponse ? dit-elle avec un flegme qui le laissa pantois. Une réponse honnête, il va de soi.

Il l'observa plus attentivement. Katie deviendrait-elle un jour une vieille femme avec un caractère aussi bien trempé ? Sans doute. Comme on avait l'habitude de dire, chez les King, « C'est dans le sang. » Et au fond de lui, il se prit à s'imaginer, d'ici à quelques décennies, aux côtés d'une Katie en vieille dame indigne. Il s'empressa néanmoins de chasser cette pensée. La pérennité dans les relations avec les femmes n'était pas son point fort.

Choisissant ses mots avec soin, il répondit :

— Honnêtement, je l'ignore. C'est important pour moi, voilà tout. Je ne supporte pas de savoir que l'un des membres de ma famille lui ait causé du tort. Et je n'aime pas non plus savoir qu'elle déteste les King à cause de cette seule ordure, quel qu'il soit. Alors, donnez-moi son nom afin que je puisse me charger de lui au plus vite et sortir ensuite de la vie de Katie.

Emily lui sourit et secoua ses cheveux argentés au vent.

— Vous savez quoi ? Je n'ai pas envie de vous donner son nom.

— Pourquoi ?

— Parce que je préfère vous regarder mettre votre plan à exécution, déclara-t-elle, les yeux brillants de malice. Ma Katie peut parfaitement prendre soin d'elle-même, voyez-vous. Ce type lui a fait du mal, mais il ne l'a pas brisée. Et vous savez pourquoi ? Parce qu'elle *croyait* être amoureuse. Vous feriez bien de ne pas l'oublier, Rafe.

Plus confus que jamais, il marmonna :

— Je m'en souviendrai.

— Bien. A présent, je dois vous laisser, j'ai un rendez-vous galant, annonça la vieille dame en lui tournant le dos. Oh ! Encore une chose, ajouta-t-elle subitement en faisant volte-face.

— Je vous écoute.

Elle le fixa puis, sans le moindre sourire cette fois, elle dit d'une voix basse :

— Brisez-lui le cœur, et c'est à moi que vous aurez affaire. Je me lancerai à votre poursuite et vous ferai regretter d'avoir mis un jour les pieds dans la maison de ma Katie. Vous m'avez bien comprise ?

Il hocha la tête, plein d'admiration pour le courage et la loyauté de la vieille dame. Il se surprit même à envier Katie d'avoir quelqu'un qui l'aimait autant.

Il n'avait jamais eu cette chance, lui-même. Bien sûr, il était entouré de ses frères et de ses cousins. Mais sa mère n'avait jamais éprouvé d'amour, pour lui. Elle s'était toujours servie de lui pour obtenir de l'argent, et pour en soutirer à Ben King. La vieille tante qui s'était occupée de son éducation ne lui avait jamais manifesté beaucoup de tendresse. Quant à Ben King, son père, sans doute l'aimait-il, mais à sa manière.

Cependant, il n'était pas du genre à s'apitoyer sur son sort. C'était ainsi. Mais il ne pouvait s'empêcher de penser à ce qu'aurait été son enfance, s'il avait reçu le genre d'amour qui illuminait à cet instant les yeux d'Emily O'Hara.

— Compris.

— Bien, dit-elle en rechaussant ses lunettes, puis après un sourire, elle conclut : Tant que nous nous comprendrons, tout ira bien.

Elle le salua d'un signe de la main et se hâta vers une Coccinelle jaune citron, garée un peu plus haut. Elle se mit au volant et démarra au quart de tour, disparaissant au coin de la rue dans un crissement de freins.

Morose, il fit face à la vieille maison de Katie, si paisible sous le soleil déclinant. Si vide, sans elle.

Cette discussion avec Emily l'avait ébranlé. La vieille dame ne s'était pas gênée pour lui faire comprendre le peu d'estime qu'elle portait à son fameux plan. Il n'était pas loin de partager son avis. Le mensonge dans lequel il s'était embarqué lui parut soudain aussi confortable qu'une corde passée autour de son cou. Ne commettait-il pas une erreur en continuant à se faire passer pour un autre ?

A l'origine, il s'agissait de gagner l'affection et le respect de Katie. Que gagnait-il à toute cette comédie ? Elle aimait bien Rafe le charpentier, mais elle n'aimerait pas le vrai Rafe, pas Rafe King. Katie en réalité aimait un mensonge. Une identité fabriquée de toutes pièces. Comment sortir de cet imbroglio sans risquer de tout perdre ?

A ce moment, il se sentit terriblement seul, comme jamais auparavant. Ce sentiment l'irrita contre lui-même, car s'il devait s'en prendre à quelqu'un, c'était bien à lui et lui seul. Et il n'avait pas le moindre petit début de solution pour sortir de là.

Le lendemain matin, Katy s'attela à la préparation des premières livraisons de cookies de la journée. En temps normal, elle adorait se présenter chez les gens avec ses paquets-cadeaux gourmands. Elle avait un peu le sentiment d'être le Père Noël. Ces derniers temps, toutefois, les commandes se faisant plus nombreuses, elle ne disposait plus du temps nécessaire pour procéder elle-même à ces livraisons.

Elle faisait appel pour cela à une jeune adolescente de la rue voisine et chacune y trouvait son compte. Mais Donna était partie quelques jours en vacances avec ses parents, aussi, malgré une fatigue intense, Katie n'eut-elle d'autre choix que de charger elle-même le coffre de la voiture. Elle rangea ses créations avec soin, puis regarda le tout avec un réel sentiment de fierté.

Elle avait monté son affaire sans aucune aide et le succès était au rendez-vous. Bientôt, elle passerait à la vitesse supérieure, car elle nourrissait de grands et ambitieux projets pour son entreprise artisanale.

— Une raison supplémentaire de garder mes distances avec Rafe, dit-elle à haute voix.

Il était trop mâle. Trop irrésistible. Elle ne pouvait se permettre de se laisser distraire de ses objectifs, pas même pour un homme qui, d'un seul regard, avait la capacité de la faire chavirer. Résister aux exigences de ses hormones lui demandait beaucoup d'effort, sans parler de ces jours et de ces nuits où son image venait la hanter. Elle avait pourtant trouvé un remède à son obsession. Désormais, elle évitait soigneusement de penser à lui. Plus facile à dire qu'à faire, néanmoins.

Le seul réconfort qu'elle trouvait était de se plonger dans la gestion de son affaire. Bientôt, elle serait connue sur toute la côte Est. Peut-être même ouvrirait-elle une boutique en ville, son enseigne « Aux Kookies de Katie » deviendrait un lieu incontournable. Elle embaucherait du personnel, développerait sa clientèle et pourquoi pas, mettrait en place une activité de vente en ligne. Les idées ne lui manquaient pas. Et rien ne l'arrêterait dans sa conquête du marché de la gourmandise.

Les parfums mêlés de vanille, cannelle et chocolat flottaient dans sa voiture. Elle sourit, en dépit du manque de sommeil, après une nuit presque blanche. Une insomnie qui n'était pas uniquement due au fait qu'elle avait travaillé tard. Une fois couchée, elle n'avait dormi que par intermittences, agitée par des rêves brûlants. Rêves de Rafe et de leur nuit d'amour.

Et voilà ! Une fois de plus, il revenait dans ses pensées ! Elle soupira. Le voir chaque jour n'était pas fait pour l'aider à le chasser de son esprit. Surtout que son corps, le traître, semblait déterminé à lui rappeler quels moments délicieux elle avait passés, entre ses bras.

— Besoin d'aide ?

Katie sursauta et, une main sur le cœur, elle fit face à l'homme auquel elle était en train justement de penser.

— Tu m'as fait peur.

— Désolé, s'excusa-t-il avec un sourire. Je t'ai appelée mais, visiblement, tu n'as pas entendu.

Non, en effet. Elle était bien trop occupée à se souvenir de la chaleur de ses mains sur sa peau. De la douceur de sa bouche. De son corps sur le sien. Elle laissa échapper un soupir et se força à plaquer un sourire sur ses lèvres.

— J'étais perdue dans mes pensées…

— Je vois ça, dit-il en regardant le coffre de son 4x4. Tu as beaucoup travaillé, apparemment.

— Je n'ai pas arrêté, répondit-elle en se baissant pour charger la dernière boîte.

— Laisse-moi faire, dit-il.

En toute honnêteté, même si du fait de sa proximité, son cœur s'était mis à battre à un rythme bien au-dessus de la normale, elle était contente de le voir. Elle avait employé les derniers jours à éviter de se retrouver seule avec lui, s'autorisant tout juste quelques regards, de-ci de-là. Le sentir si près maintenant était une sorte de délicieuse torture. Il portait son éternel jean râpé. A la perfection, comme toujours. Et son T-shirt à l'effigie de King Construction lui collait à la peau. Elle avait envie de le toucher, de l'embrasser.

Elle retint son souffle, effaça dans l'instant cette pensée de son cerveau malade. La fatigue lui jouait des tours, au point de lui faire perdre la raison. Et de lui faire oublier ses bonnes résolutions. Elle se reprit aussitôt, pensant aux livraisons qu'elle avait à assurer.

— Merci.

Après avoir déposé le carton dans le coffre, il lui jeta un regard perplexe.

— Tu es sûre que ça va ?

— Oui, oui. Un peu fatiguée, voilà tout.

Il se renfrogna puis désigna sa cargaison de cookies.

— Tu vas livrer tout ça toi-même ?

Elle bâilla puis hocha la tête.

— Pardon. Oui. La jeune fille qui s'en occupe d'habitude fait en ce moment du camping au parc de Yosemite, avec sa famille et…

— Tu arrives à peine à garder les yeux ouverts, l'interrompit-il.

Comme pour lui prouver qu'il avait tort, elle écarquilla les yeux et le défia du regard.

— Je suis en pleine forme. J'en ai pour une heure ou deux, puis je rentrerai et ferai un petit somme.

De la cuisine leur parvint le sifflement d'une scie.

— Enfin, j'essaierai de faire un petit somme, corrigea-t-elle avec un faible sourire.

Il ne lui retourna pas son sourire. Au lieu de cela,

il la dévisagea avec insistance puis, croisant les bras, il décréta :

— Tu n'iras nulle part.

— Pardon ? s'exclama-t-elle, stupéfaite.

Secouant la tête, il répondit :

— Katie, tu dors quasiment debout. Si tu prends le volant dans cet état, tu risques de tuer quelqu'un. Ou toi-même.

— Tu exagères, dit-elle en refermant son coffre. Je sais ce que je fais.

— Sans doute, acquiesça-t-il sur un ton posé. Quand tu es réveillée.

— Je ne suis pas sous ta responsabilité, Rafe, remarqua-t-elle, luttant contre un nouveau bâillement.

Une autre raison pour laquelle ils ne pourraient jamais s'entendre, en couple. Il était trop autoritaire, et elle était trop obstinée, trop attachée à son indépendance.

Mais comme elle se sentait lasse ! Cette fois, elle ne put retenir un nouveau bâillement et aussitôt, elle vit son regard se durcir. Mais avant qu'il puisse dire quoi que ce soit, elle prit la parole :

— J'apprécie sincèrement que tu te soucies ainsi de moi. Mais je vais bien et nous avons, toi et moi, un travail à assurer. Retournons donc chacun à nos activités et restons-en là, d'accord ?

— Non, pas d'accord, répondit Rafe qui, à cet instant, s'empara des clés sur la serrure du coffre et les garda au creux de sa main, hors de portée. Je ne plaisante pas. Je ne te laisserai pas prendre la voiture.

— Tu ne me laisseras pas prendre la voiture ? répéta-t-elle, incrédule, en le dévisageant. Mais je n'ai pas besoin de ton autorisation, Rafe ! C'est ma voiture. Mon affaire. Et j'affirme être en état de conduire.

— Tu as tort, voilà tout, dit-il entre ses dents, avant d'ajouter, en se dirigeant vers la maison : Attends-moi ici.

Il aurait aussi bien pu lui tapoter le dessus du crâne et lui dire « couché », comme à un bon et placide chien-chien. Mais évidemment, elle attendrait ici. Quel autre choix avait-elle ? se demanda-t-elle avec irritation. Il avait chipé ses clés.

A sa fatigue vint donc se rajouter la colère. Un cocktail explosif. Il n'avait pas tort lorsqu'il disait qu'elle était éreintée, mais de là à représenter un danger pour les autres usagers de la route ! Elle n'était pas stupide. Elle ne prendrait jamais le volant si elle ne s'en sentait pas capable.

Elle se réfugia dans le garage, qu'elle arpenta de long en large, en attendant son retour. Une nuit, une seule, et il se comportait déjà en dieu et en maître. Quelle bonne idée elle avait eue de prendre ses distances. Qu'en serait-il s'ils avaient entamé une relation…

Une relation. Cette pensée s'insinua dans son esprit. Et au lieu d'attiser sa colère, elle l'enveloppa d'une douce et apaisante chaleur. Qui cherchait-elle à tromper ? Elle rêvait depuis si longtemps d'un homme qui s'inquiète pour elle. Non qu'elle soit une potiche, comme ces femmes qui obéissaient au doigt et à l'œil à toutes les injonctions du premier mâle venu. Mais apparemment, il l'aimait bien, au point de se soucier de sa sécurité. Au fil des minutes, ce constat finit d'étouffer toute colère en elle. Elle haussa les épaules, et se reprenant, décida d'attribuer ce moment de faiblesse à la fatigue.

Aussi, quand il fut de retour, l'accueillit-elle sur un ton peu avenant :

— Rends-moi mes clés.

— Certainement pas, répondit-il et, prenant fermement

son bras, il la guida vers la voiture et ouvrit la portière, côté passager. Assieds-toi.

Elle se dégagea de son emprise et recula d'un pas. Puis, relevant fièrement le menton, elle le regarda dans les yeux et déclara :

— Ce n'est pas drôle, Rafe.

— En effet, répondit-il, soutenant son regard. Tu es trop indépendante, voilà la vérité.

— Que veux-tu dire par là ?

— Que tu es trop soucieuse de faire tout par toi-même. Que tu ne sais pas demander de l'aide, quand tu en as besoin.

Sourcils froncés, il la regarda comme s'il s'attendait à la voir exploser. Ce dont elle s'abstint.

— Je n'ai pas besoin d'aide, et si tel était le cas, ce n'est certainement pas à toi que je m'adresserais.

Il hocha doucement la tête et demanda :

— Puis-je savoir pourquoi ?

— Parce que nous ne sommes pas ensemble et que tu es censé rénover ma cuisine.

— Nous pourrions être ensemble si tu n'étais pas aussi entêtée, lui fit-il remarquer. Quant à ta cuisine, je reprendrai mon travail dès notre retour.

— Nous n'irons nulle part, toi et moi, dit-elle.

Elle réprima à ce moment un nouveau bâillement et aussitôt, serra les dents fermement.

— Tu vois bien, remarqua-t-il avec un petit sourire. Tu n'arrêtes pas de bâiller.

— Cela ne veut rien dire, protesta-t-elle.

— Bon sang, Katie, soupira Rafe, son regard rivé au sien. Même si tu refuses mon aide, tu pourrais au moins reconnaître que tu es trop fatiguée pour conduire.

Elle comprit à l'éclat de ses yeux bleus couleur

glacier qu'il ne capitulerait pas. Elle tenta néanmoins une autre tactique.

— Rafe, dit-elle avec calme, sur un ton rationnel en parfaite contradiction avec l'irritation extrême qui l'agitait. Rafe, je t'assure, je vais bien. Vraiment.

Mais à cette seconde, un nouveau bâillement irrépressible la prit par surprise.

— Bien sûr, bien sûr, répondit-il. C'est évident, voyons. Allez, monte. Je prends le volant.

— Comment ça, tu prends le volant ? s'exclama-t-elle en se tournant vers la cuisine. Tu ne peux pas quitter ton travail, enfin !

— J'ai dit aux gars d'avertir Joe que je m'absentais pour te rendre un service et que je serai de retour d'ici deux heures.

— Tu ne peux pas faire cela, Rafe.

Ne risquait-il pas d'être licencié pour abandon de poste ? Elle ne permettrait pas qu'il perde son emploi à cause d'elle.

— Si, je peux, répondit-il. Nous sommes une entreprise modèle. Au service du client, en toute occasion.

Il se pouvait qu'il ait raison. Qu'elle ne soit pas en mesure de prendre le volant. Elle soupira. Il était agaçant et tyrannique. Mais il se faisait réellement du souci pour elle. Et il préférait s'absenter de son travail pour pouvoir l'accompagner dans ses livraisons.

Elle allait donc se retrouver seule avec lui dans la voiture, pendant plus d'une heure. A cette perspective, une joie absolue la submergea. Comment était-ce possible ? Elle ne pouvait avoir envie d'être avec lui et son contraire.

C'était dire son état d'épuisement physique et mental. C'était la seule réponse plausible.

— Tout juste si je ne t'entends pas réfléchir, dit-il après un long moment.

— Cela vaut mieux que de me quereller avec toi, répliqua-t-elle du tac au tac.

— Tout à fait d'accord. Et avant toute dispute supplémentaire, sache que je ne renonce jamais. Ce n'est pas dans mon caractère.

Elle le regarda et de sa voix la plus ingénue, répondit :

— Ni dans le mien.

— D'où le problème, entre nous, commenta-t-il.

Elle sourit à sa conclusion, malgré la situation.

— Bien, vas-tu te décider à reconnaître l'évidence ? reprit-il après un soupir. Vas-tu te décider à prendre place dans cette satanée voiture, ou dois-je recourir à des méthodes plus radicales ?

Katie le fusilla du regard.

— Bien, d'accord, oui, il est possible que je sois trop fatiguée pour conduire, admit-elle à contrecœur.

Il lui sourit, et ce fut plus fort qu'elle, son sourire la fit chavirer. Quelle sotte ! Ne devait-elle pas garder ses distances ? Ne s'était-elle pas juré de ne plus tomber amoureuse ?

— Parfait, dit-il. Maintenant que nous sommes d'accord, daignerais-tu prendre place dans cette voiture ?

Elle sourit en constatant qu'il avait abandonné l'autorité pour un ton plus conciliant. Sans se presser, elle s'assit sur le siège passager.

— Merci, dit-elle.

— Avec plaisir.

Il referma la portière puis s'installa au volant et glissa la clé dans le contact.

— Alors ? demanda-t-il en se tournant vers elle. On dirait bien que c'est notre second rendez-vous…

Elle le fixa, sceptique.

— Livrer des cookies ? Tu appelles cela un rendez-vous ?

— Pourquoi pas ? dit-il en enclenchant la première. Cela ne tient qu'à nous de faire de ce moment un tendre tête-à-tête…

Elle l'observa à la dérobée et des images de leur nuit d'amour s'imposèrent à son esprit. Puis elle se souvint de ces derniers jours de torture, à se trouver si près de lui et, en même temps, si loin. Elle se souvint aussi de ses nuits agitées, où elle s'était réveillée à bout de souffle au milieu de rêves torrides, le corps en flammes.

Quelque chose clochait, chez elle, sans doute. Rafe était un garçon gentil, un homme tout ce qu'il y a de normal. Pourquoi ne pas essayer, après tout ? Quel mal pouvait-il y avoir à passer plus de temps avec lui ? Au moins pour voir si ses sentiments à son égard allaient au-delà de la simple attirance physique.

Après tout, gérer son affaire et vivre ne devraient pas être incompatibles. Sa grand-mère, tout comme Nicole, l'y avait encouragée. Alors, tout en le regardant, elle concéda :

— Ce pourrait être un tendre tête-à-tête, si tu m'offrais un café…

Il lui adressa un sourire radieux. Triomphant.

— Un café, ça marche !

8

Une heure et demie plus tard, Katie semblait avoir retrouvé un peu de son entrain, à la grande satisfaction de Rafe.

— Je comprends que tu aimes livrer tes clients, remarqua-t-il en se remettant au volant, après la dernière livraison. Les gens t'accueillent comme si tu étais le Messie. Sans compter les pourboires..., ajouta-t-il en brandissant un billet de cinq dollars.

— Félicitations, répondit Katie en riant. Te voilà désormais sacré « livreur en chef ».

— La dame chez laquelle je viens de sonner a même éclaté en sanglots, raconta-t-il en tendant le billet à Katie.

Il se rappela l'expression de la cliente quand, ouvrant sa porte, elle l'avait découvert, un panier de cookies multicolores dans les bras.

— Elle a pris les cookies et s'est mise à pleurer, poursuivit-il. En fait, elle riait et pleurait en même temps. C'était très émouvant.

— Rien à voir avec le travail de charpentier, j'imagine ?

— Rien à voir, en effet, répondit-il simplement en scrutant ses yeux vert émeraude.

Elle était détendue, plaisantait, apparemment heureuse de partager ce moment avec lui. En une fraction de seconde pourtant, il fut terrifié. Effaré par l'horreur du mensonge dans lequel il la maintenait. Il était impardonnable.

Il repensa à la conversation qu'il avait eue avec la grand-mère de Katie. Au début, ce mensonge ne le gênait pas le moins du monde, mais à mesure que les jours s'écoulaient, il était devenu un fardeau, une croix. Il s'en voulait de la tromper. En réalité, il aurait dû lui avouer la vérité depuis longtemps déjà.

Certes, il avait expliqué à Emily qu'il s'en tiendrait au plan qu'il s'était fixé, mais il commençait à douter sérieusement de son bien-fondé. Malheureusement, il ne voyait pas le moyen de s'en sortir sans provoquer de dégâts collatéraux. Car il ne se faisait pas d'illusions : à la seconde où il confesserait son mensonge et où il révélerait son identité à Katie, tout serait fini entre eux.

Cette éventualité lui glaça le sang. Lui, le gestionnaire hors pair n'avait pas su anticiper, à l'évidence. Il n'avait pas pressenti qu'une fois le chantier achevé, il voudrait continuer à la voir. Or, il ne pouvait imaginer qu'elle sorte de sa vie. Il voulait autre chose, plus, il avait envie de faire un bout de chemin avec elle. Mais les chances pour que cela se produise étaient minces.

Une fraction de seconde, il envisagea de tout déballer, là, sur-le-champ. De lui dire qu'il n'était pas l'homme qu'elle croyait. Mais aussitôt, il imagina sa réaction, son regard à l'annonce de sa trahison, puis la colère… Rien ne pressait somme toute.

Elle n'était pas prête à entendre la vérité.

Avant de lui exposer clairement la situation, il voulait qu'elle s'attache à lui. *Et après ?* chuchota une petite voix dans sa tête. Il n'avait pas la réponse. Il avait besoin d'elle à ses côtés, voilà tout ce qu'il savait.

Et il ne laisserait pas le nom de King gâcher ce qu'il y avait entre eux.

Il continuerait donc à mentir, suivrait à la lettre son plan, que cela lui plaise ou pas.

— Comment te sens-tu ? demanda-t-il subitement.

— Un peu plus réveillée, merci. Le café m'a fait du bien.

— Pas suffisamment, décida-t-il.

Un voile assombrissait ses yeux verts, elle était pâle, trop pâle. Il s'étonnait lui-même de s'inquiéter autant pour elle, mais manifestement, il ne pouvait rien contre.

— Tu as l'air épuisée, dit-il.

— Dois-je comprendre que je ne suis pas jolie ? demanda-t-elle avec un sourire timide.

— Tu es très belle…

Ces mots tout simples résonnèrent dans l'habitacle. Avec un accent de sincérité qui le tétanisa.

— Rafe…

— Non, dit-il avec calme.

Il refusait d'entendre ce qu'elle avait à dire. Que rien n'avait changé, et qu'elle refusait de s'engager dans une relation avec lui. Il n'était pas fou. Il pouvait presque sentir son trouble. La chaleur de sa peau. Et en dépit de la fatigue dans ses yeux, une lueur reconnaissable entre mille y scintillait. Celle du désir.

Il se pencha vers elle, fit courir ses doigts sur sa joue et approcha sa bouche de la sienne. Elle ne recula pas, ne le repoussa pas. Elle s'abandonna contre lui, prit ce qu'il lui offrait et il en éprouva un profond soulagement. Car tout au fond de lui, il craignait qu'elle ne se dérobe.

Ces derniers jours, il n'avait pensé qu'à cela. A l'embrasser. Le premier contact de ses lèvres contre les siennes suffit à raviver des braises qui en réalité n'avaient cessé de couver, depuis leur première et unique nuit ensemble.

Electrisé, il dut lutter contre son propre corps enflammé par le désir pour ne pas l'attirer plus près de lui. Il voulait sentir sa peau sous ses doigts. Il la voulait sous lui, sur lui. Il voulait que son corps s'ouvre au sien.

Il gémit, sachant qu'il ne pourrait avoir ce à quoi il aspirait dans l'immédiat. Il prolongea ce baiser indéfiniment, et ce ne fut qu'au prix d'un effort surhumain qu'il réussit à s'arracher à sa bouche. Il la regarda, le souffle court, le cœur proche de l'implosion.

Front contre front, ils demeurèrent un long moment silencieux. Il devait retrouver son calme. Ramener son corps à la raison. Il ferma les yeux, luttant contre lui-même, tout entier subjugué par la douceur de son souffle sur son visage.

Une chose en tout cas était sûre : en dépit de ses protestations, pour quelqu'un qui n'était pas intéressé par une relation, elle semblait sensible à ses avances.

Quelques minutes encore, puis il lui sourit et la regardant au fond des yeux, il murmura :

— Tu vois bien... Quand je te disais que nous n'en avions pas terminé, toi et moi.

Elle secoua la tête, puis elle esquissa un sourire.

— Crois-tu que ce soit le moment ?

Il lui rendit son sourire, puis enfouit les mains dans ses cheveux. Elle soupira à ses caresses.

— Tu as raison, dit-il à voix basse. Pas de dispute. Pas tout de suite, en tout cas.

— Plus tard, oui, je t'en prie, dit-elle en caressant sa joue.

— Cela signifie donc qu'il y aura un « plus tard » ?

— Oui, répondit-elle, sans détacher son regard du sien. Il y aura un plus tard.

— Ce soir, dit-il en prenant sa main. Je veux te voir ce soir.

— Entendu. Une nouvelle soirée barbecue ?

— Non, cette fois, nous laisserons les autres cuisiner pour nous, dit-il. Je passerai te prendre à 19 heures.

— Pour aller où ?

— C'est une surprise, répondit-il, un plan se formant dans son esprit. Tenue de soirée exigée. Oh ! Et fais un somme, une fois rentrée. Je veux que tu sois parfaitement réveillée, ce soir.

— Que de mystères.

Il sourit, impatient et heureux, à la perspective de la soirée qui s'annonçait, réunissant dans sa tête toutes les pièces du puzzle.

Il fut euphorique jusqu'au moment où il rentra chez lui pour se changer.

A la seconde où il pénétra dans sa suite, il sut que quelqu'un l'y attendait. Inutile d'être un génie pour cela. Un sac à main gisait sur le canapé, ainsi qu'une paire d'escarpins noirs, renversés sous la table basse.

Fronçant les sourcils, il chercha dans sa mémoire. Aurait-il pris un autre rendez-vous, ce soir ? Depuis son aventure express avec Selena, il ne sortait plus. Mais alors, qui... ?

— Rafe ? C'est toi ?

A l'écho de cette voix féminine si familière, Rafe ressentit un mélange de regret et de chagrin. Sentiments qu'il refoula aussitôt pour offrir à son ex-femme un large sourire quand elle apparut, dans l'encadrement de la baie vitrée donnant sur la terrasse.

— Leslie ? Que fais-tu ici ?

L'élégante jeune femme brune lui adressa un sourire pincé.

— Moi aussi, je suis heureuse de te voir, Rafe, répondit-elle avec froideur.

Agacé d'être rappelé à l'ordre pour ses manières, alors que de son côté, elle s'était invitée chez lui sans prévenir, il se contenta de la regarder, dans l'expectative de ce qui allait suivre. Que voulait-elle ?

Il ne dut pas attendre longtemps pour le savoir. Leslie n'avait jamais été du genre patient.

— Je sais, j'aurais dû t'appeler avant de passer.

— Cela aurait été très aimable de ta part, en effet, dit-il.

Elle s'avança dans le salon, le soleil de fin de journée l'enveloppant d'une aura de lumière presque irréelle. Une apparition, se dit-il, narquois. Une mise en scène, plutôt, car Leslie avait toujours su se mettre en valeur. Elle était effectivement superbe. Par ailleurs, très sûre d'elle. Elle était surtout son ex, la seule femme au monde qui l'ait jamais plaqué.

Mal à l'aise à ce souvenir, il l'interpella, peu aimable :

— Comment t'es-tu débrouillée pour entrer ?

— Oh ! lui répondit-elle avec un sourire faussement modeste. Declan travaille toujours à la réception, comme tu le sais. Il m'a laissée monter sans problème.

Il se promit aussitôt d'avoir un petit entretien avec Declan.

— Au risque de me répéter..., reprit-il. Que fais-tu ici ?

Elle se renfrogna légèrement, pas suffisamment néanmoins pour gâcher la courbe parfaite de ses sourcils, mais il comprit le message. Elle avait toujours eu le chic pour lui faire savoir quand, pour une raison ou une autre, il la décevait. Et manifestement, il l'avait souvent déçue. En y repensant, il ne comprenait toujours pas ce qui les avait poussés à se marier.

— Tu as toujours aimé aller droit au but, n'est-ce pas ? murmura-t-elle.

— Et si mes souvenirs sont bons, tu n'as jamais apprécié cette qualité.

Elle perdit un peu de sa superbe, puis bien vite lui offrit un sourire lumineux.

— Mais regarde-nous... Voilà des années que nous avons divorcé et nous nous comportons encore comme si nous étions des ennemis l'un pour l'autre.

Il haussa légèrement les épaules. Elle n'avait pas tort. Un point pour elle. Leslie ne faisait plus partie de sa vie, alors pourquoi ressasser le passé ?

— Tu as raison. Bien, dis-moi, pourquoi cette visite ?

— Honnêtement ? dit-elle en secouant la tête, avec un regard émerveillé. En fait, j'ai moi-même bien du mal à y croire. Mais je n'avais pas d'autre choix...

Elle se mordilla la lèvre inférieure, puis porta une main devant sa bouche et ses yeux s'emplirent de larmes. Il sentit quelque chose se rétracter en lui au souvenir de toutes ces fois où Leslie avait éclaté en sanglots. Lors d'une dispute, ou pour éviter un affrontement, ou encore simplement pour montrer combien elle le méprisait. Elle pleurait avec une facilité déconcertante, sur commande. Au début de leur liaison, ces larmes le touchaient. Tel un preux chevalier, il aurait fait tout et n'importe quoi pour en tarir le flot.

Mais aujourd'hui, il était descendu de son destrier, et Leslie n'était plus son Graal depuis longtemps. En outre, elle était remariée. Pourquoi s'adresser à lui, son ex ?

— Oh ! Rafe, chuchota-t-elle, le souffle court, le soleil couchant projetant un éclat mauve du plus bel effet sur sa silhouette. Je m'en veux d'être venue ici, mais qu'aurais-je pu faire d'autre ?

— Et si tu me disais ce qui se passe ?

— C'est John..., commença-t-elle.

Il se raidit. Après tout, avant de devenir le mari de Leslie, John Peters était son meilleur ami.

— Comment va-t-il ?

— Oh ! physiquement, bien, répondit-elle, la voix tremblante. Mais Rafe, il a perdu son emploi et je ne sais que faire.

L'espace d'une fraction de seconde, il éprouva un élan de sympathie pour son vieil ami. Tous deux avaient fait connaissance à l'université et étaient devenus très liés. Jusqu'à ce que Leslie vienne troubler leur belle amitié. En réalité, John avait plus manqué à Rafe que Leslie elle-même.

Triste constat sur un mariage totalement raté.

— Qu'est-ce que cela a à voir avec moi ?

Il s'étonna du ton de sa propre voix et regretta sa cruauté en la voyant blêmir.

— Inutile de te montrer aussi agressif.

Il soupira et regarda sa montre. Il devait prendre une douche, s'habiller et aller chercher Katie. Leslie appartenait au passé, le présent était autrement plus prometteur. Aussi, plutôt que de prolonger cette conversation, il remarqua avec un certain détachement :

— Leslie, tu es mon ex-épouse, mariée à mon ex-ami. A quelle sympathie t'attendais-tu, de ma part ?

— Je savais que tu ne comprendrais pas.

— Tu as raison, acquiesça-t-il en se dirigeant vers le bar, avec une envie subite de bière. Je ne comprends pas ta démarche.

Elle le rejoignit et accepta un verre de vin. Après avoir trempé les lèvres dans le breuvage couleur rubis, elle déclara :

— J'ai besoin d'argent.

Il se retint de sourire même s'il avait l'impression qu'un poing glacial se refermait autour de son cœur. Il aurait dû s'en douter. En cas de problème, les gens n'attendaient pas autre chose des King que de l'argent.

— John sait que tu es ici ?

— Bien sûr que non. Ce serait une humiliation, pour lui.

Cela, il en était certain. L'ami dont il se souvenait aurait été horrifié d'apprendre que Leslie était venue lui demander une aide financière.

— Simple curiosité, dit-il en s'adossant au bar. A supposer que je te donne ce que tu demandes, comment expliqueras-tu la chose à John ?

— Je trouverai un moyen, répondit-elle en relevant le menton pour montrer sa détermination. Je sais me montrer persuasive.

— Je me souviens, en effet…

Il s'en souvenait même très bien. Leslie avait toujours su obtenir ce qu'elle voulait. Par quelque moyen que ce soit. A l'évidence, rien n'avait changé. Il dévisagea son ex-femme, et la compara mentalement à Katie Charles. Katie, avec ses cheveux soyeux et son jean râpé. Katie et ses éclats de rire, si purs, si vrais. Katie et ses grands yeux verts, Katie et ses colères.

Et Leslie. Si raffinée. Si froide.

Katie était la passion, tout feu, tout flamme. Elle

le… Il verrouilla à la hâte son cerveau, redoutant des pensées un peu trop torrides.

— Je ne serais jamais venue te voir, Rafe, si j'avais eu une autre solution, dit-elle et pour la première fois, dans sa voix résonna le début d'un regret.

— Oui, je sais.

De nouveau, il pensa à Katie et se demanda quelle aurait été son attitude, à la place de Leslie. Mais le seul fait d'imaginer Katie confrontée à des problèmes lui serra le cœur. Plus encore, il ne supportait pas l'idée qu'elle puisse, dans de telles conditions, ne pas s'adresser à lui. Pour quelle raison ? Il n'avait pas envie de le savoir.

Katie s'était jetée à corps perdu dans sa petite affaire. Elle travaillait dur et se battait pour son avenir. Pour sa survie et… Leslie ne faisait-elle pas la même chose ? réalisa-t-il soudain. C'était le désespoir qui l'avait poussée à venir lui demander de l'aide. Alors, à cause de Katie, ou grâce à elle, il ressentit pour son ex-femme un élan de sympathie. Ce dont il aurait été incapable, encore quelques semaines auparavant.

Même si tout était fini entre eux, il comprit qu'il ne pouvait ignorer la requête de Leslie. Le moment était peut-être venu de laisser le passé derrière lui, avec les regrets et l'amertume et ce pénible sentiment d'échec.

— Appelle Janice, ma secrétaire, demain, dit-il. Elle te donnera la somme que tu souhaites.

Elle laissa échapper un soupir de soulagement et lui sourit avec reconnaissance.

— Merci. Pour dire la vérité, je ne pensais pas que tu accepterais…

— Cela ne t'a pas empêchée de venir me demander mon aide.

— Je devais le faire, répondit-elle, le regard droit et avec sincérité. Je ne peux pas abandonner mon mari…

Il la dévisagea, puis il chuchota :

— Tu l'aimes beaucoup, dirait-on…

— Je l'aime, c'est tout, répondit-elle simplement.

Cet aveu aurait dû au minimum l'agacer, mais il n'en fut rien. Manifestement, il en avait définitivement fini avec Leslie. Pour être tout à fait honnête, il se décida à admettre que dans son mariage raté avec Leslie, c'était sa fierté plus que son cœur qui avait été affectée.

Que devait-il déduire de cet épisode ? Que Leslie avait raison quand elle lui reprochait de ne pas être capable d'amour ?

— Leslie, lorsque nous étions mariés, demanda-t-il avec calme, en cherchant ses mots, éprouvais-tu le même genre de sentiments pour moi ? M'aurais-tu protégé, si j'en avais eu besoin ?

— Tu n'avais pas besoin de moi, Rafe, répondit-elle avec tendresse. Tu n'as jamais eu besoin de moi.

— Je t'aimais.

Elle sourit puis secoua la tête.

— Non, Rafe.

— Je sais bien ce que je ressentais, se défendit-il, vexé.

— Ne te fâche pas, dit-elle. Tu tenais à moi, oui, mais tu ne m'aimais pas. Et j'en ai eu assez d'essayer de toucher ton cœur.

Il se renfrogna et posa sa bière avant de glisser les mains dans ses poches.

— Te rappelles-tu m'avoir reproché d'être incapable d'aimer ?

— Non, répondit-elle, l'air surpris.

— C'est pourtant la vérité.

— Pour l'amour du ciel, Rafe, protesta-t-elle. Pourquoi aurais-je dit une chose pareille ?

— C'est ce que je me suis souvent demandé.

— Vois-tu, Rafe, c'est bien là le problème, remarqua-t-elle en secouant la tête. Tu n'as jamais pris la peine de m'écouter. De m'écouter vraiment. Je ne t'ai jamais dit que tu étais incapable d'aimer. En revanche, j'ai sûrement dû te dire que tu étais incapable de m'aimer, moi.

Il regarda l'océan. Le soleil bientôt ferait le grand plongeon. Déjà, un voile pourpre revêtait les vagues. Il ferma les yeux, le vent caressa son visage.

— Quoi qu'il en soit, tu avais raison.

— Non, dit Leslie. J'avais tort.

Elle approcha une main de son bras, l'effleura brièvement.

— Ne comprends-tu donc pas, Rafe ? Tu ne m'aimais pas et j'en souffrais. Alors, j'ai voulu te faire du mal en retour.

Elle ne lui avait pas fait de mal. Cela allait de soi, depuis si longtemps, pour lui. Car la capacité d'aimer s'apprenait dès l'enfance, tout naturellement. Or il avait été privé, douloureusement privé, de cet enseignement.

Leslie se pencha légèrement vers lui, cherchant son regard.

— Comment s'appelle-t-elle ?

— Pardon ? s'exclama-t-il, se repliant aussitôt sur lui-même, opposant à la curiosité de Leslie un regard froid et une expression figée.

— Oh, là, là, chuchota-t-elle en le regardant comme s'il venait d'exécuter un tour de magie. Tu fais ça toujours aussi bien.

— Faire quoi ?

— Rentrer dans ta coquille, dès que quelqu'un se rapproche un peu trop de toi. Cela me rendait folle, avoua-t-elle. On avait l'impression que tu étais en alerte rouge en permanence. Un vrai escargot.

La métaphore n'était pas à son goût, cependant il aurait été malhonnête de s'en s'offusquer.

— Ne fais pas ça, Rafe, reprit-elle. Je veux dire, avec elle, quelle qu'elle soit, ne fais pas ça. Ouvre-lui ton cœur. Ose.

— Ben voyons, je n'ai rien à craindre, avec mes antécédents, ironisa-t-il.

— Peu importent les antécédents, quand il s'agit d'aimer quelqu'un, dit-elle, ignorant son amertume. Du moment que tu as trouvé la bonne personne.

— Comme John ?

— Oui, pour moi, John est la bonne personne, répondit-elle avec franchise, sans chercher à dissimuler son émotion. Tu sais, ton amitié lui manque énormément. Tu n'aurais pas dû rompre tout contact avec lui à cause de nous, Rafe.

Comment aurait-il pu en être autrement ? Il ne se sentait pas capable alors de regarder son ami dans les yeux, sachant que John avait réussi là où lui avait échoué. John avait su rendre Leslie heureuse, pas lui. Les King détestaient perdre. Ils faisaient donc en sorte d'être le moins souvent possible confrontés à l'échec.

Mais la page était tournée. Ces quelques minutes avec Leslie lui faisaient prendre conscience de l'évolution de ses sentiments. Il n'éprouvait plus ni rancœur ni dégoût. Le ressentiment s'était dissipé. Leslie était mariée, et maman, elle était passée à autre chose. Le moment était venu pour lui d'en faire autant. Il n'allait pas laisser un échec décider du reste de sa vie.

— John me manque, à moi aussi, reconnut-il, juste avant de demander, à son grand étonnement : Comment vont les enfants ?

Instantanément, son visage s'éclaira. Elle lui sourit, comme transfigurée.

— De véritables petits monstres. J'ai une collection de photos, avec moi. Veux-tu les voir ?

— Bien sûr.

Elle sortit son portefeuille de son sac et lui montra les instantanés de deux adorables bambins — des portraits crachés de leur père. Tout en regardant ces petits John, il ressentit une pointe d'envie en pensant au bonheur de son ex-épouse.

— Très mignons, marmonna-t-il.

— Ils sont fabuleux, dit Leslie. Et John est un père merveilleux.

— Je suis heureux pour toi, dit-il.

Le plus surprenant, c'était qu'il le pensait vraiment. Etrange. Autrefois, quand il pensait à Leslie, il ne pouvait se défaire d'une certaine tristesse. Son échec. Ses erreurs. Aujourd'hui, il ne ressentait plus rien de tel. En réalité, Katie Charles occupait toutes ses pensées. Son sourire, son rire, la chaleur de sa peau, sous ses mains.

Leslie se conjuguait désormais pour lui au passé.

Katie. Etait-elle son avenir ?

— Est-ce que ça va ?

— Comment ?

— Tu semblais inquiet, juste à l'instant, remarqua Leslie en le dévisageant.

Inquiet ? Lui ? Rafe se renfrogna. Il n'était pas dans ses habitudes de s'inquiéter. Il agissait.

— Non, non. Tout va bien, répondit-il, avant d'ajouter : Je suis heureux de t'avoir vue, aujourd'hui, Leslie.

— Vraiment ? dit-elle, manifestement surprise. Tu aurais été incapable de me dire une telle chose, il y a un an.

— C'est juste, admit-il, navré. Mais je le peux, à présent.

— Elle doit être très particulière, cette mystérieuse jeune femme, chuchota Leslie.

— Oui, elle l'est, en effet, soupira-t-il, alors que dans son esprit se dissipaient ses derniers ressentiments concernant leur mariage raté.

— Dans ce cas, je t'en prie, ne gâche pas tout, Rafe, le supplia-t-elle, en le regardant droit dans les yeux. Brise ta carapace, laisse-la venir à toi. Et toucher ton cœur.

Il réalisa à cet instant que c'était déjà chose faite. Sans même qu'il en soit conscient, Katie avait réussi à briser ses défenses. Encore fallait-il maintenant tenter de savoir ce que cela impliquait pour lui. Pour eux.

— Je dois m'en aller, dit Leslie en glissant ses pieds nus dans ses escarpins. Merci encore pour ton aide, Rafe. Je te rembourserai, bien sûr.

— Je sais. Bien… Appelle Janice dès demain.

— Je le ferai. Oh ! Et ne sois pas fâché contre Declan de m'avoir laissée entrer. Je ne recommencerai plus.

Il hocha brièvement la tête, puis la regarda se préparer à repartir vers sa vie, son univers.

— Une dernière chose, ajouta-t-elle avec tendresse. Je suis désolée de la façon dont notre mariage s'est terminé.

Il l'observa, et constata que son sourire était sincère. Et puis, il ne distingua aucune larme, dans ses yeux. Alors, pour la première fois, il parvint à la regarder sans voir en elle ses propres échecs et désillusions. Il n'y avait plus de noirceur en lui. Et il n'y avait plus aucune raison pour qu'il continue à éviter Leslie, ou même John. Le passé était le passé. Et alors qu'il prenait la mesure de cette révélation, une profonde sérénité l'envahit. Aussi, lorsqu'une idée germa dans son esprit, n'y alla-t-il pas par quatre chemins.

— Nous aurions bien besoin d'un juriste, chez King Construction. Dis à John de m'appeler.

Leslie lui sourit une nouvelle fois et répondit :

— Il sera si heureux de te parler, Rafe. Même sans emploi à la clé.

— Oui. Moi aussi.

Une fois Leslie partie, il prit quelques secondes pour réfléchir. Depuis des années, il ressassait l'échec de son mariage. Chaque fois qu'une femme l'approchait, son inconscient agitait un étendard et aussitôt, il battait en retraite. Jamais, plus jamais on ne l'amènerait devant monsieur le maire. Le mariage pour lui, c'était fini. Il n'y aurait pas de deuxième échec. En tant que King, il ne pouvait l'admettre.

Pourtant, aujourd'hui, il commençait à prendre conscience que son mariage avec Leslie avait été condamné à l'avance. Il n'avait jamais été réellement motivé pour que leur couple fonctionne. Tout simplement parce qu'il avait épousé Leslie pour les mauvaises raisons.

Tous deux étaient trop jeunes pour savoir ce qu'ils voulaient. Trop stupides pour comprendre que le mariage n'était pas la suite logique à une année de flirt. Il s'était obstiné, tout en sachant quelque part au fond de lui que cela ne marcherait pas.

Avec Katie en revanche, c'était une tout autre histoire.

Il sentait qu'elle était faite pour lui et qu'il était fait pour elle. Etre avec elle était une nécessité, une urgence, un besoin autant qu'une envie. Mais quelle serait sa réaction quand elle apprendrait la vérité ?

9

Après un somme récupérateur, Katie s'était levée toute revigorée, quoique un peu anxieuse à la perspective de son rendez-vous avec Rafe. Aussi, au moment de sortir faire du shopping, s'assura-t-elle du soutien amical de Nicole.

— Tu es sérieuse ? s'exclama celle-ci en secouant la tête. Allons, tu n'as plus quinze ans, Katie !

Katie se regarda dans le miroir de la cabine d'essayage. La robe de soie couleur crème avait un col montant, des manches longues et se terminait aux genoux par une ronde de froufrous.

— Elle est pourtant jolie, tenta-t-elle d'argumenter, tout en virevoltant.

— Elle est surtout gnangnan, remarqua Nicole en tendant à Connor une bouteille de jus de fruits.

Le petit garçon martela sa poussette de coups de pied frénétiques en chantonnant :

— Gnangnangnan !

— On dirait que Connor est d'accord avec toi, remarqua Katie.

— Connor est toujours d'accord avec sa maman, répondit Nicole qui attrapa une autre robe sur un cintre voisin. Essaye donc celle-ci. C'est ta taille.

— Mais... elle est noire !

— Et alors ?

Katie soupira avant de capituler :

— Entendu. Je vais la passer.

Elles se trouvaient dans une minuscule boutique de Second Street. Peut-être aurait-elle trouvé son bonheur dans un centre commercial, mais elles auraient dû faire des kilomètres pour s'y rendre. Et Katie s'appliquait à privilégier les commerces de proximité. Comme le sien.

Elle retira la robe beige et la glissa sur son cintre avec un regard perplexe.

— Tu es sûre ? lança-t-elle depuis la cabine. Elle a pourtant un certain chic.

— Essaye la noire, ordonna Nicole, derrière le rideau. Fais-moi confiance.

Après un nouveau soupir, Katie s'exécuta. Une fois la fermeture Eclair remontée, la robe ajustée, elle se regarda dans le miroir. Quel choc !

— Je ne peux pas mettre ça, Nicole, gémit-elle en fixant son reflet, comme s'il s'agissait d'une inconnue. Cela ne me correspond pas du tout.

— Viens te montrer.

Katie entrouvrit le rideau de la cabine, n'osant pas sortir, mais Nicole l'attira à l'extérieur malgré elle. Son amie écarquilla les yeux, puis un sourire apparut sur son visage.

— Ah ! s'exclama-t-elle.

Mal à l'aise, Katie se regarda une nouvelle fois dans le miroir. Cette robe ne cachait que l'essentiel. Et encore ! Elle n'avait jamais porté ce genre de modèle. Pas vraiment pratique pour fabriquer des cookies à longueur de journée, parfois même jusqu'au bout de la nuit.

Deux fines bretelles noires soutenaient un body

au décolleté vertigineux. Le tissu, brillant de mille paillettes, lui collait à la peau, moulant chacune de ses formes avec précision. Enfin, cette robe s'arrêtait à mi-cuisse, un peu plus haut et elle risquait d'être interpellée pour attentat à la pudeur.

Bref, elle ne se sentait pas à son aise.

— Tu es sublime, s'extasia Nicole.

— Je ne vais pas porter ça, décréta Katie qui tentait désespérément de faire remonter le body sur ses seins.

— Pour quelle raison ?

— Eh bien… Ce n'est pas moi, tout simplement, répondit Katie en secouant la tête.

— C'est précisément pour cela que tu dois l'acheter, dit Nicole.

Son amie se baissa pour prendre Connor dans ses bras, puis elle croisa le regard de Katie dans le miroir.

— Cordell a décidément étouffé toute ta confiance en toi, ajouta-t-elle.

— Exact, chuchota Katie qui continua d'observer son reflet, perdue dans ses pensées.

— C'est comme si encore aujourd'hui il décidait de ta vie, reprit Nicole. Ne le comprends-tu pas ?

— Sans doute, mais…

— Pas de *mais*, l'interrompit Nicole avec fermeté, tout en caressant les cheveux de son fils. Crois-en mon expérience, je sais ce que c'est de ne plus se faire confiance. Mon mari m'a quittée quand j'étais enceinte, souviens-toi.

— Nicole…

— Chut. J'ai tourné la page. Et tu devrais en faire autant avec Cordell.

— Mais c'est ce que je fais, se défendit Katie.

Elle réalisa à cet instant que Cordell en effet était

passé aux oubliettes. Une évolution récente certes. Elle avait vécu dans le chagrin et les regrets trop longtemps. Mais tout avait changé à partir de sa rencontre avec Rafe.

Un seul de ses baisers avait suffi à balayer l'autre de ses pensées et de son cœur. Soudain, face à ce miroir, dans la moiteur de cette cabine, elle retint son souffle, submergée par l'émotion en pensant au regard de Rafe, quand il la découvrirait dans cette robe.

— Eh bien alors, qu'attends-tu ? demanda Nicole derrière elle. Puisque tu as tiré un trait sur ce sale type, mets cette robe, et ce soir Rafe sera subjugué, je peux te le garantir !

Katie sourit à son reflet. Lentement, elle releva la tête et oublia sa gêne initiale. Pas si mal. Rafe comptait beaucoup pour elle, et elle savait qu'il tenait à elle. Pourquoi se cacherait-elle ? Elle avait droit au bonheur, elle le méritait.

— Tu es superbe, chuchota Nicole pour l'encourager.

Katie esquissa un sourire. Cordell King n'avait pas fait partie de sa vie très longtemps. Et sans doute avait-elle embelli leur relation. Rencontrer un homme de son espèce avait été si inattendu, qu'elle aurait dû se méfier. Mais elle s'était donnée tout entière dans cette aventure, croyant en un conte de fées. L'homme riche et séduisant emportant une modeste faiseuse de cookies dans son palais…

Ridicule, se dit-elle avec un haussement d'épaules.

Son beau mirage dissipé, elle était retournée à sa routine. Et s'y était enfermée, s'interdisant ainsi toute possibilité de commettre une nouvelle erreur. Mais dans l'histoire, qui avait souffert de cette décision ?

Cordell avait pris le large, laissant quelques cailloux

précieux dans son sillage, sans l'ombre d'un regret. Et elle, de son côté, ne s'était pas uniquement jetée à corps perdu dans le travail, mais s'était surtout appliquée à refuser toute autre relation, sous le seul prétexte qu'elle s'était trompée une fois sur un individu.

Après un long soupir, elle s'adressa en silence à son reflet : *Veux-tu rester seule jusqu'à la fin de tes jours, Katie ?*

Certainement pas. Elle ne le voulait pas, ne l'avait jamais voulu. Petite fille déjà, elle rêvait de fonder une famille. Fascinée, elle écoutait sa mère et sa grand-mère parler du grand amour de leur vie et de tout ce qu'elles donneraient pour une seule minute avec l'homme de leur vie.

A son tour, lorsqu'elle regarderait en arrière, à quoi penserait-elle avec émotion ? A une recette de cookie ?

— Je devrais avoir honte de moi, chuchota-t-elle.

— Pardon ?

Elle fixa le reflet de Nicole dans le miroir et demanda :

— Pourquoi ne l'ai-je pas compris plus tôt ? Pourquoi est-ce que je me cache, ainsi ? Je n'ai rien fait de mal. Après tout, j'ai juste cueilli un citron dans le jardin de l'amour.

Nicole éclata de rire et aussitôt, Connor l'imita.

— Que voilà une façon poétique de présenter les choses.

Au fil des secondes, Katie se sentait renaître, et reprenait confiance en elle. Là, dans cette minuscule cabine, ce fut comme une révélation. Elle s'était fermée à la vie pour se punir de s'être trompée. Cela n'avait pas de sens. Sous prétexte qu'elle avait souffert, pourquoi devrait-elle s'interdire de tenter sa chance ? Et peut-être, de trouver l'amour ?

Elle sourit et sentit presque physiquement le spectre de cette Katie lâche et recluse quitter son corps.

— Tout le monde peut tomber sur un fruit pourri, non ? dit-elle avec un haussement d'épaules.

— A qui le dis-tu ! renchérit Nicole.

— C'est vrai ! s'exclama Katie dans un éclat de rire, en glissant un bras autour des épaules de son amie. Le tien ne valait pas mieux que le mien !

— Franchement, il n'y a pas là de quoi se réjouir, remarqua Nicole avec un air penaud.

— Pardon, mais je viens de comprendre quelque chose, juste à l'instant. Le problème ne vient pas de moi. Il n'est jamais venu de moi. Je suis tombée sur le mauvais numéro, et alors ? Cela ne veut pas dire que le prochain ne sera pas le bon, non ?

— En effet.

Après un dernier regard à son reflet, Katie renonça définitivement à la robe crème et se décida pour la noire. La sexy.

— Tu as raison, Nicole. Cette robe est parfaite. Rafe ne va pas en croire ses yeux.

— Du moment qu'il reste en état de fonctionnement, répondit Nicole avec un sourire plein de sous-entendus.

Katie rougit à la réflexion de son amie, puis entreprit de retirer sa robe.

— Le temps de me rhabiller et nous filerons à la boutique de chaussures. Je dois absolument trouver des escarpins.

— Sage décision, répondit Nicole en sortant de la cabine, Connor accroché à son cou.

Une fois seule, Katie se laissa aller à imaginer la réaction de Rafe, devant sa tenue. Elle sourit. Fini de faire comme s'il ne comptait pas pour elle. Fini de vouloir se protéger, au prix de son bonheur. Ce soir serait pour Rafe et elle le début d'autre chose. D'un avenir.

Elle adressa à son reflet un regard approbateur et songea à sa grand-mère. Emily serait fière d'elle.

Le restaurant était niché tout en haut des falaises de Dana Point. Katie avait immédiatement suggéré de prendre une table dans le patio. A sa grande satisfaction, car de leur table, ils avaient non seulement une vue plongeante sur l'océan, mais ils entendaient également le fracas des vagues contre les rochers.

L'adresse était sans doute l'une des plus romantiques de la côte. Et si Rafe n'y était pas venu depuis des années, il ne pouvait imaginer inviter Katie ailleurs.

Il la dévisagea, saisi par sa beauté. Le vent caressait ses cheveux. La flamme des bougies sur leur table se reflétait dans ses yeux verts. Elle regardait autour d'elle, un sourire radieux aux lèvres. Il avait envie de la toucher. De la sentir.

Il sourit. Quel choc, lorsqu'elle lui avait ouvert sa porte, un peu plus tôt. Elle ressemblait à une déesse, dans cette robe noire. Une déesse de la beauté. De la tentation.

Le désir de nouveau s'empara de lui, un raz-de-marée plutôt. Des images d'une volupté extrême défilèrent devant ses yeux. Katie. Peut-être dirait-elle oui, ce soir…

— Quel endroit magnifique, dit-elle en promenant son regard sur le patio. Je ne comprends pas que les gens préfèrent dîner à l'intérieur, plutôt qu'ici.

— Moi non plus…, répondit-il en s'emparant de son verre de vin.

Il but une gorgée du breuvage sanguin, en apprécia en fin connaisseur tous les arômes, félicitant en silence son cousin Travis, propriétaire des vignobles King. Une cuvée d'excellence. Comme d'habitude.

— ... Mais en général, reprit-il, les femmes préfèrent dîner à l'intérieur, de peur d'être décoiffées par le vent.

Elle le fixa, écarta une mèche sur son front.

— Pas moi. J'aime sentir le vent sur moi.

— Et le vent te va si bien..., chuchota-t-il.

Katie lui sourit et avala à son tour une gorgée de vin.

— Hmm, excellent. Dommage que ce soit une production de la famille King.

Se renfrognant légèrement, il regretta de ne pas avoir choisi un autre vin, ne serait-ce que pour la distraire de son ressentiment à l'égard des King. En tout cas, il se garda bien de saisir l'occasion pour lui avouer la vérité. Mais cela ne tarderait plus, à présent, se promit-il. Dès qu'il aurait trouvé les mots pour lui expliquer qui il était, et pourquoi il lui avait menti.

Il s'apprêtait à changer de sujet quand, de manière inattendue, il décida au contraire d'insister, afin de découvrir la raison de sa haine.

— Ils ne sont pas tous mauvais, je suppose..., remarqua-t-il, d'un ton mal assuré.

— Sans doute, répondit-elle, à son grand soulagement. Mais les gens riches sont si éloignés de la réalité ! Ils portent un regard sur le monde totalement différent du nôtre. Parfois méprisant.

— Tu connais beaucoup de gens riches ? demanda-t-il.

— Non. Je n'en ai rencontré qu'un seul. Mais il m'a fait une forte impression.

— A l'évidence, dit-il, frustré de ne toujours pas

savoir qui était l'homme de sa famille qui lui avait fait autant de mal.

A ce moment, elle couvrit sa main de la sienne. Instantanément, avant qu'elle ne lui échappe, il la serra entre ses doigts. Elle lui sourit et reprit :

— Par exemple, tu m'as emmenée ici en pensant que l'endroit me plairait. Un homme riche, lui, m'aurait invitée ici pour m'impressionner. Voilà toute la différence, Rafe.

Il chercha une meilleure position sur son siège, mal à l'aise. En réalité, il l'avait emmenée ici pour l'impressionner. Mais il savait aussi qu'elle serait charmée par le cadre.

Sa main toujours dans la sienne, il la caressa un moment en silence avant de remarquer :

— Un homme riche pourrait très bien t'inviter ici simplement pour la beauté du lieu… Non ?

Elle réfléchit quelques secondes puis répondit :

— Ce ne serait pas pareil. Je sais que m'emmener ici signifie quelque chose de particulier, pour toi. Ce restaurant est très cher pour un simple charpentier…

Il hocha doucement la tête et sourit.

— En fait, vous êtes snob, Katie Charles.

— Comment ? s'exclama-t-elle en retirant sa main de la sienne. Non, je ne suis pas snob, voyons !

— Bien sûr que si…, insista-t-il, plus détendu soudain. S'il parvenait à lui faire admettre ses préjugés, peut-être le moment venu prendrait-elle un peu mieux la vérité… ?

— Sous prétexte d'avoir côtoyé un seul type au compte en banque bien garni, tu as décidé que tous les hommes riches ne valaient pas la peine. Tu es donc snob, à l'envers. En ce sens que dans ton esprit, seuls les sans-le-sou méritent ton intérêt.

— Quelle analyse intéressante, dit-elle avant de tremper ses lèvres dans son vin.

— Une analyse surtout exacte, remarqua-t-il en reprenant sa main dans la sienne, malgré ses efforts pour se libérer.

— Voilà donc ce que tu penses de moi ?

— Je pense que tu es une femme sublime, intelligente, ambitieuse mais... traumatisée. Avec tout ce que cela implique d'excès.

Elle l'étudia de longues secondes, comme sur ses gardes.

— Ce type qui t'a fait du mal, reprit-il. Qu'est-ce qui t'a attirée, chez lui, la première fois ?

Elle fronça les sourcils, puis laissa échapper un soupir.

— Eh bien... Il était différent. Riche, beau et...

— Tu vois, l'interrompit-il. Ce qui t'a séduite d'abord, chez lui, c'est qu'il était riche.

— Non, non, pas du tout. Enfin... Pas en premier lieu, se défendit-elle. Mais... peut-être en deuxième, reconnut-elle, avec un petit sourire.

— Evidemment.

— Oh ! Je vois très bien ce que tu penses, reprit-elle, indignée. Le pauvre homme riche abusé par une intrigante.

— Non, absolument pas, répondit-il, tenant toujours sa main prisonnière au creux de la sienne, en dépit de tous ses efforts pour se dégager. Tout ce que j'affirme, c'est que le fait qu'il soit riche t'attirait, jusqu'à ce que l'homme en question te trahisse. Cette ordure est certes riche, mais avant d'être riche, c'est d'abord une ordure.

Elle n'eut pas l'occasion d'argumenter car la serveuse

arrivait chargée de leurs salades aux fruits de mer. Tous deux se fixèrent avec intensité tandis que la jeune femme déposait leur assiette devant eux.

— Désirez-vous autre chose ? s'enquit-elle.

— Non, merci, répondit-il avec un sourire, avant de reporter son regard sur Katie.

— Tu es un homme très intelligent, remarqua-t-elle, une fois qu'ils furent seuls.

— Il paraît, en effet.

Elle éclata de rire, un son mélodieux qui résonna comme une symphonie à ses oreilles.

— Bien, je respecte ton point de vue, admit-elle en attrapant sa fourchette. En réalité, peut-être même n'as-tu pas tout à fait tort…

— Pas tout à fait ?

— Oui. Je ne l'aimais pas parce qu'il était riche, mais j'avoue que cela faisait partie de son charme. Surtout, je n'ai jamais pu comprendre ce qui l'intéressait, chez moi.

— Moi, je le comprends parfaitement.

Il comprenait en effet ce que tout homme pouvait voir, en elle. Ce qu'il ne comprenait pas, c'était comment un membre de sa famille avait pu se montrer aussi stupide en la quittant. Cela, jamais il ne le comprendrait. D'un autre côté, si ce type ne l'avait pas plaquée, il ne serait pas là avec elle, ce soir. Somme toute, il devait une fière chandelle à son parent. Et il ne manquerait pas de lui exprimer sa reconnaissance, sitôt qu'il aurait découvert son identité. Non sans lui avoir au préalable dit sa façon de penser.

— Merci, chuchota-t-elle. Et oui, tu as sûrement raison. Je fais erreur en reportant ma haine sur les hommes riches, je devrais plutôt veiller à bannir toutes les ordures de mon univers.

Il leva son verre en tressaillant à sa réflexion. A propos d'« ordures », le rangerait-elle dans cette catégorie, une fois qu'il lui aurait révélé son nom ? Il soupira, comme écrasé par le poids de ses mensonges. Rien ne le pressait de passer aux aveux, mais il devrait pourtant s'y résoudre.

— Nous sommes d'accord, dit-il.

A contrecœur, il lâcha sa main afin qu'elle puisse déguster sa salade, mais aussitôt privé de la chaleur de sa peau, il se trouva tout démuni. Il l'observa à la lueur vacillante de la bougie et, en dépit de la présence des autres convives aux tables voisines, il eut le sentiment d'être seul au monde avec elle.

Il se fichait bien de ce repas gastronomique. Et de ce vin du meilleur cru. Tout ce dont il avait besoin, vraiment besoin, c'était de cette femme, face à lui. Elle était si différente des autres. Elle n'attendait rien de lui. N'exigeait pas son attention… qu'elle avait de toute façon. Dans une semaine ou deux, la rénovation de sa cuisine serait achevée, il n'aurait plus aucun prétexte pour la voir chaque jour. Cette pensée s'étira tel un nuage noir sur son cœur. Un nuage qu'il balaya avec détermination. Il ne la laisserait pas lui échapper.

Il ignorait si tous deux avaient un avenir ensemble, mais il savait qu'il voulait plus, avec elle.

Comment en était-il arrivé là ? Au début, il s'agissait pour lui de laver la réputation des King. Puis il avait prévu de la séduire, avant de retourner à sa vie, et Katie à la sienne. On était bien loin de cela, aujourd'hui.

Apparemment, quelque chose avait cloché dans son plan. Il devait réfléchir à une nouvelle stratégie. En espérant cette fois ne pas se tromper.

10

Deux heures plus tard, le dîner terminé, au lieu de reconduire Katie chez elle, Rafe décida de l'emmener pour une courte promenade sur la plage.

— Ces escarpins ne sont pas très pratiques pour marcher dans le sable, dit-elle en riant, avant de retirer ses chaussures. Ah, voilà qui est mieux.

Au-dessus d'eux, le patio du restaurant résonnait du cliquetis des couverts et des rires des convives. Mais là, sur la plage, ils étaient seuls, avec la lune et l'océan pour uniques témoins. Il ne pouvait détacher son regard d'elle. Elle ne pensait qu'à se débarrasser de ses escarpins pour marcher dans le sable avec lui. Elle se moquait d'être décoiffée, ne se plaignait pas d'avoir froid. Elle était… unique.

A cette seconde, ce fut comme si un étau se refermait autour de son cœur avec une force dont il ne soupçonnait pas l'existence.

— Rafe ? Tu vas bien ? demanda-t-elle, cherchant ses yeux.

— Oui, répondit-il avec un sourire. Je vais bien.

En réalité, il n'en était pas aussi sûr. Prenant sa main, il s'avança dans l'obscurité, veillant à ce que les vagues ne l'éclaboussent pas. La plage était d'un noir d'encre, mais l'océan scintillait de mille feux sous la lune.

— Quelle merveilleuse soirée, dit-elle en posant la tête sur son épaule. Mais tu n'aurais pas dû m'emmener dans un restaurant aussi luxueux.

Il lâcha sa main et glissa un bras autour de ses épaules.

— Tu n'as pas aimé ?

— Bien sûr que si. Mais je ne veux pas que tu te croies obligé de dépenser une fortune pour m'impressionner.

C'était une grande première. Il chercha dans ses souvenirs, en vain. Personne ne lui avait jamais fait ce genre de requête, à propos d'argent, c'était même tout le contraire. Jusqu'à sa propre mère qui ne lui rendait visite que lorsque son compte en banque était à sec. Et d'ailleurs il payait, espérant inconsciemment obtenir en retour un peu d'amour de la part de celle qui l'avait mis au monde. Ridicule. L'amour ne s'achetait pas. Et alors ? Tant pis, il n'avait besoin de personne. Il était mieux seul. En tout cas, il l'était.

Il soupira doucement tandis que les pensées les plus contradictoires se bousculaient dans son esprit. Une petite voix qu'il connaissait bien l'encourageait à prendre du bon temps avec Katie, sans se poser plus de questions. Mais ces derniers temps, une autre voix tentait de le convaincre d'autre chose. En prétendant que Katie était peut-être ce qui manquait à sa vie. L'amour.

Et cette pensée avait quelque chose de fascinant autant que d'effrayant pour un homme tel que lui, ayant une expérience si réduite de l'amour.

Elle enroula son bras autour sien et se blottit contre lui. Instantanément, son cœur s'accéléra. Quel chaos ! Son corps aspirait au sien, il avait envie d'elle, de la toucher, de la serrer, de la bercer. Mais en même temps, il se sentait comme retenu, sur la réserve. Elle était différente. Si spéciale. Elle méritait plus, mieux. Et en continuant à lui mentir, il risquait de perdre à jamais quelque chose d'infiniment précieux…

— A quoi penses-tu ? demanda-t-elle soudain en le regardant.

Il hésita, surpris, avant de répondre :

— A toi.

Elle approcha sa main de son visage, écarta une mèche sur son front et le contact de ses doigts sur sa peau le bouleversa.

— Ces pensées ne me semblent pas très joyeuses. Dois-je m'inquiéter ?

— Non, répondit-il à la hâte, prenant son visage entre ses mains. T'ai-je déjà dit combien tu étais belle ?

— Il me semble, oui, une fois ou deux.

— Bien, comme je déteste me répéter, si je te le montrais, plutôt ?

Il l'embrassa, avec passion, et retrouva cette émotion, cette chaleur qu'il n'avait jamais ressentie qu'avec elle. Elle noua sa langue à la sienne, se pressa contre lui, son désir faisant écho au sien. Il l'étreignit, comme il n'avait jamais étreint aucune femme, presque à la briser.

Ici, sur la plage abandonnée, sous une lune complice, ils étaient seuls au monde. Seule Katie importait. Et ce baiser, et le suivant. La toucher, respirer le même air qu'elle. Il promena ses mains sur elle, frémit, subjugué par la perfection de ses courbes sous sa robe. Fou de désir, il referma les mains sur ses seins, aussitôt elle laissa échapper un gémissement.

Il voulait plus. Il avait besoin du contact de sa peau. De sa chair. De sa chaleur. Il l'attira un peu plus contre lui, sa bouche toujours colée à la sienne, puis sa main se faufila sous sa robe et entreprit l'ascension de sa cuisse. Centimètre après centimètre, il avança vers ce point brûlant et adoré de son corps. Instantanément, elle entrouvrit les jambes.

Le premier contact l'électrisa, en dépit de son slip qu'il se retint pourtant d'arracher. Il commença ses caresses, précises, et elle tressaillit entre ses bras. Enfin, il repoussa le petit bout de soie et la toucha.

L'océan, le vent, le sable, il oublia tout de ce qui les entourait. L'univers, même. Il n'y avait qu'elle, cette femme qu'il désirait par-dessus tout. Il continua de la caresser, encore et encore, jusqu'à ce qu'elle se mette à trembler contre lui, puis il plongea ses doigts en elle, dans un va-et-vient obstiné, jusqu'à ce qu'elle le supplie. Et tandis qu'elle gémissait, il l'embrassa avec plus de passion encore, but à ses lèvres chacun de ses soupirs. Il sourit en la sentant s'abandonner ainsi à lui, en sentant son désir, apparemment aussi vivace que le sien. Alors il poursuivit ses caresses, n'aspirant plus qu'à son plaisir. Un plaisir qui s'abattit sur elle avec la puissance d'un raz-de-marée, les laissant tous deux tremblants, à bout de souffle.

Elle s'effondra entre ses bras, et détacha sa bouche de la sienne. Le corps à la torture, il laissa reposer son front contre son front et ce ne fut qu'après de longues secondes qu'il trouva la force de chuchoter :

— Allons chez toi...

— Oui, répondit-elle, haletante de plaisir autant que de désir. Rentrons vite...

Il lui sourit, puis l'emporta dans ses bras et traversa ainsi la plage jusqu'à l'escalier menant à l'esplanade, sur Pacific Coast Highway.

— Mais, Rafe, je peux marcher, voyons, dit-elle en riant.

Il déposa un rapide baiser sur ses lèvres.

— Sans doute, mais j'aime te porter ainsi…

Une fois en haut des marches, il prit à gauche et se dirigea vers le restaurant, se félicitant au passage de ne pas avoir recouru aux services du voiturier. Ainsi, ils n'auraient pas à attendre. Il s'était garé un peu plus haut, sur le parking de la contre-allée.

De nouveau, il l'embrassa, puis il la remit sur ses pieds et, prenant son visage entre ses mains, il murmura :

— Attends-moi ici. Je vais chercher le pick-up.

— Mais… Je peux venir avec toi…

— J'irai plus vite seul. Tu aurais du mal à courir, dans tes escarpins.

— Exact, répondit-elle en baissant les yeux sur ses chaussures hyper-sexy. Dépêche-toi.

— Je n'en ai que pour quelques secondes, l'assura-t-il avant de s'élancer vers le parking.

Elle le suivit des yeux, jusqu'à ce qu'il disparaisse dans la foule. Elle peinait encore à recouvrer son souffle, les effets de l'orgasme n'en finissant pas de se répercuter en elle.

Le vent avait fraîchi, mais une douce chaleur la consumait. Elle sourit au souvenir de ses lèvres, de ses doigts. Elle n'oublierait jamais ce moment. Rafe. Il était fou. Il était tendre. Et ses mains, magiques.

Cette soirée avait été délicieuse. Elle sourit une nouvelle fois. La nuit promettait de l'être plus encore.

Elle n'allait pas se priver d'être heureuse, se dit-elle, déterminée. Elle ne repousserait pas Rafe à cause de vieilles peurs ou d'une histoire de trahison. Pas question de laisser s'échapper cette chance de bonheur, uniquement à cause de ses erreurs passées. Et puis, les paroles de Rafe, en début de soirée, lui avaient donné à réfléchir.

Il avait raison. Le charme qu'elle trouvait à Cordell tenait aussi à son statut social. Elle ne pouvait véritablement pas lui reprocher d'être riche, pas plus qu'elle ne pouvait se reprocher d'être pauvre. Il était d'abord un être humain, tout comme elle, avec ses qualités et ses défauts.

Tout le monde commettait des erreurs, l'important étant d'en tirer les leçons et de s'efforcer de ne pas les renouveler.

Elle sourit au souvenir des bras de Rafe, autour d'elle. De ses caresses intimes, expertes. La chaleur du désir et la passion, entre eux. Elle retint son souffle. Elle n'en avait pas pris conscience, jusqu'alors, et maintenant qu'elle le réalisait, elle s'étonnait que cela ait pu lui échapper si longtemps.

Elle était amoureuse.

L'amour, le vrai. Et c'était là toute la différence. Elle tressaillit et croisa les bras à cette révélation, alors que de merveilleuses sensations l'enveloppaient. Ce qu'elle imaginait éprouver pour Cordell n'était que l'ombre de ce qu'elle ressentait aujourd'hui pour Rafe. Il représentait tout ce à quoi elle avait toujours aspiré. Il était l'homme qu'elle avait attendu toute sa vie.

Comment cela avait-il pu arriver si vite ?

Et à cette question, elle sourit en pensant à ce qu'Emily avait l'habitude de répéter : « L'amour n'a pas d'heure. » En une fraction de seconde, tout pouvait basculer. Le rêve devenir réalité. Moment fabuleux où la vie soudain prenait tout son sens, et où votre cœur savait.

Elle soupira, encore bouleversée par sa découverte. Cette nuit resterait à jamais gravée dans sa mémoire.

— Katie ? l'appela à cet instant une voix masculine. Katie Charles ? C'est toi ?

Un petit frisson la parcourut. C'était une sensation déplaisante qui lui fit d'instinct craindre le pire. Lentement, elle tourna la tête, en direction de cette voix trop familière, et aussitôt le vit, parmi la foule. Il aurait été difficile de ne pas le remarquer. Grand, séduisant, cheveux noirs mi-longs et de magnifiques yeux bleu océan… rivés sur elle.

Cordell King.

Tandis qu'il venait vers elle, elle se prépara mentalement à ces retrouvailles, relevant fièrement le menton. Il n'y avait rien d'étonnant à cette rencontre. Il vivait à Laguna Beach, et ce restaurant, l'un des plus chers à des kilomètres à la ronde, était certainement l'un de ses favoris. Ce qui l'étonna en revanche fut ce qu'elle ressentit en se retrouvant face à lui. Rien. Rien de rien. Aucun vestige de sentiment, pas même de la colère, peut-être un peu d'irritation à le voir sourire ainsi, comme s'ils étaient de bons amis depuis longtemps perdus de vue.

— C'est fantastique de te revoir, la salua Cordell en la serrant brièvement dans ses bras, sans lui demander son avis. Tu es sublime !

— Merci, répondit-elle, avec un large sourire.

Elle remercia en silence Nicole de l'avoir poussée à acheter cette robe noire, preuve de son émancipation. Elle se serait en effet sentie en position de faiblesse, si elle avait porté le modèle couleur crème.

— Tu es seule ? s'enquit-il en regardant autour de lui. Puis-je t'offrir un verre ?

— Non, tu ne peux pas, dit-elle, surprise par son

invitation. La jeune femme qui t'accompagne ce soir n'apprécierait sans doute pas ma compagnie.

— Pas de femme à mon bras, ce soir, répondit-il avec un clin d'œil. Non, j'ai rendez-vous avec deux de mes frères.

— Je suis moi-même accompagnée. Il est allé chercher la voiture.

— Oh ! dit-il en lui adressant ce fameux sourire qui l'avait tant séduite, autrefois. Pas étonnant que tu sois accompagnée. Tu es vraiment sublime.

— Tu te répètes.

— En effet, soupira-t-il puis, après une hésitation, il reprit : Tu sais, Katie, je suis vraiment heureux de cette rencontre. J'ai beaucoup pensé à toi, ces derniers temps.

— Vraiment ? s'étonna-t-elle.

— Oui, dit-il en s'approchant un peu plus. J'avais même pensé t'appeler. Mais je préfère amplement te parler de vive voix.

— De vive voix, toi ? s'exclama-t-elle, narquoise. Voilà qui pourtant n'est pas dans tes habitudes, Cordell. Car tu n'as pas daigné venir m'expliquer *de vive voix* pourquoi tu souhaitais rompre, non ? Au lieu de cela, tu m'as fait livrer ce joli bracelet avec ce petit mot : « Nous sommes trop différents pour une relation durable. » Tu te souviens ?

Il eut la délicatesse d'accuser le coup par un rictus, mais apparemment cela ne suffit pas à le déstabiliser. Ce qui n'avait rien de surprenant. Un King ne se laissait pas clouer le bec aussi facilement !

— Entendu, je me suis mal comporté, admit-il. Mais pour me faire pardonner, je t'ai envoyé ce bracelet serti de diamants…

Diamants qu'elle avait vendus pour payer la rénovation de sa cuisine, se rappela-t-elle.

— Je ne t'ai jamais demandé de diamants, fit-elle remarquer, distante.

— Non, mais… (Il se tut et après un haussement d'épaules, il dit :) Là n'est pas le sujet…

— De quel sujet parles-tu ? répliqua-t-elle, en tapant de la pointe de son escarpin sur le trottoir, pour bien montrer son impatience.

— Eh bien, j'aimerais donner une nouvelle chance à notre relation, répondit-il. Je veux dire, nous avons vécu des moments merveilleux et…

— Probablement, jusqu'à ce que tu me plaques, l'interrompit-elle, agacée.

— Oui, humm.

Il haussa les épaules, jugeant manifestement ce genre de détail sans intérêt.

— Tout ça, c'était hier, reprit-il, il faut savoir tourner la page. Ecoute, chérie, je suis sûr que ça pourrait marcher cette fois, entre nous…

— Chérie ? répéta-t-elle en s'avançant vers lui. Je t'interdis de m'appeler « chérie ».

— Hé ! dit-il en levant les mains. Détends-toi, je pensais simplement…

— Tu pensais que je ferais quoi, Cordell ? Que je me jetterais dans tes bras, reconnaissante, avant de te baiser les mains de bien vouloir me proposer de ressortir avec toi ?

Il sourit, et ce sourire la mit hors d'elle. Cordell King avait brisé son cœur, au point de lui faire perdre toute confiance en elle-même et en autrui, au point qu'elle avait perdu tout goût à la vie.

— Je disais juste…, commença-t-il.

Mais d'un geste de la main, elle le réduisit au silence. Elle en avait assez. Elle n'avait pas envie d'entendre ses excuses boiteuses. Il l'avait fait souffrir et aujourd'hui, il se comportait comme si rien n'était arrivé. Si les King avaient pour habitude d'avancer dans la vie sans jamais rendre de comptes, avec elle Cordell était mal tombé.

— Tais-toi donc, dit-elle en souriant. En réalité, je me fiche de ce que tu as à dire. Crois-tu sérieusement que je ressortirais avec toi, après la façon dont tu m'as traitée ? Qu'il te suffit d'apparaître, comme ça, avec ce sourire…

— En général ça marche, admit-il.

Il recula d'un pas, puis d'un deuxième, comprenant enfin qu'elle n'éprouvait plus rien pour lui. Puis, il regarda autour d'eux, comme pour s'assurer que personne n'avait été témoin de ce revers. Un déshonneur pour un séducteur de son espèce !

Elle sourit, amusée par son désarroi. Et à vrai dire, plutôt satisfaite de son effet.

— Je pense à toutes ces femmes, si promptes à se laisser abuser par un physique agréable et de belles promesses.

— Une minute, protesta-t-il pour sa défense. Je ne t'ai jamais fait aucune promesse.

— Oh non, reconnut-elle. Pas même celle de me traiter avec respect.

— Tout ça, c'était hier, d'accord ? Simplement, en te voyant ce soir, j'avais pensé…

— Je sais exactement ce à quoi tu as pensé, Cordell. Et je peux t'affirmer que cela n'arrivera jamais.

Il secoua la tête et laissa échapper un soupir.

— Bien, je vois que je me suis trompé, aussi…

A ce moment, le grondement d'un moteur attira

l'attention de Katie. Au volant de son pick-up, Rafe remontait le parking dans sa direction.

— Tu vois cette voiture. Celui qui conduit est un homme qui vaut mille fois mieux que toi, Cordell. Il est charpentier. Il n'est guère riche, mais il a plus de classe que tu n'en auras jamais. Il est honnête et gentil et tendre et…

— C'est bon ! lâcha Cordell en s'éloignant un peu plus, pressé apparemment de prendre congé soudain. J'ai compris.

— Tu m'en vois ravie.

Mains sur les hanches, elle respira une profonde bouffée d'air frais. Elle ne s'était pas sentie aussi bien depuis des mois. Avoir pu dire à Cordell ce qu'elle pensait de lui avait quelque chose de… libérateur.

Elle le dévisagea, une lueur de triomphe dans les yeux, quand elle entendit le pick-up s'arrêter derrière elle. Puis le conducteur ouvrit la portière, et la referma.

— Cordell ? lança Rafe tout en approchant.

Elle tourna lentement la tête vers lui. Cordell ? Comment cela, Cordell ? Il le connaissait donc… ?

— Rafe ? s'étonna celui-ci dans un éclat de rire. C'est donc toi le pauvre ouvrier du bâtiment ? Le parangon de vertu dont Katie me chante les louanges ? Toi ?

Il ne dit pas un mot de plus. En un éclair, il balança un fabuleux direct dans la mâchoire de Cordell qui s'étala de tout son long sur le trottoir, sans même avoir eu le temps de dire ouf. Puis Rafe s'avança vers lui et le regarda, furieux.

— Espèce de salaud.

— Vous vous connaissez ? demanda Katie, la voix étranglée.

Tout en se massant la mâchoire, Cordell se releva et fusilla Rafe du regard.

— On se connaît, en effet. Rafe est mon cousin.

Elle se sentit au bord de la nausée, puis recula d'un pas ou deux, les yeux rivés sur l'homme qui maintenant lui faisait face.

— Rafe... *King* ?

— Je vais tout t'expliquer.

Elle nota qu'il s'abstint de nier.

— Notre pauvre et vertueux charpentier, marmonna Cordell, son regard allant de Katie à Rafe, tous deux à cet instant comme pétrifiés. Je l'admets, Katie. Je me suis mal comporté avec toi, et sache que je le regrette. Mais au moins ne t'ai-je jamais menti, ce qui n'est pas le cas de mon cousin.

— La ferme, Cordell.

— Tu veux boxer, Rafe ? le provoqua ce dernier. Viens, je t'attends.

— Arrêtez, tous les deux ! ordonna-t-elle, avec l'impression d'avoir affaire à deux chiens enragés.

Partagée entre douleur et colère, elle s'appliqua en premier lieu à essayer de respirer. Bouleversée, à peine si elle tenait debout. Elle fixa Rafe et vit le regret dans ses yeux. Un regret impuissant à l'apaiser néanmoins.

Au bord des larmes, elle se fit pourtant un devoir de les refouler. Plutôt mourir que de pleurer pour un King. Une fois de plus. Elle opta donc pour la fureur, qu'elle laissa enfler en elle jusqu'à l'explosion.

— Tout ceci était donc un jeu ? ricana-t-elle alors, ignorant Cordell pour ne se concentrer que sur cet homme qu'elle croyait connaître. Tu t'es bien amusé ? Tu vas pouvoir raconter à tes amis du country club une foule d'anecdotes croustillantes sur ton aventure incognito dans le lit de la reine des cookies !

— Tu as couché avec elle ? s'exclama Cordell.

Rafe décocha un regard meurtrier à son cousin, puis il se concentra sur Katie.

— Ce n'était pas un jeu. Bon sang, Katie, tu... comptes beaucoup, pour moi.

— Mais bien sûr, dit-elle, sur un ton sarcastique. C'est évident. Le mensonge a toujours été l'expression de sentiments vrais et profonds, n'est-ce pas ?

— Je voulais t'avouer la vérité.

— Et qu'est-ce qui t'en a empêché ? l'interpella-t-elle sèchement. La honte, peut-être ?

— Katie, si tu voulais bien m'écouter une seconde...

Il fit un pas vers elle, qui recula aussitôt en réaction.

— Ne t'approche surtout pas de moi, dit-elle en secouant la tête, comme pour s'arracher à un mauvais rêve. Je n'arrive pas à y croire...

— Katie, laisse-moi t'expliquer, insista Rafe avec patience.

— Oui, cela pourrait être intéressant, murmura Cordell.

— Tu pourrais nous laisser seuls ? répliqua Rafe.

— Je n'irai nulle part, répondit son cousin.

— Non, c'est moi qui m'en vais, leur dit alors Katie.

Elle ne pouvait en supporter plus. Elle refusait de les écouter, aussi bien l'un que l'autre.

— Pas avant d'avoir écouté ce que j'ai à te dire, dit Rafe en la retenant par le bras alors que déjà elle s'éloignait.

Elle se libéra d'un geste rageur, refusant de céder à l'instinct qui la poussait à se blottir entre ses bras.

— Bien. Je t'écoute.

Il jeta un autre regard haineux à son cousin, puis se tourna vers elle et la regarda comme s'il n'y avait qu'elle au monde.

— J'avais fait un pari avec Joe, le sous-traitant.

— Un pari ? Tu as fait un pari sur moi ?

De mieux en mieux, songea-t-elle, atterrée.

Rafe n'avait pas fait que lui mentir, voilà que Joe à son tour entrait en scène. Et Steve et Arturo faisaient aussi probablement partie du complot. Comme ils avaient dû rire d'elle !

— Je n'arrive pas à croire que tu aies pu faire cela.

— Non, dit-il avec hargne, en passant une main dans ses cheveux. Ce n'était pas un pari sur toi. Après avoir perdu un pari, je devais travailler sur un chantier. Puis je t'ai rencontrée et j'ai découvert que tu détestais les King à cause de ce crétin…

— Hé !

— … alors, j'ai préféré ne pas te dire qui j'étais. Je voulais que tu apprennes à me connaître. A m'apprécier. Ensuite, je t'aurais avoué la vérité. Je t'en donne ma parole.

— Joli plan, remarqua Cordell, ironique. Et tu as le culot de me traiter de crétin.

— Toi tu te tais, Cordell, exigea Katie en secouant la tête, incrédule.

Elle dévisagea Rafe. Ses yeux brillaient sous le coup de l'émotion, mais elle ne parvenait pas à déchiffrer ce qu'il y avait dans son regard. L'aurait-elle pu, qu'elle n'aurait pas fait l'effort d'essayer de l'interpréter.

Elle se fichait de ce qu'il ressentait. Elle avait bien assez à faire avec ses propres émotions. Elle souffrait, voilà tout ce qu'elle savait, et une fois encore, un King était au centre de sa douleur.

— Je suppose que tu vas me démontrer que les King ne sont pas des menteurs, dit-elle avec froideur.

Tout en se massant la nuque, Rafe marmonna quelque chose qu'elle ne comprit pas.

— Laisse-moi te raccompagner chez toi, Katie, nous parlerons de tout cela, dit-il alors.

Cordell émit un ricanement mauvais, mais ni Rafe ni elle pourtant ne lui accordèrent un regard.

— Je n'irai nulle part avec toi, Rafe, répondit-elle.

Elle plongea pour la dernière fois ses yeux dans les siens, si intensément bleus, puis en silence dit adieu à ses espoirs, à ses rêves et à l'amour qu'elle venait juste de découvrir. Comment pourrait-elle aimer un homme qu'elle ne connaissait pas ? Et à cette pensée, son cœur se serra, brisé, déchiré.

— Laisse-moi.

Elle s'éloigna, ralentit à peine le pas quand il s'écria :

— Tu ne peux pas rentrer seule, voyons !

— Je vais prendre un taxi, répondit-elle, sans même se retourner.

Katie n'aurait pas trouvé la force de lui faire face une minute supplémentaire. Elle n'aurait même pas été capable de le regarder encore, sachant qu'il lui avait menti, jour après jour, depuis le début. Rien n'était donc vrai.

Elle était tombée amoureuse d'un inconnu.

Et de nouveau, elle se retrouvait seule.

Tandis que le voiturier du restaurant appelait un taxi, elle sourit avec amertume. Elle avait raison. Cette nuit resterait gravée à jamais dans sa mémoire.

— Bien, soupira Cordell, je t'offre un verre ?

— Pourquoi pas, marmonna Rafe.

Les deux cousins prirent la direction du bar du restaurant. Rafe surprit le regard noir de Katie, quand ils passèrent à proximité. Elle était furieuse, et il ne pouvait le lui reprocher.

Etonnant, se dit-il, comment cette soirée a priori magique avait basculé en un rien de temps dans le cauchemar.

— Brrr, tressaillit Cordell en pénétrant dans le restaurant. Tu as senti son regard sur nous ? Deux stalactites.

— Deux poignards, plutôt, rectifia Rafe en s'avançant dans la salle.

Il slaloma entre les tables occupées par quelques noctambules moroses et se dirigea d'un pas lourd vers le bar. Puis, après avoir passé commande de deux pressions, il se tourna vers son cousin, assis sur le tabouret voisin.

— J'étais à des lieues de penser que cette soirée se terminerait ainsi…

— Je m'en doute, dit Cordell sur un ton amical, avant d'avaler une gorgée de bière. Il y a longtemps que tu connais Katie ?

— Quelques semaines, répondit Rafe, buvant à son tour.

— Quelques semaines ? Bon sang, je suis sorti avec elle trois mois et je ne suis jamais allé plus loin que sa porte d'entrée.

Rafe sourit. Voilà qui faisait plaisir à entendre. Si Cordell lui avait confié avoir couché avec Katie, il lui aurait probablement tordu le cou, jetant ainsi définitivement le déshonneur sur la famille King.

Encore maintenant, il était en colère contre son cousin. Mais à quoi bon ? Si elle n'avait pas pardonné à Cordell, Katie lui en voudrait encore plus à lui désormais. Mauvaise passe pour les King.

Et il n'avait à s'en prendre qu'à lui-même.

Il se massa la nuque et laissa échapper un soupir de frustration. Juste au moment où il avait décidé de lui apprendre la vérité ! Et maintenant, il avait tout perdu. Il aurait dû lui parler bien plus tôt. Mais la peur de se voir rejeté, de la voir lui échapper l'en avait dissuadé.

Tout était fini, tout ce que Katie et lui commençaient tout doucement à construire était anéanti.

Son cousin à ce moment attira son attention par un coup de coude.

— Pourquoi as-tu menti à Katie ?

— Pourquoi t'es-tu comporté comme une ordure, avec elle ?

— La plupart des femmes avec lesquelles je suis sorti prétendent que c'est ce que je fais le mieux, répondit son cousin avec un haussement d'épaules.

— Impressionnant, bougonna Rafe.

— Mais tu n'as pas répondu à ma question. Pourquoi avoir menti à Katie ?

— Tu as entendu mes explications, non ? dit Rafe, fixant son reflet, dans le miroir, derrière le bar.

— Exact, acquiesça Cordell. Mais je crois qu'il y a autre chose.

Rafe ne parvenait pas à étouffer cette colère, en lui. Que faisait-il là, dans ce bar, avec son cousin ? Il voulait être avec Katie. Il voulait lui faire comprendre… Quoi ? Que pourrait-il dire maintenant ? Il ne valait pas mieux que Cordell.

En fin de compte, en mettant tous les King dans le même panier, elle ne se trompait pas.

— De quoi parles-tu, Cordell ?

— J'essaie juste de comprendre. Tu lui as menti quand tu as découvert qu'elle détestait les King…

— Grâce à toi, grommela Rafe.

— Grâce à moi, en effet. Bref. Et pour ne pas la perdre, tu as jugé plus prudent de ne pas révéler ton identité.

— J'avais un plan. Je m'apprêtais à tout lui avouer.

— Ben voyons, dit son cousin dans un éclat de rire.

— Franchement, marmonna Rafe, je ne vois pas ce qu'il y a de drôle.

— Je comprends, répondit Cordell qui croisa le regard de Rafe, dans le miroir. Et c'est justement cela qui est drôle. Si tes frères te voyaient…

— Si tu veux, on peut poursuivre cette discussion sur le parking, répliqua Rafe, menaçant.

— Certainement pas. Et ce n'est pas en me lançant ton poing dans la figure que tu régleras ton problème.

— Où veux-tu en venir ?

— Je veux en venir qu'à l'évidence, tu es fou amoureux d'elle, décréta Cordell dans un nouvel éclat de rire, en levant son verre. Et un King au tapis, un de plus !

— Tu te trompes !

Rafe regarda fixement son propre reflet et haussa les épaules. Cordell faisait fausse route. Il n'était pas amoureux. Il n'avait même jamais envisagé de l'être.

Finalement, la vie était bien faite, songea-t-il avec cynisme. Car la seule femme qui aurait pu le faire changer d'avis sur le sujet ne voulait plus entendre parler de lui.

11

Les jours suivants, Katie se jeta à corps perdu dans le travail. Pour oublier les problèmes, rien ne valait les fourneaux ! Elle dut ainsi confectionner toute une série de cookies pour un anniversaire, ainsi que d'autres commandes spéciales, en plus des livraisons à ses clients habituels.

Les parfums de cannelle mêlés à ceux de la vanille et du chocolat flottaient autour d'elle, odeurs sucrées qui généralement savaient lui apporter un sentiment de paix. Malheureusement, il semblait que rien ne fût en mesure d'apaiser sa colère, ni d'adoucir son chagrin. Même dans ses rêves, Rafe venait la hanter en répétant : « Je vais t'expliquer. » Elle voyait Cordell rire sous cape, Rafe furieux et elle… en miettes !

« Tu comptes beaucoup, pour moi. » Telles avaient été ses paroles. Compter pour quoi ? Pour gagner un pari ? Pour la faire changer d'avis, à propos des King ? Et si elle comptait autant pour lui, pourquoi ne pas avoir cherché à s'expliquer ? Il en avait eu mille fois l'occasion, depuis cette lamentable soirée !

Elle soupira. Pourquoi ces questions ? Qu'avait-elle à faire de réponses. Elle ne voulait plus penser à lui, ni entendre parler de lui. Dans ce cas, pourquoi sursautait-elle chaque fois que son téléphone sonnait ? Pourquoi allait-elle voir à sa fenêtre, chaque fois qu'une voiture ralentissait devant chez elle ?

Pour la énième fois, elle se remémora cette soirée, en revivant chaque seconde et de nouveau, la douleur surgit, toujours aussi brûlante. Tout était sa faute, elle le savait. Elle avait accordé sa confiance à un homme qui ne la méritait pas. Grossière erreur. Elle aurait dû garder ses distances, avec Rafe. Au lieu de cela, elle avait suivi son cœur, oubliant un peu trop vite que cette partie-là de son anatomie était loin d'être fiable.

— Combien de temps te faudra-t-il pour guérir, cette fois, Katie ? murmura-t-elle.

Secouant la tête, elle noua avec soin un ruban couleur arc-en-ciel autour d'un coffret de cookies aux pépites de chocolat.

Peu importaient finalement les petites catastrophes et les grands chagrins, sa petite entreprise, elle, se portait bien. Et même prospérait. Le fait de voir ses commandes augmenter jour après jour lui procurait un sentiment d'épanouissement et de fierté. Et c'était exactement ce dont elle avait besoin, en ce moment.

Sa cuisine improvisée dans le patio était son havre de paix. Ici, elle se retrouvait. Ici, elle espérait en l'avenir. Et si cet avenir n'incluait pas Rafe Cole… Elle se renfrogna et corrigea mentalement, Rafe King, elle trouverait le moyen de faire sans.

Ayant mis au four sa dernière fournée de cookies, elle s'avança devant la fenêtre et promena son regard sur la cour. Celle-ci retrouvait peu à peu son aspect d'antan. On avait débarrassé les débris de parquet et autres gravats. Les bâches bleues qui recouvraient son gazon avaient été repliées et chargées dans la remorque. Bientôt, les travaux seraient terminés… A cette pensée,

Katie sentit son cœur se serrer. Ce chantier était son dernier lien avec Rafe. Un lien qui lui aussi ne tarderait pas à se dissoudre.

En dépit de sa détermination à rester forte, une petite voix en elle ne cessait d'appeler Rafe. Il ne semblait pas traumatisé de lui avoir menti. Mensonges à répétition, d'ailleurs. Elle gémit à cette douleur accrochée à son cœur comme avec des barbelés. Et elle savait qu'il se passerait longtemps avant de pouvoir cicatriser.

Elle n'avait pas revu Rafe depuis le soir du restaurant. Apparemment, son pari avec Joe avait pris fin au moment où elle avait découvert la vérité. Rafe s'en était allé, sans un regard en arrière, et sûrement pour ne jamais revenir. En fait, c'était comme s'il n'était jamais venu chez elle, songea-t-elle en regardant Steve et Arturo transporter ses portes de placard enfin remises à neuf.

Elle s'était aventurée dans la cuisine aux premières lueurs de l'aube. La joie qu'elle aurait dû ressentir devant sa cuisine entièrement rénovée quelque peu ternie par l'absence de l'homme qui occupait ses pensées.

La cuisine était exactement telle qu'elle l'avait imaginée. Le carrelage et les tomettes au sol, ainsi que le comptoir en granit étaient en place. Ne manquaient plus que les finitions et l'installation électrique. Elle retrouverait alors sa maison. Plus d'ouvriers. Elle serait seule, sans plus aucun contact avec King Construction.

Ni Rafe.

De nouveau, le chagrin la submergea. Elle devrait s'habituer à vivre avec. Elle soupira longuement, aussi n'entendit-elle pas Joe entrer dans le patio.

— Katie ?

Elle sursauta et se tourna vers l'homme qu'elle considérait comme l'un des acteurs du grand complot. Il semblait mal à l'aise. Il savait bien évidemment qu'elle connaissait la vérité.

— Hello, Joe, répondit-elle, froidement mais poliment.

Elle le fixa, impitoyable, si bien que le malheureux rougit avant d'annoncer, la voix étranglée :

— J'étais simplement venu vous informer que votre nouveau four sera livré et posé demain matin.

— Bien. Merci.

— Et nous remettrons le réfrigérateur à sa place, dans la cuisine, dès cet après-midi.

— Tant mieux.

La fin était proche. Elle ne cuisinerait donc plus dans le patio. Sa prochaine fournée de cookies aurait l'honneur de cuire dans un four tout neuf ultrasophistiqué.

— Mes gars seront là pour superviser la mise en marche du matériel, poursuivit Joe. Je pense que nous devrions en avoir terminé demain après-midi.

— Parfait.

Les mains enfouies dans les poches de son jean, elle continua d'observer Joe, l'air décidément piteux. Rien de tout cela n'était sa faute. Après la scène du restaurant, dès le lendemain, Joe était venu lui présenter ses excuses pour avoir été le complice des mensonges de Rafe. En même temps, elle supposait qu'il n'avait pas eu trop le choix. Difficile en tant qu'employé de critiquer son patron. Elle esquissa un sourire.

— Je ne suis pas mécontente de reprendre le cours normal de mon existence, dit-elle avec gentillesse.

Pas question d'avouer à Joe, ni à personne d'autre, combien Rafe lui manquait.

— Mouais, marmonna Joe, morose. Je m'en doute…

Elle nota à cet instant une facture dans son poing serré.

— La dernière probablement ? demanda-t-elle.

Il baissa les yeux sur le bout de papier dans sa main, comme s'il avait oublié sa présence. Puis il le défroissa un peu avant de le lui tendre.

— Votre dernier règlement inclut les petits extras qui n'étaient pas au contrat.

Elle hocha la tête et prit la facture, sans même la consulter.

— Je vous prépare un chèque pour demain.

— C'est très bien, dit Joe et il lui tourna le dos, prêt à prendre congé, quand il ajouta : Je suis sincèrement désolé, Katie. Pour tout.

Elle rougit et maudit à cet instant Rafe King de tout son cœur.

— Vous n'y êtes pour rien, réussit-elle à articuler, mal à l'aise.

— Un petit peu tout de même, insista Joe. Vous savez, Rafe est vraiment un type bien.

— Il vous serait difficile de dire autrement, répondit-elle avec un triste sourire. Vous travaillez pour lui.

— En effet, dit Joe qui reprenait de l'assurance pour défendre son employeur. C'est pour cette raison que je suis bien placé pour savoir quel genre d'homme il est. La façon dont quelqu'un traite ses employés en dit beaucoup sur la personne. Rafe a un sale caractère, mais c'est un homme droit.

— Droit… ? s'exclama-t-elle avec un rire amer.

Quelques minutes plus tôt, elle ressentait de la sympathie pour Joe, mais la fureur d'avoir été trompée reprenait le dessus.

— Parce que c'est faire preuve de droiture de me mentir ainsi ? Et de vous avoir forcé à mentir, vous aussi ?

Joe haussa les épaules et se gratta le sommet du crâne.

— Non, c'est juste. Mais il est venu sur ce chantier

parce qu'il avait perdu un pari. Je pense que nous devrions être indulgents. Je ne connais pas d'autres patrons capables d'honorer une dette comme lui.

— Et l'honneur, maintenant ! soupira-t-elle en secouant la tête. Quel portrait flatteur, décidément.

— Oui, l'honneur, répéta Joe avec conviction. J'ignore ce qui s'est passé entre vous, et cela ne me regarde pas, mais je peux vous dire que Rafe n'est pas un mauvais gars, loin de là.

— Et donc, tout cela n'est que le fruit d'un malheureux concours de circonstances..., dit-elle sèchement, regrettant aussitôt ses paroles en voyant le regard de Joe s'assombrir.

Pourquoi passait-elle sa colère et son ressentiment sur lui ? Excepté de vouloir couvrir Rafe par ses mensonges, il n'était coupable de rien. C'était Rafe et lui seul l'instigateur et l'acteur du complot. Rafe qui avait couché avec elle, sans pour autant juger opportun de lui avouer la vérité. Rafe qui lui avait laissé croire que quelque chose d'exceptionnel était en train de naître entre eux... Quelle affreuse imposture.

Bouleversée, elle parvint à refouler sa peine et sourit.

— Ecoutez, Joe, si nous oubliions tout cela et cessions une fois pour toutes de parler de Rafe King ?

Joe ne répondit pas tout de suite, comme s'il cherchait encore des arguments pour la convaincre de son point de vue, puis finalement, il acquiesça :

— Très bien. Je vous laisse retourner à votre travail et je vais voir de mon côté si les gars ont besoin de moi.

Katie le suivit des yeux puis, inspirant profondément, elle s'efforça de chasser Rafe de ses pensées. Une nouvelle fois.

En vain, bien entendu.

Presque une semaine qu'il n'avait vu Katie.

Rafe se sentait comme un lion en cage. Hanté par ses souvenirs, en dépit de tous ses efforts pour les effacer de sa mémoire. Nuit après nuit, le visage de Katie peuplait ses rêves et, dès le jour levé, il ne cessait de penser à elle.

Un moment, il avait envisagé d'appeler l'une de ses conquêtes, histoire de renouer avec sa vie d'avant. De reprendre le cours normal de son existence. Mais il n'avait pu s'y résoudre. Il y avait bien ce gala de charité qui devait se tenir dans quelques jours, mais d'ici là, il n'irait nulle part. Ne sortirait avec personne.

Il n'avait en réalité pas la moindre envie de reprendre contact avec l'une de ses ex, ou de se remettre en quête d'une nouvelle petite amie.

Il s'était enfermé dans sa suite, avec son cerveau pour unique compagnie. Mais les chambres d'hôtel ont quelque chose de stérile, d'impersonnel et de froid. Après avoir tourné en rond des heures, craignant de devenir fou, il avait fui sa suite pour les bureaux de King Construction. Le travail lui serait d'un grand secours.

Depuis, il tentait de se concentrer sur des contrats et des inventaires et des colonnes de chiffres, en dépit des images de Katie surgissant à tout bout de champ dans son esprit. Enfin, pour ne rien arranger, Sean l'avait rejoint dans son bureau.

— Un problème ? demanda subitement celui-ci.

— Tout va bien, marmonna Rafe, les yeux rivés sur le dossier étalé sur son bureau. Laisse-moi un peu tranquille, d'accord ?

— Crois-moi, je ne demanderais pas mieux, rit Sean. Mais par ta faute, Janice est au bord de la crise de nerfs. Ton assistante travaille pour moi aujourd'hui et se plaint de ton comportement. Elle ne peut plus te supporter.

De mieux en mieux, pensa Rafe, amer. Autrefois, il se faisait une règle de séparer vie privée et vie professionnelle. A l'évidence pourtant, aujourd'hui, son flegme avait pris du plomb dans l'aile. Quelques jours de congé lui feraient peut-être du bien. Sauf qu'il aurait alors tout le loisir de penser à Katie. Que son assistante le veuille ou pas, il n'irait nulle part.

Tout en marmonnant, Rafe observa son frère en train d'arpenter son bureau. Sean se planta devant la bibliothèque et s'empara d'une balle de base-ball signée, exposée sur un socle.

— Remets ça à sa place, marmonna Rafe qui ajouta, lorsque Sean se fut exécuté : Peux-tu m'expliquer pourquoi mon assistante travaille pour toi ? Tu en as une à ton service, non ? Qu'est-il arrivé à Kelly ?

Sean soupira et vint s'asseoir sur le coin de son bureau.

— Elle est partie. Le week-end dernier.

— C'est la troisième en un an…

— Exact. Je vais arrêter d'embaucher les plus jolies, plaisanta son frère. Chaque fois, elles finissent par me laisser tomber pour se marier.

— Appelle l'agence de placement et trouve-t'en une nouvelle. Laisse Janice tranquille.

— Désolé, répondit Sean en fixant Rafe avec attention. Mais, ces derniers jours, elle préfère travailler pour moi.

— Mmouais, eh bien c'est hors de question.

— Mieux vaut qu'elle travaille pour moi plutôt que de démissionner. De toute façon, tant que tu seras d'aussi mauvaise humeur, personne n'acceptera de rentrer dans ton bureau… Et si tu me disais ce qui se passe ?

— Le boulot, rien de plus, répondit Rafe, impassible, en regardant son frère. Tu devrais essayer…

— Ne te fatigue donc pas. Le fameux regard-qui-tue des King n'a aucun effet sur moi.

Dans un geste d'énervement, Rafe jeta son stylo sur son bureau puis bondit de son fauteuil, ne pouvant supporter de rester en place plus longtemps. Tournant le dos à son frère, il se campa devant la baie vitrée et se perdit dans la contemplation de l'océan. On apercevait quelques voiliers filer sous le vent, et des pêcheurs sur la jetée. L'horizon se chargeait de nuages noirs alors que la houle se faisait de plus en plus menaçante.

— Bien, reprit Sean. Que se passe-t-il ?

Rafe jeta un coup d'œil à son frère. Il comprit que Sean ne partirait pas avant d'avoir obtenu certaines réponses. Et quelque part, il ressentait le besoin d'évacuer tout ce qu'il avait en lui, aussi lâcha-t-il :

— J'ai découvert lequel des King avait fait du mal à Katie.

— Oui ? Et qui est-ce ?

— Cordell.

— J'aurais dû m'en douter, dit Sean. Il enchaîne les aventures encore plus vite que Jesse.

A l'évocation de leur cousin, aujourd'hui marié, Rafe esquissa un sourire. Ancien surfer professionnel, Jesse King jouissait à l'époque d'une scandaleuse réputation de séducteur. Bien sûr, c'était avant qu'il n'épouse Bella et ne devienne père.

— Comment l'as-tu appris ?

Rafe laissa échapper un juron et regarda Sean.

— Je suis tombé sur lui, le soir où j'ai emmené Katie au restaurant.

— Aïe, grimaça son jeune frère, saisissant en un clin d'œil toute la complexité de la situation.

— Oui, comme tu dis, lâcha Rafe en passant une main dans ses cheveux. Tout s'est passé très vite. Je lui ai balancé mon poing dans la figure. Puis il a dit à Katie qui j'étais. Ensuite, elle est partie.

— Et tu l'as laissée s'en aller.

Surpris, Rafe fit face à son frère.

— Que voulais-tu que je fasse ? La retenir contre son gré ?

— Peut-être simplement parler avec elle ?

— Elle n'avait pas envie de parler, l'assura Rafe, se souvenant du regard de Katie.

Il avait nettement vu les larmes briller dans ses yeux, mais elle n'avait pas pleuré. Il avait entendu sa déception, toute l'horreur de sa trahison dans sa voix, et senti la culpabilité et les regrets le prendre à la gorge.

— Et alors ? demanda Sean.

— Alors c'est tout.

Et ignorant son frère, Rafe retourna s'asseoir à son bureau, attrapa son stylo et fit mine de se replonger dans ses dossiers.

— Je n'arrive pas à croire que tu l'aies laissée partir…

— Je ne l'ai rien laissée faire du tout, grommela Rafe, sans regarder Sean. Katie est assez grande pour prendre seule ses décisions. Et aujourd'hui, elle ne manque pas de raisons de détester les King. Moi, tout particulièrement.

Sean soupira et se remit à faire les cent pas, apparemment peu disposé à le laisser tranquille.

— Et cette situation te convient ?

— Bien sûr, mentit Rafe avec conviction. Je n'ai

jamais envisagé de relation durable avec elle, Sean. La rupture est intervenue plus tôt que prévu, voilà tout.

— Arrête ton cinéma, dit alors Sean en abattant son poing sur le bureau, forçant Rafe à le regarder. Tu n'es pourtant pas un type stupide, en temps normal. Mais permets-moi de te dire que cette fois, tu agis comme un idiot.

Il n'était pas de cet avis. Katie refusait de le revoir, et il ne pouvait l'en blâmer. Furieuse contre lui, elle trouverait l'énergie d'oublier son chagrin et passerait à autre chose. Tout comme lui. Il n'était pas doué pour l'amour, ce n'était pas une surprise. Dans un sens, mieux valait lui avoir fait mal aujourd'hui que de faire son désespoir demain.

— Merci pour le compliment, dit Rafe entre ses dents tout en repoussant le poing de son frère. A présent, laisse-moi seul.

— Si tu ne tentes rien, insista Sean avec calme, tu le regretteras.

Rafe déjà le regrettait. Au plus profond de son âme. Et de tout son cœur.

— Des regrets, j'en ai eu, autrefois, dit-il. Souviens-toi de Leslie.

— Tsst. En parlant de ton ex… J'ai appris que tu avais embauché son mari ?

Rafe soupira. En effet, il avait embauché John. Et il était forcé d'admettre qu'il ne l'aurait sans doute pas fait s'il n'avait rencontré Katie. Grâce à elle, il avait trouvé le courage d'affronter son passé. Et sa conversation avec Leslie avait fini de lui ouvrir les yeux, suffisamment en tout cas pour reprendre contact avec un vieil ami. Leur belle amitié renaîtrait peut-être de ses cendres…

Si cela se produisait, ce serait également à mettre au

compte de Katie. Son optimisme et son regard positif sur la vie avaient déteint sur lui, plus qu'il ne l'aurait cru possible. Agacé soudain, il se redressa dans son fauteuil. Il n'avait pas envie de parler de tout cela.

— Bien, une question se pose..., reprit alors Sean, ignorant l'irritation de son frère. Si tu peux faire la paix avec John et Leslie, comment se fait-il que tu ne puisses pas chercher à revoir la femme dont tu es fou ?

De longues secondes d'un silence pesant s'écoulèrent. Enfin, Rafe reprit la parole :

— Vas-tu te décider à me laisser en paix ? Ou dois-je prendre des mesures ?

— Je m'en vais, répondit Sean, tout sourire. Mais cela ne résoudra pas ton problème.

— Tiens donc ! s'exclama Rafe. Et selon toi, qu'est-ce qui est susceptible de résoudre *mon problème*, comme tu dis ?

Sean éclata de rire et, tout en secouant la tête, ouvrit la porte.

— Tu connais déjà la réponse à cette question, Rafe. Mais tu refuses de l'admettre.

12

— C'est ravissant, ma chérie ! s'extasia Emily O'Hara en faisant le tour de sa toute nouvelle cuisine. J'adore le sol… Et le comptoir est une merveille.

Katie aurait dû elle aussi se réjouir du résultat des travaux, mais l'enthousiasme n'était pas au rendez-vous. Deux jours que les ouvriers avaient plié bagage, et elle n'avait toujours pas fait cuire une seule fournée de cookies dans son superbe four.

Elle promena son regard sur la cuisine, depuis le carrelage au sol, jusqu'au granit du comptoir en passant par le bleu marine des murs et… Rien. Tout était parfait, mais cela ne suscitait pas d'enthousiasme particulier en elle, comme elle aurait pu s'y attendre.

— Je veux que tu m'expliques, mon petit cœur, dit soudain sa grand-mère, en caressant ses cheveux avec tendresse. Tu as enfin la cuisine de tes rêves, mais tu sembles détachée, éteinte… Qu'est-ce qui ne va pas ?

Une fois de plus, ces larmes que Katie refoulait avec bravoure depuis des jours maintenant, affluèrent. Ce fut une, puis deux qui roulèrent sur ses joues, sans qu'elle ne puisse rien faire pour les retenir. Le cœur gros, la gorge serrée, elle répondit en gémissant :

— Oh ! Emily, rien… Rien ne va…

— Mon trésor, soupira la vieille dame en la faisant

asseoir dans l'un des fauteuils, devant la fenêtre. Raconte-moi tout.

Mais que dire et par où commencer ? s'interrogea Katie. Qu'elle aimait un homme qu'elle ne connaissait pas, ou si peu ? Qu'elle s'était laissé embobiner par la famille King ? Une fois de plus. Ou simplement avouer qu'elle ne parvenait pas à tourner la page, cette fois ? Et qu'elle ne le pourrait jamais. Qu'elle ne dormait quasiment plus, qu'elle avait perdu l'appétit, qu'elle n'avait même plus envie de se mettre aux fourneaux. Et qu'elle se fichait en vérité de tout, comme si le monde, l'univers entier avait été englouti dans cette fracture en travers de son cœur.

— C'est Rafe, dit-elle, effondrée dans son fauteuil. Il m'a menti.

— Je sais.

— Comment cela ?

Les yeux écarquillés, Katie dévisagea sa grand-mère, attendant une explication. Mais la vieille dame se contenta de rester assise là, silencieuse, avec un sourire bienveillant.

— Comment cela ? répéta Katie.

Emily tapota avec tendresse sa main, puis elle soupira.

— Je sais que son nom est Rafe King, si c'est de cela que tu veux parler.

— En effet, c'est bien de cela.

— Et que dirais-tu d'une tasse de thé ? Oui, voilà, nous pourrions déguster un petit thé…

— Je n'ai pas envie de thé, répondit Katie, en retenant sa grand-mère qui déjà se levait. Je veux des réponses. Tu connais Rafe ? Depuis quand ?

— Oh ! Je l'ai reconnu à la minute où tu nous as présentés, dit-elle avec un geste désinvolte de la main.

— Pardon ? s'exclama Katie, stupéfaite. Serais-tu dotée d'un radar anti-mensonges ?

— Non, je ne crois pas, et je n'en voudrais d'ailleurs pas. Il arrive que le mensonge soit positif, remarqua Emily, les yeux rivés sur les siens.

— Mentir n'est jamais positif. Il me semble que c'est toi qui me l'as enseigné, non ?

De nouveau, Emily eut un geste de dédain, comme pour renier ses leçons de sagesse.

— C'était différent. Tu avais dix ans. Aujourd'hui, en tant qu'adulte, tu as probablement appris qu'un petit mensonge inoffensif vaut parfois mieux qu'une vérité douloureuse.

— Ce mensonge-là n'avait rien d'inoffensif, répliqua Katie, que la douleur de la trahison continuait de torturer. Et tu ne m'as toujours pas dit comment tu connaissais son identité...

— Si tu lisais les magazines branchés, tu l'aurais toi aussi reconnu, expliqua Emily, lèvres pincées. Il est rare que l'on n'y trouve pas une photo de l'un des King. J'ai reconnu Rafe, après avoir vu un cliché de lui pris à l'occasion de la première d'un film.

— La première d'un film...

Secouant la tête, Katie sentit son cœur, du moins ce qu'il en restait, finir de se déchirer. Il fréquentait les actrices en vogue, les soirées mondaines. Comme il avait dû rire de sa soirée barbecue dans la cour !

La tristesse fit place à la colère, qui elle-même se mua en fureur.

— Je ne peux pas le croire. Il m'a forcément prise pour une idiote de ne pas l'avoir reconnu, dit-elle, la gorge serrée, avant de regarder sa grand-mère. Mais toi ? Pourquoi ne m'as-tu rien dit ?

— Parce qu'il était temps de mettre un peu de piment dans ta vie. Par ailleurs, il est chou comme tout et tu ne peux pas rejeter tous les King au prétexte qu'un King t'a fait du mal ! C'est très extrême comme position, cela !

— Deux, à ce jour, précisa Katie.

— Oui, eh bien, certes, Rafe n'a pas le beau rôle en ce moment, admit Emily. Mais lui as-tu au moins laissé une chance de s'expliquer ?

— Oh ! Mais il s'est expliqué. Je ne suis qu'un pari qui a mal tourné.

— Katie…

Elle secoua la tête et leva les mains.

— Non, Emily, il n'y a aucune excuse pour ce qu'il a fait. Il m'a menti, point final.

— Moi aussi, je t'ai menti, ma chérie, fit remarquer sa grand-mère à voix basse.

— En effet, convint Katie en soupirant. Mais pas avec l'intention de me faire souffrir.

— C'est juste. Et peut-être n'était-ce pas non plus l'intention de Rafe…

— Cela, nous ne le saurons jamais…, chuchota Katie, sa colère à son tour aspirée dans l'espèce de trou noir qui semblait désormais constituer son univers.

— Tu pourrais le savoir, si tu arrêtais de te cacher et allais le voir, répondit Emily avec fermeté. Vas-tu réellement vivre en ermite, tandis que lui croque la vie à pleines dents ?

La réflexion lui fit l'effet d'une décharge électrique. Rafe, croquer la vie à pleines dents ? Où cela ? Quelques secondes encore, puis une autre question s'imposa à son esprit. Avec qui ?

— Que veux-tu dire ?

Emily soupira, puis elle attrapa le journal du jour et l'ouvrit, sur la table.

— Franchement, Katie, tu devrais prêter un peu plus d'attention à l'actualité...

— Qu'est-ce que l'actualité a à voir avec moi ?

Sans un mot, Emily feuilleta à la hâte le quotidien jusqu'à ce qu'elle trouve ce qu'elle cherchait. Dans les pages people. Elle étala alors le journal devant Katie et tapota du bout de son index impeccablement manucuré une photo noir et blanc.

— On apprend beaucoup à lire les potins. Comme ici, par exemple.

Katie regarda la photo et aussitôt manqua suffoquer comme si l'air lui manquait. Elle fut prise d'un léger vertige, et le contour du journal sous ses yeux se brouilla. Il se passa quelques secondes avant qu'elle ne reconnaisse Rafe, l'air grave, vêtu d'un smoking à un gala de charité. Et en compagnie d'une blonde pulpeuse, accrochée à son bras.

— Quand a eu lieu ce... Elle se tut et lut la légende sous la photo. Avant-hier soir...

— Le moins que l'on puisse dire, c'est qu'il ne semble pas en position fœtale de désespoir comme une certaine personne que je connais, chuchota Emily.

— Le fourbe... Crapule.

Katie se leva doucement en attrapant au passage le journal entre ses poings. Sur la photo, Rafe fixait l'objectif avec une rage perceptible, comme s'il était prêt à tordre le cou au photographe.

— Allons, ma chérie, murmura sa grand-mère.

— Il a osé me dire que je comptais beaucoup pour lui, dit Katie, la voix tremblante sous l'effet de la colère.

Un mensonge, un de plus. Si j'étais si importante pour lui, que fait-il au bras de cette bimbo ?

— Pour être honnête, rien ne prouve qu'elle soit une bimbo, remarqua Emily.

— De quel côté es-tu ? s'exclama Katie, en fusillant sa grand-mère du regard.

— Du bon.

— Il me prend vraiment pour une idiote, enchaîna Katie sans demander d'explication. Il ne s'est même pas passé une semaine depuis notre dernière rencontre qu'il est déjà en train de faire le joli cœur. Qu'imagine-t-il ? Que je ne lis pas la presse ?

— Si peu, en réalité, dit Emily.

— Eh bien, à partir d'aujourd'hui, je la lirai, promit Katie en brandissant le journal avec furie.

— Bien. Que comptes-tu faire, à présent ?

Katie détourna les yeux de la photo et regarda sa grand-mère, puis avec une froide détermination, elle répondit :

— Je vais détrôner un King.

Rafe ne tenait pas en place. Il se sentait terriblement mal dans sa peau et n'avait qu'une envie : fuir.

Ce qui était contre nature pour un King. Un King ne fuyait pas. Un King faisait face à l'adversité en toutes circonstances. Un King attaquait les problèmes de front.

Mais dans ce cas, pourquoi ne se rendait-il pas chez Katie pour lui demander de bien vouloir l'écouter ? Tout en marmonnant, il se leva et alla se planter devant la baie vitrée de son bureau. Néanmoins, l'océan se serait évaporé qu'il ne l'aurait même pas remarqué. En réalité, il se fichait bien de l'océan. Et de tout le reste.

Il avait bien tenté de reprendre le cours de sa vie. Mais il se demandait ce qu'il avait bien pu trouver à cette vie-là. Aucun intérêt. Par ailleurs, il ne supportait plus de rester dans sa suite. Trop vide, et le silence trop intense. Aussi préférait-il rester ici, au bureau. Il avait dormi sur le canapé. Enfin, dormir était un bien grand mot.

Chaque fois qu'il fermait les yeux, il voyait Katie. Katie tressaillant entre ses bras. L'embrassant jusqu'à perdre haleine... et Katie le regardant, les yeux emplis de larmes.

La vérité ? Il se méprisait, se détestait, se... L'Interphone sonna à cet instant, l'interrompant dans ses pensées lugubres. Il pressa le bouton.

— Bon sang, Janice, maugréa-t-il, je vous ai dit que je ne voulais pas être dérangé.

— Oui, mais..., répondit son assistante qui avait l'air fébrile, avant de s'exclamer : Une seconde ! Vous ne pouvez pas entrer, non... !

Et la porte de son bureau s'ouvrit sur une Katie qui le dévisageait, les yeux brillants de colère. Il l'examina de la tête aux pieds comme pour s'assurer qu'il ne se trompait pas et que c'était bien elle. Elle portait une jupe noire et un chemisier rouge dont le col s'entrouvrait sur sa gorge délicate, et à ses pieds, les mêmes escarpins sexy que l'autre soir, au restaurant.

C'était sans conteste une tenue pour séduire, mais en totale contradiction avec la fureur qu'il lisait dans son regard, auquel aucun homme n'aurait la moindre chance de survivre. Rafe cependant décida de risquer le tout pour le tout.

— Désolée, s'avança Janice avec un regard réprobateur à l'intention de Katie. Elle est entrée sans mon...

— Tout va bien, Janice. Refermez la porte derrière vous.

— Oui, monsieur, répondit son assistante qui, malgré son évidente curiosité, ressortit de son bureau, les laissant seuls.

— Heureux de te voir, dit-il, conscient de la médiocrité de son accueil.

— Tu le seras moins dans une minute, dit-elle en s'avançant vers lui, menaçante.

Elle plongea une main dans son sac et en sortit un journal à moitié froissé qu'elle jeta la seconde d'après sur son bureau. Il s'en saisit et y jeta un rapide coup d'œil. Il comprit aussitôt les raisons de sa colère. Etrangement, il se surprit à espérer. Si cette photo l'avait mise dans un tel état, peut-être ne l'avait-il pas complètement perdue.

— Pensais-tu que cela m'échapperait ? demanda-t-elle, agressive. Ou peut-être te fiches-tu que je voie ou non cette photo ? Le jeu est fini, le pari gagné, passons à autre chose… C'est cela ?

— Ce n'était pas un jeu, Katie, dit-il, en proie à une extrême tension. Je te l'ai dit. Du moins, j'ai essayé de te le dire.

— Et je devrais te croire ! répliqua-t-elle. Parce que, à l'évidence, poursuivit-elle en pointant son index sur le journal, je te manque tellement que tu t'es empressé de noyer ton chagrin dans les bras de cette blonde siliconée !

Il sourit, conscient que cela ne ferait qu'attiser les flammes de sa fureur mais il ne pouvait s'en empêcher. Il ne pouvait y croire. Elle était là, devant lui. Et toute furieuse qu'elle était, sa seule présence était comme un arc-en-ciel, un lever de soleil. Déjà, il se sentait revivre, comme s'il sortait d'un gouffre sans fond. Elle était la seule, l'unique. La femme qui lui donnait envie de vivre. Pour elle, il était prêt à tout, pourvu qu'elle ne le laisse pas.

Il repensa aux paroles de Cordell, l'autre soir. « *Et un King au tapis, un de plus !* » Il avait protesté alors, refusant de reconnaître la vérité, obstiné qu'il était.

Mais là, dans ce bureau, avec Katie devant lui, il comprit qu'il ne pouvait nier plus longtemps l'évidence. Mieux encore, il ne le voulait pas.

Pour la première fois de son existence, il était amoureux.

Et plutôt mourir que de la perdre.

— Je te conseille de ne pas te moquer de moi, le prévint-elle.

— Je ne me moque pas…

Il s'approcha d'elle, posa les mains sur ses épaules, et ne céda pas quand elle tenta de se dégager.

— … Katie, cette blonde est actrice. Sous contrat avec la société de production de mon cousin Jefferson. Je devais me rendre à ce gala, il m'a simplement demandé de bien vouloir lui servir de cavalier et de la présenter aux médias.

— Et je devrais croire cette histoire rocambolesque ? ricana-t-elle, d'humeur toujours aussi volcanique. Pourquoi ?

— Parce qu'elle était affreusement ennuyeuse et mièvre, et surtout qu'elle n'était pas toi. Et enfin… parce que je ne te mentirai plus jamais, Katie.

Ce fut comme si toute colère se diluait en elle. Sous ses doigts, il sentit peu à peu la tension s'apaiser. Il desserra alors les mains, autour de ses épaules. Comme elle ne fit pas mine d'en profiter pour s'éloigner, Rafe prit cette réaction pour un encouragement.

— Tu me manques, chuchota-t-il.

Blêmes et pincées jusqu'ici, ses lèvres doucement s'adoucirent. Jusqu'au sourire. Un petit sourire, certes, mais un sourire tout de même.

— Je suis toujours fâchée contre toi, dit-elle, l'air boudeur.

— Je vois ça.

Mais elle était là, et c'était un bon signe. Elle plongea ses yeux dans les siens. Il comprit que le moment était venu et qu'il n'y aurait pas de seconde chance pour sauver leur relation.

Il chercha alors les mots qu'il devait lui dire.

Des mots qu'il n'avait jamais dits à personne.

— Je n'étais pas prêt pour toi, commença-t-il, notant la confusion dans son regard. Le pari avec Joe ? Une bêtise. Mais j'ai fait ta connaissance et découvert que tu détestais les King. J'ai compris que si je t'avouais la vérité, tu me tournerais le dos…

Elle se renfrogna, se mordillant doucement la lèvre, comme pour s'empêcher de parler et d'écouter jusqu'au bout ce qu'il avait à dire.

— … Je me suis mis en tête de te faire changer d'avis à propos des King, dit-il, surprenant l'amorce d'une flamme dans ses yeux. Mais il n'y avait pas que cela. Comme je te l'ai expliqué, je savais que tu ne me regarderais plus, si tu savais. Et je voulais que tu me regardes, Katie…

Il se tut, effleura sa joue avant de conclure :

— Et je voulais aussi plus encore…

— Tu as eu plus, Rafe, chuchota-t-elle, beaucoup plus que je n'en ai jamais donné à personne. Je t'*aimais*.

Aussi, lorsque j'ai découvert que tu m'avais menti, la douleur a-t-elle été mille fois plus intense que celle que j'avais ressentie à cause de Cordell.

Il la dévisagea, plein d'espoir, même si elle venait d'utiliser le verbe « aimer » au passé. Si elle l'avait aimé, elle devait l'aimer encore. Un sentiment de cette nature ne s'éteignait pas aussi rapidement, quelle que soit l'ampleur de sa colère.

— Je sais, murmura-t-il. Je sais.

Il l'attira contre lui et l'embrassa une première fois, puis une seconde. Un baiser à la fois tendre et passionné. Un baiser qui le transporta, et trouva des résonances jusque dans son cœur. Et quand, au lieu de le repousser, elle lui rendit ce baiser, il connut une joie dont il n'avait jamais même soupçonné l'existence.

S'arrachant à ses lèvres, il la dévisagea, comme pour graver son expression à ce moment dans son esprit.

— Je t'ai dit que je n'étais pas prêt pour toi, reprit-il. Et c'est la vérité. Mais je ne sais pas comment j'aurais pu être préparé à ce que tu éveillais en moi.

— Rafe...

Il secoua la tête et posa un doigt sur ses lèvres.

— Non, laisse-moi finir. Tu as grandi entourée de ta grand-mère et de ta mère. Tu as appris ce que voulait dire *être aimée* et comment répondre à cet amour. Pas moi. Mon père était un homme très autoritaire ; quant à ma mère, je l'ai à peine connue. Je sais aujourd'hui que je me suis marié pour les mauvaises raisons, et quand Leslie est partie, elle m'a accablé de reproches, en m'accusant d'être le seul responsable de cet échec, à cause de mon incapacité à aimer...

A ce moment, il vit les yeux de Katie scintiller puis elle tendit les mains vers son visage.

— Elle avait tort.

— Non, affirma-t-il. Car jusqu'à ce que je te rencontre, j'ignorais ce que voulait dire aimer.

— Oh ! Rafe…

Pour la première fois depuis ce fameux soir, il se sentit le cœur léger. Elle était là, avec lui. Il eut la conviction, au plus profond de son âme, que cette femme serait le centre de son univers pour l'éternité. Si elle refusait de lui accorder une seconde chance de l'aimer, il resterait une âme errante jusqu'à la fin de sa vie.

— J'ai conscience d'avoir beaucoup à prouver, reprit-il, déterminé à se montrer le plus honnête possible, même si cela devait lui coûter ce à quoi il tenait le plus. Mais je t'aime, Katie. Comme je n'ai jamais aimé personne.

Il vit alors deux larmes rouler sur ses joues et il retint son souffle. Etait-ce des larmes de bonheur ou d'adieu ?

— Je veux te croire.

Il lui sourit avec toute la tendresse du monde et l'enlaça, la serrant très fort contre son cœur, de manière qu'elle puisse entendre les battements frénétiques de ce dernier. De manière qu'elle puisse sentir toute la force de son amour l'envelopper.

— Donne-moi une nouvelle chance, Katie, murmura-t-il en déposant un baiser dans le creux de son cou, fermant les yeux aux doux parfums de cannelle et de vanille sur sa peau. Tu ne le regretteras pas, je t'en fais le serment.

— Rafe ?

Il plongea ses yeux dans les siens, et avant même qu'elle ne prononce un mot, il chuchota :

— Epouse-moi, Katie. Accepte de devenir ma femme. Je veux vivre auprès de toi dans cette grande et vieille maison qui t'a vue grandir. Permets-moi de te rendre heureuse. Je sais que je le peux. Je veux être celui dont tu as besoin.

— Oui, je veux devenir ta femme, répondit-elle, un sourire radieux se dessinant sur son visage. Mais tu es déjà tout ce dont j'ai besoin…

— Grâce à Dieu, dit-il avant de lui donner un nouveau baiser, en guise de promesse de bien d'autres caresses.

— Somme toute, reprit-elle, l'air mutin, je suis assez contente de ma cuisine, même si…

— Même si ? demanda-t-il, perplexe.

— Eh bien, puisque je vais avoir un charpentier sous la main… J'aimerais que tu me construises un garde-manger.

— Tout ce que tu veux, Katie, promit-il avec un large sourire. Je dois te mettre en garde, dès qu'il apprendra notre mariage, mon frère Sean va te harceler pour que tu l'approvisionnes en cookies.

— Pour la famille, je suis prête à tout, dit-elle.

Il posa son front contre le sien. La vie avait donc un sens. La femme qu'il aimait était là, entre ses bras, et le futur promettait d'être lumineux, avec elle, Katie Charles, la reine des cookies.

Épilogue

Tout sourire, Katie regarda par la fenêtre de la cuisine sa cour remplie de monde.

— Je n'aurais jamais imaginé qu'il se cachait autant de King, en Californie.

Julie King, épouse de Travis, rit de bon cœur en sortant la salade de pâtes du réfrigérateur.

— Et encore, ils ne sont pas tous là !

— Attends un peu ton mariage ! Ils ont promis de venir au grand complet ! la prévint Maggie King, la femme de Justice.

— Les King ne ratent jamais le mariage de l'un des leurs, expliqua Daisy, l'épouse de Jericho. Jeff et Maura viennent spécialement d'Irlande pour l'événement.

— Cela m'intimide un peu, avoua Katie, songeuse.

Perdue dans ses pensées, elle retira le film protecteur sur le plateau de cookies spécialement conçus pour leur fête de fiançailles. Des dizaines de biscuits avec les initiales K et R en sucre glace.

Elle regarda la bague à son doigt et sourit au souvenir de la nuit précédente. Rafe lui avait fait l'amour, puis il l'avait prise entre ses bras, pour ne plus la lâcher. Passionné et tendre. La vie était belle. Parfaite.

Un mois s'était écoulé depuis qu'elle avait forcé la porte de son bureau et qu'il lui avait ouvert son cœur.

Elle ne regrettait pas de lui avoir donné une seconde chance. Depuis, il lui avait prouvé de mille et une façons combien elle comptait pour lui. Et il lui avait construit dans la foulée un garde-manger royal. Il la couvrait aussi de fleurs, l'emmenait dîner dans les restaurants les plus inattendus, et lorsqu'elle était fatiguée, il la faisait s'allonger et lui massait longuement les pieds. Séances de massage qui, invariablement, se terminaient par de merveilleuses et voluptueuses étreintes, entre ses draps…

— Oh, oh, rit Daisy. Je connais ce sourire.

— Quoi ? Pardon ? sursauta Katie, embarrassée.

— Je me souviens avoir eu le même par le passé, et quelques mois plus tard, j'étais enceinte d'une adorable petite fille, raconta Daisy. En parlant de Delilah, je vais aller m'assurer que Jericho n'est pas en train de lui apprendre à faire quelque chose de dangereux. Figurez-vous que monsieur souhaite faire de sa fille la première femme commando de la nation.

— Je comprends tes angoisses, remarqua Ivy King, une main sur son ventre rebondi. Tanner est convaincu que notre enfant s'imposera comme le prochain génie de l'informatique.

Toutes éclatèrent de rire, puis Daisy étant sortie retrouver son époux, les jeunes femmes continuèrent à bavarder gaiement. Katie sourit, consciente de son bonheur. Elle était reconnaissante à sa grand-mère des conseils judicieux qu'elle lui avait prodigués. L'amour valait bien que l'on prenne des risques. Et parce qu'elle avait osé, Katie épouserait bientôt l'homme qu'elle aimait, et ferait partie d'une grande famille. Et un jour, à son tour, elle aurait des enfants.

Des enfants. Rafe avait longuement et à plusieurs

reprises évoqué le sujet, précisant combien d'enfants il souhaitait pour la nouvelle génération de King.

— Comme c'est étrange, chuchota-t-elle à celles qui très vite étaient devenues ses amies. Dire qu'il y a quelques mois à peine, je détestais les King.

— Oui, répondit Casey. Nous sommes au courant à propos de Cordell. Tout le monde connaît sa façon de procéder avec les femmes.

— Justice a proposé de lui donner une leçon dès son arrivée, dit Maggie. Mais il paraît que Rafe a déjà fait le nécessaire.

— En effet, répondit Katie. Néanmoins, même si j'ai beaucoup de mal encore à l'admettre, sans l'attitude déplorable de Cordell, je ne serais peut-être jamais tombée amoureuse de Rafe.

— Je suppose que tu ne regrettes pas ? demanda Bella, l'épouse de Jesse, avec un sourire.

— Certainement pas, l'assura Katie qui, à ce moment, aperçut Nicole entrer dans la cour, son fils sur le bras. Oh ! l'une de mes amies est là ! Je reviendrai d'ici quelques minutes m'occuper de la salade de pommes de terre…

— Prends tout ton temps, lui dit Julie. C'est la fête de tes fiançailles. Amuse-toi. Nous nous chargeons de tout.

Toute souriante, elle sortit de la cuisine en direction de la cour. Entourées d'une ribambelle d'enfants, sa grand-mère et la tante de Rafe semblaient comme sur un petit nuage. Les hommes étaient réunis autour du barbecue en brique construit par Rafe, la semaine précédente, et discutaient de la meilleure façon de faire griller un steak. Elle sourit. Comme elle se trompait. Les gens riches n'étaient pas nécessairement snobs et prétentieux. Pas les King, en tout cas, qui étaient des gens comme les autres.

— Je suis heureuse que tu sois là, dit-elle à Nicole, en serrant son amie contre son cœur.

— Je n'aurais manqué cela pour rien au monde. En tant que future dame d'honneur, il était de mon devoir de venir… et de boire une bière et de déguster un steak, dit Nicole en riant, avant d'ajouter, après un baiser sur le front de son fils : Quant au porteur d'alliances, il mangerait bien un cookie.

Katie éclata de rire et déposa à son tour un baiser sur la joue du bambin.

— Mon petit porteur d'alliances a droit à tous les cookies qu'il désire.

A ce moment-là, deux bras puissants se refermèrent autour de sa taille. Elle s'abandonna contre Rafe avec un soupir de bonheur.

— Salut, Nicole, dit Rafe après avoir volé un baiser à Katie. Heureux que tu sois venu.

— Heureuse d'être là, Rafe, répondit la jeune femme qui ajouta, avec un sourire timide : Bien, j'emmène Connor grignoter un cookie avant qu'il ne fasse une grosse colère. A tout à l'heure…

Katie se retourna face à Rafe et noua les bras autour de son cou. Il l'embrassa, un long et tendre baiser qui lui donna le vertige, puis, plongeant ses yeux dans les siens, il chuchota :

— T'ai-je dit combien je t'aimais, aujourd'hui ?

— Oui, répondit-elle. Mais je ne me lasse pas de l'entendre.

— Tant mieux, parce que j'ai l'intention de le dire souvent. Juste pour que tu ne l'oublies pas.

— Aucune chance, promit-elle.

— Après avoir reçu la horde des King, tu n'as pas changé d'avis ? Tu veux toujours m'épouser, le mois prochain ? demanda-t-il, son front contre le sien.

Il s'était exprimé sur le ton de la plaisanterie, mais elle sentait qu'une partie de lui-même s'inquiétait encore que quelque chose puisse les séparer. Il se croyait incapable d'aimer, pourtant elle savait qu'il n'en était rien. Rafe King avait plus d'amour à donner que la plupart des hommes.

— Tu ne te débarrasseras pas de moi aussi facilement, Rafe, dit-elle avec douceur. Non seulement nous nous marierons le mois prochain, mais j'ai bien l'intention de t'aimer jusqu'à la fin de mes jours.

Ses yeux étincelèrent, son sourire illumina son visage, il la serra contre lui, si fort qu'elle en eut le souffle coupé. Mais quel besoin avait-elle de respirer ? Il l'aimait, et cela suffisait amplement à son bonheur.